DER
BLEIERNE
SARG

THOMAS FRANKENFELD

DER BLEIERNE SARG

EIN THRILLER

ELLERT & RICHTER VERLAG

Prolog

Juni 1643, Wedel in Holstein

Gesche Carstens rannte. Ihre nackten Füße flogen über den harten, staubigen Boden und trommelten darauf ein wildes Stakkato. Ihr Atem ging in keuchenden Stößen, aufgelöstes, verschwitztes Haar flatterte ihr hinterher wie ein dunkles Banner. Die junge Frau bemerkte weder, dass sich spitze Steine in ihre Sohlen gruben, noch, dass die scharfen Dornen einer Hundsrose ihre Waden aufrissen und rote Spuren hinterließen. Sie rannte um ihr Leben.

Als sie das geduckte Ziegelgebäude des Jacob'schen Hofes erreichte, der eine halbe Meile nordwestlich der Stadt Wedel lag, warf sie einen gehetzten Blick zurück. Ihre Verfolger hatten an Boden verloren, behindert durch das Gewicht ihrer ledernen Wämser und stählernen Waffen. Doch sie mussten jeden Moment am Waldrand auftauchen, und die Magd wusste, was ihr dann bevorstand. Einerlei, ob es Brandenburger, Österreicher, Schweden oder andere Heere waren – die Truppen in diesem seit vielen Jahren hin- und herwogenden Gemetzel, das man später den Dreißigjährigen Krieg nennen würde, hausten allesamt unmenschlich in den umkämpften Gebieten. Ganze Landstriche waren bereits entvölkert, Dörfer und Städte in Schutt und Asche gesunken. Ausgerechnet die Bauern, die sich täglich den Rücken krumm schufteten, um eine karge Mahlzeit auf den Tisch stellen zu können, standen bei den Söldnerheeren im Verdacht, Schätze in ihren Häusern zu horten. Wie viele von ihnen in die brennenden Kamine ihrer eigenen

Häuser gehängt oder mit dem grauenhaften „Schweden-trunk" zu Tode abgefüllt worden waren, um angebliche Wertsachen preiszugeben, vermochte niemand zu sagen. Abertausende waren es gewiss. Kaum eine Frau, kaum ein halbwüchsiges Mädchen blieb auf dem Lande von der Schändung durch die grausame Soldateska verschont.

Gesche hatte die Gier und die Erbarmungslosigkeit in den Augen ihrer Verfolger gesehen. Verzweifelt warf sich die junge Frau gegen die grob gehobelte Fichtentür des Hofes und fiel erschöpft in die dämmerige Diele hinein. Sie wusste, wie auf vielen anderen Höfen gab es auch in diesem Haus geheime Winkel, in denen sich Menschen vor den Hunden des Krieges verbergen konnten.

„Freder ...?", rief sie halblaut, und dann noch einmal.

Im Haus blieb es jedoch ruhig, geradezu totenstill. Vorsichtig warf sie einen Blick zur Tür hinaus. Ihre Verfolger waren noch nicht zu sehen. Doch aufgegeben hatten sie gewiss nicht, dieser Illusion gab Gesche sich nicht hin. Sie tat ein paar Schritte in den stillen Raum hinein – und erstarrte. Diesen widerlich süßlichen Geruch kannte sie nur zu gut. Jeder in diesen unmenschlichen Zeiten kannte den Hauch des Todes.

Die junge Magd schritt eilig über den Boden aus gebrannten Ziegelsteinen hinweg, vorbei an der gemauerten Herdstelle, in der ein paar Scheite glommen, bis sie einen hölzernen Torbogen erreichte, der einen weiteren Raum mithilfe eines groben Wollvorhangs abtrennte.

„Freder? Janne?", rief sie leise und schob dann zögernd den Stoff ein Stück beiseite.

Entsetzt keuchte sie auf bei dem Anblick, der sich ihr bot, und stolperte einen Schritt zurück. Als sie sich zur

Flucht wandte, prallte sie hart gegen einen Menschen. Sie schrie. Eine Hand packte ihren Hals mit grobem Griff, erstickte gurgelnd ihren Schrei.

„Da haben wir das Täubchen ja endlich. Nun, nach einer guten Jagd schmeckt die Beute gleich noch viel besser", grinste der Söldner, der sich mit seinen Kameraden lautlos in die Diele geschoben hatte.

Sein Atem stank nach verrotteten Zähnen und billigem Wein, in der rechten Hand hielt er einen Dolch. Er trug ein schwarzes Lederwams mit eisernen Nieten und an seinem Gürtel hing ein abgenutzter Katzbalger, das kurze Schwert der Landsknechte. Gesche starrte mit geweiteten Augen auf die schartige, aber scharf geschliffene Klinge, die sich ihrer Kehle näherte. Eisige Kälte breitete sich in ihr aus. Sie wusste, dass sie keine Chance hatte, den vier Männern zu entkommen. Es sei denn, sie handelte jetzt sehr entschlossen.

„Ihr habt mich also gefunden", presste sie heraus. „Und den Tod noch gleich dazu."

Der Söldner runzelte verwirrt die Stirn, als sie ganz dicht an ihn herantrat. Die Spitze des Dolchs ritzte ihre Haut; sie spürte, wie ein dünnes Rinnsal Blut an ihrer Kehle herablief. Die junge Frau lächelte, hob die Arme und legte sie um den Hals des Mannes. Er starrte sie an, dann breitete sich ein Grinsen auf seinem Gesicht aus, als er ihren Rock befingerte. Das Grinsen erlosch jedoch jäh, als sie sich kraftvoll nach hinten warf und dabei zur Seite drehte. Der überrumpelte Mann geriet aus dem Gleichgewicht und wurde durch den Vorhang auf die dahinterliegende breite Bettstatt katapultiert. Mit einem rüden Fluch auf den Lippen schnellte er sogleich wieder in die Höhe.

„Bei allen Dämonen – das ist ja die Teufelspest!"

Die anderen Söldner blickten an ihm vorbei auf die Bettstatt. Dann prallten sie mit gutturalen Lauten zurück und stürmten, sich gegenseitig roh aus dem Weg stoßend, aus der Tür. Ihr Kamerad im schwarzen Wams starrte einen Herzschlag lang seine Hände an, mit denen er sich auf der Bettstatt abgestützt hatte. Dann hob er den Blick zu Gesche Carstens, in dem Hass und blanke Angst standen. Er sah sich nach seinem Dolch um, aber der lag nun auf dem Bett. Der Schwarze wich rückwärts vor der jungen Frau zurück, dann wandte er sich ruckartig um und floh mit wilden Sätzen aus dem Haus, wie von Furien gehetzt.

Gesche stand ein paar Sekunden wie gelähmt da. Schließlich drehte sie sich um und zwang sich dazu, noch einmal auf das Bett hinunterzublicken. Dort lagen sie – Freder, Janne und ihre vier Kinder. Der alte Gerolf, Freders Vater, hing halb von seinem schlichten, strohbedeckten Lager an der gegenüberliegenden Wand herunter. Gesche begann, vor Entsetzen am ganzen Leib zu zittern. Doch sie konnte den Blick lange nicht abwenden: von den Blutlachen, in denen die sieben Menschen lagen. Von den im Todeskampf aufgerissenen Mündern in den schwärzlich angelaufenen Gesichtern mit ihren blutigen Augäpfeln.

Endlich konnte die junge Frau die Lähmung des Schocks abschütteln. Hastig trat sie ein paar Schritte zurück. Ein Gedanke brannte in ihrem Kopf wie ein loderndes Feuer: Hatte sie sich angesteckt? Das würde den sicheren Tod bedeuten! Es hieß doch, diese entsetzliche Pest könne sogar die Luft selbst mit ihrem todbringenden Miasma vergiften. Der Pastor! Wenn einer ihr noch helfen konnte, dann der Pastor! Sagte man nicht von ihm, er hätte sich selbst von der Pest geheilt? Und sogar Tollwütige von der tödlichen Krankheit befreit? Hoffentlich war er noch nicht geflohen wie so viele andere. Gesche Carstens sprang zur Tür hinaus und rannte. Sie rannte um ihr Leben.

2019, Wedel in Holstein

Abgerissene Zweige knirschten unter seinen schweren Arbeitsschuhen, als Dachdeckermeister Walter Breckwoldt um die alte Kirche schritt. Er starrte zum Dach empor, wo ein dicker, borkiger Ast aus den grauen Schieferplatten ragte wie ein halb verwester Arm aus einem Grab. Der wütende Orkan letzte Nacht mit Sturmböen der Stärke zwölf hatte den Ast von einer der alten Eichen gerissen, die den bescheidenen Kirchhof umstanden, und ihn wie einen Speer in das Dach gerammt. Einige der grauen Platten waren hinabgestürzt und am Boden zerschellt. Die Pastorin hatte bereits dafür gesorgt, dass das Areal unterhalb des Schadens mit Trassierband abgesperrt wurde.

Breckwoldt wandte sich um und nickte seinem Gesellen Tim Waller zu. Waller startete den Hubwagen, den sich die kleine Firma für diesen Auftrag geliehen hatte. Das orangerote Fahrzeug vom Typ L 200 RT, dessen Arbeitskorb bis auf zwanzig Meter hinaufgefahren werden konnte, war ideal für diese Aufgabe. Breckwoldt wollte sich zunächst einen Überblick über das Ausmaß des Schadens am Dach der Kirche verschaffen, bevor er entschied, wie weiter vorgegangen werden sollte. Der kräftig gebaute Endfünfziger mit dem ergrauten Haarkranz stieg seit einem schweren Arbeitsunfall vor einigen

Jahren, der ihm ein leichtes Hinken eingetragen hatte, nicht mehr selbst hohe Leitern auf die Dächer hinauf.

Vorsichtig lenkte Waller den Wagen von der schmalen Zufahrtsstraße auf den kleinen Kirchhof. Der L 200 RT wog zwar nur dreieinhalb Tonnen, aber bereits dieses Gewicht konnte ausreichen, um den dünnen Asphalt des Hofes zu beschädigen oder auf dem Rasenstreifen tief einzusinken. Waller manövrierte den Wagen geschickt um die kleine Grüninsel mit dem bronzenen Denkmal für Johann Rist herum, den berühmten Pastor und Heimatdichter aus der Zeit des Dreißigjährigen Krieges. Er suchte eine geeignete Position an der Seite der Kirche, um den Teleskopausleger für die Dacharbeiten optimal ausfahren zu können.

Der bärtige Mittdreißiger war seit vier Jahren bei Breckwoldt angestellt und hoffte, eines Tages selbst seinen Meister machen zu können. Vielleicht würde er dann gar die Firma übernehmen; Breckwoldt sprach in letzter Zeit öfter vom vorgezogenen Ruhestand. Verdient hatte der Alte ihn, und er konnte auch nicht mehr so kräftig anpacken wie früher. Mehr Geld würde Waller sehr gut gebrauchen können, er war Alleinverdiener. Seine Frau hatte ihren Beruf als Physiotherapeutin aufgegeben, um sich um die Kinder zu kümmern. Sarah war zwölf und Gregor gerade zehn Jahre alt geworden. Möglicherweise galt Sarah als hochbegabt, ihre Ausbildung würde entsprechend viel Geld verschlingen.

Waller gab behutsam Gas und der L 200 RT schob sich, von Breckwoldt durch Handzeichen eingewiesen, langsam näher an das Gebäude heran, wo er schließlich direkt neben der austrassierten Stelle zum Stehen kam. Waller stellte den Motor ab und ging zu Breckwoldt hinüber.

„Das müsste so gehen, Chef", sagte er.

Breckwoldt blickte noch einmal zum Dach hinauf, dann nickte er. „Ich denke auch. Fahr schon mal die Stützen aus, ich gucke mir das da oben mal an. Vielleicht sind da noch mehr Schieferplatten beschädigt."

Der Dachdeckermeister stieg die drei Stufen aus verzinktem Stahlblech am Heck des Wagens hinauf, wobei er das verletzte Bein ein wenig nachzog, und schickte sich an, in den engen Arbeitskorb zu klettern. Gerade wollte Waller die vier Stützen herunterlassen, die den L 200 RT bei ausgefahrenem Teleskopausleger stabilisieren sollten, als plötzlich ein dumpfes Knirschen ertönte und sich der Wagen ein paar Zentimeter Richtung Kirche neigte.

„Verdammt noch mal, Tim! Was machst du denn da?", brüllte Breckwoldt und klammerte sich an das Gitter des Arbeitskorbes.

„Ich war das nicht, Chef, aber ich schau mal nach", entgegnete Waller und ging um den Wagen herum.

„Scheiße!", schrie er auf. „Das linke Vorderrad sackt hier irgendwo ein. Ich muss die Kiste zurücksetzen."

„Warte mal, ich komme", rief Breckwoldt.

Gerade wollte er die Stufen aus Profilblech hinabsteigen, als sich der L 200 RT unter Knarzen und Poltern schlagartig einen halben Meter zur Seite legte. Breckwoldt wurde hart gegen den stählernen Ausleger geschleudert, stürzte auf den Asphalt und blieb stöhnend liegen. Waller konnte sich noch mit einem Sprung zur Seite retten. Der ganze Wagen sackte nun auf der linken Vorderseite krachend bis zur Achse weg und prallte mit dem Ausleger dumpf gegen das Kirchengemäuer. In einem Hagel aus Glas- und Holzsplittern zerbarst eines der hohen Fenster unter dem wuchtigen Schlag. Ein paar

Scherben trafen Breckwoldt, der schützend die Arme über den Kopf hochriss.

Einen Moment lang starrte Tim Waller verblüfft auf die bizarre Szenerie. Das linke Vorderrad des L 200 RT drehte sich langsam im Leeren. Es hing über einer tiefen Grube, die nun zwischen der Kirchenmauer und dem Fahrzeug gähnte. Waller trat näher heran, kniete sich hin und starrte in die Tiefe. Er kniff die Augen zusammen. Dort unten konnte er etwas Kantiges, grünlich Schimmerndes erkennen. Aber was war das um Gottes Willen für ein unheimliches Ding? Ein Sarg?

Brodersby

Diese verdammte Hitze. Der gleißende Glutball der Mittagssonne hing sengend über der steinigen Wüste, warf kurze Schatten hinter die ärmlichen Wellblechhütten mit ihren Viehgattern aus Dornengestrüpp und dörrte alles Leben aus. Die Zunge klebte ihm am Gaumen, zwischen seinen Zähnen knirschte der allgegenwärtige gelbe Staub. Er spürte – irgendetwas stimmte ganz und gar nicht. Er fühlte Panik in sich aufsteigen, warf sich nach vorn und wollte loslaufen. Er ahnte, dass es um Sekunden ging.

Aber er kam nur mühsam und schleppend voran, bewegte sich schwerfällig wie eine Fliege in zähem Sirup. Seine Füße schienen Tonnen zu wiegen.

Urplötzlich flammten riesige Augen direkt vor ihm auf. Sie brannten gnadenlos wie schwarze Sonnen in einem kleinen, konturenlosen Gesicht. Entsetzen ergriff ihn, er wollte schreien, doch es kam kein Ton aus seiner krächzend würgenden, ausgetrockneten Kehle. Dann ein blendend weißer Blitz. Ein Moment der Schwerelosigkeit. Und das Schreien begann.

Mit einem unartikulierten Laut fuhr Tristan Lindberg empor und zerrte hastig an der Bettdecke, die sich wie eine Würgeschlange um seine Beine gewunden hatte. Sein Herz raste, er keuchte und rang verzweifelt nach

Luft. Er war schweißnass. Er setzte sich auf und zwang sich unter Aufbietung aller Willenskraft, ruhiger zu atmen, zählte beim Einatmen langsam bis sechs, hielt sechs Sekunden lang die Luft an und atmete sechs Sekunden lang wieder aus. Eine alte, bewährte Yoga-Technik. Mühsam widerstand er der in ihm aufwallenden Versuchung, einfach aufzuspringen und aus dem Haus zu rennen, immer weiter und weiter, bis ihn die Erschöpfung zu Boden werfen würde. Stattdessen streckte er einen Arm aus, eine Bewegung so langsam wie bei einem Faultier, und schaltete die Nachttischlampe ein. Lindberg rieb sich die Augen, sein Gesichtsfeld schien an den Rändern seltsam unscharf. Einatmen, Luft anhalten, Ausatmen ...

Lindberg blickte zum Nachttisch. Darauf lag eine Packung Sertralin. Das Medikament wurde gegen schwere Depressionen und Angststörungen eingesetzt, hatte aber eine Reihe von Nebenwirkungen. Er streckte eine Hand danach aus. Dann ließ er den Arm wieder sinken. Nein, er musste es ohne Chemie schaffen.

Allmählich ebbte die Attacke ab. Lindberg erhob sich ächzend, ging in die Küche hinunter und leerte ein großes Glas Wasser in einem Zug. Und dann noch eins. Sein T-Shirt klebte an seinem schweißnassen Rücken. Er warf einen Blick zur grün blinkenden Anzeige der Herduhr hinüber und stöhnte. Fünf Uhr dreißig. Die Nacht war mal wieder gelaufen.

Lindberg stieg die Treppe wieder hinauf, ging ins Badezimmer hinüber und drehte die Dusche auf. Schlafen würde er jetzt ohnehin nicht mehr können. Er stöhnte wonnevoll, als das heiße Wasser seine Verspannungen in Schultern und Rücken lockerte. Doch am Ende drehte er das Wasser für ein paar Sekunden auf eiskalt – seine tägliche Übung zum Wachwerden.

Als sein Handy um halb acht klingelte, saß Lindberg im Auto auf dem Weg zum Herrenhaus Annettenhöh, der Hauptdienststelle seines Arbeitgebers, des Archäologischen Landesamtes in Schleswig. Das hellgelb gestrichene Gebäude, das ein Freiherr von Brockdorff im Jahr 1864 erbauen ließ, war seit 1985 im Besitz des Landes Schleswig-Holstein.

Lindberg griff zu seinem betagten Blackberry und blickte auf die Nummer.

„Nanu? Hanni? Was willst du denn schon so früh von mir?", fragte er etwas zu schroff.

„Ich wünsche dir auch einen wunderschönen guten Morgen, Tristan", sagte eine penetrant gut gelaunte Stimme. Sie schnurrte geradezu.

„Fein. Mein Morgen ist allerdings etwas beschädigt. Also, was gibt es nun?", knurrte Lindberg.

„Du musst gleich mal nach Wedel runterfahren. Ausdrücklicher Wunsch vom Chef."

Hannah Winkler war die berüchtigt effektive Vorzimmerdame von Dr. Rüdiger Stettner, dem Leiter des Archäologischen Landesamtes.

„Wedel?", fragte Lindberg ungläubig. „Was soll ich da denn? Haben sie einen zweiten Roland gefunden?"

„Sehr lustig und nur knapp daneben. Roland stimmt nämlich schon mal", lachte Hannah. „Unter der Kirche am Roland ist nämlich eine Gruft mit Särgen gefunden worden."

„Na und? Darunter befinden sich doch überall uralte Grüfte", brummte Lindberg. „Das wissen wir doch. Die haben seit über dreihundert Jahren da ihre Leute beerdigt, Pastoren vor allem. Ist doch nichts Besonderes. Da gehen wir doch gar nicht ran. Das weiß Stettner aber auch."

„Kann schon sein, Tristan, aber guck es dir trotzdem mal an."

„Okay. Weil du es bist", brummte Lindberg. „Bin schon unterwegs."

Wedel in Holstein

Gut neunzig Minuten später lenkte Lindberg seinen alten Saab auf den kleinen Parkplatz der Wedeler Kirche. Er stieg aus und ging den schmalen, von Büschen und Bäumen gesäumten Pfad zum Gotteshaus hinüber. Die mit rotweißem Trassierband abgesperrte Einbruchstelle an der Kirchenmauer war unübersehbar. Davor wartete eine schlanke Frau mit kurzem, grauen Haar. Lindberg vermutete, dass es sich um die Pfarrerin handelte, die er von unterwegs aus angerufen hatte. Statt Talar und Beffchen trug sie Jeans und eine Windjacke.

„Dr. Lindberg?", fragte sie und musterte ihn einen Moment mit kühlen grauen Augen. Vor ihr stand ein jugendlich wirkender Enddreißiger mit breiten Schultern, müden braunen Augen und leicht zerzausten Haaren. Lindberg schüttelte ihre ausgestreckte Hand.

„Sabine Paulsen, angenehm", sagte die Frau. „Ich bin die Pfarrerin der Kirche hier. Sie sind der Archäologe aus Schleswig?"

„Archäologe, ja. Und Anthropologe", nickte Lindberg zerstreut.

Neugierig trat er näher an die Grube heran, die direkt an der Kirchenwand gähnte. Sie maß gut eineinhalb

Meter im Durchmesser und war offensichtlich mehrere Meter tief.

„Ja, genau, darum geht es. Wir hatten einen Schaden am Dach, und die Dachdecker sind mit ihrem schweren Hubfahrzeug hier eingebrochen. Sieht aus wie eine Gruft da unten. Wenn Sie genau hinsehen, können Sie die Ecke eines Sarges erkennen", sagte die Pfarrerin.

„Ja, ich kann es sehen", bestätigte Lindberg. „Sie sind doch nicht etwa da runtergeklettert?"

Die Pfarrerin schüttelte lächelnd den Kopf. „In eine uralte Gruft? Allein? Ganz sicher nicht! Naja, obwohl – interessieren würde mich das schon; ist ja sozusagen meine Kirche hier. Aber ich wollte doch erstmal auf die Profis warten. Ach ja, einer der Dachdecker hat sich da unten schon mal umgesehen. Er wollte mal sehen, was für einen Schaden er mit seinem Fahrzeug angerichtet hat. Und er sagte, da unten stehe ein massiver Bleisarg. Er sei aber durch herabfallende Steine beschädigt worden. Oben an einer Ecke sei ein großes Loch. Außerdem sei jede Menge trübes Wasser rausgeflossen. Er hat sogar darin herumgetastet und sagte, da liege wohl tatsächlich noch eine Leiche drin."

„Wie bitte? Der hat da reingefasst? Das darf doch wohl nicht wahr sein!", entfuhr es Lindberg. Kein Archäologe schätzte es, wenn ein Laie vor den Experten an einem Fundort herumstöberte und ihn damit veränderte oder sogar so kontaminierte, dass sichere Analysen kaum mehr möglich waren. „Hat der Trottel vielleicht auch noch irgendetwas mitgenommen von da unten?"

Paulsen schüttelte den Kopf. „Nicht, dass ich wüsste, ich bin erst später hinzugekommen. Er sagte etwas sehr Merkwürdiges. Die Leiche da drin fühle sich ein bisschen glitschig an, aber vollkommen frisch – wie gestern gestorben. Er wirkte auch ziemlich mitgenommen. Damit hat er sicher nicht gerechnet."

Lindberg schüttelte den Kopf. „In diesen Grüften da unten liegen nur uralte Leichen. Und nach dreihundertfünfzig Jahren sind die ganz bestimmt nicht mehr frisch. Aber vielleicht ist es ja eine Wachsleiche."

Der Wissenschaftler bezog sich auf ein Phänomen, bei dem die Verwesung durch den Entzug von Sauerstoff abgebrochen wurde. Die Körperfette wurden dann zu einer wachsähnlichen Schutzschicht, den Adipociren, umgewandelt. Leichen konnten dann noch Jahrzehnte nach der Bestattung nahezu unversehrt wirken. Es waren meistens Wachsleichen, die hinter den Gruselgeschichten von Vampiren und Wiedergängern standen, die sich wankend aus den Gräbern erhoben.

Die Pastorin zeigte zur Ecke der Kirche. „Sie können sich ja mal selbst da unten umsehen. Eine Leiter liegt dahinten."

Lindberg nickte, ging hinüber und holte sich die leichte Teleskopleiter aus Aluminium, die auseinandergeschoben etwa sechs Meter lang sein mochte.

„Wie schätzen Sie den Fund hier ein?", wollte die Pfarrerin wissen.

Lindberg starrte hinab in die Schwärze und zuckte mit den Schultern. „Noch kann ich gar nichts sagen. Ich will Sie ja nicht enttäuschen, aber Sie wissen sicher auch, dass unter so alten Bauwerken häufig Grüfte aus verschiedenen Epochen liegen. Auch hier in Wedel, soweit ich weiß. Ist nichts Besonderes. In der Regel machen wir uns gar nicht die Mühe, die alle zu untersuchen. Es fehlt uns einfach das Geld dafür. Und das Personal sowieso."

Er zog die Leiter auseinander und stellte sie in die Grube. Sie guckte nur noch einen guten Meter heraus.

„Aber Sie sagten, der Dachdecker hätte von einem Bleisarg gesprochen? Naja, das wäre auf jeden Fall schon mal interessant. Jedenfalls viel interessanter als einer aus halb verfaultem Holz. Bleisärge waren nämlich sehr teuer und sind als Funde entsprechend selten. Ich frage mich, für wen der angefertigt wurde."

„Wer weiß", sagte Paulsen nachdenklich und starrte in die Tiefe, „am Ende stehen wir vor dem Grab von Johann Rist. Das ist ja bisher nie gefunden worden."

„Na, dann hätte sich meine Anreise aus Schleswig auf jeden Fall gelohnt", lachte Lindberg, zog eine kleine Stirnlampe aus der Tasche und fing an, die Leiter hinunterzuklettern.

Das Grab von Johann Rist – das wäre in der Tat ein Fund! Rist war eine Legende in Nordwestdeutschland. Der studierte Geistliche war protestantischer Pfarrer der Wedeler Kirche von 1635 bis 1667 gewesen, hatte also die Spätphase des Dreißigjährigen Kriegs mit ihren Gräueln und Verheerungen am eigenen Leib erlebt und dabei mehrfach seine ganze Habe verloren. Rist hatte außer wortgewaltigen Predigten auch Gedichte, Lieder und politische Zeitzeugnisse geschrieben; als Universalgelehrter hatte er sich auch mit Mathematik, Botanik, Heilkunst und Musik befasst. Johann Rist galt heute als einer der wichtigsten geistlichen Vertreter des Frühbarocks und war damals für seine Verdienste sogar vom Kaiser zum Hofpfalzgrafen ernannt worden.

Lindberg schaltete die Stirnlampe ein, die er nun an einem elastischen Band um den Kopf trug, und stieg behutsam weiter hinab. Der grelle Halogenstrahl schnitt durch die Schwärze der Grube und huschte mit seinen Kopfbewegungen geisterhaft hin und her. Schließlich hatte der Archäologe den Boden aus grob gepflasterten Steinen erreicht und sah sich um. Die Gruft, in der er sich befand, hatte ein Ausmaß von rund drei mal vier Metern und war etwa zwei Meter hoch. Sie wies eine tonnenförmige Decke auf. Lindberg sah nun, dass die Decke und das darüberliegende Erdreich an einer Stelle durch Wasser unterspült worden waren. Er vermutete, dass ein von der Kirche führendes Regenrohr seit Langem gebrochen war.

Mitten in der Gruft stand ein massiver Sarg. Lindberg zog Gummihandschuhe aus der Tasche, streifte sie über und trat neugierig näher. Der Sarg war schlicht gearbeitet und schien in der Tat aus massivem Blei zu bestehen. Er klopfte dagegen. Die Dicke des Materials war ungewöhnlich, die meisten sogenannten Bleisärge wiesen nur eine dünne Hülle aus dem Metall auf. Der Archäologe beugte sich interessiert hinunter und strich mit den Fingern über das kühle Metall. Seltsam – der Deckel lag nicht einfach auf dem Sarg oder war mit ihm verschraubt, sondern sorgfältig mit einer dicken Naht auf den unteren Teil gelötet worden. Warum sollte sich jemand diese Mühe gemacht haben? Aus Angst vor einem Wiedergänger? Das war durchaus möglich – der Glaube an Tote, die sich aus dem Sarg erheben und die Lebenden heimsuchen konnten, war in früheren Zeiten stark gewesen.

Nachdenklich besah sich Lindberg den wuchtigen Kasten, der im Halogenlicht matt schimmerte. Er schätzte, dass diese Gruft aus dem 17. oder 18. Jahrhundert stammte. Wie die Pfarrerin gesagt hatte, wies der Sarg an einer Ecke eine Beschädigung auf. Ein großes Loch gähnte dort, und auf dem Boden lagen schwere Asphaltplacken, einige Stücke Blei, ein paar Erdklumpen sowie mehrere alte Pflastersteine. Lindberg rekonstruierte im Kopf: Das Wasser aus dem geborstenen Regenrohr hatte nach und nach den Untergrund unterspült, der schließlich nachgegeben hatte. Die schweren Pflastersteine waren auf die Ecke des Sarges gefallen und hatten das mürbe gewordene Blei zertrümmert. Lindberg schob sich dichter an das Loch heran, aus dem noch immer eine gelbliche Flüssigkeit tropfte, und wollte gerade hineinleuchten, als der Strahl der Lampe auf drei Symbole fiel, die, wie er rasch feststellte, offenbar auf alle Seiten des sonst ungeschmückten Sarges aufgebracht worden waren. Der Archäologe kniete sich vor den Sarg und sah genauer hin. Die in das Blei eingeschnittenen Zeichen waren bereits etwas verwittert und nicht mehr leicht erkennbar. Lindberg fuhr die Linien der Symbole mit dem Finger nach. Beim dritten Zeichen erstarrte er. Der Archäologe erhob sich hastig und wich unwillkürlich einen Schritt zurück. Zitternd verharrte das grelle Licht seiner Stirnlampe auf dem schwach erkennbaren Symbol. Es zeigte die spiegelverkehrte Zahl Vier. Ihm lief ein Schauer über den Rücken.

Heist

Auf der Bundesstraße 431 lenkte Tim Waller seinen VW Golf in der Gemeinde Heist, einem übersichtlichen Ort zwischen den Städten Wedel und Uetersen in den Heideweg, an dem sein Einfamilienhaus stand. Das von seinen Eltern geerbte zweistöckige Gebäude stammte aus den 1950er-Jahren und war eher bescheiden zu nennen. Doch Waller liebte das alte efeuumrankte Haus, das ihm, seiner Frau und den beiden Kindern genügend Platz bot.

Er stellte den Wagen auf der schmalen Einfahrt ab und schloss ein paar Sekunden lang die Augen. Er streckte den rechten Arm aus. Seine Hand zitterte. Er hatte das Gefühl, Schüttelfrost zu bekommen, alles tat ihm weh. Vielleicht hatte er sich eine Grippe eingefangen. Das fehlte ihm gerade noch; in der kleinen Firma durfte eigentlich niemand ausfallen.

Waller stieß pustend den Atem aus, stieg aus dem Wagen und schlurfte zur Haustür hinüber. Selbst der kurze Fußweg fiel ihm schwer, er sog die Luft in kurzen, tiefen Atemzügen ein.

„Ich bin wieder da, Schatz", rief er halblaut in den Flur hinein.

Seine Frau Helen kam aus der Küche, die Hände nass vom Spülen. Sie strich sich mit dem Handgelenk eine blonde Haarsträhne aus der Stirn und gab ihm einen Kuss. Sie musterte ihn besorgt.

„Meine Güte! Du siehst ja total fertig aus, weißt du das? Hast du dich irgendwo angesteckt? Heute morgen warst du doch noch fit", sagte sie.

„Ich weiß auch nicht, was mit mir los ist. Jedenfalls fühle mich ganz furchtbar", klagte Waller. „Ich habe tierische Kopfschmerzen und mir ist übel."

„Ach du je. Du siehst aus, als hättest du auch Fieber", sagte Helen und legte ihm eine Hand an die Stirn. „Meine Güte, du glühst ja! Leg dich gleich mal hin. Die Kinder sind noch drüben bei Mannsfelds, wir essen heute sowieso etwas später zu Abend. Schlaf doch noch ein bisschen bis dahin. Vielleicht geht es dir dann schon besser."

Waller nickte und stieg mühsam die steile Treppe zum Schlafzimmer hinauf. In seinem Schädel pochte es jetzt wie in einem Hammerwerk. Ihm wurde schwindlig. Er hielt sich am Geländer fest. Waller hasste es, krank zu sein, und er spürte, wie Angst in ihm aufstieg. Das alles hatte erst vor zwanzig Minuten schlagartig eingesetzt. Mit solchen Symptomen begann doch nicht einmal eine Grippe! Was war denn nur mit ihm los? Er hatte gerade das Schlafzimmer erreicht, als ein wahnsinniger Schmerz sengend durch seinen Kopf fuhr. Aufstöhnend fiel er auf die Knie; er sah plötzlich nichts mehr, rang nach Luft, versuchte, sich am Bett festzuhalten und sackte dann schwer zur Seite.

Helen Waller stand in der Küche und wollte gerade einen Erkältungstee aufgießen, als sie oben einen dumpfen Schlag hörte. Alarmiert lief sie in den Flur.

„Tim?", rief sie die Treppe hinauf, und als sie keine Antwort erhielt, noch einmal: „Tim? Was ist mit dir?"

Oben blieb es vollkommen still. Sie runzelte die Stirn, dann lief sie die Stufen hinauf und eilte zum Schlafzimmer hinüber. Sie starrte in den Raum, unfähig zu akzeptieren, was sie dort sah. Ihr Mann lag halb auf dem Rücken vor dem Bett. Sein Mund war wie zu einem stummen Schrei geöffnet, aus Nase, Augen und Mund strömte Blut und bildete bereits eine dunkle Lache um seinen Körper herum. Helen Waller schrie.

Fünfzehn Minuten später bog ein Rettungswagen mit rotierendem Blaulicht und gellendem Martinshorn in den Heideweg ein. Der diensthabende Notarzt, Dr. Joachim Guthmann, war Oberarzt in einer nahen Klinik, ein erfahrener Mediziner, der in jüngeren Jahren als Mitglied von „Ärzte ohne Grenzen" auch in mehreren Ländern Afrikas Dienst getan hatte. Bezüglich Unfällen und Krankheiten gab es sehr wenig, das er noch nicht gesehen hatte. Was ihn hier erwarten würde, wusste er nicht so recht; aus dem Gestammel der verstörten Frau hatte die Leitstelle sich keinen Reim machen können. Vermutlich ein Schlaganfall.

Als der Sechzigjährige die Treppe zum Schlafzimmer der Wallers hinaufstieg, erfuhr er von der hemmungslos weinenden Helen Waller, die ihm hinterherkam, dass sich ihr Mann schlecht gefühlt, Symptome einer Grippe aufgewiesen habe und oben in einer Blutlache zusammengebrochen sei.

Im Schlafzimmer angekommen, sah Guthmann mit einem Blick, dass Tim Waller nicht mehr zu helfen war. Er drehte sich zu der Frau um und schickte sie mit ruhigen, aber bestimmten Worten ins Erdgeschoss zurück. Angesichts des vielen Blutes zog er Schutzhandschuhe an, bevor er den Tod des Mannes feststellte. Dabei bemerkte der Arzt, dass dieses Blut offenbar auch aus Wallers Augen gelaufen war. In Guthmann keimte ein furchtbarer Verdacht auf – er erinnerte sich an die entsetzlichen hämorrhagischen Fieber, die er in Westafrika gesehen hatte wie Marburg, Lassa oder das berüchtigte Ebola. In diesen Fällen kam es meist zu Blutungen aus allen Schleimhäuten, auch aus den Augen. Doch konnte es tatsächlich sein, dass hier, im ländlichen Westen von Hamburg, eine dieser tödlichen viralen Infektionskrankheiten ausgebrochen war? Und bei wem konnte sich Waller angesteckt haben? Oder waren die Blutungen doch Symptome einer ganz anderen Erkrankung?

Guthmann entschied sich, kein Risiko einzugehen. Er stürmte die Treppe hinunter, wies Helen Waller und ihre Kinder an, das Haus keinesfalls zu verlassen, eilte zum Rettungswagen hinaus und gab Anweisungen. Sanitäter und Fahrer hüllten sich umgehend in Schutzanzüge samt Kopfhaube, legten Schutzmaske, Vollsichtbrille und Handschuhe an. Auch Guthmann zog die komplette Schutzausrüstung an; er wusste, dass er sich möglicherweise infiziert hatte. In seinem Fall sollte der Anzug die Erreger nicht draußen, sondern drinnen halten. Er zückte sein Handy und informierte nacheinander das Gesundheitsamt, den Ärztlichen Leiter des Rettungsdienstes des Kreises Pinneberg sowie die Leitstelle der Polizei. Spätestens in einer halben Stunde würde hier der Teufel los sein. Man würde das ganze Gebiet absperren und alle möglicherweise Betroffenen in Quarantäne nehmen.

Der Notarzt beschloss, nach Helen Waller zu sehen und ihr vielleicht noch ein paar Fragen zu stellen. Wo hatte ihr Mann zuletzt gearbeitet? War er vielleicht vor Kur-

zem von einem Afrika-Aufenthalt zurückgekehrt? Guthmann kehrte ins Haus zurück und ging in die Küche hinüber.

„Frau Waller?", rief er. „Es tut mir leid, Sie in dieser
Situation behelligen zu müssen, aber könnten Sie mir
noch ein paar Fragen beantworten? Es ist wirklich sehr
wichtig."

Als er vom Flur in die Küche bog, sah er, wie Helen
Waller ihm entgegentaumelt kam. Ein Stöhnen entrang
sich ihrer Brust, Blut lief aus Nase und Mund. Guthmann
sprang nach vorn und konnte die Frau gerade noch auf-
fangen, bevor sie in seinen Armen zusammenbrach.

Wedel in Holstein

„Dr. Lindberg, verstehe ich Sie richtig: Sie rufen mich zu Hause im wohlverdienten Feierabend an, weil Sie auf irgendeinem verwitterten Sarg in Wedel die Zahl Vier gesehen haben? Fühlen Sie sich ansonsten wohl? Ich wäre Ihnen wirklich für eine zügige Erklärung äußerst dankbar – ich habe nämlich das Haus voller Gäste."

Dr. Rüdiger Stettner war Leiter des Archäologischen Landesamtes Schleswig-Holstein und damit Lindbergs Vorgesetzter. Gemessen an seinem ätzenden Tonfall schien er ziemlich verärgert zu sein und Lindberg erinnerte sich jetzt, dass Stettner etwas von dem fünfzigsten Geburtstag seiner Frau und einer lange vorbereiteten Familienfeier erwähnt hatte.

„Ich bitte vielmals um Entschuldigung, Dr. Stettner", sagte Lindberg mühsam freundlich, „aber es könnte sehr wichtig sein. Ich habe den Verdacht, dass in diesem Bleisarg in Wedel ein Pesttoter liegt. Und zwar ein ziemlich intakter. Was uns vor Probleme stellen könnte. Die spiegelverkehrte Zahl Vier ist kein gutes Zeichen. Zudem wurden ein Dämonenzeichen und ein alchimistisches Symbol in das Metall eingeschnitten. Das verheißt nichts Gutes. Und es muss einen Grund dafür geben, dass man diesen Sarg damals sehr aufwendig zugelötet hat. Mir gefällt das nicht."

„Was meinen Sie damit?", unterbrach Stettner ihn.

„Wie Sie zweifellos wissen, grassierte in dieser Zeit nach dem Dreißigjährigen Krieg die Pest in Norddeutschland, und Pesttote gab es überall."

„Jaja", knurrte Stettner ungehalten. „Das weiß ich doch alles. Und?" „Diese Toten wurden meist einfach verscharrt wie später auf dem ‚Pesthügel' zwischen Dammtor und Sternschanze in Hamburg. Warum also diese Mühe mit dem Bleisarg? Damit stimmt irgendetwas nicht – und ich hätte gern Ihre Erlaubnis, zunächst die zuständigen Behörden zu alarmieren."

Stettner schwieg einen Moment und schien die Situation abzuwägen. Lindberg wusste, dass Rüdiger Stettner ein bestens vernetzter Mann war, der es sorgfältig vermied, höheren Ortes unangenehm aufzufallen. Er würde sich ungern mit einem harmlosen alten Sarg lächerlich machen. Andererseits konnte er sich beruflich noch erheblich mehr schaden, falls von diesem Sarg tatsächlich irgendeine Gefahr ausging und er es zu verantworten hatte, dass womöglich eine Pandemie ausbrach.

„Okay, machen Sie das, Lindberg", sagte Stettner schließlich. „Rufen Sie meinetwegen das Amt für Gesundheit in Kiel an. Die sollen alles Weitere veranlassen. Ich glaube zwar, dass Sie Gespenster sehen, aber schaden kann es nicht, wenn wir uns als wachsam und besorgt um die Gesundheit der Öffentlichkeit zeigen. Halten Sie mich auf dem Laufenden. Und Lindberg – halten Sie die Presse raus! Das ist ganz allein meine Sache, falls es denn überhaupt nötig werden sollte."

Lindberg schluckte eine spöttische Bemerkung herunter und beendete das Gespräch. Dann rief er das Gesundheitsamt in der Landeshauptstadt an und berichtete von seinem Fund. Der zuständige Beamte reagierte erwartungsgemäß wenig enthusiastisch, versprach aber, sich um die Sache zu kümmern. Lindberg war überzeugt, nie wieder in dieser Sache etwas zu hören. Umso überraschter war er, als er kaum eine halbe Stunde später einen Anruf vom Hamburger Bernhard-Nocht-Institut für Tropenmedizin erhielt. Der Archäologe wusste, dieses Institut war zuständig für alle hochinfektiösen Krankheiten. Wie zum Beispiel die Pest.

„Dr. Lindberg?", fragte eine dunkle Frauenstimme. „Mein Name ist Dr. Sarah Winter. Ich bin Virologin und Bakteriologin hier am Institut. Sie haben heute in Wedel einen möglichen Pesttoten gefunden?"

„Das stimmt, ja", sagte Lindberg überrascht. „Möglicherweise stammt die Leiche aus der Pestzeit. Wissen Sie das vom Gesundheitsamt? Ich habe nämlich gerade eben erst dort angerufen."

„Dr. Lindberg, es ist sehr wichtig, dass Sie mir Ihren Verdacht jetzt detailliert erzählen und begründen." Die Stimme der Frau klang angespannt.

Lindberg berichtete der Wissenschaftlerin genau, was sich in Wedel an der Kirche ereignet hatte.

„Was hat Sie eigentlich zu dem Verdacht geführt, in dem Bleisarg könnte ein Pesttoter liegen?", fragte Winter.

„Nun, zum einen war der Sarg sorgfältig verlötet", sagte Lindberg. „Als wolle jemand sicherstellen, dass nichts hinausgelangen kann. Vor allem aber waren die Seiten des Sarges mit der spiegelverkehrten Zahl Vier, einem Dämonenzeichen und einem alchimistischen Symbol verziert."

„Aha. Eine Vier also. Das sagt Ihnen was?" Lindberg fand, die Stimme klang nun etwas herablassend.

„Die Vier in dieser dargestellten Form ist eine Warnung aus alten Zeiten", erklärte er. „Die spiegelverkehrte Vier symbolisiert vor allem die Pest. Als Virologin dürfte Ihnen doch das Biohazard-Symbol für biologische Gefahren vertraut sein – das mit den drei klauenartigen Kreisen?"

„Ja sicher. Wie schon erwähnt, ist das mein Beruf. Ich kenne dieses Symbol", sagte Winter ungeduldig.

„Sehen Sie – die spiegelverkehrte Zahl Vier ist eben das Biohazard-Symbol früherer Jahrhunderte."

„Ich verstehe. Und diese anderen Symbole?"

„Eines davon sieht aus wie ein gebogener Pfeil, der von unten von einer Linie durchstoßen wird. Es ist das alchimistische Symbol für Fäulnis. Nur steht es hier auf dem Kopf. Ich interpretiere dies als die Verneinung von Fäulnis. Das dritte Symbol ist schwierig zu erklären. Stellen Sie sich einen Kreis vor, in dem allerlei Kringel und kreuzförmige Elemente angeordnet sind."

„Und das bedeutet?"

„Ich habe dieses Symbol erst einmal gesehen. In einem alten Alchimistenkeller, den wir ausgegraben haben. Es steht für den Dämonenfürsten Buer, Herr über fünfzig Legionen von Dämonen. Buer wird in einem Grimoire, also einem Buch über Zauberkunst, aus dem 16. Jahrhundert beschrieben. Dort wird ihm die Fähigkeit zugeschrieben, alle Krankheiten heilen zu können. Auch dieses Symbol steht auf dem Kopf."

„Das ist allerdings seltsam", sagte Winter nachdenklich. „Sagen Sie, diese Pastorin in Wedel hat Ihnen erzählt, einer der Handwerker hätte in den Sarg gegriffen?"

„Ja, das sagte sie", bestätigte Lindberg. „Dieser Trottel muss mit der Leiche in Berührung gekommen sein, und dann wohl auch mit dieser eigenartigen Flüssigkeit, die aus dem Sarg tropfte."

„Eine Flüssigkeit? Über die möchte ich mehr wissen. Sagen Sie, Dr. Lindberg, fühlen Sie sich eigentlich gesund?", fragte Winter unvermittelt.

„Das hat man mich heute schon einmal gefragt", brummte Lindberg, „Aber ja, ich fühle mich bestens."

„Kein Fieber, kein Schwindelgefühl, keine Schmerzen?"

„Nein, aber ich fürchte, das alles werde ich gleich bekommen, wenn Sie mir nicht endlich sagen, um was es hier geht."

„Sie haben nicht in den Sarg gegriffen?"

„Nein, zum Teufel, das habe ich nicht! Außerdem hatte ich Gummihandschuhe an. Ich sah das Pestsymbol auf dem Sarg und habe sofort die Gruft verlassen."

„Also gut, Dr. Lindberg. Wo sind Sie jetzt?"

„Ich bin noch in Wedel, werde mich aber gleich auf den Weg zurück nach Schleswig machen."

„Nein, das werden Sie nicht!", sagte die Virologin bestimmt. „Ich komme zu Ihnen. Warten Sie, bis ich bei Ihnen bin. Rühren Sie sich nicht vom Fleck! Haben Sie das verstanden?"

Lindberg platzte der Kragen. „Hören Sie, ich fahre, wohin ich will", knurrte er. „Und zwar jetzt sofort. Es sei denn, Sie geben mir eine zufriedenstellende Erklärung, warum ich meine Zeit damit vertrödeln soll, auf eine wildfremde Frau zu warten."

Winter schwieg einen Moment.

„Dr. Lindberg, was ich Ihnen jetzt mitteile, unterliegt der Geheimhaltung", sagte sie dann. „Wenn Sie damit hausieren gehen, können Sie in Ihrem Beruf in Zukunft höchstens noch Zivilisationsmüll der Inuit auf Grönland untersuchen. Wenn überhaupt. Haben Sie das verstanden?"

„Ja. Sie reden ja laut genug. Und jetzt bin ich ganz Ohr", versetzte Lindberg wütend.

Die Wissenschaftlerin holte tief Luft. „Also: Der Handwerker, der in den Sarg gefasst hat, ist tot. Seine Frau auch. Beide wiesen Symptome eines äußerst aggressiven hämorrhagischen Fiebers auf. Sie wissen schon – Ebola, Marburg, Lassa …"

„Ich weiß, was ein hämorrhagisches Fieber ist", unterbrach Lindberg sie gereizt. „Aber da müssen Sie sich irren. Der Tote vom Wedeler Kirchhof liegt da vermutlich seit rund dreihundertfünfzig Jahren. Und damals grassierte hier die Pest, nicht Ebola. Außerdem kann nach so langer Zeit nichts mehr infektiös sein. Aber das brauche ich Ihnen als Virologin ja nun nicht zu sagen. Ihren Infektionsherd müssen Sie sich also woanders suchen."

„Ich kann Ihnen am Telefon keine Einzelheiten nennen", entgegnete Winter. „Was Sie sagen, ist richtig. Und dennoch haben wir Anlass zu vermuten, dass der Tote aus Ihrer Gruft die Quelle war. Aber ich gebe zu, dass wir einfach noch nicht wissen, womit wir es hier zu tun haben. Und da wir nichts ausschließen dürfen, müssen wir zunächst einmal sicherstellen, dass Sie sich nicht angesteckt haben. Das ist ja wohl auch in Ihrem Interesse. Nennen Sie mir einen Treffpunkt – möglichst in einer wenig belebten Straße. Halten Sie großen Abstand zu Menschen. Ich werde mit einem speziellen Krankenwagen zu Ihnen kommen, wundern Sie sich also nicht."

„Allmählich wundere ich mich über gar nichts mehr", sagte Lindberg. Dann gab er einen Straßennamen durch.

Nur eine halbe Stunde später hielt ein Notarztfahrzeug neben ihm. Es hatte Blaulicht eingeschaltet, aber kein Martinshorn. Lindberg stieg ein, als sich die Hecktüren öffneten – und fand sich in einem Szenario wieder, das ihn an Katastrophenfilme erinnerte. Eine Gestalt in einem unförmigen weißen Plastikanzug, die wirkte wie ein Michelin-Männchen auf Droge, forderte ihn auf, sich das Hemd auszuziehen und auf die fahrbare Trage zu legen, die wie ein OP-Tisch mitten im Fahrzeug angebracht war. Lindberg sah zu, wie ihm die unheimliche Gestalt die Armbeuge desinfizierte, einen Stauschlauch festzog und ihm mit einer Hohlnadel Blut entnahm. Eine zweite, ebenso in weißen Kunststoff gewandete Person maß bei ihm Fieber und Blutdruck.

Bei dem absurden Gedanken, er könnte sich in der Gruft ein hämorrhagisches Fieber zugezogen haben, wurde Lindberg fast übel. Er kannte die Bilder von Patienten, deren Organe sich bei diesen grauenhaften Infektionskrankheiten geradezu verflüssigten. Die erste Gestalt beugte sich nun dicht über ihn. Unter der Plastikverkleidung konnte Lindberg nun das Gesicht einer Frau erkennen, die ihn mit ernsthaftem Blick aus smaragdgrünen Augen musterte.

„Hallo, ich bin Dr. Winter", sagte sie.

Irgendwo in einem gerade nicht sehr aktiven Teil seines Gehirns registrierte Lindberg, dass Augen und Stimme etwas sehr Angenehmes hatten.

„Fühlen Sie sich noch wohl?"

„Nein!", murrte Lindberg. „Ich fühle mich nicht wohl! Gar nicht!"

„Nicht? Ist Ihnen übel – oder schwindelig? Bekommen Sie Fieber?"

„Nichts davon. Aber ich liege in einem Krankentransporter und Astronauten stechen mich mit Nadeln. Ich bin doch kein Fakir."

Der Blick aus dem Plastikhelm wurde merklich kühler, Lindberg konnte es deutlich erkennen.

„Dr. Lindberg, ich wäre Ihnen sehr verbunden, wenn Sie die Situation ernster nehmen könnten. Es stehen Menschenleben auf dem Spiel. Millionen Menschenleben womöglich."

Sie trat von der Trage zurück und Lindberg setzte sich wieder auf. „Sind Sie fertig?"

„Mit den ersten Tests ja. Jetzt fahren wir ins Universitätsklinikum. Sie bleiben noch auf der Isolierstation, bis wir Ihre Blutwerte haben."

„Braucht jemand noch diesen Tag?", murrte Lindberg missmutig. „Ich glaube nämlich, der kann weg."

Wedel in Holstein

Einen alten Sarg auf einem Friedhof bewachen, und das auch noch die ganze Nacht hindurch – das hatte Menso Sievers gerade noch gefehlt. Für diese beneidenswerte Aufgabe musste der junge Polizeiobermeister eine extra Nachtschicht einlegen. Damit hatte sich auch der Kinoabend mit seiner neuen Flamme erledigt. Na toll. Begeistert war Helene nicht gerade gewesen. Nun konnte er zusehen, wie er das wiedergutmachte. Außerdem ging sie ja auch noch mit diesem gegelten Laffen aus der Werbebranche aus, der mit seinem siebenhundert PS starken Tesla angab wie eine Tüte Mücken. Helene so kurzfristig abzusagen, würde seine Chancen bei ihr nicht gerade erhöhen.

Missmutig starrte Sievers aus dem Fenster des Streifenwagens ins Dunkle, zur Wedeler Kirche hinüber. Sein Kollege Berndt Mahlmann lief gerade eine Runde um das Gotteshaus. Mindestens zum fünften Mal in dieser Nacht. Viel hatte man ihnen nicht über diesen Auftrag erzählt. Nur so viel, dass von dem uralten Sarg in der Gruft eine Gefahr ausgehen könnte. Die Rede war von alten Pesterregern, die aus irgendeinem Grund noch aktiv sein sollten. Die beiden Beamten hatten nun dafür zu sorgen, dass sich niemand der Grabkammer näherte, bevor man die dort gefundene Leiche fachmännisch geborgen und abtransportiert hatte.

Der Bereich um das Loch im Asphalt neben der Kirchenwand war nicht nur unübersehbar mit Trassierband und Warnschildern abgesperrt, die Seuchenexperten vom Bernhard-Nocht-Institut hatten außerdem den Bleisarg unten in der Gruft in eine Kunststoffplane luftdicht eingeschweißt und auch den Einstieg an der Oberfläche mit einer Plane versiegelt. Es war eine vorläufige Schutzmaßnahme nur für diese Nacht, am Morgen sollte der Leichnam aus der Gruft gehoben und ins Institut an der Elbe überführt werden. Die Experten hatten allerdings bereits unter Vollschutz und mit einer Sonde ein paar Gewebeproben aus dem Körper entnommen. Sie sollten noch in der Nacht untersucht werden.

Sievers fragte sich, ob eine jahrhundertealte Leiche tatsächlich noch ansteckend sein konnte. Gewiss, er war kein Experte, aber die alten Friedhöfe in Norddeutschland waren doch voller Gebeine von Pestleichen. Überlebt hatte noch nie ein Erreger diese lange Zeit. Jedenfalls hatte Sievers noch nie davon gehört. Trotzdem war dieser Auftrag irgendwie gruselig.

Der junge Polizeibeamte ließ das Autofenster herunter, um besser sehen zu können. Mahlmann hätte eigentlich längst wieder auftauchen müssen, so groß war die Kirche nun auch nicht und Mahlmanns kahler Schädel leuchtete selbst im Dunkeln.

„Berndt?", rief er halblaut.

Keine Antwort. Hatte sein Kollege auf der anderen Seite vielleicht etwas Ungewöhnliches entdeckt? Sievers stieg aus dem Wagen, schloss die Tür und schaltete seine Nitecore TM 03 an. Diese kompakte LED-Taschenlampe konnte auf der höchsten Stufe notfalls für eine ganze Viertelstunde mit zweitausendachthundert Lumen leuchten, das reichte beinahe für einen Fußballplatz und ganz sicher für den kleinen Kirchhof.

Der Beamte ging um die erste Kirchenecke herum; das abgedeckte Loch lag nun direkt vor ihm. Alles schien unverändert zu sein. Von Mahlmann war allerdings noch immer nichts zu sehen.

„Berndt?", rief er noch einmal.

Allmählich wurde ihm die Sache unheimlich. Falls Mahlmann ihm einen Streich spielen wollte, war das nicht komisch. Er würde ihm in den Hintern treten. Sievers zog das Funkgerät aus der Tasche und rief Mahlmann noch einmal. Als Antwort erhielt er nur ein statisches Rauschen.

Sievers runzelte die Stirn und lief nun um die nächste Kirchenecke. Er erschrak, als der Strahl der Lampe direkt vor ihm einen großen Nachtvogel aufschreckte, der mit lautem Flügelschlagen aus der Krone einer Eiche floh. Der gepflasterte Weg lag leer vor ihm. Der Strahl zuckte geisterhaft hin und her. Sievers wurde plötzlich bewusst, dass der Boden, auf dem er stand, früher einmal ein Friedhof gewesen war. Direkt unter seinen Füßen mochten sich noch Gräber aus uralten Zeiten befinden. Nur ein paar Meter entfernt lag eine alte Leiche. Ausgerechnet jetzt drängten sich beängstigende Bilder aus Horrorfilmen in sein Hirn, in denen Knochenarme aus dem Boden wuchsen und nach Lebenden griffen. Passenderweise schlug es gerade Mitternacht. Geisterstunde also. Sievers fluchte leise, sein Mund wurde trocken.

Er ging den Weg ein paar Meter weiter entlang. Der Strahl seiner Lampe glitt voraus und zur Seite. Mal links, mal rechts. Die krummen Äste der Rhododendronbüsche zauberten bizarre, zitternde Schemen auf den Weg. Sievers blieb stehen und kniff die Augen zusammen. Ihm war etwas Seltsames unter einem Gebüsch auf der Seite des Weges aufgefallen, gut zehn Meter von ihm entfernt. Langsam schritt er näher. Das grelle Licht der LED-Lampe verharrte auf zwei länglichen Objekten, die direkt aus dem Boden zu wachsen schienen. Als Sievers schließlich begriff, was er dort sah, rannte er hin und zog im Laufen hastig seine Dienstpistole aus dem Holster. Eine manuelle Sicherung kannte diese Waffe nicht, sie war sofort schussbereit. Der junge Beamte bog die Zweige des Gebüschs beiseite. Und erschrak.

Stundenlang hatte der Mann im Dunkeln gewartet, ein Schatten unter Schatten. Sein langes hartes Training hatte ihm die Geduld einer Katze und zudem eine verminderte Schmerzempfindlichkeit eingetragen. Er hatte gehofft, die Polizeibeamten würden sich am späten Abend zurückziehen. Doch sie saßen noch immer in ihrem Wagen und gingen hin und wieder eine Runde um die alte Kirche. Das sah nach einer Bewachung bis zum Morgen aus. Er musste seinen Auftrag unbedingt heute Nacht erfüllen, bei Sonnenaufgang würde es zu spät sein. Man würde die Leiche aus der Gruft abholen. Gut, dann eben auf die bewährte blutige Weise. Skrupel kannte die Gestalt im Schatten nicht, sie zog es lediglich vor, so wenig Aufsehen wie möglich bei ihrer Arbeit zu erregen.

Der eine Polizeibeamte bog gerade wieder um die Ecke und leuchtete mit seiner Handlampe den gepflasterten Weg vor ihm aus. Er wirkte entspannt, gelangweilt und wenig wachsam. Warum sollte er auch angespannt sein – von der tödlichen Gefahr wenige Meter neben ihm konnte er nichts ahnen.

Als Berndt Mahlmann an einem dichten Gebüsch am Rande des Weges vorüberging, erhob sich der Schatten in einer lautlosen, fließenden Bewegung. Der vollständig in Schwarz gekleidete Mann trat mit einem Schritt hinter ihn, seine weichen Vibram-Sohlen erzeugten kein Geräusch auf dem Pflaster. Seine rechte Faust hatte sich um eine seltsame Waffe geschlossen. Ursprünglich war es ein Drehmomentschlüssel für Golfschläger gewesen, doch statt der üblichen Werkzeugspitze trug der halbmondförmige Griff nun die aufgeschweißte lange dreikantige Nadel eines Troikarts, ein chirurgisches Instrument zum Punktieren. Die geschliffene Nadel ragte rund zehn Zentimeter zwischen Zeige- und Mittelfinger heraus. Eine kraftvolle Hüftdrehung katapultierte die Faust blitzartig nach vorn – ein klassischer Karatestoß. Die lange Nadel drang mühelos an der Schädelbasis in Mahlmanns Gehirn ein und durchstieß die Medulla oblongata, die Schaltzentrale im Hirnstamm, die unter anderem Atmung und Kreislauf steuert. Mahlmann stieß ein kurzes Ächzen aus und fiel dann in sich zusammen wie eine Marionette, der man die Fäden gekappt hatte. Innerhalb von Sekunden kam seine Atmung zum Stillstand. Sein Mörder schleifte ihn hinter das Gebüsch und legte sich wieder auf die Lauer.

Sievers keuchte entsetzt auf, als er seinen Kollegen unter dem Gebüsch liegen sah. Der Lampenschein glitzerte auf seinen halbgeöffneten, starren Augen. Gerade wollte der Beamte nach dem Funkgerät an seinem Gürtel greifen, als sich seine Nackenhaare hochstellten, ein Gefahrenreflex aus Urzeiten. Ein winziges Geräusch, das leise Scharren eines Fußes, ein Wispern von Stoff auf Stoff – direkt hinter ihm. Doch bevor er mit der Waffe in der Hand herumwirbeln konnte, traf ihn ein wuchtiger Schlag gegen den Hinterkopf, verbunden mit einem scharfen Schmerz. Sievers torkelte nach vorn, seiner Kehle entrang sich ein Stöhnen. Die Pistole fiel ihm aus der kraftlosen Hand. Der Beamte brach in die Knie und verharrte ein paar Herzschläge lang in einer fast betenden Körperhaltung. Als sein Kopf zur Seite sackte, nahm er für einen Sekundenbruchteil eine schwarze Gestalt schräg hinter sich wahr. Dann wurde es dunkel um ihn. Dass er mit dem Gesicht auf den Körper seines toten Kollegen fiel, merkte Sievers nicht mehr.

Hamburg

Von außen glich das trutzige Gebäude am Elbhang einem Hochsicherheitsgefängnis. In den kantigen, kastenartigen Bau aus rötlichen Steinen waren keine großzügigen Fenster, sondern nur Bänder schmaler, verglaster Schlitze eingelassen, die waagerechten Schießscharten ähnelten. Ins Innere des Gebäudes drang entsprechend wenig Tageslicht – was durch ein raffiniertes, von Bewegungsmeldern gesteuertes Beleuchtungssystem ausgeglichen wurde. Auch bei diesem Haus entsprach das wichtigste Sicherheitsprinzip dem einer Haftanstalt: Nichts, was drinnen verwahrt wurde, durfte nach außen gelangen. Doch wenn dies bei der roten Festung an der Elbe jemals geschah, würde die daraus resultierende Bedrohung selbst den Ausbruch eines Serienmörders bei weitem übertreffen: Dann war das Leben von Millionen Menschen in höchster Gefahr.

Das neue Laborgebäude des Bernhard-Nocht-Instituts für Tropenmedizin war 2009 eröffnet worden. Es beherbergte neunzig Wissenschaftler und neben zwanzig Laboren der biologischen Schutzstufe zwei und fünf Laboren der Stufe drei auch zwei Labore der höchsten Sicherheitsstufe vier. Nur in Berlin, Marburg und auf der Forschungsinsel Riems im Greifswalder Bodden gab es in Deutschland weitere Stufe-vier-Labore.

In diesen Laboren wurden die tödlichsten Erreger und Infektionskrankheiten erforscht, die auf unserem Planeten zu finden waren. Dazu zählten Ebola, Hanta, Dengue, Krim-Kongo, Marburg, Lassa, aber auch Pocken oder die Pest. Die Inneneinrichtung der Labore bestand fast vollständig aus widerstandsfähigem und gut zu reinigendem V2A-Stahl; die Fenster gehörten zur Brandschutzklasse F-90 und konnten eineinhalb Stunden lang selbst einem tobenden Höllenfeuer widerstehen. Die luftdichten Türen des Labors mit ihren Bullaugen glichen den lukenartigen Durchgängen auf Kriegsschiffen. Dahinter lagen Schleusen, die mit Per-Essigsäure-Duschen ausgerüstet waren. Sie konnten einen Menschen ohne Schutzanzug buchstäblich skelettieren. Aber diese Räume betrat ohnehin niemand ohne einen Ganzkörperanzug mit eigener Sauerstoffversorgung. Im Inneren dieser Anzüge herrschte Überdruck, um nichts hineingelangen zu lassen, im Gegensatz zum leichten Unterdruck der Labors, damit keine Erreger nach außen entweichen konnten.

In einem der Stufe-vier-Labore starrte Dr. Sarah Winter ungläubig auf den Monitor des Transmissions-Elektronenmikroskops.

„Das ist doch nicht möglich!", entfuhr es ihr.

Ihr aufgeblasener Tyvek-Schutzanzug knisterte leicht, als sie sich noch einmal vorbeugte. Die neunzigtausendfache Vergrößerung, die der Elektronenstrahl ermöglichte, zeigte ein Abbild des Erregers, dem das Ehepaar aus Wedel zum Opfer gefallen war.

Die achtunddreißigjährige Virologin hatte gehört, dass der Mann beim Eintreffen des Notarztes bereits tot gewesen war. Die Frau war noch im Krankenwagen gestorben. Die Leichen lagen nun in einem Sondertrakt des UKE, dem Universitätsklinikum Eppendorf; die Blutproben waren sofort mit einem speziellen Fahrzeug ins Bernhard-Nocht-Institut gebracht worden.

Ratlos blickte sie auf einen Ausdruck, der auf dem Labortisch vor ihr lag. Die Schleuse öffnete sich und Professor Dr. Levy Dahan trat ein. Dahan war Leiter der Virologie am Bernhard-Nocht-Institut. Ausgebildet am Technion in Haifa und an der Hebräischen Universität in Jerusalem, genoss er auf seinem Gebiet ein hohes Ansehen. Vor drei Jahren war er einem Ruf an das Bernhard-Nocht-Institut in Hamburg gefolgt. Er war ein graziler Mann Mitte vierzig, freundlich, aber außerhalb eines engen Freundeskreises etwas distanziert, verlässlich, aber alles andere als ein Kumpeltyp. Sarah, die eng mit ihm zusammenarbeitete, war erst seit ein paar Wochen mit ihm per Du.

„Levy, kannst du dir das bitte mal ansehen?", rief sie ihm zu.

Dahan, der von einem Kongress in London nach Hamburg geeilt war, ging zu Sarah hinüber und nahm das Blatt Papier entgegen, das sie ihm hinhielt. Über seine schmalrandige Brille hinweg blickte er auf das Abbild auf dem Monitor.

„Ist das der Fall mit den beiden Toten aus dieser Kleinstadt?", fragte er mit seinem etwas kehligen Akzent.

Seine Kollegin nickte. Dahan las die Werte auf dem Ausdruck ab. Es war das Ergebnis der Sequenzierung des Erregers, der Tim und Helen Waller getötet hatte. Die Entschlüsselung eines Genoms mit modernen Sequenzierungsmaschinen dauerte heute nur noch wenige Stunden. Unter dem Mikroskop hatte sich zunächst herausgestellt, dass es sich nicht um einen bakteriellen Erreger handelte. Das Elektronenmikroskop entlarvte schließlich das tödliche Virus.

„Dieser Notarzt hatte recht", murmelte Dahan, „es ist tatsächlich ein Filovirus. Aber so einen habe ich noch nie gesehen. Wo zum Teufel kommt der her?"

Die Filoviren waren eine Familie von Viren, zu denen auch Marburg und Ebola gehörten. Der Virologe blickte wieder auf den Ausdruck und dann auf den Bildschirm.

„Sieht aus wie der Zaire-Sudan-Stamm. Und wiederum nicht. Einiges passt nicht dazu. Aber was ist das da? Guck dir das mal an."

Dahan wies auf die spiralförmigen Auswüchse, die wie Arme aus der Hülle des Virus ragten. Sie wiesen lange „Spikes" auf, nadelartige Formen aus Glykoprotein.

„Du sagtest, die Opfer hätten sich infiziert und seien binnen weniger Stunden gestorben?"

Sarah nickte. „Dieses Ding ist hochinfektiös und weist womöglich eine hundertprozentige Letalität auf. Ich habe noch nie von einem hämorrhagischen Fieber gehört, das innerhalb so kurzer Zeit töten kann. Womöglich ist es sogar auf dem Luftweg übertragbar."

Dahan sah sie nachdenklich an. „Das könnte allerdings eine Katastrophe unvorstellbaren Ausmaßes nach sich ziehen. Bislang sind hämorrhagische Fieber nicht aerogen übertragbar."

Der Chefvirologe sah sich noch einmal sehr konzentriert den Ausdruck der Sequenzierung an. Sarah sah, wie er sich plötzlich anspannte.

„Oh Gott, das gefällt mir nicht. Ruf Rafael an, er soll sofort hierher ins Labor kommen. Sofort!"

Sarah sah ihn alarmiert an. „Thomsen, den Bakteriologen? Was glaubst du denn, womit wir es hier zu tun haben?"

Unter seinem Schutzhelm stieß Dahan den angehaltenen Atem schnaufend aus.

„Möglicherweise mit einem richtigen Monster. Einem Albtraum von einer Chimäre."

Hamburg

Professor Dr. Rafael Thomsen sah von dem Computerausdruck der Sequenzierung auf und blickte noch einmal zum Monitor hinüber, auf dem noch immer das Bild des tödlichen Virus aus Wedel flimmerte. Er grinste.

„Ihr seid mir doch eine Saubande! Fast wäre ich auf euch hereingefallen. Und dann noch dieses besorgte Tremolo in deiner Stimme, Sarah, einfach göttlich!"

Der Chefbakteriologe des Bernhard-Nocht-Instituts war ein leicht beleibter Mann Mitte fünfzig, der seinen Kampf gegen einen kleinen Wohlstandsbauch mit Squash und Radtouren führte – offensichtlich ohne durchschlagenden Erfolg. Thomsen war bei den Kollegen beliebt, er war ausgeglichen und meist für einen Scherz zu haben. Er sah Winter und Dahan schelmisch an, in der Erwartung, die beiden würden gleich vor Lachen losplatzen. Stattdessen blickte er weiterhin in bitterernste Mienen.

„Ach kommt, ihr wollt mir doch nicht erzählen, dass es dieses Ding da wirklich gibt! Eine Chimäre aus einem Filovirus und dem Genom eines Pestbakteriums? Hier", er klopfte mit dem Finger auf den Ausdruck, „bis dahin ist es ein normales Ebolavirus, vermutlich Zaire-Sudan. Aber diese Abschnitte des Genoms hier sind etwas ganz anderes. Diese Genomabschnitte sind weitgehend identisch mit einem Stamm von Yersinia

Pestis, der hier in Norddeutschland während des Dreißigjährigen Krieges wütete. Ich habe mich damit während meines Studiums beschäftigt. Das ist doch überhaupt nicht möglich! Und das wisst ihr auch, dazu braucht ihr mich nicht."

Dahan räusperte sich. „Rafael, was du da siehst, ist leider echt. Und dieses Ding da", er wies mit einem Kugelschreiber auf den Monitor, „hat bereits zwei Menschen getötet. Die Symptome sind ähnlich wie bei Ebola: Fieber, Übelkeit, Blutungen aus allen Körperöffnungen, Multiorganversagen. Und das innerhalb weniger Stunden." Er zögerte. „Und wir befürchten, dass es auch noch aerogen übertragbar sein könnte."

Thomsens Lächeln erlosch allmählich. Er blickte zwischen Dahan und Winter hin und her.

„Ach kommt, Kinder ..."

Schließlich beugte er sich vor und starrte das Virus an.

„Was habt ihr gesagt? Innerhalb weniger Stunden? Und dann noch aerogen? Großer Gott – wenn das wirklich kein schlechter Scherz ist und dieses monströse Virus freigesetzt wird, gibt es ein größeres Massensterben als bei der Pest und der Grippe. Und das waren jeweils Dutzende Millionen. Ihr habt doch sofort alle Sicherheitsmaßnahmen getroffen?"

Winter nickte. „Der Sarg mit dem Toten ist vollkommen in Schutzfolie eingekapselt worden, er wird außerdem von der Polizei bewacht. Das Gelände der Kirche in Wedel ist abgesperrt. Auf die Schnelle konnten wir den Sarg aber nicht bergen, er besteht aus massivem Blei. Und zwar zugelötet. Wir müssen ihn aufschneiden. Das ist viel zu gefährlich vor Ort. Da ist auch noch irgendeine Flüssigkeit drin, von der wir noch nicht wissen, um was es sich handelt. Wir rücken morgen mit schwerem Gerät und einer Mannschaft in Schutzkleidung an."

„Und wo wollt ihr mit Sarg und Leiche hin?", fragte Thomsen.

„Wir sind noch dabei, ein provisorisches Isolierlabor der Stufe vier drüben im Anbau einzurichten, in das wir den Sarg über den Parkplatz reinbringen können", sagte Winter. „Allein der Transport ist ein logistischer Albtraum. Wir werden eine Polizeieskorte benötigen, aber dürfen andererseits nicht zu viel Aufsehen erregen. Wenn bekannt wird, was wir da befördern, bricht eine Panik aus. Hunderttausende Hamburger werden versuchen, aus der Stadt zu fliehen."

Thomsen schüttelte den Kopf. „Wenn ich von einer so potenten Chimäre höre, dann tippe ich sofort auf Biowaffenlabore in Russland, China, den USA oder Nordkorea. Ihr sagt, dieses Ding stammt aus einem Sarg aus dem Dreißigjährigen Krieg? Dann ist es erst recht nicht möglich. Egal ob Bakterium oder Virus – nach der langen Zeit ist alles tot. Der Wirtskörper, also die Leiche, ist ja längst zerfallen."

„Dieser Archäologe, der den Sarg untersucht und uns alarmiert hat, erzählte mir da eine merkwürdige Geschichte von einer Lady aus China", warf Winter ein. „Einer Leiche, die angeblich nach über zweitausend Jahren noch frisch war. Vielleicht wollte er mit seinem archäologischen Seemannsgarn ein wenig angeben."

Dahan nickte nachdenklich. „Nein, nein. Das ist keine Schauergeschichte, Sarah. Ich kenne den Fall. Die sogenannte Marquise von Dai. Eine Adlige, die im Alter von etwa fünfzig Jahren starb – im 2. Jahrhundert vor Christus. Hatte sich wohl totgefressen, wie die Obduktion ergab. Und die Leiche sah bei der Exhumierung nach über zweitausend Jahren aus, als hätte man sie erst am Vortag beerdigt. Frag diesen Archäologen doch mal nach Einzelheiten. Das könnte für diesen Fall hier interessant sein. Vielleicht gibt es ja ein paar verrückte Parallelen."

Lindberg setzte sich in seiner karg eingerichteten Isolierzelle auf. Der Raum ähnelte einem Krankenzimmer, allerdings befand sich derzeit nur ein einziges Bett darin. An der Wand gab es Anschlüsse für Sauerstoff und Strom. Alle Oberflächen waren aus einem speziellen, leicht zu desinfizierenden Kunststoff. Er hörte, wie sich Schritte näherten, dann vernahm er das Zischen der Luftschleuse. Eine schlanke Frau mit honigblonden, zu einem Zopf geflochtenen Haaren betrat die Zelle. Lindberg erkannte die smaragdgrünen Augen sofort wieder.

„Oha! Diesmal ganz ohne Strampelanzug?", fragte er. „Und auch ohne Nadeln! Ich hätte Sie fast nicht wiedererkannt. Na, das heißt ja wohl, dass ich dieses Luxusetablissement verlassen kann." Er erhob sich.

„Ja. Sie sind gesund", sagte Sarah Winter kühl. „Sie haben verdammtes Glück gehabt."

„Ich sagte Ihnen doch: Ich habe weder die Leiche noch das Wasser berührt und war höchstens fünf Minuten in der Gruft. Da kann ich mich ja wohl nicht angesteckt haben."

„Es sei denn, das Virus kann durch die Luft übertragen werden", konterte Winter. „Was wir übrigens nicht ausschließen können." „Hören Sie, ich bin kein Experte, aber ich habe noch nie von einem hämorrhagischen Fieber gehört, das aerogen übertragen wird", entgegnete Lindberg. „Das wäre ja auch ein Albtraum."

„Nun, ich bin Expertin und ich habe bisher auch noch nie davon gehört. Und Sie haben völlig recht: Das wäre in der Tat ein Albtraum. Kommen Sie, ich wollte Sie noch etwas fragen, bevor Sie uns verlassen."

Der Archäologe folgte der Virologin durch die ovale Luftschleuse. Er warf die weiße Kleidung, die man ihm gegeben hatte, in eine Art Müllschlucker und erhielt dafür neue.

„Darf ich fragen, wo meine eigenen Sachen sind?"

„Die sind längst in Rauch aufgegangen, wir konnten kein Risiko eingehen."

„Na, das ist ja toll!", entfuhr es Lindberg. „Meine Sachen sind verbrannt und ich laufe jetzt herum wie ein Bäckergeselle. Ich hoffe, meinen Autoschlüssel und meine Brieftasche haben Sie nicht gleich mit eingeäschert?"

„Was wir desinfizieren konnten, liegt drüben im Besprechungsraum. Ich glaube, Ihr Autoschlüssel ist dabei."

Der Besprechungsraum bot den Charme eines zahnärztlichen Wartezimmers, aber Lindberg störte das nicht. Er wollte die Fragen der Virologin rasch beantworten und dann endlich nach Hause fahren, duschen, ein Bier trinken und schlafen. Dankbar nahm er den heißen Tee entgegen, den Winter ihm reichte.

„Zucker?"

Lindberg nickte. „Zwei Stück bitte."

Die Virologin goss sich auch einen Tee ein und setzte sich ihm gegenüber.

„Im Krankenwagen haben Sie mir eine Geschichte von einer zweitausendjährigen Mumie aus China erzählt."

„Ja. Ich erinnere mich. Ich erwähnte das, weil sie perfekt erhalten war. Und der Tote in der Gruft möglicherweise auch. Jedenfalls war das der Eindruck dieses armen Teufels, der ihn angefasst hat."

Winter trank einen Schluck Tee. Mit der linken Hand griff sie in ihr Haar und drehte eine Strähne um ihren Finger. Lindberg fand die Geste ganz reizend.

„Ja. Genau diese Geschichte meine ich. Erzählen Sie mir bitte mehr davon", bat sie.

Lindberg lehnte sich vorsichtig in dem geradezu filigranen Bistrostuhl zurück, der unter seinen achtzig Kilogramm bedrohlich knarrte.

„Ihr Name war Xin Zhui", begann er. „Sie war eine Adelige und Gattin des Kanzlers von Changsha. Das ist heute die Hauptstadt der Provinz Hunan und protzt mit der größten Mao-Statue der Welt. Damals aber, im 2. Jahrhundert vor Christus, war Changsha ein eigenständiger Staat."

Er nahm einen Schluck von dem süßen Tee. Der Blick aus Winters grünen Augen ruhte erwartungsvoll auf ihm.

„Und?"

Lindberg riss sich vom Bann der Katzenaugen los.

„Xin Zhui starb um das Jahr 160 vor Christus und erhielt ein sehr ungewöhnliches Grabmal in Form einer auf dem Kopf stehenden Pyramide. Die Grabkammer fand man 1971 in zwölf Metern Tiefe. Die Volksbefreiungsarmee wollte damals ein unterirdisches Lazarett ausheben – und plötzlich gab die Erde nach. Man fand mehrere Gräber mit Mumien, darunter auch das der Marquise von Dai." Er lehnte sich vor. „Stellen Sie sich das mal vor: Das Grab war von einer dicken Schicht Tonerde und fünf Tonnen Holzkohle umgeben. Oben schloss ein fünfzehn Meter hoher Erdhügel das Grabmal ab."

„Hm. Holzkohle …", sagte Winter nachdenklich. „Ein hervorragendes Filterelement."

„Ganz genau!", bestätigte Lindberg. „Aber das ist noch nicht alles. Die Leiche selbst war fest in mehrere Bahnen feinste Seide eingewickelt, in vier lackierte, ineinander passende Särge gebettet und zusätzlich von einer dicken Wand aus Holz geschützt. Der Lack erwies sich als absolut wasserdicht. Eine Meisterleistung dieser Zeit."

Lindberg hob einen Finger und senkte ihn schnell wieder, weil er merkte, dass dies etwas oberlehrerhaft wirkte.

„Aber der Clou war, dass die Dame in achtzig Litern einer Flüssigkeit schwamm, mit dem der innere Sarg gefüllt war."

„Was war das für eine Flüssigkeit?", wollte Winter wissen. „Weiß man, woraus sie bestand?"

Der Archäologe zuckte mit den Schultern. „Das wissen wir leider nicht genau. Entweder hat man es tatsächlich nie herausgefunden oder die Chinesen halten die Rezeptur bis heute geheim. Die uralte chinesische Kultur, eine der ältesten der Welt, vielleicht sogar *die* älteste, hat zahlreiche Mumien hinterlassen. Sie stehen den Ägyptern in nichts nach. Manche sind ebenfalls Tausende Jahre alt. Und wir dürfen annehmen, dass diese geheimnisvolle Flüssigkeit zu dem unfassbar guten Erhaltungszustand der Leiche von Changsha ganz wesentlich beigetragen hat."

„Wie gut war denn dieser Zustand nun genau?"

„Nach mehr als zweitausend Jahren befand sich noch immer Blut in ihren Adern, die Muskeln waren noch elastisch, die Haut nicht verfärbt, die Organe geradezu frisch wie bei einem soeben Verstorbenen. Man kann in diesem Fall eigentlich gar nicht von einer klassischen Mumie sprechen wie Tutanchamun oder Ramses II. Die Marquise von Dai spielt in dieser Hinsicht in einer ganz eigenen Liga."

„Das ist ja wirklich unglaublich", stimmte Winter ihm zu.

„Haben Sie die Flüssigkeit aus dem Wedeler Bleisarg denn schon untersucht?", wollte Lindberg wissen und blickte die Virologin gespannt an.

„Das haben wir, ja. Zumindest provisorisch, so gut es in der kurzen Zeit ging."

„Und – mit welchem Ergebnis?"

„Ehrlich gesagt, sind wir ziemlich ratlos", räumte Winter ein. „Wir konnten auf die Schnelle zwar einige pflanzliche Bestandteile identifizieren. Offenbar wurden auch verschiedene Pilze verarbeitet, einige davon kennen wir nicht. Die Flüssigkeit ist zudem leicht basisch. Aber der Rest der Zusammensetzung ist bislang ein Rätsel."

„Bleiben Sie unbedingt dran", riet Lindberg, „denn falls diese Flüssigkeit einen menschlichen Körper über dreihundertfünfzig Jahre fast perfekt erhalten hat – was ich noch nicht recht glauben kann –, dann würde Ihre Entschlüsselung ganz stark Richtung Nobelpreis gehen."

Sarah Winter sah ihn ernst an. „Viel wichtiger ist: Falls wir dieses Virus nicht rasch gestoppt kriegen, geht diese Angelegenheit erst einmal ganz stark Richtung Apokalypse."

Hallig Hooge, Nordfriesland

Henning Fendt kniff die Augen zusammen. Schräg über ihm, am wolkenlosen, azurblauen Himmel, schwebte ein seltsames Objekt und zog langsam vorüber. Fendt konnte ein schwaches, schwirrendes Geräusch hören. Er schätzte, dass das Objekt in rund fünfzig Metern Höhe flog. Hier, auf der kleinen nordfriesischen Hallig Hooge, hatte er zwar noch nie eine Drohne gesehen, aber er kannte diese Flugobjekte aus dem Fernsehen. Als Hobby-Vogelkundler konnte er Größenverhältnisse am Himmel recht gut einschätzen: Diese Drohne mit ihren acht Rotor-Auslegern war ungewöhnlich groß und hatte sicherlich die Ausmaße eines Restauranttisches. Fendt blickte sich um. Er wusste, irgendwo musste ein Mensch sein, der sie steuerte. Doch er sah niemanden. Nur ein ganzes Stück weit draußen, auf der Nordsee, die sich heute blau und ungewöhnlich friedlich zeigte, fuhr ein weißes Sportboot vorüber.

Fendt blickt der Drohne nach. Sie flog in östlicher Richtung, auf die Hanswarft zu, auf der sich das Bürgermeisteramt, das Sturmflutkino und ein paar Geschäfte der Hallig befanden. Vermutlich wurde das Gerät von einem Gast im Haus Helgoland auf der Ockelützwarft gesteuert, das ebenfalls gemietet werden konnte. Die Touristen vom Festland nahmen ja alles Mögliche an Zeug mit in den Urlaub. Badeboote in Schwanenform oder teure Elektrofahrräder, die auf der kleinen Marschinsel eigentlich völlig deplatziert waren, gehörten schon zur Standardausrüstung. Fendt drehte sich um und ging über die Marschwiese zurück zu der kleinen Häusergruppe, die sich auf einem flachen grünen Hügel duckte. Er wollte noch etwas im Schulgebäude erledigen. Die Ockelützwarft, die etwas westlich vom Zentrum der amöbenförmigen Hallig lag, war sein Zuhause und Fendt Lehrer an der Hallig-Schule, einem markanten Gebäude mit seinen charakteristischen feuerroten Türen und Streifen an der Dachkante. Die Schule verfügte nur über einen einzigen Klassenraum – bei derzeit fünf Schülern war das aber mehr als ausreichend. Fendt war allerdings stolz auf die gute Ausstattung der kleinen Schule; es gab immerhin zwei Computerlernplätze und einen abtrennbaren Bereich, der auch als Bühne für kleine Aufführungen genutzt werden konnte. Meist gab es mehr Darsteller auf der Bühne als Zuschauer im Parkett – aber Spaß machten diese Aufführungen den Schülern immer. Im ersten Stock des Gebäudes befand sich sogar eine richtige Turnhalle mit allerlei Sportgeräten.

Die Ockelützwarft war eine von zehn bewohnten Warften auf Hallig Hooge. Insgesamt zählte die Bevölkerung der Marschinsel rund hundert Seelen. Davon lebten allein auf der Ockelützwarft mehr als ein Dutzend Menschen in sechs Haushalten.

Fendt war Single und vor sechs Jahren hierhergekommen, um nach einer sehr hässlichen Scheidung noch einmal von vorn anzufangen. Seine Frau Ragna war ihm immer an Raffinesse und Härte überlegen gewesen; dies hatte sich für sie auch bei der Scheidung ausgezahlt.

Fendt war nahezu mittellos auf die Hallig gekommen. Die Abgelegenheit der kleinen, nicht einmal sechs Quadratkilometer umfassenden Eilands machte ihm nichts aus. Im Gegenteil, die selbstgewählte Einsamkeit half ihm, sich auf das Wesentliche zu konzentrieren – Lehren, Lernen und ein bewusst einfach gehaltenes Leben. Henning Fendt war Lehrer in Bremen-Nord gewesen, einem sozialen Brennpunkt einer Stadt, die ohnehin eine hohe Kriminalität aufwies. Er hatte Messerstechereien und Drogenexzesse an seiner Schule erlebt, unter dem zähen Verkehr und der von Abgasen vergifteten Stadtluft gelitten und genoss nun die friedliche Atmosphäre in der winzigen Hallig-Schule und die ungewohnte Wissbegierigkeit seiner Schüler. Fendt fühlte sich hier zu Hause und gab sich große Mühe, die ganz spezielle Mentalität dieser kleinen Gemeinschaft zu verstehen. Als spät Zugereister beherrschte er allerdings nicht die halligfriesische Variante des Nordfriesischen. Sie wurde überhaupt nur noch von einer Handvoll, meist hochbetagter Insulaner gesprochen.

Hooge war die zweitgrößte der zehn Halligen im schleswig-holsteinischen Wattenmeer und als einzige von einem ein Meter zwanzig hohen Steindeich umgeben, der das Wasser leichterer Sturmfluten durchaus abzuhalten vermochte. Doch die stärkeren Fluten überspülten die Hallig rund ein halbes Dutzend Mal im Jahr; dann bildeten die Warften selbst kleine Inseln im tobenden Meer.

Während manchmal ein paar einsame Übernachtungsgäste vom Festland, die auf Hooge gestrandet waren, voller Sorge auf die schäumenden Wogen starrten, machte es sich Fendt in seiner gepolsterten Nische am Fenster gemütlich, trank einen schwarzen friesischen Tee mit Kandis und Milch und fühlte sich sauwohl. In solchen Momenten ruhte allerdings auch der Fährverkehr nach Amrum, Dagebüll, Föhr, Sylt und zum Festlandhafen Schlüttsiel.

Die Warften waren weitgehend von der Welt isoliert und auf sich selbst gestellt, in einem Notfall allenfalls noch mit Seenot-Hubschraubern erreichbar – wenn überhaupt. Anfang Juli 1825 hatte auch der dänische König Friedrich VI. – zu dessen Reich Hooge damals zählte – aufgrund einer Sturmflut auf der Hallig übernachten müssen. Sein damaliges Quartier, der „Königspesel" aus dem 18. Jahrhundert samt dem winzigen Alkovenbett, in dem der Monarch nur sitzend schlafen konnte, stellte heute eine Touristenattraktion dar. Der König war damals nach Hooge gekommen, um sich über die schweren Schäden der Sturmflut vom Februar 1825 zu informieren, bei der mehrere Warften zerstört worden waren und fünfundzwanzig Menschen ihr Leben verloren hatten. Im Wappen der Hallig prangte ein goldener Anker – er war Symbol sowohl für die Seefahrt als auch für die Hoffnung, die kleine Marschinsel möge auch künftig alle Bedrohungen durch den „Blanken Hans" überstehen.

Als Lehrer war Henning Fendt fasziniert von der Tatsache, dass die Halligen stumme Zeugen dramatischer erdgeschichtlicher Vorgänge waren – am Ende der letzten Eiszeit war der Meeresspiegel hier um dreißig Meter gestiegen und hatte große Teile des heutigen Nordfrieslands überflutet. Um Christi Geburt war die Küstenlinie im Zuge einer weiteren Erhöhung des Meeresspiegels, der sogenannten Dünkirchen-Transgression, noch einmal radikal umgestaltet worden. Niemand vermochte zu sagen, wie lange die Halligen in ihrer heutigen Form noch bestehen würden.

Fendt war kürzlich wieder mit seinen Schülern über den ehemaligen Standort der einst blühenden Siedlung Rungholdt gefahren. Sie war Mitte Januar 1362 von der „Groten Mandrenke" vom rasenden Meer mit Mann und Maus verschlungen worden. Noch heute tauchten manchmal Reste aus dem Watt auf – Keramiken oder gar Schwerter. Fendts Schüler lauschten ihm stets mit großen Augen, wenn er ihnen die Legenden von Rungholt erzählte. Dass sich die Stadt – wie das legendäre Vineta an der pommerschen Ostseeküste – alle sieben Jahre in der Johannisnacht aus dem Wasser erhebe, dass man an manchen Tagen die Glocken von Rungholt hören könne, wenn man mit dem Schiff über die versunkene Stätte fuhr, und dass der Untergang Rungholts die göttliche Strafe dafür gewesen sei, dass ein paar betrunkene Bauern den Pfarrer von Rungholt gezwungen hatten, einem mit Schnaps abgefüllten Schwein die Sterbesakramente zu geben.

Es dämmerte bereits, als Fendt das Schulgebäude wieder verließ. Er hatte noch Materialien für den morgigen Werkunterricht bereitgestellt und sich noch weiter in die Materie eingelesen. Er fühlte sich seit einer Stunde angeschlagen, hatte eine heiße Stirn und bohrende Kopfschmerzen. Leichte Übelkeit überkam ihn. Der Lehrer überlegte, bei wem er sich angesteckt haben konnte. Auf Hooge erkrankte man immer nur dann an grippalen Infekten, wenn die Gäste die Viren vom Festland mitbrachten. Mehr als sechshundert Touristen kamen an manchen Tagen, da konnte man sich schon etwas bei ihnen holen. Im Winterhalbjahr war auf Hooge hingegen nie jemand krank.

Fendt beschloss, noch einen Spaziergang am zwölf Kilometer langen Steindeich zu unternehmen, der Hooge umschloss. Der Wind hatte am Abend wieder aufgefrischt, nachdem er den ganzen Tag geschlafen hatte, und zauste ihm die spärlichen Haare. Fendt hoffte, dass ihm die frische Luft guttun würde. Er hatte das raue Nordseeklima immer als belebend empfunden. Selbst im Winter, wenn Orkanböen wie gequälte Seelen heulten und wütend versuchten, die wenigen Bäume der Hallig zu entwurzeln, zog der Lehrer seine einsamen Runden entlang des Deiches.

Er versuchte, kräftig auszuschreiten, doch seine Beine waren plötzlich seltsam kraftlos. In seinem Kopf pulsierte der Schmerz nur noch stärker. Ihm war speiübel. Das musste eine echte Grippe sein. Er beschloss, zurückzukehren und sich sofort ins Bett zu legen.

Fendt blieb einen Moment lang erschöpft stehen und blickte noch einmal über die flachen Marschwiesen bis zu einem Gatter, wo Suffolk-Schafe zu ihm herüberstarrten und ihn kehlig anblökten. Der Lehrer wandte sich gerade zum Gehen, als ein unerträglich scharfer Schmerz durch seinen Kopf schnitt, als hätte man ihm eine heiße Nadel ins Hirn getrieben. Stöhnend brach er in die Knie. Er hustete krampfhaft, würgte und hielt sich instinktiv die Hand vor den Mund. Ungläubig starrte Henning Fendt auf seine Hände und dann hinunter auf die Front seiner Windjacke. Überall war Blut.

Schleswig

Das Büro von Dr. Rüdiger Stettner, Chef des Archäologischen Landesamtes, war etwa zwanzig Quadratmeter groß und ernüchternd karg eingerichtet – sah man von ein paar alten Stichen an den Wänden ab, die das Herrenhaus Annettenhöh in nobleren Zeiten zeigten. Lindberg saß auf einem der unbequemen Freischwinger, die um den kleinen Konferenztisch aufgestellt waren. Er musterte Stettner, der wie üblich eine kleine Demonstration seiner Macht gab, indem er in Aktenordnern las, ohne Lindberg eines Blickes oder Wortes zu würdigen. Wenn Stettner das nötig hatte, war er nur eine arme Wurst, überlegte der Archäologe. Die Vorstellung schoss ihm durch den Kopf, Stettner hätte wie jede andere Wurst auch zwei zipfelhafte Enden. Das amüsierte ihn und er musste grinsen.

Stettner musterte ihn nun missbilligend über seinen Ordner hinweg. „Sie scheinen ja ausnehmend gute Laune zu haben, Dr. Lindberg", bemerkte er säuerlich.

„Tut mir leid, Dr. Stettner. Das kommt hin und wieder einfach über mich", versetzte Lindberg.

Sein Chef legte den Ordner beiseite und stellte die dünnen Finger zu einer Pyramide auf.

„Und Sie scheinen ja in Hamburg großen Eindruck gemacht zu haben."

Lindberg runzelte die Stirn. „Ich verstehe nicht ganz ...?"

„Die Sache mit dem Bleisarg da unten in Wedel vor ein paar Tagen. Der Einbruch in die Gruft und der Anschlag auf die beiden Polizeibeamten. Sie hatten wohl gleich ein paar hilfreiche historische Anmerkungen parat?"

„Ach so, ja. Nun, ich habe dazu gesagt, was ich konnte, aber danach nichts mehr aus Hamburg gehört."

„Ich schon", versetzte Stettner. „Das Landeskriminalamt in Kiel hat offiziell um Ihre Mitarbeit in dem Fall ersucht. Und die Landesregierung hat mich mit einigem Nachdruck gebeten, Sie dafür freizustellen – was ich hiermit tue. Inwiefern Sie da helfen können, erschließt sich mir nicht. Es gibt da wohl ein Problem mit einem Krankheitserreger? Wir sind Archäologen, keine Bakteriologen. Das sollten Sie denen da unten vielleicht mal klarmachen. Aber naja, ich sage dazu mal gar nichts – man hat mir strengstes Stillschweigen auferlegt."

„Ich kann Ihnen dazu auch nichts sagen, Dr. Stettner", sagte Lindberg. „Ich bin mindestens so überrascht wie Sie."

Rüdiger Stettner sah ihn ein paar Herzschläge lang argwöhnisch an, dann zuckte er mit den Schultern. „Gut, Lindberg, wie dem auch sei. Eine Konferenz ist heute um fünfzehn Uhr im Bernhard-Nocht-Institut angesetzt. Fahren Sie also in Gottes Namen nach Hamburg und sehen Sie zu, dass Sie den Leuten irgendwie helfen können. Und dann kehren Sie bitte zügig an Ihre Arbeit zurück. Die Kollegen in Greifswald haben uns um Unterstützung gebeten. Sie wissen schon – dieses Tollense-Schlachtfeld aus der Bronzezeit. Offenbar gibt es da ein paar interessante neue Funde. Sie sollten sich das möglichst bald mal ansehen. Wir sollten unbedingt mit an Bord sein."

Lindberg nickte. Ihm war völlig klar, dass Stettner sich die Gelegenheit, im Revier der Kollegen aus Mecklenburg-Vorpommern zu wildern, nicht entgehen lassen wollte. Allerdings könnten diese neuen Funde tatsächlich hochinteressant sein. Stettner witterte offenbar eine Chance, sich zu profilieren. Lindberg setzte ein möglichst dienstbeflissenes Gesicht auf und verabschiedete sich eilig.

Auf der Fahrt nach Hamburg grübelte er über diesen seltsamen Auftrag nach. Er konnte sich keinen Reim darauf machen, warum er von der Landesregierung angefordert worden war. Sofern er wusste, war der Bleisarg mit der Leiche inzwischen nach Hamburg gebracht und dort gründlich untersucht worden. Die Gruft war aufwendig desinfiziert und dann zugemauert worden. Für ihn war der Fall erledigt. Ein Rätsel stellte allerdings der Mordanschlag auf die beiden Polizisten dar, die die Gruft in jener Nacht bewacht hatten. Ihm taten die Familien der Opfer leid.

Hamburg

Im Bernhard-Nocht-Institut angekommen, wurde Lindberg sofort in einen geräumigen Konferenzraum geführt. Zu seiner Erleichterung gab es frischen Kaffee, ein paar Kekse und kleine Flaschen mit Wasser und Säften.

Er winkte Sarah Winter zu, die bereits am Tisch saß und in Papieren blätterte. Er erkannte ferner Professor Dr. Levy Dahan und den etwas beleibten Bakteriologen Professor Dr. Rafael Thomsen. Neben ihnen saßen noch zwei Männer, die er nicht einordnen konnte. Der eine kam ihm allerdings bekannt vor. Er war hochgewachsen und schien Mitte sechzig zu sein. Der Mann hatte ein markantes Gesicht, war schlank, fast hager zu nennen, und trug einen legeren schwarzen Rollkragenpullover zu einer sandfarbenen Cordhose. Auch er war in vor ihm liegende Papiere vertieft. Der zweite Mann trug einen förmlichen grauen Anzug mit roter Krawatte. Er war um die fünfzig und musterte die anderen Anwesenden mit kühlem Blick, der auch kurz und etwas unangenehm auf Lindberg ruhte. Lindberg kam sich vor wie ein Insekt unter dem Mikroskop.

Er setzte sich neben Sarah Winter, als eine weitere Person den Raum betrat. Es war eine schlanke, drahtige Frau, die Lindberg auf Mitte dreißig schätzte. Ihr üppiges schwarzes Haar hatte sie zu einem Pferdeschwanz gebändigt. Naher oder Mittlerer Osten, überlegte Lindberg. Türkei. Oder Iran. Die Frau stellte ihre Aktentasche neben einen Stuhl und setzte sich.

„Ich sehe, dass wir nun vollzählig sind", sagte Dahan und nickte den Anwesenden reihum zu. „Dr. Lindberg vom Archäologischen Landesamt in Schleswig haben einige von Ihnen ja schon kennengelernt. Möglicherweise brauchen wir seine Expertise. Der Fall reicht offenbar weit in die Vergangenheit zurück. Dort drüben sitzt mein Kollege, Professor Dr. Gerhard Hartdegen. Er ist spezialisiert auf jene Erreger, die als bakteriologische oder virologische Kampfstoffe genutzt werden können – vor allem das berüchtigte ‚Dreckige Dutzend'. Sie wissen ja: Milzbrand, Pest, Ebola und so weiter."

Hartdegen nickte kurz in die Runde.

„Neben ihm sitzt Professor Dr. Paul Rischmann", fuhr Dahan fort. „Er ist Chef der Rechtsmedizin am Universitätsklinikum Eppendorf und hat die Autopsie an der Wedeler Leiche vorgenommen."

Natürlich, dachte Lindberg. Rischmann! Der Mann war eine Legende in Fachkreisen. Und dies sogar weltweit. Wenn es zwischen Argentinien und Zypern einen ungeklärten Todesfall mit internationaler Bedeutung gab, dann rief man Rischmann.

„Ferner möchte ich Ihnen Hauptkommissarin Becca Shahin vom Landeskriminalamt in Kiel vorstellen." Damit drehte sich Dahan zu der schwarzhaarigen Frau um. „Sie hat die Leitung in diesem Fall und wird Ihnen gleich erklären, um was es hier eigentlich geht."

Shahin nickte in die Runde. Eher Syrerin, überlegte Lindberg. Oder aus dem Irak. Dahan stand auf.

„Ich wünsche Ihnen von ganzem Herzen Erfolg. Davon hängt sehr viel ab." Er nickte Winter und Thomsen zu. „Halten Sie mich bitte auf dem Laufenden."

Mit diesen Worten verließ der Virologe den Raum. Becca Shahin verlor keine Zeit.

„Vorgestellt worden bin ich ja schon. Vielleicht sagen Sie mir jetzt noch kurz, wer Sie sind. Dann können wir anfangen." Damit nickte sie Winter und Thomsen auffordernd zu.

Die beiden holten ihre Vorstellung nach. Die Polizistin sah in die Runde und blickte jedem am Tisch kurz in die Augen. Ihre eigenen waren tiefschwarz, fiel Lindberg auf.

„Offenbar bin ich hier die einzige am Tisch ohne Doktorgrad", sagte Shahin lächelnd.

„Mag sein", entgegnete Lindberg. „Dafür sind Sie hier die einzige am Tisch mit einer geladenen Waffe am Gürtel."

„Sie haben bemerkenswert scharfe Augen, Dr. Lindberg", bemerkte Shahin und musterte den Archäologen aufmerksam. „Was wir hier am Tisch besprechen, darf diesen Personenkreis nicht verlassen. Das ist übrigens keine Bitte, sondern eine strafbewehrte polizeiliche Anordnung. Sollte jemand damit nicht einverstanden sein, möge er bitte jetzt den Raum verlassen. Im Übrigen wird niemand gezwungen, sich an dieser Kommission zu beteiligen. Aber Sie alle haben Kenntnisse, die uns möglicherweise weiterhelfen können. Nun, wie sieht es aus – gehen oder bleiben Sie?"

Die Teilnehmer sahen sich mit leicht verwirrten Mienen an, doch niemand erhob sich.

„Gut, dann wäre das geklärt", sagte Shahin. „Professor Rischmann – wollen Sie anfangen? Sie haben die Leiche aus dem Wedeler Bleisarg obduziert."

Rischmann nickte und ordnete seine Papiere.

„Ich bin seit fast vierzig Jahren Rechtsmediziner", begann er, „aber ich habe einen derartigen Fall noch nie gesehen. Mehr als das – ich habe mir ein solches Phänomen bisher gar nicht vorstellen können. Abgesehen von einem ähnlichen Fall in China, den ich allerdings nicht selbst auf dem Tisch hatte ..." – bei diesen Worten lächelten Winter und Lindberg sich an – „... hat es das wohl auch noch nie in der Medizingeschichte gegeben."

Er griff nach einer schmalen Fernbedienung. „Ich hoffe, Sie haben stabile Mägen?"

An der Decke erwachte der Kühlventilator eines Beamers mit leisem Surren. Das erste Bild zeigte den Leichnam aus Wedel, der auf dem Obduktionstisch lag. Dahinter waren zwei Mediziner in voller Schutzkleidung zu erkennen.

„Nanu, der hat ja nur einen Arm!", entfuhr es Lindberg.

„Sie haben recht", sagte Rischmann. „Dazu komme ich gleich noch. Was Sie ebenfalls sofort erkennen können …" – der rote Zeiger der Fernbedienung kreiste um die Leiche auf dem Tisch – „… ist, dass dieser Körper nahezu unversehrt ist. Eine Verwesung hat nur in Ansätzen stattgefunden."

Der Beamer klickte leise und ein neues Foto erschien. Der Leib des Toten war bereits mit einem T-Schnitt geöffnet und die Organe in Stahlschalen gelegt worden.

„Das gilt weitgehend auch für die Organe im Körperinneren", erläuterte der Rechtsmediziner. „Wie Sie sehen, sind sie weich und ziemlich intakt. Wenn ich nicht wüsste, dass dieser Mann aus der Zeit des Dreißigjährigen Krieges stammt, würde ich per Augenschein annehmen, er sei vor ein paar Tagen gestorben. Ich gebe zu, ich bin ratlos."

Das nächste Bild erschien.

„Nun zu dem fehlenden Arm. Der Mann hat ihn nicht im Dreißigjährigen Krieg verloren oder bei einem Unfall. Dieser Arm wurde erst kürzlich vom Körper abgetrennt – vermutlich sogar in jener Nacht, als die beiden Polizisten niedergestochen wurden."

„Die Täter haben einen dreihundertfünfzig Jahre alten Arm gestohlen?", fragte Lindberg entgeistert. „Warum um alles in der Welt sollte jemand so etwas tun? Das ist schon ein sehr spezielles Souvenir."

Rischmann wies mit dem Zeiger auf die Schnittstelle an der Schulter der Leiche. „Die Extremität wurde fachgerecht am Schultergelenk abgetrennt. Das Gewebe mit einer sehr scharfen Klinge, der Knochen mit einer chirurgischen Säge." Er blickte in die Runde. „Wer diesen Arm gestohlen hat, hat es nicht spontan getan, sondern nach sorgfältiger Planung und mit dem geeigneten Werkzeug.

Und der Täter hatte ganz offenbar ausgezeichnete anatomische Kenntnisse."

Becca Shahin nickte dem Rechtsmediziner zu. „Vielen Dank, Professor Rischmann. Dr. Winter, Professor Dr. Thomsen, was haben Sie herausgefunden? Viel Zeit war ja noch nicht."

Sarah Winter machte eine Geste, die Thomsen ermuntern sollte, als Erster zu sprechen.

„Ich gebe zu – wie Kollege Rischmann stehen auch wir vor einem Rätsel. Im Körper des Toten fanden sich Viren, die es eigentlich gar nicht geben sollte. Es handelt sich um eine sogenannte Chimäre."

Shahin hob eine Hand. „Könnten Sie den Begriff bitte erklären?"

Thomsen nickte. „Gern. Der Begriff Chimäre stammt aus der griechischen Mythologie. Dort war die Chimäre ein feuerspeiendes Ungeheuer, vorn Löwe, in der Mitte Ziege und hinten Drache. Es wurde vom Helden Bellerophon getötet. In der Archäologie sind Chimären Mischwesen in Skulpturen und Felsritzungen alter Kulturen. In der Medizin und Biologie aber bezeichnet man damit einen Organismus, der aus unterschiedlichen Zellen oder Genomen aufgebaut und dennoch einheitlich ist."

Thomsen blickte in seine Unterlagen. „Bei der Chimäre, die uns interessiert, wurden bestimmte fremde Gene eingefügt – offenbar geschah dies durch eine Reihe von Mutationen. Wie das genau geschehen konnte, ist mir ein Rätsel. Aber so viel habe ich im Laufe der Jahre gelernt, dass die Natur immer ein paar Überraschungen bereithält. Zynisch könnte man sagen, dieser Erreger vereinigt die besten Eigenschaften des hämorrhagischen Fiebers mit der Pest. Die genetische Besonderheit bringt es zudem mit sich, dass die Krankheit nicht nur hochinfektiös ist, sondern auch bereits nach kurzer Inkubationszeit tötet. Die Sterblichkeitsrate muss enorm hoch sein. Ich hoffe, wir werden nie herausfinden müssen, wie hoch."

Thomsen goss sich ein Glas Wasser ein, trank und fuhr dann fort. „Dank des perfekten Erhaltungszustandes des Körpers hat dieses Teufelsding dreihundertfünfzig Jahre in dem luftdicht zugelöteten Bleisarg überstanden. Diese besondere Flüssigkeit, in der er schwamm – deren genaue Zusammensetzung wir immer noch nicht ermitteln konnten –, dürfte entscheidend damit zu tun haben. Besonders beunruhigend ist, dass die Chimäre weiterhin unablässig mutiert. Und dass sie offenbar durch die Luft übertragbar ist – was weder für die Pest noch für Ebola, Marburg oder eines der anderen hämorrhagischen Fieber gilt."

„Großer Gott!", entfuhr es Lindberg.

„Gott?", schnaubte Thomsen. „Ich fürchte, der muss gerade ein Nickerchen gemacht haben, als diese Abnormität entstand. Denn diese Chimäre bedroht ganz akut seine Schöpfung", sagte der Wissenschaftler bitter.

„Vielen Dank. Bezüglich dessen, was ich Ihnen jetzt sage, weise ich Sie noch einmal auf Ihre Pflicht zum Stillschweigen hin", betonte Shahin. „Zunächst einmal: Nicht beide Polizisten sind bei dem Anschlag getötet worden, wie es zunächst hieß, sondern nur einer. Der andere hatte unfassbares Glück. Professor Rischmann – darf ich Sie noch einmal bitten?"

Rischmann griff wieder zu der Fernbedienung. Ein weiteres verstörendes Bild erschien. Es zeigte den Hinterkopf eines Mannes. Der Rechtsmediziner blickte in seine Unterlagen.

„Berndt Mahlmann, vierunddreißig Jahre alt, männlich, Polizeiobermeister aus Wedel." Der rote Punkt des Zeigers kreiste um eine Wunde am Hinterkopf. „Der Schädel des Opfers wurde an dieser Stelle durchstoßen, möglicherweise mit einer dreikantigen chirurgischen Nadel, einem sogenannten Troikart. Die Klinge durchtrennte die Medulla oblongata, wodurch der Tod vermutlich nach wenigen Sekunden eintrat."

Rischmann setzte seine Brille ab und sah die Anwesenden ernst an. „Meine Damen und Herren, hierbei handelt es sich ganz sicher nicht um einen zufälligen Treffer. Der Mörder besaß anatomische Kenntnisse, erhebliche Körperkraft und eine sehr spezielle Ausbildung." Er sah zu Shahin hinüber. „Ich will Ihnen nicht vorgreifen, Frau Hauptkommissarin, aber es scheint mir doch sehr wahrscheinlich zu sein, dass der Mörder mit jenem Täter identisch sein könnte, der den Arm entwendet hat. Ich frage mich allerdings: Wie hat er den überhaupt in einem Stück aus dem Sarg bekommen? Das Loch darin war ja, wie ich hörte, nicht sehr groß."

„Das kann ich Ihnen sagen. Der Bleisarg wurde in dieser Nacht mit einem speziellen hydraulischen Werkzeug aufgeschnitten, wie es auch verwendet wird, um Unfallopfer aus Autos zu bergen", entgegnete die Polizistin.

„Na, das dürfte dann wohl ein weiteres Indiz dafür sein, dass dieser Überfall minutiös geplant war", meinte Winter.

„Und das zweite Opfer?", wollte Lindberg wissen. „Die gleiche Vorgehensweise?"

Rischmann sah fragend zu Shahin hinüber, die nickte.

„Im Prinzip schon", sagte der Rechtsmediziner.

„Im Prinzip?"

„Ja, präziser Stich mit dem Troikart in den Hinterkopf.“

„Das ist ja entsetzlich“, meinte Lindberg betroffen, „der arme Kerl.“

Rischmann lächelte schmal. „Naja – ganz so arm wie sein Kollege ist er nicht. Er hat ja immerhin überlebt, wenn auch verletzt. Dieser Mann, einen Moment, wie heißt er …“ – Rischmann blickte in seine Akten – „… Polizeiobermeister Menso Sievers, hatte vor einigen Jahren einen Motorradunfall, bei dem sein Schädel am Hinterkopf von der Stoßstange eines Autos erfasst wurde. Es entstand ein Trümmerbruch, der es notwendig machte, an einer Stelle ersatzweise ein Stück Stahlplatte einzusetzen.“

„Lassen Sie mich raten – auf der Höhe der Medulla oblongata?“, fragte Winter.

„So ist es“, bestätigte der Rechtsmediziner. „Bei diesem Stich drang die Klinge der Waffe daher nur in die Haut ein, wurde dann von der Stahlplatte zur Seite abgelenkt. Es entstand eine hässliche, lange Schnittwunde am Hinterkopf und ein schräger Einstich in den Schädelknochen. Aber dies war nicht lebensbedrohlich. Doch die Wucht des Stoßes reichte aus, dass der Mann bewusstlos zusammenbrach.“

„Davon habe ich ja gar nichts gelesen“, wunderte sich Hartdegen.

„Nein“, entgegnete Shahin, „das haben wir auch vor den Medien geheim gehalten. Der Polizist befindet sich mit seiner Familie in einem Krankenhaus unter anderem Namen und erholt sich von seiner Verletzung. Auch wenn er den Mörder nicht deutlich erkannt hat, ist er in Lebensgefahr, denn der Täter weiß ja nicht, dass der Polizist so gut wie nichts erkennen konnte, bevor er das Bewusstsein verlor. Sievers versichert aber, beim Fallen noch bemerkt zu haben, dass der Täter in Schwarz gekleidet und nicht sehr groß war."

„Ich verstehe", sagte Hartdegen.

Lindberg wandte sich der Polizistin zu. „Sagen Sie, warum bin ich eigentlich dabei? Von Viren verstehe ich so viel wie eine Seekuh vom Spitzenklöppeln. Ich bin Archäologe, wissen Sie."

Shahin lächelte über den Vergleich. „Der Ursprung dieses Falls liegt offenbar ein paar Jahrhunderte zurück. Vielleicht gibt es Aufzeichnungen über diese ganz besondere Beerdigung. Dann können wir mehr über diesen Leichnam erfahren. Und da kommen Sie ins Spiel."

„Gut", nickte Lindberg. „Mir ist zwar immer noch nicht klar, wie ich Ihnen von Nutzen sein soll, aber ich will sehen, was ich herausfinden kann. Es befindet sich vielleicht etwas dazu in Hamburger Archiven oder auch im Stadtarchiv von Wedel."

„Da wir gerade dabei sind", meldete sich Hartdegen. „Virologische und bakteriologische Kenntnisse sind hier schon bestens mit den Kollegen Winter und Thomsen vertreten. Ich bin jedoch Experte für biologische Waffen. Dieser alte Sarg zählt ja wohl eher nicht dazu. Also, was genau erwarten Sie von mir?"

„Vielen Dank für die gute Frage, Professor Dr. Hartdegen", sagte Shahin, „denn sie führt uns direkt zum Kern unseres Problems."

Sie nahm ein Macbook aus ihrer Aktentasche, verband den dünnen Laptop mit dem Beamer und gab ein paar Tastenbefehle ein. Ein Bild erschien auf der Leinwand, das offenbar das Google Earth-Abbild einer kleinen Insel zeigte.

„Sie sehen hier die Hallig Hooge", begann die Polizistin. „Sie liegt, wie Sie vielleicht wissen, vor der Nordseeküste zwischen den Inseln Amrum und Pellworm. Einwohnerzahl etwa hundert Menschen. Vor zwei Tagen wurde von mehreren Einwohnern eine ungewöhnlich große Drohne gesichtet, die die Hallig überflog, vermutlich von einem Boot aus gesteuert."

Shahin schaltete ein Bild weiter. Am Tisch sogen einige schockiert den Atem ein. Das Foto zeigte mehrere Menschen, die auf dem Boden eines Zimmers lagen. Blut rann ihnen aus Augen und offenen Mündern. Sie waren offensichtlich tot.

„Bis jetzt haben wir elf Tote auf der Hallig", sagte Shahin tonlos. „Drei Familien sind komplett ausgelöscht. Hooge ist vollkommen isoliert worden, die Fähre fährt die Marschinsel nicht mehr an. Mit Patrouillenbooten und Polizeihubschraubern werden Menschen daran gehindert, die Hallig zu betreten oder zu verlassen. Dr. Winter und Professor Dr. Thomsen waren mit einem Spezialteam von Ärzten vor Ort. Es sind Proben aus den Körpern der Toten entnommen worden. Der Erreger ist eindeutig identifiziert: Es ist das Virus aus dem Körper der dreihundertfünfzig Jahre alten Leiche aus Wedel."

„Elf Tote? Auf einer Urlaubsinsel in der Nordsee? Das können Sie doch nicht geheim halten!", rief Lindberg aus. „Ich erinnere mich jetzt auch, irgendetwas in den Nachrichten über Hallig Hooge gehört zu haben."

„Nun, da wir noch gar nicht genau wissen, womit wir es zu tun haben, erschien es uns sicherer, eine Tarngeschichte zu verbreiten. Sie werden im Radio gehört haben, dass es eine mutmaßliche Masseninfektion mit Legionellen auf der Hallig gegeben hat", sagte die Polizistin. „Dass aber noch weitere Untersuchungen laufen und man die Marschinsel zur Sicherheit unter Quarantäne gestellt hat. Sehen Sie, die Hallig wird mit einer unterseeischen Leitung vom Festland aus mit Wasser versorgt. Eine Verkeimung mit Legionellen ist daher gar nicht mal so unwahrscheinlich. Und falls Sie weitere Fragen haben – ja, Internet und Mobiltelefon-Netzwerke auf der Hallig sind vorläufig blockiert. Die Menschen auf Hooge sind im Übrigen bereit, mit uns zu kooperieren. Sie haben mit eigenen Augen gesehen, um was es hier geht. Dieses Virus darf nicht die Küste erreichen. Wir haben auch die wichtigsten Medien auf dem Festland eingebunden und mit ihnen vereinbart, dass sie so lange stillhalten, bis wir Genaueres wissen. Danach wird natürlich die mediale Hölle über uns hereinbrechen. Unser wichtigstes Motiv ist allerdings, dass wir eine Panik unbedingt verhindern müssen. Unser Ärzteteam auf Hooge arbeitet rund um die Uhr, um die Lage auf der Hallig zu stabilisieren. Und wir haben Polizei, Feuerwehr und alle Stellen des amtlichen Gesundheitsdienstes gebeten, uns umgehend Meldung zu machen, falls sie irgendwo auf Symptome stoßen, die auf hämorrhagisches Fieber hindeuten könnten. Die Meldung ist mit der Einstufung ‚Streng Geheim‘ herausgegeben worden. Ich hoffe sehr, das hält die Sache so lange unter dem Deckel, bis wir weiter in den Ermittlungen sind. Ich bitte Sie um Verständnis."

Sie wandte sich Hartdegen zu. „Und jetzt verstehen Sie sicher auch, warum Sie hier sind. Und warum der Arm der Leiche entwendet wurde. Was Sie hier sehen ..." Sie schaltete ein Foto weiter und das vom Elektronenmikroskop sichtbar gemachte, bizarre Abbild des Erregers füllte die Leinwand. „... ist nicht einfach ein Virus. Es ist eine tödliche Waffe. Und die befindet sich in den Händen von Menschen, die vor Massenmord offenbar nicht zurückschrecken. Wir stehen unter enormem Zeitdruck. Und wir müssen befürchten, dass die elf Toten von Hallig Hooge erst der Auftakt waren."

„Der Auftakt für was?", fragte Lindberg.

„Verzeihen Sie mir die Theatralik, Dr. Lindberg", sagte Shahin. „Wenn wir diese Leute nicht rechtzeitig stoppen, war das Drama auf Hallig Hooge womöglich der Auftakt zu einem Massenmord historischen Ausmaßes."

Hamburg

„Jetzt begreife ich allmählich, warum Sie dabei sind", sagte Hartdegen mit scharfem Blick auf die Hauptkommissarin und lehnte sich im Sessel zurück. Er musterte sie scharf. „Abteilung fünf?"

Shahin nickte. „Richtig. Sie sind ausgezeichnet informiert, Herr Professor. Ja, ich gehöre der Abteilung fünf im Landeskriminalamt an; operativer Einsatz und unterstützende Ermittlung. Es ist meine – nein, es ist unsere Aufgabe, alles über die die Entstehung und die Hintergründe dieses Virus herauszufinden, vor allem aber natürlich, die Täter dingfest zu machen, bevor sie weitere Massaker begehen können."

Thomsen meldete sich zu Wort. „Gibt es eigentlich schon irgendwelche Verlautbarungen oder Forderungen seitens der Täter? Die werden ja wohl nicht einfach so elf Menschen ermordet haben. Die wollen doch sicher irgendetwas."

„Sie haben recht. Es ist in der Tat eine Forderung eingegangen."

Ein weiteres Bild erschien; es zeigte einen auf Arabisch verfassten Text, über dem ein Emblem stand. Es war ein schwarzes Banner, in dessen Mitte der weiße Umriss eines Adlers zu sehen war. Der Raubvogel wies ein schwarzes Auge in Form eines Totenschädels auf. In seinen Krallen hielt er das Sturmgewehr von Typ Kalaschnikow AK-47, allgegenwärtiges Symbol islamistischer Terrorgruppen von Tunesien bis Indonesien. Shahin zeigte auf das Bild.

„Dieses Schreiben stammt von einer bislang unbekannten radikalislamistischen Gruppe namens ‚Falken von Hattin', offenbar eine Tarnorganisation oder Filiale des ‚Islamischen Staates'. Möglicherweise wurde sie auch nur für diesen Zweck gegründet. Soweit ich recherchiert habe, bezieht sich der Name Hattin auf die entscheidende Niederlage der europäischen Kreuzritter gegen Sultan Saladins Heer im Jahr 1187. Und zwar bei einer Hügelgruppe unweit von Jerusalem – nämlich den Hörnern von Hattin."

Lindberg nickte zustimmend.

„Dieses Schreiben ging etwa zeitgleich mit dem Anschlag auf Hallig Hooge bei der Landesregierung ein", fuhr Shahin fort. „Darin wird die Freilassung eines Mannes gefordert, der gegenwärtig in Haus sechs der Hochsicherheitsabteilung der Justizvollzugsanstalt Hamburg-Billwerder einsitzt. Der Massenmord von Hooge wird in dem Schreiben als ‚Demonstration' und ‚erste Warnung' bezeichnet."

Wieder ein Klicken, wieder ein neues Bild. Es zeigte einen blonden, bärtigen Mann, etwa Mitte dreißig, der mit finsterem, abweisendem Blick in die Kamera starrte.

„Dieser sympathische Herr ist Arnfried Jestermann, geboren 1984 in Hannover. Bürgerliches Elternhaus, abgebrochenes Politikstudium, abgebrochene kaufmännische Lehre und vor allem abgebrochene Moral. Anfang 2014 reiste er in die Türkei. Überlebende des Massakers an den Jesiden in der Sindschar-Region im Nordirak durch Kämpfer des ‚Islamischen Staates' berichteten von einem auffallend hochgewachsenen, blonden Deutschen, der sich besonders bei den Gräueltaten hervorgetan habe. Er habe den Kampfnamen ‚Abul el-Hol' getragen."

„Der Vater des Schreckens", nickte Lindberg. „So wird die große Sphinx-Statue in Gizeh seit alters her genannt. Kein schlechter Kampfname für einen Dschihadi. Zumindest originell."

Shahin setzte ihren Vortrag fort. „Jestermann wütete danach vor allem in Mossul, der zweitgrößten Stadt des Irak, die 2014 unter die Terrorherrschaft des IS geriet und 2017 von Koalitionstruppen befreit wurde. Er wurde im Mai 2019 durch die britische Spezialeinheit SAS bei Erbil gefasst und ein paar Monate später an Deutschland ausgeliefert. In Billwerder wartet er auf seinen Prozess. Wir glauben, dass er über umfassendes Wissen darüber verfügt, wie sich der IS nach den schweren Niederlagen in Syrien und im Irak neu organisiert hat, wo seine Trainingslager und Waffenverstecke liegen, wer seine neuen Feldkommandeure sind und wie seine aktuelle strategische Ausrichtung aussieht."

„Oha. Kein Wunder, dass der IS ihn zurück haben will", murmelte Hartdegen. „Ich vermute, wenn dieser Mann auspackt, wäre das der Todesstoß für den IS?"

„Zumindest würde es den Kampf gegen den IS stark erleichtern", bestätigte Shahin. „Jestermann kennt Führungspersonal, Taktiken, Verbindungen zu anderen radikalislamistischen Organisationen und Zellen, zum Beispiel auch in Deutschland."

„Warum versucht der IS ihn dann nicht einfach zu liquidieren?", fragte Lindberg.

„Weil dies ein verheerendes Signal für die ohnehin verunsicherten Anhänger und Kämpfer des IS wäre", entgegnete Shahin. „Es würde ja bedeuten, dass der IS seine treuesten Kämpfer bedenkenlos opfert. Mit den Anschlägen zur Freipressung von Jestermann aber demonstriert die Terrororganisation, dass sie sich um ihre Leute kümmert."

Shahin besprach mit den Anwesenden, welche Aufgaben jeder übernehmen könnte. Im Anschluss machte sich Lindberg sofort auf den Weg nach Wedel, um im Stadtarchiv nach Hinweisen zu dem Toten im Bleisarg zu suchen.

Wedel in Holstein

Das Archiv war im Untergeschoss des Wedeler Rathauses untergebracht, eines Backsteingebäudes im Zentrum der Stadt, dessen baulicher Kern 1937 auf dem Gelände des Städtischen Gasthofes errichtet worden war. Die Archivarin war bereits vom Landeskriminalamt verständigt worden und gestattete Lindberg Zugang zu den Regalen und Schränken mit alten Schriften. Sie instruierte den Archäologen über das verwendete Archivsystem und Lindberg machte sich auf die Suche.

Als Archäologe und Anthropologe waren ihm Archive vertraut und er wusste, wie man darin suchen musste. Nachdem er die nächsten Stunden in dem staubtrockenen Raum in Wedel verbracht hatte, rief er Becca Shahin an.

„Haben Sie irgendetwas gefunden, das uns weiterhelfen könnte?", fragte sie sofort.

„Ich denke schon. Das Wedeler Archiv hat erstaunlich viele Schriften aus der Zeit des Dreißigjährigen Krieges", antwortete Lindberg geduldig.

„Und?"

„Ich habe in Kirchenakten, Sterbebüchern, Familienchroniken und amtlichen Verlautbarungen gestöbert. Vieles bleibt immer noch im Dunkeln, aber so allmählich wird wenigstens ein roter Faden in der Sache sichtbar. Ich glaube, ich weiß jetzt, wer der Tote in dem Bleisarg ist und warum er auf diese Weise bestattet wurde."

„Das würde ich gern persönlich und ausführlicher hören. Sie fahren jetzt sicher nach Schleswig zurück?"

„Ja, ich muss mich dringend duschen und ein Bier trinken nach den Stunden mit staubigen Akten."

„Gut", sagte Shahin, „wenn es Ihnen recht ist, komme ich morgen in Ihr Büro im Archäologischen Landesamt. Passt Ihnen neun Uhr?"

Lindberg stimmte zu und machte sich auf den Weg nach Hause. In seiner Kehle saß der Staub uralter Akten. Zuhause angekommen, trank er ein kaltes Bier. Und dann noch eines. Anschließend fiel er todmüde ins Bett.

Schleswig

Die Hauptkommissarin war – Lindberg hatte es nicht anders von ihr erwartet – am nächsten Morgen absolut pünktlich. Er bot ihr einen Kaffee an und beide setzten sich in einen freien Konferenzraum.

„Na, dann erzählen Sie mal, Dr. Lindberg. Ich muss sagen, ich bin wirklich sehr gespannt."

Der Archäologe blätterte in seinen Aufzeichnungen. „Ich habe telefonisch bei Dr. Winter vorhin noch ein paar Informationen zu hämorrhagischen Fiebern eingeholt", begann er. „Das soll uns als Basiswissen dienen. Sie haben ihren Ursprung im subsaharischen Afrika. Es wird vermutet, dass die Viren dort von den ursprünglichen Wirten

– das waren Fledermäuse, Flughunde oder auch Affen – irgendwann auf den Menschen übergesprungen sind. Seit wann es diese Viren gibt, wissen wir jedoch nicht. Und natürlich auch nicht, wann der erste Mensch daran starb. Einen ‚Patienten Null‘ können wir allenfalls bei heutigen Seuchenausbrüchen identifizieren." Er zog eine handschriftliche Notiz heraus. „Wie zum Beispiel ein zweijähriges Mädchen aus dem Dorf Meliandou in Guinea. Es starb am 6. Dezember 2013 – innerhalb von drei Wochen folgten ihm seine Schwester, seine Mutter, seine Großmutter und eine Krankenschwester, die es gepflegt hatte. Die Gäste der Trauerfeier für die Verstorbenen verbreiteten die Seuche dann im ganzen Land."

„Entsetzlich", murmelte Shahin.

„Doch die für uns entscheidende Frage ist natürlich: Wie kam das Virus im 17. Jahrhundert von Afrika nach Wedel?", fuhr Lindberg fort. „Das war damals immerhin eine Reise von mehreren Wochen; außer Seeleuten, einigen Forschern und ein paar wagemutigen Händlern gelangte doch niemand dorthin. Schon gar nicht kurz nach dem entsetzlichen Krieg, der ein Drittel der Deutschen umgebracht hatte."

Er klappte seinen Laptop auf und klickte einige abgespeicherte Dokumente an.

„Ich bin im Wedeler Archiv auf einen Mann namens Johannes Heinsohn gestoßen", sagte er. „Er stammte aus einer alten Seefahrerfamilie, wurde in Wedel geboren, laut Kirchenregister im Jahr 1619, lebte und starb auch in dieser Stadt. Heinsohn war Steuermann und fuhr jahrelang auf einem Hamburger Handelsschiff, einer Karacke namens ‚Anna von Stralsund‘. Im Mai 1658 kehrte er von einer Afrikafahrt zurück. Das Schiff hatte Elfenbein und Zuckerrohr in Kamerun aufgenommen, die Fracht wurde im Hamburger Hafen gelöscht."

Shahin stützte den Kopf auf die Arme und hörte sehr konzentriert zu. Lindberg bemerkte, dass sie eine kleine Haarsträhne beim Binden ihres Pferdeschwanzes übersehen hatte; sie hing hinter ihrem linken Ohr herunter. Er lächelte und blickte wieder auf den Bildschirm des Computers.

„Es ist ein Glücksfall für uns, dass Heinsohn während der Reise eine Art Tagebuch führte, das er später daheim seiner Familie vorlesen wollte. Damals gab es ja noch kaum Zeitungen, und Nachrichtenmagazine schon gar nicht. Solche persönlichen Tagebücher von Reisenden berichteten den Familien allerlei über die große Welt draußen. Aus Heinsohns Tagebuch erfahren wir, dass er auf der Rückfahrt von Afrika schwer erkrankte und beinahe starb. Er habe viel Blut verloren, schrieb er."

Shahin kniff die schwarzen Augen leicht zusammen. „Wissen wir, woran er erkrankte?"

Lindberg lehnte sich knarrend im Stuhl zurück. „Nicht genau, nein. Es ist in den Aufzeichnungen bezüglich dieses Blutverlustes aber ausdrücklich von einer Krankheit und nicht von einer Verletzung die Rede. Heinsohn litt bis zu seinem Tod im Jahr 1662 an heftigen Schmerzen und erblindete fast; seinen Beruf als Seemann konnte er nicht mehr ausüben. Die Blutungen und die Spätfolgen wären in der Tat typisch für ein hämorrhagisches Fieber, hat Dr. Winter mir gesagt. Die letzten Jahre hat Heinsohn sein Haus nur noch selten verlassen."

Die Hauptkommissarin sah ihn skeptisch an. „Ein hämorrhagisches Fieber? Wie Ebola oder Lassa? Gab es das damals überhaupt schon?"

„Die meisten Erkrankungen, mit denen sich Menschen heute herumplagen müssen, gibt es bereits seit Jahrtausenden", sagte Lindberg. „Es gab nur nicht jede Krankheit überall auf der Welt. Zum Beispiel waren Pocken, Masern oder die Grippe im Mittelalter in Amerika völlig unbekannt. Der Vernichtungszug der spanischen Konquistadoren gegen die Reiche der Azteken und Maya war nur deshalb möglich, weil die indigenen Menschen wie Fliegen an diesen eingeschleppten Krankheiten starben. Diese Krankheiten gab es dort vorher nicht. Und daher besaßen die Menschen auch keine Abwehrkräfte."

Lindberg schenkte der Polizistin noch einmal Kaffee nach.

„Stellen wir uns einfach mal vor, dass Heinsohn in Afrika mit einem hämorrhagischen Fieber infiziert wurde, das er jedoch überlebte. Er blieb aber weiterhin für eine Weile der Träger dieses Virus und könnte bei seiner Rückkehr nach Wedel durch Körperkontakt oder infektiöse Wäsche, Kleidung oder Gegenstände seine Familie angesteckt haben. Wie die Akten im Stadtarchiv von Wedel zeigen, starben Heinsohns Frau und Sohn kurz nach seiner Rückkehr und wurden auf dem alten Friedhof an der Kirche beigesetzt.

„Wie wahrscheinlich ist es denn, dass ein Mensch im 17. Jahrhundert ein hämorrhagisches Fieber überleben konnte?", fragte Shahin. „Eine ärztliche Versorgung und geeignete Medikamente gab es ja wohl noch nicht. Und diese Pestärzte mit ihren seltsamen Vogelmasken hatten doch keine Ahnung, womit sie es zu tun hatten."

„Sie haben völlig recht. Für die damalige Zeit würde es wirklich an ein Wunder grenzen, dass Heinsohn überlebte. Wenn es ein hämorrhagisches Fieber war", räumte

Lindberg ein. „Wie mir Dr. Winter erzählte, liegt die Sterblichkeitsrate bei Ebola zum Beispiel – abhängig vom Virustyp – in unserer Zeit zwischen dreißig und neunzig Prozent. Beim Ausbruch 2014 und 2015 in Westafrika lag die Rate im Durchschnitt bei dreiundsechzig Prozent. Und dies bei intensiver medizinischer Betreuung. Das Erstaunliche ist aber: Es gibt tatsächlich Menschen, die diese Krankheit aus eigener Kraft überleben können. Und es gibt sogar Menschen, die aus bislang unbekannten Gründen vollkommen immun gegen bestimmte Ebolaviren sind. Wer die Krankheit überlebt, bleibt mindestens einige Jahre lang immun."

„Warum erkrankte die Schiffsbesatzung dann nicht auch?", warf Shahin ein.

„Das wissen wir doch gar nicht", entgegnete Lindberg. „Aufzeichnungen darüber gibt es nicht. Die Inkubationszeit bei Ebola kann bis zu drei Wochen betragen. Wir wissen nicht, wann Heinsohn andere Menschen angesteckt haben könnte und wie eng der Kontakt zur Besatzung gewesen war. Es ist möglich, dass die Krankheit bei der übrigen Besatzung erst ausbrach, als das Schiff schon im Hafen lag. Im Übrigen dürfte man in Zeiten der Pest auf einem Schiff einen Kranken mit derartig dramatischen Symptomen sehr schnell und wirksam isoliert haben. Wir können hier nur spekulieren. Theoretisch ist es sogar möglich, dass Heinsohn niemanden an Bord infizierte, eben weil er in seiner Koje blieb. Aber hier bewegen wir uns auf dünnem Eis." Lindberg blickte wieder auf seinen Laptop. „Heinsohns Aufzeichnungen aus den letzten Jahren sind schwer zu entziffern, weil er kaum noch etwas sehen konnte und seine Schrift sehr krakelig wurde. Aber er beklagt sich darin, dass man ihn miede, weil er angeblich den Tod bringe. Den ‚Schnitter‘ habe man ihn gerufen. Niemand wolle mit ihm zu tun haben. Jeder laufe fort, wenn Heinsohn sich näherte; er wurde mit Flüchen bedacht und mit Steinen beworfen. Wie schon gesagt: Er hat dann sein Haus kaum noch verlassen.“

Becca Shahin sah nachdenklich aus dem Fenster auf den parkartigen Garten, der das Herrenhaus Annettenhöh umgab. Lindberg bemerkte, dass ihre Augen wirklich pechschwarz waren wie die Nacht; sie erschienen geradezu bodenlos. Schwindel überkam ihn. Er riss sich von dem Anblick los.

„Ein Mann, der den Tod bringt, wenn er jemanden berührt oder vielleicht auch nur mit ihm redet“, sagte sie gerade, „der aber selbst nicht an dem Übel stirbt, das er verbreitet. Seine Zeitgenossen müssen damals ja befürchtet haben, dass Heinsohn in Afrika, diesem unheimlichen, rätselhaften, dunklen Kontinent mit seinen Hexern und Schamanen, von einem todbringenden Dämon erfasst worden war, der nun in ihm nistete.“

Lindberg nickte. „Ja. Das ist sehr wahrscheinlich. Diese harte Zeit war voller Aberglauben, Furcht vor Dämonen, Wiedergängern und Teufeln. Und wie bestattet man einen Mann, der einen Dämon in sich trägt, dessen Atem und Berührungen tödlich für andere Menschen sind?“, fragte er.

„Mein Gott, Sie haben recht! Nach dem, was Sie berichten, spricht vieles dafür, dass der Tote in dem Bleisarg tatsächlich Johannes Heinsohn ist!“, rief Shahin aus. „Aber warum hat man ihn nicht einfach verbrannt?“

„Genau diese Frage habe ich auch Dr. Winter gestellt“, entgegnete Lindberg. „Sie vermutet, dass man damals befürchtet hat, mit dem Feuer und dem aufsteigenden Rauch könne man das Miasma des Todes erst recht verbreiten. Wer weiß, vielleicht hat man ja an einen Höllendämon im Körper Heinsohns geglaubt, den das lodernde Feuer freisetzen würde. Aus diesem Grund hat man wohl auch das Zeichen des heilkundigen Dämons Buer in die Wände des Sarges geschnitten. Nur eben verkehrt herum – mit der Bedeutung, dieser Dämon heile nicht, sondern töte per Krankheit."

„Es ist schon gespenstisch", sinnierte Shahin. „Da haben sich die Menschen vor dreihundertfünfzig Jahren so viel Mühe gegeben, diesen todbringenden Dämon für alle Zeiten einzusperren – und nun ist er wieder da. Und wird vielleicht unzählige Menschen töten."

„Sofern wir es nicht verhindern – ja", versetzte Lindberg düster.

Hamburg

Bei der Besprechung am nächsten Morgen im Konferenzraum des Bernhard-Nocht-Instituts informierte Lindberg
die Kommission über seine Funde im Wedeler Stadtarchiv.

„Die Frage ist doch", nahm Shahin den Faden auf,
„wie dieses ebolaartige Virus zu dieser Chimäre werden
konnte. Ich meine, wenn diese Chimäre aus der Gegenwart stammen würde, könnten wir doch wohl davon ausgehen, dass sie in einem hochleistungsfähigen Biolabor
einer Großmacht zusammengebaut wurde, oder?"

Thomsen nickte zustimmend. „So ist es. Eine Chimäre
bedeutet ja, dass Gene unterschiedlicher Erreger kombiniert wurden. Man könnte zum Beispiel in ein Orthopox-
virus – es verursacht die Pockeninfektion – Proteine eines
Filovirus – also zum Beispiel Ebola – einsetzen. Damit
erhielten Sie womöglich einen Erreger, dessen Kontagio-
sität, Pathogenität und Letalität weit höher sind als die
von Pocken und Ebola allein."

„Wenn ich Ihre Fachbegriffe richtig verstehe, kann das
Virus also viel schneller viel mehr Leute umbringen?",
fragte Shahin dazwischen.

„Ja, so kann man das durchaus formulieren. Aber es
wäre sehr schwierig, technisch sehr aufwendig und natürlich auch sehr riskant, eine derartige Chimäre im Labor
erzeugen zu wollen."

Lindberg räusperte sich. „Die Frage von Hauptkommissarin Shahin war aber ja nun, wie diese Chimäre entstanden sein könnte. Ein modernes Biolabor dürften wir um 1650 ja wohl ausschließen können."

Winter nickte. „Ja, natürlich. Aber wir wissen nun, dass das Filovirus direkt aus Afrika hierher gebracht wurde – von diesem ... diesem Wedeler Seefahrer."

„Johannes Heinsohn", half Lindberg.

„Johannes Heinsohn, ja. Er infizierte sich also mit dem Virus, überlebte aber und war danach zwar gesundheitlich stark angegriffen, aber immun. Sie berichteten weiter, er sei auch nach seiner Heimkehr noch einmal sehr krank gewesen ..."

Lindberg nickte. „Ja, aber auch diesmal überlebte er."

„Es ist nur eine vage Theorie", begann Winter und sah zu Thomsen hinüber. „Aber etwas Besseres haben wir noch nicht anzubieten."

„Na, dann lassen Sie mal hören", sagte Shahin.

„Heinsohn war also mit dem hämorrhagischen Virus infiziert, als er nach Hause kam. Er überlebte, aber das Virus blieb in seinem Körper. Dann war er noch einmal todkrank. Wir vermuten, dass dies kein Rückfall war – Heinsohn hatte sich vielmehr mit der Pest infiziert, die damals überall in Norddeutschland grassierte. Beide Erreger waren nun in seinem Körper – einer als Virus, der andere als Bakterium. Wie daraus eine Chimäre entstehen konnte, können wir nur ahnen. Das aggressive Filovirus hat den Körper Heinsohns überflutet und dabei auch die Pestbakterien mit seinem Erbgut infiziert. Für dieses Virus war es eine Wirtszelle wie Milliarden andere im Körper auch. Wir vermuten, dass im Laufe von zahllosen Mutationen innerhalb dieser befallenen Zellen ein neuartiges Virus entstand, das nun Genabschnitte des Pesterregers enthielt. Und er hielt sich weiterhin im Körper Heinsohns. Er gab bei zwischenmenschlichen Kontakten den Tod weiter, blieb selbst aber verschont."

„Dann wäre es ja kein Wunder, dass dieser arme Kerl von der Gesellschaft verstoßen wurde", sagte Hartdegen.

Shahin wandte sich ihm zu. „Professor Dr. Hartdegen, könnten Sie mir ein wenig über biologische Waffen erzählen? Auf dem Gebiet bin ich nicht gerade versiert."

Hartdegen setzte sich gerade hin. „Gern. Wenn man den Begriff biologische Kriegsführung hört, dann denkt man meistens an den Kalten Krieg und die Laborversuche der Amerikaner und Sowjets mit tödlichen Erregern, die sich als Massenvernichtungswaffen eignen sollten."

Die Polizistin nickte zustimmend.

„Aber das Prinzip der biologischen Kriegsführung ist sehr viel älter", fuhr Hartdegen fort. „Das konnte in der Antike und im Mittelalter bisweilen bizarre Formen annehmen. Der Name Hannibal wird Ihnen etwas sagen, nehme ich an. Dieser berühmte karthagische Feldherr zum Beispiel ließ während einer Seeschlacht Tonkrüge auf die feindlichen Schiffe schleudern, die randvoll mit giftigen Schlangen waren. Sie können sich vorstellen, dass viele Ruderer ziemlich hastig über Bord sprangen. Damit war das Kriegsschiff manövrierunfähig. Der legendäre englische König Richard Löwenherz erzwang die Kapitulation einer belagerten Stadt, indem er massenhaft Bienenkörbe über die Mauern schleudern ließ."

„Naja, das ist ja alles sehr einfallsreich, aber unter biologischer Kriegsführung verstehe ich doch noch etwas anderes als Bienen", warf Shahin ein.

„Was Sie vermutlich meinen, fand erstmals im Jahr 1346 auf der Krim statt. Dieses Ereignis hatte sogar weltgeschichtliche Dimensionen und darf getrost als ‚Mutter der biologischen Kriegsführung' gelten."

„Und was geschah damals so Gravierendes?", fragte Shahin neugierig.

„Die Mongolen der Goldenen Horde belagerten die von den Genuesern gehaltene Hafenstadt Kaffa."

„Die heißt heute Feodossija und liegt im Osten der Krim", warf Lindberg ein.

Hartdegen bedachte ihn mit einen irritierten Blick und fuhr dann fort. „Drei Jahre lang wurde die Stadt vergeblich belagert. Dann schleuderten die Mongolen eine große Zahl an Pesttoten aus den eigenen Reihen mit Katapulten über die Mauern in die Stadt hinein. In den engen Gassen und durch die katastrophalen hygienischen Verhältnisse explodierte die Seuche geradezu. Ein paar Infizierten gelang die Flucht; sie steckten nun alle Menschen an, denen sie begegneten. Bis zum Verlöschen der Pandemie 1353 starben mindesten fünfundzwanzig Millionen Menschen in Europa – ein Drittel der Bevölkerung des Kontinents." Hartdegen hob eine Hand. „Sehen Sie, was damals in Kaffa geschah, wurde zum Auslöser des berüchtigten ‚Schwarzen Todes'. Übrigens hat eine Forschergruppe vor ein paar Jahren herausgefunden, dass der Erreger Yersinia Pestis gleich in einer ganzen Reihe von Genvarianten den Tod brachte. Dieser Erreger neigt nämlich sehr stark zum Mutieren. So etwas in der Art meinten Sie vermutlich?"

Shahin nickte nachdenklich.

Hartdegen nahm seinen Vortrag wieder auf. „Es sind rund zweihundert potenziell waffenfähige Erreger und

Toxine bekannt. Die wirkungsvollsten davon bilden das ‚Dreckige Dutzend'. Die tödlichsten sind Pocken, Pest, Milzbrand, Rizin, Rotz, Botulinum und eben die hämorrhagischen Viren. Die Sterblichkeitsrate liegt bei denen zwischen achtzig und hundert Prozent."

„Rotz? Was ist das denn? Klingt ja widerlich", sagte Shahin angeekelt.

„Ist es auch. Es ist eigentlich eine uralte Pferdeseuche. Unbehandelt verläuft Rotz beim Menschen unweigerlich tödlich, aber selbst mit Antibiotika stehen die Chancen nicht gut. Glauben Sie mir: Daran möchten Sie nicht erkranken."

„Stimmt. Das möchte ich nicht", versetzte Shahin trocken. „Sind biologische Waffen denn schon einmal in jüngerer Zeit eingesetzt worden?"

„Sie meinen in den letzten Jahrzehnten – in einem modernen Krieg?", fragte Hartdegen zurück. „In jüngerer Zeit kam es eher zum Einsatz chemischer Kampfstoffe. Zuletzt in Syrien durch das Assad-Regime. Davor im Irak durch Saddam Hussein. Das Saddam-Regime verfügte außerdem zeitweise über fast zwanzigtausend Liter an tödlichem Botulinumtoxin, achttausendfünfhundert Liter an Milzbrand und mehr als zweitausendfünfhundert Liter an Aflatoxin. Das ist ein Schimmelpilzgift. Den irakischen Biolabors gelang es jedoch nicht, die Gifte insofern waffenfähig zu machen, als dass sie über die Luft übertragbar gewesen wären."

Hartdegen wandte sich seinem Kollegen zu. „Eine kleine Anmerkung zu Ihrem Vortrag von vorhin, Professor Dr. Thomsen: Die Sowjetunion hat vor ihrem Untergang noch intensiv an einer Ebola-Pocken-Chimäre gearbeitet. Wir wissen nicht, wie weit sie damit gekommen sind. Es gab ja häufig Unfälle mit Biowaffen. Anfang April 1979 zum Beispiel wurde das ganze Gebiet von Swerdlowsk unter Quarantäne gestellt – eine defekte Abluftanlage eines militärischen Biolabors hatte Milzbrandsporen in die Umwelt geblasen. Unter dem Deckmantel der Erforschung von Infektionskrankheiten arbeiten Russland, die USA und andere Staaten trotz der Biowaffenkonvention von 1972 weiter mit tödlichen Erregern."

„Gab es nicht auch im Zweiten Weltkrieg Einsätze von biologischen Waffen?", fragte Lindberg. „Durch die Japaner zum Beispiel? Ich habe davon gelesen."

„Ich nehme an, Sie spielen auf die Einheit 731 an", entgegnete Hartdegen. „Alle kriegsführenden Nationen beschäftigten sich damals auch mit biologischen Waffen. Aber nach den entsetzlichen Erfahrungen des Ersten Weltkriegs verzichteten die meisten auf den Einsatz. Selbst die Deutschen. Die Japaner waren die einzigen, die sie großflächig einsetzten."

„Sie erwähnten eine Einheit 731. Was hatte es denn damit auf sich?", fragte Shahin.

Hartdegen nestelte umständlich an seiner Brille, bevor er antwortete. „Das ist eines der düstersten Kapitel dieses an Gräueltaten ohnehin reichen Krieges. Die Einheit 731 war eine militärische Organisation in der von Japan besetzten Mandschurei in China, die sich zunächst mit der Erforschung und Herstellung von biologischen Waffen befasste – und später auch mit ihrem Einsatz gegen Zivilisten. Rund dreitausend Menschen waren daran beteiligt, die meisten davon waren Biologen. Die Forschungsanlagen in der Stadt Harbin umfassten hundertfünfzig Gebäude auf sechs Quadratkilometern Fläche.

Chef der Einheit 731 war der Arzt und Generalleutnant Ishii Shirō. Die gezüchteten Erreger wurden auch an Gefangenen erprobt. Man schätzte, dass mindestens dreitausendfünfhundert koreanische, chinesische, britische und amerikanische Kriegsgefangene dabei auf grausame Weise ums Leben kamen, möglicherweise sogar bis zu zehntausend."

Am Tisch herrschte einen Moment Schweigen.

„Die ersten Einsätze gegen Städte erfolgten ab 1940", fuhr der Experte fort. „Dabei wurden Keramikbomben abgeworfen, die mit pestinfizierten Flöhen gefüllt waren. 1942 wurden unter anderem Cholera-, Pest- und Typhuserreger über chinesischen Städten, speziell über Wohngebieten, versprüht. Dabei kamen wohl zweihundertfünfzigtausend Menschen ums Leben. Insgesamt hat Ishii Shirō wohl mehr als dreihunderttausend Menschen auf dem Gewissen."

„Unfassbar ...", murmelte Shahin. „Was geschah mit der Einheit 731 bei Kriegsende?"

Hartdegen lächelte frostig. „Die japanische Armee ermordete alle Häftlinge, die bis dahin überlebt hatten, um Augenzeugen zu vermeiden; die Anlagen wurden zerstört. Dann setzte die Politik ein: Im Austausch gegen die Unterlagen und Daten der Forschung von der Einheit 731 ließen die USA die Beteiligten straffrei ausgehen. Man argumentierte, da man im Westen keine Menschenversuche anstelle, seien die auf diese Weise gewonnenen Daten sehr selten und damit besonders wertvoll."

„Danke, Professor Dr. Hartdegen", sagte die Hauptkommissarin. „Das gibt uns einen lebhaften Eindruck von dem, was geschehen könnte, wenn wir diese Verbrecher nicht stoppen."

Shahin wandte sich an Winter und Thomsen. „Gibt es irgendwelche Neuigkeiten bezüglich dieser seltsamen Flüssigkeit in dem Bleisarg?"

Winter schüttelte den Kopf. „Wir kennen inzwischen ein paar Bestandteile. Aber erstens noch nicht alle und zweitens wissen wir natürlich nicht, wie diese Flüssigkeit langfristig wirkt. Dazu wären entsprechende Versuche notwendig."

Lindberg hob eine Hand. „Ich möchte noch einmal im Wedeler Stadtarchiv nachsehen. Ich habe nämlich eine Theorie, die ich gern überprüfen möchte."

Shahin nickte. „Machen Sie das, Dr. Lindberg. Ich informiere unser Team. Haben Sie etwas dagegen, wenn ich später in Wedel dazustoße? Ich möchte mir die Kirche gern einmal ansehen. Vielleicht können Sie mir etwas über die Geschichte des Gebäudes und seiner Grüfte erzählen."

„Gern", entgegnete Lindberg.

„Dann bis später in Wedel", sagte die Polizistin.

Lindberg packte seine Sachen zusammen. Plötzlich stellte er fest, dass er sich auf dieses Treffen freute.

12

Wedel in Holstein

Lindberg verbrachte ein weiteres Mal mehrere Stunden im Wedeler Stadtarchiv, das einen großen Fundus an Unterlagen und Dokumenten über die Zeit des Dreißigjährigen Krieges besaß. Vor allem aber über Johann Rist, den umtriebigen Pastor, Dichter und Forscher. Je mehr er über ihn las, desto größer wurde sein Respekt vor diesem Mann. Als der Archäologe mit seinem Studium der Dokumente fertig war, meldete er sich bei Becca Shahin und setzte sich in ein gemütliches Weinlokal direkt am Wedeler Roland, um auf sie zu warten. Das Haus war alt und reetgedeckt, man saß unter dunklen Deckenbalken und konnte beim Wein die Bilder von Künstlern bewundern, die an den Wänden ausgestellt waren.

Die Polizistin erschien am späten Nachmittag und Lindberg starrte sie erst einmal verblüfft an. Sie trug eine graublaue Lederjacke zu einer ausgeblichenen Jeans, die ihre schlanke Figur betonte. Vor allem aber trug sie nun ihre Haare offen. Die schulterlange schwarze Mähne umrahmte ihr Gesicht wie ein Schleier. Schwarz und glänzend wie Rabenschwingen, dachte Lindberg. Shahin bemerkte seinen Blick.

„Stört Sie etwas an mir?", fragte sie spöttisch.

„Stören? Nein, das ist es nicht", entgegnete Lindberg. „Sie sehen nur so – so undienstlich aus."

„Wissen Sie, das hängt womöglich damit zusammen, dass ich jetzt nicht mehr im Dienst bin", versetzte sie spitz.

Die Polizistin zog sich einen Stuhl heran und bestellte eine Flasche Wasser und ein paar Antipasti. Sofort griff sie nach dem frischen Brot, das traditionell mit Olivenöl gereicht wurde.

„Ich bin total ausgehungert", sagte sie mit vollem Mund.

Lindberg betrachtete sie mit Wohlgefallen; er mochte Frauen, die Essen und Trinken genießen konnten. Er fand, das hatte etwas Sinnliches.

Beide bestellten nun Gerichte aus der Speisekarte. Die Bedienung entzündete eine Kerze auf dem Tisch und Shahin starrte eine Weile schweigend in die Flamme. Der Lichtschein legte einen warmen Schimmer über ihre Haare. Lindberg genoss den Anblick.

„Irgendwelche weiteren Fortschritte?", fragte sie schließlich und nahm einen Schluck Wasser.

„Nur Geduld, Frau Hauptkommissarin", lächelte Lindberg.

„Nö. Als die Geduld verteilt wurde, stand ich hupend im Stau. Also?"

Lindberg stellte seinen Laptop auf den Tisch. Das Archiv hatte ihm erlaubt, einige Dokumente zu fotografieren.

„Als ich gestern den Bleisarg bei Ihnen im Institut noch einmal genau in Augenschein nahm, fiel mir an der Frontseite etwas auf, dass ich beim ersten Mal übersehen hatte."

Er drehte den Laptop herum, sodass die Polizistin sehen konnte, was er aufgerufen hatte.

„Ah ja. Und was genau sehe ich da?", fragte sie. „Eine Gans?"

Lindberg lachte. „Ich gebe zu, es ist ziemlich verwittert. Und es ist auch nicht sehr groß; man kann es daher leicht übersehen."

Er nahm einen Kugelschreiber und zeigte damit auf das Symbol. „Dies ist keine Gans, sondern ein Schwan. Und dies hier ist ein Lorbeerkranz."

„Ja. Jetzt, wo Sie es sagen."

„Es handelt sich um ein Wappen", fuhr Lindberg fort. „Und zwar um das Wappen von Johann Rist. Der Wedeler Dichter und Pastor erhielt es 1653 von Kaiser Ferdinand III. – zusammen mit seiner Ernennung zum Kaiserlichen Hofpfalzgrafen und zum ‚Poeta laureatus'. Mit dieser Dichterkrone aus immergrünem Lorbeer wurde Rist vom Rang her praktisch einem Nationaldichter gleichgestellt."

„Aha. Interessant. Aber was macht dieses Wappen eines dichtenden Pastors auf dem Sarg eines todbringenden Mannes wie Johannes Heinsohn?"

„Rist und Heinsohn müssen sich gekannt haben. Beide lebten etwa zur gleichen Zeit in Wedel. So groß war die Stadt damals nicht und dem Pastor dürfte das Schicksal Heinsohns und die dunkle Bedrohung, die von ihm ausging, wohlbekannt gewesen sein."

„Hat also Rist den Bleisarg in Auftrag gegeben und finanziert?", fragte Shahin. „Wenn ich Sie richtig verstanden habe, waren diese Dinger doch sehr teuer."

„Ja, das ist sehr wahrscheinlich so gewesen. Rist war auch Arzt in Wedel. Er hat Heinsohn möglicherweise sogar behandelt. Aber das ist noch nicht alles."

Lindberg rief ein Dokument auf den Schirm.

„Hier sind die Themen der sogenannten Monatsgespräche von Johann Rist verzeichnet. Er hatte die Angewohnheit, einmal im Monat drei interessante Gesprächspartner nach Wedel einzuladen." Er fuhr mit dem Kugelschreiber die Zeilen entlang. „Es handelte sich im Grunde stets um Intellektuelle, wie wir sie heute bezeichnen würden – Lehrer, Dichter, Konzertmeister, Pastoren, Offiziere und so fort –, die jeweils einen blumigen Tarnnamen führten. Wie Kleander, Celadon, Sylvander oder Kalorin. Rist führte genau Buch über die Gesprächsthemen. Eines fällt sofort auf – es geht häufig um Pflanzen und ihre Wirkung, um Vergiftungen und ihre heilenden Kräfte. Um Astrologie und Astronomie. Und auch um den legendären ‚Stein der Wesen'."

„Davon habe ich natürlich schon gehört", sagte Becca Shahin. „Harry Potter und so."

„Genau. Harry Potter und so", lächelte Lindberg. „Der Stein der Weisen spielt in der Alchemie eine große Rolle. Die Legenden um ihn kamen erstmals zwischen dem 1. und dem 3. Jahrhundert nach Christi auf. Mit dem Stein der Weisen, der auch als Großes Elixir bekannt war, sollte unedles Material in Gold und Silber verwandelt werden können. Aber er ist zugleich ein Symbol für Heilung und Läuterung. Und schließlich wurde daraus ein Rezept für ewiges Leben. Es gab Hunderte Laboratorien, in denen nach dem Stein der Weisen geforscht wurde. Etliche sind uns heute noch erhalten. In Verbindung mit Wein oder anderen Getränken sollte der Stein der Weisen als ‚Aurum Potabile' – trinkbares Gold – jede Krankheit heilen und auch den Alterungsprozess aufhalten können."

„Aber Johann Rist war doch Dichter und Pastor – kein Alchimist."

„Das ist ja gerade mein Punkt: Johann Rist *war* nämlich Alchimist, ein sehr emsiger sogar, der hier in Wedel im Pastorat ein eigenes Labor unterhielt. Er suchte wie andere Alchimisten auch nach dem Stein der Weisen. Und er hatte unter anderem Medizin studiert – Rist war ein Universalgelehrter seiner Zeit. Die Bürger von Wedel und Umgebung hielten ihn sogar für einen Zauberkundigen."

„Wieso das?"

Lindberg lächelte. „Er konnte sein alchimistisches Labor im Pfarrhaus verdunkeln; dafür hängte er schwarze Decken vor die Fenster. Durch ein kleines Loch fiel Licht herein und projizierte ein auf dem Kopf stehendes Bild der Kirche auf die weiße Wand gegenüber."

„Eine Laterna Magica!"

Lindberg nickte beeindruckt. „Ganz genau! Rist hatte eine Laterna Magica gebaut, ein einfaches optisches Prinzip. Für seine Besucher war dieser Effekt aber nur mit Zauberei zu erklären." Der Archäologe lächelte wieder. „Außerdem hat er offenbar mal einen gefährlichen Brand in Wedel mit Frauenmilch löschen lassen. Dieser Erfolg ließ sein Ansehen enorm steigen."

„Moment mal – reden wir hier von Milch aus den Brüsten junger Mütter?"

Lindberg nickte. „Ja. Ein Reetdachhaus unten am Mühlenteich brannte damals lichterloh und war nicht zu löschen. Die verzweifelten Bürger baten den als zauberkundig geltenden Pastor um Hilfe. Rist gab ihnen den Rat, Frauenmilch auf die Flammen zu schütten. Es gab damals viele Ammen, die Milch zur Verfügung stellen konnten. Aus irgendwelchen Gründen funktionierte diese spezielle Löschflüssigkeit wohl tatsächlich …"

„Unglaublich", rief Shahin aus.

Ihr Essen kam und beide widmeten sich erst einmal ihren Gerichten.

„Gut, kommen wir zu dem Bleisarg und der geheimnisvollen Flüssigkeit zurück", sagte Shahin nach ein paar Bissen. „Wie soll das alles nun mit Rist zusammenhängen?"

Lindberg, der gerade mit Gusto sein Lachsfilet bearbeitete, wischte sich den Mund mit einer Serviette ab und nahm einen Schluck Mineralwasser.

„Ich glaube, dass sich Johann Rist als Arzt und Alchimist intensiv mit dem geheimnisvollen Fall des Johannes Heinsohn auseinandergesetzt hat. Für ihn als Arzt und Apotheker dürfte dies eine Herausforderung dargestellt haben. Hinzu kommt, dass Rist ja ebenfalls an der Pest erkrankte und sie überlebte, während um ihn herum die Menschen wie Fliegen starben. Ich glaube, der Bleisarg als Schutzmaßnahme gegen eine Infektion mit der tödlichen Seuche noch aus dem Grab heraus war seine Idee. Er hat den Sarg anfertigen lassen und auch bezahlt. Und er hat deshalb sein Wappen darauf anbringen lassen. Dann ließ er Heinsohn direkt an der Kirche tief in einer Gruft beisetzen, nicht in einem flacheren Grab wie sonst üblich. Allerdings glaube ich, dass die Warnungen nicht von ihm in das Blei eingeritzt wurden, sondern von den abergläubischen Totengräbern."

„Und die geheimnisvolle Flüssigkeit?"

Lindberg zuckte mit den Achseln. „Da kann ich nur Vermutungen anstellen. Rist hat ja nicht nur ständig Versuche angestellt und dazu Pflanzen und Blumen benutzt. Er hatte auch ein Netzwerk von Denkern und Wissenschaftlern aufgebaut, das quer durch Europa reichte. Wir wissen nicht, welche Ideen ihm von seinen

Kollegen mitgeteilt wurden. Und woher sie stammten. Vielleicht sogar aus China? Das werden wir wohl nie erfahren. "

„Sie spielen auf die ‚Marquise von Dai' an ... "

„Ja, vielleicht war die Rezeptur derartiger Flüssigkeiten gar kein Geheimnis unter Alchimisten jener Zeit. Ihm ging es darum, das Virus einzukapseln. Als Nebeneffekt wurde Heinsohns Körper vor Bakterien geschützt und perfekt konserviert. "

„Wenn ich Ihrer Theorie mal folge, dann hätten wir jetzt geklärt, wer der ursprüngliche Träger des Virus war, wie die tödliche Chimäre damals möglicherweise entstanden ist und warum und in wessen Auftrag der Bleisarg gebaut wurde. " Die Polizistin nickte Lindberg anerkennend zu. „Keine schlechte Arbeit für ein paar Stunden im Archiv, finde ich. Zeigen Sie mir jetzt noch die Kirche, bevor ich mich auf den Heimweg mache? "

„Sehr gern. "

Beide bezahlten und Lindberg führte die Hauptkommissarin die paar Schritte zur Wedeler Kirche hinüber. Er ging voran. Als sie den schmalen, von Sträuchern eingefassten Weg entlangliefen, der kurz vor dem Gotteshaus endete, hörte der Archäologe hinter sich einen dumpfen Schlag und ein Keuchen. Er wirbelte herum – und starrte die Szenerie an, die sich vor ihm abspielte.

Becca Shahin lag auf den Knien vor ihm. Ein dünnes Rinnsal Blut lief über ihr Gesicht. Ein gedrungener Mann in schwarzem Trainingsanzug und Motorradmaske hielt ihr eine Schusswaffe an den Kopf. Glock 17, Rückstoßlader, Kaliber 9 x 19, Magazinkapazität je nach Typ 17, 19 oder 33 Patronen, lief es in Lindbergs Kopf automatisch ab. Einmal Soldat, immer Soldat.

Langsam hob er die Hände. Neben ihm aus dem Gebüsch trat ein ähnlich gekleideter Mann und richtete eine Waffe auf ihn. Beretta 92 FS ..., begann das Programm in seinem Kopf. Lindberg sah Shahin direkt an. Eine Schockwelle raste durch sein Hirn. Ihre tiefschwarzen Augen waren weit aufgerissen, ihr Blick brannte Löcher in seinen Verstand. Riesige schwarze Augen ... Sein Sichtfeld verengte sich zu einem Tunnelblick, sein Herz hämmerte, ihm brach der Schweiß aus. Seine Hände begannen zu zittern.

„Nicht jetzt. Bitte nicht jetzt", hallte ein Flehen in seinem Kopf. Sekunden schienen sich zu Stunden zu dehnen, in denen er unfähig war, sich zu bewegen, er bekam kaum Luft.

„Tristan! Jetzt!", schrie Shahin plötzlich gellend auf, griff nach der Pistole an ihrem Kopf und warf sich zur Seite.

Der laute Schrei weckte Lindberg schlagartig aus seiner Starre. Sein Gehirn war noch gelähmt, aber nun übernahmen seine antrainierten Reflexe. Sein rechter Unterarm beschrieb einen kurzen Bogen und fegte die Waffe zur Seite. Die linke Hand schoss gleichzeitig empor und schlug wuchtig gegen den Lauf. Lindberg konnte hören, wie der Zeigefingerknochen des Mannes vor ihm brach; er schrie auf. Die Pistole polterte zu Boden. Lindberg drehte sich, sein rechter Fuß rammte nach vorn; die Außenkante traf das Knie seines Gegners mit großer Wucht. Er hörte etwas reißen. Der Mann brüllte wie ein Stier und knickte sofort ein. Lindbergs linkes Knie knallte gegen die Schläfe des Angreifers.

Shahin hatte sich blitzartig aufgerichtet und drehte das Handgelenk ihres Gegners kraftvoll nach innen. Der

Lauf der Glock zeigte nun von ihr weg. Lindberg knallte dem Mann fast gleichzeitig den Ellenbogen gegen den Kiefer. Der Maskierte fiel zur Seite und prallte dumpf auf den Boden. Lindberg sah verblüfft, wie Shahin ihn einen Moment lang nachdenklich musterte, sich dann bückte und dem Mann erst die Motorradmaske abnahm und dann die Trainingsjacke. Schließlich zog sie ihm auch noch das schwarze T-Shirt über den Kopf. Ein kantiges Gesicht kam zum Vorschein, die Haare des Mannes waren kurz geschoren, Hals und Brust tätowiert.

Shahin nickte, als habe sie eine Bestätigung erhalten. Sie wollte sich gerade dem zweiten Bewusstlosen zuwenden, als hastige Schritte hinter ihnen hörbar wurden.

„Da kommen noch mehr. Mindestens zwei. Ganz sicher bewaffnet. Los, weg hier!", warnte Lindberg.

Er zog die widerstrebende Shahin, die jetzt ihre eigene Pistole in der rechten Hand hielt – und zu Lindbergs Verblüffung in der linken Faust ein schmales, dolchartiges Messer –, weg von den beiden bewusstlosen Männern am Boden. Sie rannten auf den Marktplatz am Roland, wo noch zahlreiche Menschen unterwegs waren. Eine Schlange von Autos stand an der Ampel der B 431, darunter ein Polizeiwagen. Lindberg sah sich um. Die beiden Verfolger blieben einen Moment stehen, dann zogen sie sich zurück – und verschmolzen mit den Schatten.

Wedel in Holstein

„Woher haben Sie es gewusst?", fragte Lindberg, als die Spurensicherung ihre Arbeit getan und beide ihre Aussagen auf dem Polizeirevier Wedel gemacht hatten.

Nun saßen sie im „Bier- und Wein-Comptoir", einem rustikalen Wein- und Esslokal, ebenfalls nicht weit vom Roland entfernt.

„Woher haben Sie gewusst, wie ich reagieren würde?"

Shahin lächelte. „Vergessen Sie bitte nicht, dass ich vom LKA bin. Ich habe Ihre Akte gelesen – ich weiß gern, mit wem ich es zu tun habe. Vor allem in einem so heiklen Fall wie diesem."

„Meine Akte? Vom Archäologischen Landesamt?", fragte Lindberg skeptisch. „Da kann ja nicht viel drin gestanden haben. Ein paar Ausgrabungen in der Mongolei, der Türkei oder Armenien ..."

„Seien Sie nicht albern, Dr. Lindberg. Ich meine Ihre Bundeswehr-Akte."

„Die haben Sie bekommen? Das ist allerdings interessant!"

„Wie gesagt – ich bin vom LKA, Abteilung fünf. Bei uns geht es schließlich auch um Terrorismus. Ich habe zwangsläufig eine ziemlich hohe Geheimhaltungsstufe."

„Kann ich mir vorstellen", nickte Lindberg.

„Aber das Merkwürdige ist – die Akte über Ihre Einsätze ist bemerkenswert dünn. Es fehlt sehr viel. Nur der Anfang Ihres Werdegangs bei der Bundeswehr ist verzeichnet, bis zur Beförderung zum Hauptmann, und zwei längere Einsätze in Afghanistan. Keine Einzelheiten Ihrer weiteren Ausbildung, keine detaillierten Informationen zu Ihren Einsätzen. 2011 schieden Sie plötzlich aus der Bundeswehr aus."

„Das ist richtig, ja."

„Ich kenne derartig redigierte Akten", fuhr Shahin fort. „KSK?"

Sie bezog sich auf das „Kommando Spezialkräfte" der Bundeswehr, einen Eliteverband von rund tausendeinhundert Soldaten, spezialisiert unter anderem auf Terrorismusbekämpfung.

Lindberg blickte sie schweigend an.

„Hören Sie", sagte Shahin, „wir sind vorhin beinahe getötet worden. Ich finde, das verbindet irgendwie. Und es sollte Vertrauen schaffen. Oder? Wir wissen nicht, was im Zuge dieses Falles noch so alles auf uns zukommen wird."

„Beim KSK war ich nicht direkt, nein", sagte Lindberg schließlich. „Aber ich war mit ihnen zusammen im Einsatz in der Provinz Kunduz. Ich war Fallschirmjäger der ‚Division Schnelle Kräfte'. Einzelkämpferausbildung in Sonthofen. Und ich war dann im Einsatz mit der ‚Task Force 47'."

„Okay, das erklärt die redigierte Akte", sagte Shahin.

„Sie kennen die TF 47?", fragte Lindberg überrascht.

Shahin nickte. „So etwas zu wissen, gehört zu meinem Arbeitsprofil."

Die „Task Force 47" der Bundeswehr war ein Verband von bis zu zweihundert Elitesoldaten, überwiegend des KSK, die bei Bedarf von Mitgliedern des Militärischen Abschirmdienstes MAD und des Bundesnachrichtendienstes BND verstärkt werden konnten. Die TF 47 betrieb Terrorismusbekämpfung, Aufklärung über den Gegner und schützte die im Einsatz befindlichen Soldaten notfalls durch offensive Sondereinsätze. Ihre Operationszentrale „Tactical Operations Center" (TOC) befand sich in einem streng abgetrennten Teil des Bundeswehrfeldlagers in Kunduz. Über die Einsätze der TF 47 wurde gewöhnlich ebenso Stillschweigen bewahrt wie über die Operationen des KSK.

Lindberg blickte aus dem Fenster auf den erleuchteten Marktplatz mit der farbigen Roland-Statue aus dem Jahr 1558, die die Handelsfreiheit der Stadt symbolisierte.

„Ein Elitesoldat also. Und dann steigen Sie plötzlich aus?"

„Ja. Aber nicht freiwillig. Eines Tages überprüften wir ein Dorf im Distrikt Char Darrah südlich der Provinzhauptstadt Kunduz."

Shahin sah, wie sich sein Blick veränderte. Er war jetzt weit weg.

„Wir gingen die Straße zwischen den ärmlichen Häusern hinunter. Auf jeder Seite acht Mann. Wir sicherten uns gegenseitig. Wir hatten Berichte erhalten, nach denen sich ein lokaler Feldkommandeur der Taliban, ein Mann namens Maulawi Khattak, dort verstecken sollte. Eine andere Einheit der TF 47 näherte sich zur gleichen Zeit dem Dorf von Westen."

Shahin kannte diesen Blick. Bei Militär- und Traumapsychologen wurde er „thousand-yard-stare" genannt. Ein unfokussierter Blick von zumeist traumatisierten Soldaten, der sich in der Weite zu verlieren schien.

„Aus einem Haus kam ein kleines Mädchen, vielleicht zehn oder zwölf Jahre alt. Sie blieb vor mir stehen. Sie hatte ein kleines, zierliches Gesichtchen mit riesigen, pechschwarzen Augen darin, mit denen sie mich ansah. Ich kniete mich vor sie hin und lächelte sie an. Sie lächelte aber nicht, ging einfach stumm weiter, an mir vorbei, hinüber zu den Kameraden auf der anderen Straßenseite. Plötzlich wurde mir klar, dass die schwarze Abaya, die sie trug, viel zu groß für sie war. Ich öffnete den Mund, um den Kameraden eine Warnung zuzurufen. Dann knallte es schon."

„Das Mädchen hatte eine Sprengstoffweste unter der Abaya?"

Lindberg nickte. „Ja. Man hatte sie mit Drogen abgefüllt und auf die Straße geschickt. An dem Tag haben wir drei Mann verloren. Fünf wurden schwer verletzt. Es gab Amputationen noch am Explosionsort. Grauenhaft!"

„Und Sie?"

„Oh, ich hatte Glück. Jedenfalls körperlich. Ich kniete ja noch. Die Druckwelle schleuderte mich in einen Ziegenstall. Ich brach mir nur drei Rippen und einen Arm."

„Aber Sie litten danach unter Posttraumatischen Belastungsstörungen?"

„Ach, wissen Sie, das klingt immer so technisch. Aber – ja. Ich war monatelang in psychologischer Behandlung. Gesprächs- und Gruppentherapie, EMDR … das ganze Programm."

„EMDR?"

„Ach so, Entschuldigung. Das steht für ‚Eye Movement Desensitization and Reprocessing'. Das ist ein amerikanisches Verfahren, ein bisschen wie Hypnose. Dabei starrt man auf eine kleine Lichtquelle und spricht dann mit dem Therapeuten über das Trauma. Wirkt ziemlich gut bei vielen Patienten. Bei mir aber nur teilweise. Die Ärzte sprachen von ‚partieller Chronifizierung'."

Shahin sah ihn schweigend an und wartete.

„Sehen Sie, als ich nach der Explosion zu mir kam, hatte ich Teile des kleinen Mädchens auf meinem Kampfanzug. Das werde ich einfach nicht los. Bis heute nicht. Bei plötzlich auftretenden Stresslagen bin ich manchmal wie gelähmt, wie Sie bemerkt haben. Das ist nicht gerade ideal für einen Soldaten im Einsatz. Meine Kameraden konnten sich nicht mehr hundertprozentig auf mich verlassen. Außerdem habe ich oft Albträume. Diese riesigen schwarzen Kinderaugen brennen mir noch ein Loch in die Seele."

„Schwarze Augen? So wie meine?"

„Ja."

„Ich verstehe. Sie sind dann aus der Bundeswehr ausgeschieden."

„Ja", sagte Lindberg. „Es ging nicht anders. Ich wusste erst nichts mit mir und meinem Leben anzufangen. Aber wissen Sie, mein Vater war auch Archäologe. Das hatte mich immer interessiert."

„Leben Ihre Eltern noch?", fragte Shahin dazwischen.

Lindberg schüttelte den Kopf. „Nein. Ich wollte meinem Vater nacheifern, war von Kindheit an vertraut gewesen mit diesem Beruf; mit den vielen Gesprächen zu Hause über alte Kulturen und geheimnisvolle Artefakte. Also wählte ich diesen beruflichen Weg. Es war als Neuanfang einfacher. Und ich habe es nie bereut."

Shahin stocherte in ihrem Salat. „Sagen Sie, Dr. Lindberg …"

„Vorhin haben Sie mich Tristan genannt", unterbrach er sie. „Ich nehme an, das haben Sie getan, um mich in meiner Schockstarre besser zu erreichen. Ich finde, Sie sollten jetzt auch dabei bleiben. Was meinen Sie?"

„Sehr gern – Tristan", entgegnete Shahin und reichte ihm ihre Hand. „Ich heiße Becca. Übrigens: Mir sind vorhin deine Kampftechniken aufgefallen. Das war klassisches Karate, nicht wahr? Soto-Uke, Yoko Geri Kekomi, Empi Uchi …"

„Wow! Du kennst dich ja gut aus!", sagte Lindberg beeindruckt.

Sie lachte. „Ich habe beim LKA lange Karate gemacht, dann sind wir aber zu Krav Maga übergangen."

Diese israelische Kampfesweise wurde von Militäreinheiten bevorzugt, denn sie war kompromisslos wirksam, um einen Gegner auszuschalten, und verzichtete im Gegensatz zu fernöstlichen Kampfkünsten völlig auf Zeremonielles.

„Dann kennst du doch sicher Uri Katz?", fragte Lindberg.

„Uri? Natürlich! Hat er deine Einheit auch trainiert?"

„Ja, klar. Er hat viel mit dem KSK und der TF 47 gearbeitet. Aber ich weiß, dass er auch Polizeieinheiten unterrichtet."

„Die Welt ist klein", lächelte Shahin.

Lindberg fand, dass sie viel öfter lächeln sollte; sie strahlte dann eine Wärme aus, die man fast körperlich fühlen konnte.

„Und was ist deine Geschichte?", fragte er.

„Meine Geschichte? Ich bin in Hamburg geboren. Meine Eltern stammen aus Syrien. Mein Vater war Arzt in Hama. Das ist eine große Stadt in Mittelsyrien, sie hatte damals dreihundertfünfzigtausend Einwohner."

Lindberg nickte. „Ich kenne die traurige Geschichte von Hama."

Sie sah ihn forschend an. „Dann weißt du ja auch, was 1982 geschah. Die Muslimbrüder, die sehr stark in Hama vertreten waren, wollten das Regime von Präsident Hafiz al-Assad stürzen. Assad ließ seinen Höllenhund los, seinen eigenen Bruder Rifaat. Die Armee riegelte zunächst alle Zufahrtsstraßen ab, dann bombardierte die Luftwaffe Hama so lange, bis nur noch rauchende Trümmer übrigblieben. Dreißigtausend Menschen starben. Darunter mein Bruder. Er war viel älter als ich." Sie blickte Lindberg an und sah mit einem Mal erschöpft aus. „Dann begannen die Verhaftungen. Willkürlich und wahllos wurden die Menschen abgeholt. Auch mein Vater, der doch völlig unpolitisch war. Er war freundlich und hilfsbereit – und wurde dann in irgendeinem Keller des militärischen Geheimdienstes halb tot gefoltert. Am Ende bekam er eine Kugel in die Brust und wurde dann wie ein Stück Lumpen auf die Straße geworfen. Ein Kollege operierte ihn auf dem Küchentisch in seinem Haus und rettete ihm das Leben. Meinen Eltern gelang schließlich die Flucht. Über Italien kamen sie nach Deutschland."

„Hat sich dein Vater jemals erholt?"

Shahin wiegte den Kopf. „Zunächst war er ein gebrochener Mann. Man hatte ihm seine Gesundheit geraubt, seine Heimat, seine Ideale, seinen geliebten Beruf. Und vor allem seinen Sohn. Aber dann kam ich. Das hat ihn wieder aufgerichtet. Er hat es sogar geschafft, in Deutschland als Arzt arbeiten zu können. Er war Landarzt, oben bei Husum. Sehr beliebt bei seinen Patienten. Und er war mir ein liebevoller Vater. Er hat mich immer unterstützt. Vor zwei Jahren ist er gestorben."

„Das tut mir leid", sagte Lindberg automatisch, fügte dann aber mit Bedacht hinzu: „Es hat ihm bestimmt viel bedeutet, eine Tochter wie dich zu haben."

In ihren Augen schimmerte es.

„Bist du eigentlich gläubige Muslima?", fragte Lindberg schnell.

„Ich stamme aus der Kultur des Islam, so viel ist richtig", sagte Shahin zögernd. „Und sie hat mich mitgeprägt. Ich empfinde viel Respekt ihr gegenüber. Aber nach dem, was in meinem Land geschieht, habe ich Probleme mit dem Glauben an einen gütigen Gott. Lassen wir das Thema lieber."

„Gut. Sag mal, Becca …", sinnierte Lindberg. „Ist das eine Abkürzung für irgendetwas – für Rebecca vielleicht?"

„Genau. Aber ich werde seit meiner Kindheit immer nur Becca genannt. Ist ja auch gar kein schlechter Name für eine Polizistin."

„So – was bedeutet er denn?"

„Naja, der Name Rebecca bedeutet ‚die Fesselnde'."

Lindberg lachte. Doch dann wurde er wieder ernst. „Wir haben heute großes Glück gehabt", sagte er. „Die beiden Typen, die uns ausschalten sollten, waren ganz gut, aber gehörten ganz sicher nicht zur ersten Garde. Der Mann, der die Polizisten am Friedhof drüben niedergestochen hat, muss ein ganz anderes Kaliber sein. Man hat uns unterschätzt – du warst für diese Leute nur eine schwache Frau und ich ein hilfloser Bücherwurm. Eine Fehleinschätzung, wie gesagt. Und sie wird ihnen nicht noch einmal unterlaufen. Das nächste Mal werden sie richtige Profis schicken. Apropos schwache Frau – dass du als LKA-Beamtin eine Schusswaffe trägst, ist ja wohl normal. Aber ein Kampfmesser?"

Shahin lachte. „Mein Vater war in jungen Jahren ein sehr geübter Messerkämpfer. Hama war schon immer ein gefährliches Pflaster. Ich habe es von ihm gelernt. Und Uri Katz hat mir dann noch den einen oder anderen Trick beigebracht."

„Zeigst du mir dein Messer mal?"

Sie nickte und zog die Waffe in einer schnellen Bewegung aus der Lederscheide, die sie am Gürtel trug. Er drehte das Messer in den Händen.

„Wunderschön! Ein Dolch mit Damaszenerklinge. Wie passend für eine Frau mit syrischem Erbe."

Shahin lächelte traurig. „Er gehörte meinem Vater." Sie steckte das Messer zurück und sah ihn mit gerunzelter Stirn an. „Du hast völlig recht, sie werden weitere Männer schicken, wenn sie uns weiter als Bedrohung empfinden. Aber mir macht noch etwas anderes Sorgen."

„Ja? Und das ist?"

„Ist dir das nicht aufgefallen? Man hat uns an der Kirche regelrecht aufgelauert – und zwar auf dem Weg zwischen den Büschen. Woher wussten sie, dass wir dorthin gehen würden? Es gibt nur zwei Möglichkeiten."

„Nämlich?", fragte Lindberg.

„Entweder man hat uns die ganze Zeit verfolgt und sich dann spontan für den Zugriff entschieden."

Lindberg schüttelte den Kopf. „Sehr unwahrscheinlich."

„Das sehe ich auch so. Die zweite Möglichkeit ist viel beunruhigender. Sie haben gewusst, dass wir heute zur Wedeler Kirche fahren würden. Und das würde bedeuten: Wir haben einen Verräter in unseren Reihen."

Jork, Altes Land

Kazim Awad fluchte. Zwei der fünf Waschmaschinen in dem Gemeinschaftscontainer waren schon wieder defekt. Kein Wunder, denn die Maschinen liefen fast rund um die Uhr. Bei dreihundertachtzig Menschen fiel eben viel Wäsche an.

Der achtundzwanzigjährige Iraker blickte auf die digitale Anzeige der laufenden Maschinen. Das Programm einer davon war fast beendet; in etwa zehn Minuten konnte er seine Wäsche einfüllen. Jetzt durfte er nur nicht seinen Warteplatz räumen, sonst kam ihm ein anderer zuvor, und dann konnte es womöglich Stunden dauern, bis er drankam. Er setzte sich auf eine der hölzernen Wartebänke. Zurzeit war er allein in dem Container. Aber es würden bald mehr Leute hierherkommen.

Die sogenannte Erstaufnahmeeinrichtung an der Neuenfelder Straße in Jork an der Hamburger Stadtgrenze, idyllisch südlich der Elbe gelegen, bestand aus einigen Dutzend Stahlcontainern. Sie maßen zwei mal fünf Meter und boten jeweils vier Personen Raum. Man hatte diese Einrichtung im Zuge der Flüchtlingswelle ab 2015 hastig ins Grüne gesetzt, Strom- und Wasserleitungen gelegt und ein Wegenetz zwischen den Bauten betoniert. Westlich davon lagen die Ortsteile Groß und Klein Hove mit ihren Obsthöfen, Honigmanufakturen und Ferienwohnungen.

Durch den Ort floss die Este, ein Nebenfluss der Elbe. Das ganze Gebiet wurde von drei großen Naturschutzgebieten eingerahmt. Ein idyllisches Gebiet; einige Kilometer östlich davon lag das riesige Airbus-Werk in Finkenwerder.

Die Anlage sollte Flüchtlingen aus dem Irak, aus Syrien oder Afghanistan nur für ein paar Monate als Bleibe dienen, danach war der Transfer in permanente Wohneinrichtungen vorgesehen – sofern der Asylantrag genehmigt wurde. Es gab medizinische Sprechstunden, Gemeinschaftsbäder und ein Freizeitprogramm, das von freiwilligen Helfern angeboten wurde. Für jeweils fünfzig Personen gab es ein Badezimmer mit zwei Duschen und zwei Toiletten darin. Kinder und Jugendliche wurden täglich in der Einrichtung unterrichtet. Das Essen wurde geliefert, kochen durften die Bewohner aufgrund der Brandgefahr nicht selbst. Für die an würzige Speisen gewohnten Araber war das deutsche Essen nicht sonderlich schmackhaft; zudem war die Speisenfolge immer gleich. Manche Flüchtlinge nahmen dankbar die Teilnahme an Kochkreisen an, die sich in der Nachbarschaft etabliert hatten.

Kazim Awad war das Essen ziemlich egal; er musste die Zeit hier durchhalten, bis er eine richtige Wohnung und einen Job hatte. Dann konnte er auch seine Familie aus Mossul nachholen. Dort hatte er sein kleines Handygeschäft verkaufen müssen, um die Flucht nach Europa finanzieren zu können.

Der junge Iraker hatte keinen Zweifel, dass sein Asylantrag genehmigt werden würde. Von der grausamen Schlacht um Mossul zwischen der irakischen Armee und ihren Verbündeten sowie den Truppen des „Islamischen

Staates" 2017, von der großflächigen Zerstörung der Millionenmetropole am Tigris durch das Wüten des IS sowie die Bombardements der Amerikaner und von den Gräueltaten des IS an Zivilisten bei der Einnahme Mossuls 2014 hatte schließlich die ganze Welt erfahren.

Zwar galt die Stadt seit Juli 2017 als befreit, aber Schergen des IS bedrohten weiterhin jene, die sich gegen ihn stellten. Und Mossul hat sich noch keineswegs von den Verheerungen erholt; noch immer fanden sich Leichen in den allgegenwärtigen Trümmern.

Kazim Awad hatte in seiner Heimatstadt eine Kampagne gegründet, um mehr Menschen von der Notwendigkeit zu überzeugen, an Wahlen teilzunehmen, und war dafür von den Radikalislamisten mit dem Tod bedroht worden. Für den „Islamischen Staat" galten demokratische Wahlen als ein teuflisches Instrument des Westens, um den wahren Islam auszuhöhlen.

Kazim hatte die Drohung des IS, enthauptet zu werden, sehr ernst genommen, denn seinem Schwager war es so ergangen. Man hatte Mahmoud aus einem Bus gezerrt und vor den Augen seiner Familie ermordet. Mahmouds Vergehen war es gewesen, öffentlich dagegen zu protestieren, dass der IS das Archäologische Museum von Mossul plünderte, um mit dem Verkauf der kostbaren Artefakte seinen Eroberungsfeldzug zu finanzieren.

Kazim hatte Angst um seine Frau Tamineh und seine beiden kleinen Söhne, die noch in Mossul ausharrten. Dabei war es Tamineh gewesen, die ihn flehentlich beschworen hatte, nach Europa zu fliehen, um sein Leben zu retten.

Er nahm einen Schluck aus der Flasche mit Mineralwasser, die er in einem Supermarkt in Jork gekauft hatte.

Eigentlich war das nicht nötig, aber das grundsätzliche Misstrauen gegen Wasser aus dem Hahn saß ihm zu tief in den Knochen. Wie viele Menschen im Nahen Osten konnte er sich schwer daran gewöhnen, einfach aus der Leitung zu trinken, da konnten die deutschen Betreuer noch so mit Engelszungen reden.

In weiten Teilen der arabischen Welt war das Trinkwasser mit Keimen behaftet, und was aus den wenigen nicht geborstenen Leitungen in Mossul tropfte, war ohnehin kaum zu genießen. Auch die meisten seiner Landsleute in der Erstaufnahmeeinrichtung hatten anfangs den Wasserhähnen in Deutschland misstraut, inzwischen aber hatten sie begriffen, dass das Leitungswasser in Deutschland ebenso rein war wie jenes in den teuren Flaschen. Auch Kazim wusste das, dennoch blieb er seiner Gewohnheit treu.

Quietschend öffnete sich die Containertür und ein Mann mit grauem Vollbart trat ein. Es war Khalil Mansoor, ein Flüchtling aus Bagdad. Kazim nickte ihm kurz zu. Er schätzte Mansoor nicht besonders, denn er verursachte mit seiner rigiden Religiosität und seiner ausgeprägten Reizbarkeit häufig Probleme unter den Migranten. Mal forderte er von den Betreibern der Einrichtung, die Flüchtlinge nach Sunniten und Schiiten zu trennen, dann verlangte er ein striktes Alkoholverbot auf dem ganzen Gelände oder züchtige Kleidung und Kopftücher von den Lehrerinnen, die die Kinder unterrichteten. Mehrfach musste er von der Security ermahnt werden, keinen Streit mit den anderen Bewohnern anzuzetteln.

Kazim bezweifelte stark, dass Mansoor eine permanente Aufenthaltsgenehmigung von den deutschen Behörden erhielt, wenn er so weitermachte.

Mansoor schlurfte zu einer der Waschmaschinen, blickte auf das Display und rüttelte schimpfend an der Klappe.

Kazim zog sein Handy heraus, rief eine arabische Nachrichtenseite auf und bemühte sich, Mansoor zu ignorieren. Er sah jedoch auf, als er ein keuchendes Geräusch hörte. Mansoor stand noch immer an der Waschmaschine, aber jetzt schien er sich krampfhaft an ihr festzuhalten. Sein Gesicht war leichenblass, der schwarze Vollbart hob sich stark von der fahlen Farbe seiner Haut ab. Er schwankte.

„Ist alles in Ordnung mit dir?", fragte Kazim auf Arabisch.

Mansoor stierte ihn mit trübem Blick an und versuchte, etwas zu sagen. Langsam hob er einen Arm. Dann hustete er, sackte seitlich an der Maschine herunter und schlug mit einem dumpfen, grässlichen Geräusch auf dem metallenen Boden auf. Kazim sprang auf und rannte zu ihm hinüber. Er erschrak und prallte zurück. Mansoors Beine zuckten wild im Krampf. Um seinen Kopf herum breitete sich eine dunkle Lache aus.

Hamburg

Die Anspannung im großen Konferenzraum der Hamburger Behörde für Inneres und Sport war geradezu mit den Händen greifbar.

Die Behörde war im Ostflügel des historischen Sprinkenhofs untergebracht – ein neunstöckiges Kontorhaus aus Klinkerstein, das zwischen 1927 und 1943 errichtet worden war und damals Hamburgs größten Bürokomplex bildete. Die dunkle Fassade war mit allerlei Ornamenten aus Klinker und Terrakotta sowie zwei großen Statuen geschmückt, die einen Mann und ein Frau darstellten. Zwei weitere Figuren waren 1943 durch einen Bombentreffer zerstört worden.

Lindberg sah sich in dem vergleichsweise nüchternen Konferenzraum um – neben Becca Shahin waren auch Winter, Thomsen, Hartdegen und der Rechtsmediziner Rischmann vom Universitätsklinikum Eppendorf anwesend. Die anderen Personen waren ihm bis auf den Hamburger Innensenator Werner Kleiberg und dessen Staatsrat Volker Weidmann, die häufig in den Medien präsent waren, unbekannt. Die Versammlung mochte insgesamt mindestens dreißig Menschen zählen.

Kleiberg blickte in die Runde, schaltete sein Mikrofon ein und bog den dünnen Schwanenhals des Geräts zu sich hin.

„Meine Damen und Herren, ich danke Ihnen für Ihr rasches Erscheinen. Ich habe die Vertreter der Feuerwehr, der Polizei, des Landesamtes für Verfassungsschutz, der zivilen Hilfsorganisationen, des Landeskommandos der Bundeswehr und die Leitung des Zentralen Katastrophendienststabs dazu gebeten. Besonders begrüße ich Staatssekretär Guido Wertheim vom niedersächsischen Ministerium für Inneres und Sport."

Ein untersetzter Mann in einem grauen Anzug nickte in die Runde.

„Wir sind mit den Kollegen in Hannover übereingekommen", fuhr Kleiberg fort, „dass Hamburg bezüglich der Geschehnisse in Jork die Federführung haben soll, und dies, obwohl die dortige Erstaufnahmeeinrichtung bereits auf niedersächsischem Gebiet liegt. Natürlich werden wir eng zusammenarbeiten. Es ist wohl unnötig zu betonen, dass alles, was heute in diesem Raum besprochen und entschieden werden wird, der Geheimhaltung unterliegt. Die kriminalistische Leitung bei der Aufklärung der Todesfälle liegt weiterhin beim Landeskriminalamt in Kiel, hier vertreten durch Hauptkommissarin Becca Shahin."

Shahin hob kurz die Hand. Der Staatsrat machte eine Pause und sah die Anwesenden streng über den Rand seiner metallgefassten Brille an.

„Ich möchte aber zunächst den Experten des Bernhard-Nocht-Instituts das Wort erteilen, zu denen sich noch der Archäologe und Anthropologe Dr. Tristan Lindberg …" – Lindberg hob ebenfalls die Hand – „… gesellt hat. Man hat mir gesagt, er unterstütze die Ermittlungen des BKA als Berater, denn offenbar hat die ganze Angelegenheit auch einen starken historischen Bezug, wie man mir berichtet hat. Professor Dr. Levy Dahan, der dort drüben sitzt, ist der leitende Virologe am Bernhard-Nocht-Institut. Professor Dr. Dahan, bitte erläutern Sie uns, womit wir es hier eigentlich zu tun haben."

Dahan drehte den Kopf zu Sarah Winter, die neben ihm saß. „Am besten kann meine Kollegin Dr. Sarah Winter beginnen", sagte er. „Sie ist ebenfalls Virologin an unserem Institut und von Anfang an mit diesem Fall beschäftigt."

Winter berührte kurz seinen Unterarm, dann tippte sie ein paar Befehle in ihren Laptop ein.

In der folgenden Dreiviertelstunde gaben Winter, Thomsen, Hartdegen und Rischmann einen zusammenfassenden Bericht darüber ab, was bisher über die Chimäre und ihren Hintergrund bekannt war, illustriert von Fotos der Wedeler Gruft, der Leichen und von Virusdarstellungen, die der Beamer auf die Leinwand an der Stirnseite des Raumes warf. Lindberg sah den Schock in den Augen der Anwesenden, als ihnen die akute Gefahr durch die Chimäre bewusst wurde.

„Vielen Dank", meldete sich Kleiberg wieder. „Als Leiter des Zentralen Katastrophenschutzes in Hamburg wird Ihnen jetzt Staatsrat Volker Weidmann die bislang getroffenen Maßnahmen in Jork darlegen."

Weidmann, ein drahtiger Mittvierziger, nickte dankend und projizierte das erste Foto auf die Leinwand. Es zeigte eine Satellitenaufnahme des Gebiets um die Neuenfelder Straße in Jork mit dem Stadtteil Groß Hove im Westen. In der Mitte, umgeben von Feldern, waren die Container der Erstaufnahmeeinrichtung zu erkennen.

„Nachdem die Rettungsstelle über Handy den Notruf eines syrischen Asylbewerbers erhalten hatte, fuhr ein

Rettungswagen mit einem Notarzt an Bord dorthin. Da die Rettungsstellen nach den Vorfällen auf Hallig Hooge aufgefordert wurden, auf Symptome für mögliche hämorrhagische Infektionen zu achten, schlug der Arzt sofort Alarm."

Der Staatsrat schaltete auf das nächste Bild. Statt der Satellitenaufnahme erschien nun eine Karte der betroffenen Gegend. Eine rote Linie umschloss die Container.

„Wir haben die Erstaufnahmeeinrichtung vollständig evakuiert. Bislang sind bei siebenundsechzig Menschen schwere Symptome aufgetreten, einundzwanzig von ihnen sind bereits verstorben – und wir müssen mit weiteren Todesopfern rechnen."

Entsetztes Aufstöhnen am Tisch.

„Alle Asylbewerber befinden sich mittlerweile im UKE. Deren Isolierstation ist völlig überfüllt, wie Sie sich vorstellen können. Deshalb wird derzeit mit Hochdruck daran gearbeitet, weitere Räume entsprechend herzurichten oder die Erkrankten kurzfristig in andere Kliniken zu verlegen."

Ein Offizier der Bundeswehr meldete sich. „Haben Sie erwogen, großräumig zu evakuieren?"

„Ja, wir haben das mal durchgespielt", sagte Kleiberg dazu. „Allein die Gemeinde Jork fasst rund zwölftausend Einwohner. Vom angrenzenden Hamburg mit Neuenfelde und Finkenwerder gar nicht zu reden. Wo sollen die alle hin? Es wäre ein logistischer Albtraum. Vielleicht hätten wir mitten im Kalten Krieg noch die Kapazitäten und logistischen Strukturen dafür gehabt. Jetzt bestimmt nicht mehr."

Ein Mann in Feuerwehruniform hob die Hand. „Wissen wir schon, was die Quelle der Infektion war?"

Der Staatsrat nickte. „Wie mir die Experten vom Bernhard-Nocht-Institut mitgeteilt haben, fand sich der Erreger im Trinkwasser. Wie es aussieht, wurde die zentrale Zuleitung zu der Erstaufnahmeeinrichtung mit dieser Chimäre, wie die Mediziner sie nennen, versetzt."

„Warum haben die Terroristen eine solche Einrichtung als Ziel gewählt?", fragte ein Polizist. „Und warum ausgerechnet dort in Jork? Da ist doch sonst wenig."

Weidmann machte eine auffordernde Geste in Richtung Becca Shahin. „Vielleicht kann die Hauptkommissarin vom LKA etwas dazu sagen?"

Shahin erhob sich. „Wir haben soeben per Mail eine weitere Nachricht von jenen Leuten erhalten, die sich auch zu den Morden auf Hallig Hooge bekannt haben. Darin sprechen die sogenannten Falken von Hattin von einer ‚allerletzten Warnung'. Als nächstes werde man den Erreger mitten in Hamburg in einer großen Menschenmenge freisetzen." Sie sah zum Innensenator hinüber. „Wie mir die medizinischen Experten des Bernhard-Nocht-Instituts versichert haben, wäre eine Pandemie dann kaum noch aufzuhalten. Es wäre wie ein Buschfeuer. Unzählige Menschen würden sterben. Aber zu Ihrer Frage: Ich vermute, dass diese Einrichtung aus zwei Gründen bewusst ausgewählt wurde. Erstens liegt sie ziemlich isoliert, wie Sie selbst sagten, was einen unkontrollierten Ausbruch weniger wahrscheinlich macht. Es sollte ja eine Warnung sein, ein Druckmittel, um die Freilassung von Arnfried Jestermann zu erzwingen, jenes Terroristen und ehemaligen IS-Feldkommandeurs, der sich ‚Abu el-Hol' nennt. Und zweitens wohnen in dieser Einrichtung vor allem Flüchtlinge aus Syrien und dem Irak. Viele von diesen Menschen haben sich in ihrer Heimat gegen den ‚Islamischen Staat‘ gestellt und mussten deshalb fliehen. Dieser Umstand und ihre Flucht in den ‚dekadenten und ungläubigen‘ Westen ist für den IS Motiv genug, diese ‚Abtrünnigen‘ ermorden zu wollen. Es ist ein zynisches Kalkül – aber nur folgerichtig in der Ideologie extremistischer Islamisten.“

„Danke, Hauptkommissarin Shahin“, sagte Weidmann. „Meine Damen und Herren, anders als noch im Fall von Hallig Hooge werden wir nicht umhinkommen, die Öffentlichkeit darüber zu informieren, dass ein gefährliches Virus ausgebrochen ist. Es ist ein mobiler Zaun um die Erstaufnahmeeinrichtung aufgestellt worden; die Bevölkerung in Jork und Umgebung ist aufgefordert worden, ungewöhnliche Krankheitssymptome sofort zu melden. Ärzte in auffälliger Schutzkleidung sind vor Ort, Polizisten patrouillieren entlang des Zaunes und Hubschrauber kreisen über allem. Auch Reporter wimmeln bereits durch Jork und bombardieren die Behörden mit Fragen.“ Er stöhnte. „Die Katze ist aus dem Sack. Wir müssen uns nun sehr rasch überlegen, was wir der Öffentlichkeit mitteilen.“

Dahan erhob sich. „Ich schlage vor, dass Sie so dicht wie möglich an den Tatsachen bleiben. Lügen Sie um Himmels Willen nicht – auch, wenn uns das im Moment etwas Luft verschaffen würde. Sagen Sie ganz offen, dass wir einige Fälle von Ebola haben, die offenbar aus Afrika eingeschleppt wurden. Dass es sogar etliche Tote gegeben habe, die Lage dort aber inzwischen unter Kontrolle sei. Eine akute Gefahr für die Öffentlichkeit bestehe nicht und so weiter. Sie kennen das ja.“

Der Innensenator nickte. „Ich fürchte, Sie haben recht, Professor Dr. Dahan, anders geht es wohl nicht mehr. Dabei ergeben sich aber zwei neue Probleme. Für unsere Presseabteilung ist das ein Ritt auf der Rasierklinge. Wenn wir der Öffentlichkeit mitteilen, dass es sich in den Fällen Hooge und Jork um Terroranschläge gehandelt hat, riskieren wir am Ende doch noch genau die Massenpanik, die wir verhindern wollen. Und eine derartige Situation würde der IS sofort für sich ausnutzen."

Becca Shahin nickte zustimmend.

„Und das zweite Problem?", fragte ein Polizist.

Kleiberg sah ihn grimmig an. „Sie kennen doch die schwierige gesellschaftliche Situation, in der sich die Flüchtlinge ohnehin bei uns befinden. Nicht wenige Menschen in unserem Land unterstellen ihnen, sie hätten den Terrorismus zu uns getragen. Was wird wohl passieren, wenn bekannt wird, dass unserem Land eine tödliche Epidemie drohe – und dass diese ihren Ausgang in einem Lager für arabische und afrikanische Asylsuchende hatte?"

Juli 2015, Mossul, Irak

Der leichte Wind, der vom Tigris herüberwehte, vermochte die Hitze nicht zu mildern. Schlieren waberten in der glühenden Luft über den Straßen und den geborstenen Asphaltflächen, die wie schorfige Wunden wirkten.

Im Westen von Mossul, der zweitgrößten Stadt des Irak, lag das traditionelle Araberviertel. Nördlich davon lebte die kleine Minderheit der assyrischen Christen. Auf der anderen Seite des mächtigen Flusses erstreckten sich die Wohngebiete der Turkmenen, Jesiden und Kurden. Die irakische Pluralität hatte lange Zeit nahezu reibungslos funktioniert; die Menschen in den engen Gassen hatten miteinander in Frieden gelebt.

Das hatte sich im Sommer 2014 geändert, als die Horden des „Islamischen Staates" die Stadt einnahmen und ihr Führer Abu Bakr al-Baghdadi von der Kanzel der altehrwürdigen Al-Nuri-Moschee das Kalifat verkündete. Nicht einmal Al-Qaida-Chef Osama bin Laden hatte es gewagt, sich selbst in die Nachfolge des Propheten Mohammed zu stellen und das 1924 vom türkischen Reformer Kemal Atatürk abgeschaffte Kalifat wiederzubeleben. Der Kalif war die höchste Instanz im sunnitischen Islam gewesen, er hatte einst die geistliche und die weltliche Macht auf sich vereinigt.

Der Sturmlauf des IS war der Auftakt einer Schreckensherrschaft ohne Beispiel für die Stadt, die vor allem wegen der vielen Ölfelder in der Umgebung von der Terrormiliz als Beute ausgewählt worden war.

Willkürliche Hinrichtungen standen an der Tagesordnung. Aus den Kellern der Häuser, die als Verhörzentren dienten, schallten täglich die Schreie der Gefolterten. Frauen – vor allem wenn sie dem jesidischen, christlichen oder kurdischen Bevölkerungsteil angehörten – wurden zum Freiwild für die entfesselte Soldateska. Sie folgten einer besonders intoleranten Variante des Islam, bei der alle friedfertigen und versöhnenden Passagen des Korans ausgeblendet wurden.

Am schlimmsten benahmen sich aber die IS-Kämpfer aus anderen Staaten – Briten, Deutsche, Franzosen, Tschetschenen oder Russen.

Dabei hatten viele sunnitische Einwohner von Mossul die schwarzbärtigen Eroberer anfangs willkommen geheißen. Die verheerend kurzsichtige Irak-Politik der USA hatte dafür gesorgt, dass sich die jahrzehntelange Unterdrückung der schiitischen Mehrheit durch die sunnitische Minderheit nun dramatisch umkehrte. Der von Washington protegierte Regierungschef Nuri al-Maliki ließ seinerseits Schiiten gezielt foltern und umbringen und sorgte vor allem für die Konsolidierung seiner eigenen Macht.

Die sunnitischen Ultras des IS verschonten niemanden, der von ihrem radikalen Kurs abwich – weder Sunniten noch die verhassten Schiiten. Ganze Familien, die verzweifelt aus der Stadt zu fliehen versuchten, wurden von den Henkern exekutiert. Besonders gefürchtet waren die Schergen des Amniyat al-Kharji, des brutalen Sicherheitsdienstes des „Islamischen Staates". Sämtliche weltlichen Unterhaltungsmöglichkeiten waren untersagt, selbst Musik zu hören, war den Menschen streng verboten; wer ein Radio besaß, durfte nur den Propagandasender des IS, al-Bayan, einschalten.

Ein wichtiges strategisches Ziel des IS bei der Eroberung Mossuls waren die Krankenhäuser. Wer sie kontrollierte, hatte buchstäblich Macht über das Wohl und Wehe der Menschen in der Stadt.

Im Generalkrankenhaus in West-Mossul wurden alle widerspenstigen Ärzte hingerichtet, einige von ihnen durch sogenannte Mediziner aus radikalislamischen Milizen ersetzt – unter ihnen vor allem Syrer, Russen, Kasachen oder Türken. Dabei war ihr Fanatismus weitaus ausgeprägter als ihre chirurgischen Fähigkeiten. Frontkämpfer des IS wurden grundsätzlich bevorzugt behandelt; wer einer anderen Glaubensrichtung angehörte und das Pech hatte, ins Krankenhaus eingeliefert zu werden, musste damit rechnen, dass man ihm ein Bein absägte – einfach zur Strafe für seinen Unglauben. Im Zuge der immer brutaler werdenden Kämpfe, die auch die Zivilbevölkerung schwer in Mitleidenschaft ziehen sollte, verwandelte sich die einstige Heilstätte in einen Vorhof der Hölle. Verwundete und Sterbende lagen unbehandelt in den Fluren.

Im Operationsraum des Generalkrankenhauses, das kaum noch mit geeignetem medizinischen Gerät ausgerüstet war, beugte sich ein hagerer deutscher Arzt über einen IS-Kämpfer mit einem mehrfachen Bauchschuss. Der Mann war gerade hereingeschleppt und auf den Tisch gelegt worden. Eine Blutspur zog sich bis zur Tür. Der Arzt sah mit einem Blick, dass er dem Mann nicht mehr helfen konnte – schon gar nicht mit den primitiven Mitteln, die ihm zur Verfügung standen. Der Mediziner hatte für eine westliche Hilfsorganisation in Mossul gearbeitet und war vom schnellen Vormarsch des IS überrascht worden. An der Stadtgrenze hatte man den kleinen Konvoi der Hilfskräfte abgefangen und den westlichen Ärzten die Wahl gelassen, entweder für den IS zu arbeiten oder auf der Stelle exekutiert zu werden.

Der deutsche Arzt war seit Monaten nicht mehr als ein Sklave der Islamisten. Er hatte sich gefügt, denn er hatte gesehen, was mit Kollegen geschehen war, die sich aufgelehnt hatten. Und er hatte sich geschworen, alles zu tun, was von ihm verlangt wurde, um zu überleben und eines Tages nach Hause zurückkehren zu können.

„Nun?", knurrte der Mann auf Deutsch, der ihn die ganze Zeit aufmerksam beobachtet hatte. An seiner Schulter hing eine Kalaschnikow AKS, ein russisches Sturmgewehr mit kurzem Lauf.

Der Arzt blickte den blonden Deutschen mit den schneekalten Augen an, der an die zwei Meter Körpergröße messen musste. Er wusste, dass dieser Mann, der sich selbst den Namen „Abu el-Hol" – Vater des Schreckens – gegeben hatte, ein sadistischer Psychopath war, der in der Stadt ohne Zögern auch Frauen und Kinder erschoss.

Abu el-Hol hatte es innerhalb weniger Wochen zu einem gefürchteten Feldkommandeur des IS gebracht. Selbst die eigenen Leute scheuten sich, ihm in die Parade zu fahren.

„Die Kugel hat vermutlich innere Organe zerfetzt, der Mann hat starke Blutungen. Wir haben hier weder Röntgen- noch Ultraschallgeräte. Ich kann ihn weder vernünftig untersuchen noch behandeln. Es tut mir leid – ich kann einfach nichts für ihn tun."

Der Blonde antwortete leise, aber mit einem bösartig zischenden Tonfall: „Du wirst ihn jetzt operieren. Und du wirst ihn retten – sonst werden ein paar Kugeln gleich deine inneren Organe zerfetzen. Und dann wirst auch du an starken inneren Blutungen sterben."

Der Arzt wusste, dass ein Weigern seinen Tod zur Folge haben würde. Doch der Mann auf dem Tisch würde gleich tot sein. Ohnehin war er als Arzt für eine derartig schwierige chirurgische Operation im Bauchraum gar nicht qualifiziert. Aber das waren die meisten anderen Ärzte, die noch im Generalkrankenhaus freiwillig oder unter Zwang arbeiteten, auch nicht.

Über einen Anästhesisten verfügte der deutsche Arzt nicht. Er stülpte dem schwach stöhnenden Patienten eine Inhalationsmaske über das Gesicht und leitete Dampf ein, der aus dem flüssigen Narkosemittel Sevofluran gewonnen wurde. Es war eigentlich ein Narkosemittel für Kinder, aber das einzige, das den Ärzten hier noch zur Verfügung stand. Man hatte die Vorräte kurzerhand aus einem anderen Hospital geraubt. Als der IS das Zentralkrankenhaus in Mossul gestürmt hatte, waren die Räume zunächst geplündert worden. Alles von Wert war herausgerissen und fortgeschleppt worden, Geräte und Medikamente – bis der IS das Treiben bei Körperstrafen verbot. Man benötigte schließlich medizinische Hilfe für die eigenen Kämpfer. Der militärische Druck auf die Terrormiliz wurde immer stärker.

Als der Patient in eine gnädige Bewusstlosigkeit sank, desinfizierte der Arzt den Bauch und öffnete ihn mit einem Skalpell. Bei dem entmutigenden Anblick, der sich ihm bot, ließ er das Messer sinken. Darm, Harnleiter und Blase waren mehrfach perforiert und zerrissen worden. Er sah den IS-Kommandeur an.

„Tut mir leid. Keine Chance. Der Mann hat nur noch ein paar Minuten."

Abu el-Hol hob die Kalaschnikow. Der Arzt hatte das Gefühl, sein Inneres würde mit Eiswasser geflutet. Der bärtige Deutsche krümmte den Zeigefinger um den Abzug und jagte ein ganzes Magazin durch den Lauf. In einer instinktiven Abwehrbewegung hob der Arzt die Arme vor das Gesicht. Die Kugeln pfiffen jedoch Millimeter an seinem Kopf vorbei und prasselten in eine Wand des Operationsraumes. Keramiksplitter und Querschläger sirrten durch die Luft. Ein paar IS-Sanitäter traten einfach mit gleichmütigen Mienen zur Seite. Sie waren derartige Gewaltausbrüche gewohnt.

Der IS-Kommandeur hob die Mündung der Waffe nun direkt vor die Drosselgrube des Arztes, die vertiefte Stelle unterhalb des Adamsapfels. Der Arzt wich zurück, bis er mit dem Rücken an den OP-Tisch stieß. Er schrie auf, als die heiße Mündung der Kalaschnikow in die Grube gedrückt wurde. Es zischte, der Geruch von verbranntem Fleisch stieg ihm in die Nase, aber er wagte es nicht, den Lauf beiseite zu drücken.

„Noch ein Versagen, und du wirst dir wünschen, an seiner Stelle zu sein", sagte Abu el-Hol.

Der Lauf zuckte wie ein Zeigestock hinunter zu dem Sterbenden auf dem Operationstisch.

17

2019, Hamburg

Die Erläuterungen der Ärzte vom Bernhard-Nocht-Institut hatten wenig zur Beruhigung der Anwesenden im Konferenzraum der Hamburger Innenbehörde beigetragen. Lindberg konnte den um den Tisch versammelten Experten ihre Nervosität nicht verdenken. Der Metropolregion Hamburg mit ihren gut fünf Millionen Menschen drohte im schlimmsten Fall eine Pandemie mittelalterlichen Ausmaßes – und die Menschen in diesem Raum trugen die Verantwortung dafür, erfolgreiche Gegenmaßnahmen einzuleiten. Sie durften keinesfalls scheitern.

„Professor Dr. Hartdegen", ließ sich nun wieder Staatsrat Weidmann vernehmen. „Wir haben nun schon einiges über diese sogenannte Chimäre gehört und auch einige abenteuerliche Theorien dazu, wie sie möglicherweise entstanden ist. Sie sind, wenn ich richtig orientiert bin, Experte für biologische Waffen. Können Sie uns kurz erläutern, was uns erwartet, wenn ein Erreger wie dieser von der Terrorgruppe großflächig freigesetzt würde?"

Hartdegen nickte. „Das will ich gern tun. Nein, ich korrigiere mich: Gern tue ich es nicht."

Er nestelte kurz an seiner Krawatte. Winter fiel plötzlich auf, dass sie den Kollegen noch nie ohne einen Schlips gesehen hatte. Bei heißesten Sommertemperaturen war Hartdegen schon mal bereit, seine Anzugjacke abzulegen, nicht aber seine Krawatte. Alte Schule, dachte Winter. Dem war nicht zu helfen.

„Befassen wir uns zunächst mit der Pest", begann Hartdegen. „Diese Krankheit hat einen derartig starken Eindruck auf die Menschheit hinterlassen, dass sie in religiösen und kunsthaften Adaptionen zum Apokalyptischen Reiter wurde, der entsetzlichen Todesgestalt auf dem ‚fahlen Pferd'. Und das durchaus mit Recht, meine Damen und Herren – der ‚Schwarze Tod', wie die Pest ab dem 17. Jahrhundert in Europa genannt wurde, raffte allein zwischen 1346 und 1353 um die fünfundzwanzig Millionen Menschen dahin. Das war ein Drittel der damaligen Bevölkerung. Bezogen auf das heutige Europa, würde das hundertfünfundsiebzig Millionen Tote bedeuten. Dass damals überhaupt so viele Menschen ohne Antibiotika überlebten, lag vor allem daran, dass sie oft isoliert voneinander wohnten. Es dauerte damals ganze drei Jahre, die Entfernung von Süditalien bis zum Polarkreis zu überwinden. Die heutige Welt ist mit schnellen Reisewegen dagegen vollkommen vernetzt – und viel dichter besiedelt als damals. Ein Pesterreger könnte heute in wenigen Stunden den ganzen Kontinent durchqueren."

Hartdegen legte eine Kunstpause ein.

„Kommen wir damit zu unserer modernen Zeit. 1970 spielte die Weltgesundheitsbehörde WHO einen bioterroristischen Angriff durch. Dabei wurden fünfzig Kilogramm des Erregers ‚Yersinia Pestis' – also der klassischen Pest – als Aerosol über einer fiktiven Fünf-Millionen-Stadt versprüht. Man ergriff in diesem Planspiel natürlich sofort alle damals zur Verfügung stehenden Schutz- und Behandlungsmaßnahmen. Das Spiel wurde jedoch abgebrochen, als man nach hundertzwanzigtausend Schwerstinfizierten und sechsunddreißigtausend fiktiven Todesfällen einfach nicht mehr weiter wusste. Man war am Ende seiner Weisheit und am Anfang eines virtuellen Massensterbens auf der Welt."

Am Tisch erhob sich Gemurmel.

„Im Mai 2001 – also nur wenige Monate vor dem echten Anschlag auf das World Trade Center – lösten die Gesundheitsbehörden in der Stadt Denver im US-Bundesstaat Colorado Katastrophenalarm aufgrund eines bioterroristischen Angriffs aus", fuhr der Experte fort. „Auch in diesem Fall handelte es sich lediglich um ein Planspiel, bei dem mittels Aerosolen ‚Yersinia Pestis' über der Stadt freigesetzt wurde. Dieses Planspiel wurde nach vierundachtzig Stunden ebenfalls entmutigt abgebrochen. Bis dahin hatte der simulierte Verlauf der Pandemie allein neunhundertfünfzig Tote verzeichnet, die an Lungenpest gestorben waren – der tödlicheren und hochinfektiösen Pestvariante, die aus der Beulenpest entstehen kann. Man stellte fest, dass die in Katastrophenmedizin geschulten Ärzte – es standen insgesamt nur fünfundzwanzig davon zur Verfügung – und die mehr als eintausend Experten des Gesundheitssystems der Infektion nicht mehr Herr wurden. Die Einsatzleitung entschloss sich schließlich zu einem dramatischen Schritt – sie stellte alle zwei Millionen Einwohner von Denver unter Quarantäne und strengen Hausarrest."

„Das ginge ja gar nicht", hörte Lindberg einen leitenden Vertreter der Polizei murmeln. „Und durchzuhalten wäre das schon gar nicht."

„Aber es gibt heute doch wirksame Antibiotika, soweit ich informiert bin?", fragte ein anderer Teilnehmer.

Hartdegen nickte. „Jedes Jahr bricht irgendwo auf der Welt die Pest aus – und wird meist rasch besiegt", sagte er. „Wir haben also reichlich Erfahrung mit diesem Erreger sammeln können. Das Problem ist aber, dass ‚Yersinia Pestis' ständig mutiert und rasch Resistenzen gegen Antibiotika entwickelt. Mal ganz abgesehen davon, dass wir viel zu wenig der dafür geeigneten Medikamente vorrätig halten."

Er blätterte in seinen Unterlagen.

„Bei einem bioterroristischen Angriff erwarten wir nahezu ausschließlich Fälle von Lungenpest, und nicht von der Beulenpest, die leichter in den Griff zu bekommen wäre. Da dieser aggressive Erreger direkt über die Atemwege aufgenommen wird – es reicht, wenn ein Pestkranker in einem Raum voller Menschen einmal kurz hustet –, ist die Inkubationszeit kurz. Bereits nach zwei Tagen, unter Umständen sogar schon nach wenigen Stunden, treten schwere Krankheitserscheinungen auf. Wir unterscheiden die sekundäre Lungenpest, die aus Komplikationen der Beulenpest entstehen kann, von der primären. Letztere liegt vor, wenn die Krankheit von Mensch zu Mensch mittels Tröpfcheninfektion übertragen wurde." Hartdegen räusperte sich. „Ich will Ihnen die Symptome ersparen – sie sind jedenfalls sehr unerfreulich."

Er wandte sich an den Teilnehmer, der nach Antibiotika gefragt hatte. „2006 gelang es einem Team von deutschen und amerikanischen Forschern, einen Impfstoff zu entwickeln, der einen gewissen, aber keineswegs vollständigen Schutz gegen die Lungenpest bieten kann. Die dafür verwendeten Proteine gewannen sie übrigens aus den Blättern von Tabakpflanzen. Zur Einsatzreife für eine echte Pandemie ist dieses Medikament allerdings noch

nicht gelangt." Hartdegen blickte wieder in seine Aufzeichnungen. „1910 gab es übrigens mal eine Pandemie
mit Lungenpest in der Mandschurei. Von sechzigtausend
Erkrankten überlebten gerade einmal tausend. Das war
allerdings vor der Entwicklung moderner Antibiotika. So
viel zum Thema Pest."

Der Mediziner nahm einen Schluck Wasser aus einem
Glas, das ihm gereicht wurde, und schlug eine neue Seite
auf.

„Was Ebola anbelangt, brauche ich Ihnen wohl nicht
zu sagen, dass diese Krankheit zu den gefährlichsten der
Gegenwart gehört. Bis vor Kurzem hatten wir so gut wie
nichts gegen dieses Virus in der Hand. Sie werden jetzt
sicher wieder nach Medikamenten fragen. Nun, im Jahr
2018 wurden im Kongo fünfzigtausend Menschen vor-
beugend mit einem experimentellen Wirkstoff geimpft.
Dieser Wirkstoff mit der komplizierten Bezeichnung
rVSV-EBOV enthält ein Gen aus dem Ebolavirus. Die
Schutzwirkung soll bei erstaunlichen siebenundneunzig
Prozent gelegen haben."

„Das ist doch immerhin ein Hoffnungsschimmer.
Aber die Zahlen zur Pest sind wirklich bedrückend",
kommentierte Staatsrat Weidmann. „Und wie schätzen
Sie nun die potenzielle pathogene Wirkung dieser Chimäre auf die Bevölkerung unserer Region ein?"

„Nun, durch die genetische Verschränkung von Pest
und hämorrhagischem Fieber ist etwas vollkommen Neues entstanden", antwortete Hartdegen. „Es ist viel schneller, ansteckender und tödlicher als alles, was wir bisher
kennen. Um es Ihnen anschaulich zu machen – wenn wir
uns ‚Yersinia Pestis‘ oder auch Ebola als alte Doppeldecker vorstellen, dann ist diese Chimäre ein moderner,

überschallschneller und tödlicher Kampfjet. Und aus medizinischer Sicht haben wir bislang noch nichts zur Verfügung, um dieses Monstrum vernichten zu können."

„Können wir denn überhaupt irgendetwas tun, wenn diese Chimäre morgen tatsächlich über einer Menschenmenge freigesetzt werden würde?", fragte ein Teilnehmer.

Hartdegen nickte grimmig. „Aber klar. Beten."

18

Kiel, LKA

„Wir haben einen ersten Erfolg!", lächelte Shahin, als Lindberg ihr Büro betrat.

Beide hatten sich entschieden, sich diesmal im Landeskriminalamt in Kiel zu treffen, da Shahin mitten in der Fahndungsarbeit steckte und diesmal keine Zeit hatte, nach Hamburg zu kommen.

Das LKA war im Polizeizentrum Eichhof untergebracht, einem baulichen Ensemble aus zehn Gebäuden, das teilweise aus dem Jahr 1909 stammte und unter Denkmalschutz stand. Dort befanden sich auch das Landespolizeiamt, die Wasserschutzpolizeidirektion und andere Polizeibehörden des Landes Schleswig-Holstein.

Shahins Büro lag im dritten Stock eines aufwendig restaurierten Gebäudes. Sie teilte es sich mit einem anderen Kollegen, der allerdings gerade im Einsatz war.

„Jetzt bin ich aber neugierig", bemerkte Lindberg und nahm auf einem der Stühle einer kleinen Konferenzgruppe statt.

Die Polizistin, deren reiches Haar nun wieder zum üblichen Pferdeschwanz gebändigt war, setzte sich neben ihn und hielt ihm ein Foto hin. Es zeigte einen Mann mit kantigem Gesicht, kalten Augen und kurz geschorenem Haar.

„Erkennst du ihn wieder?"

Lindberg sah genauer hin. „Lass mich mal sehen. Ja! Natürlich! Das ist doch der Angreifer aus Wedel, den du halb ausgezogen hast. Weißt du, ich finde, so toll war er nun wieder nicht, dass du ihm gleich an die Wäsche musstest."

Sie hob eine fein geschwungene Augenbraue. „Mein Lieber, du kannst mir glauben – so schnell ziehe ich fremde Männer sonst wirklich nicht aus. Aber ich hatte einen Verdacht. Als ich angegriffen wurde, versuchte ich mich zu wehren, aber der Mann blockte mit einer speziellen Technik ab, die aus dem Systema stammt, der russischen Variante von Krav Maga als Militärkampftechnik. Dann wurde ich auch schon von dem zweiten Mann von der Seite niedergeschlagen." Sie hielt das Foto hoch. „Der Mann hat für einen russischen Kriminellen eher ein Allerweltsgesicht. Aber du hast sicher auch die Tattoos auf seinem Oberkörper bemerkt?"

Lindberg nickte. „Ja, das war nicht zu übersehen. Allerdings habe ich sie nur ganz kurz gesehen, vielleicht für eine Sekunde oder zwei."

„Da ich aus beruflichen Gründen mit diesen Tattoos leider ziemlich vertraut bin, habe ich sie sofort erkannt. Und dann war es nicht mehr allzu schwer, den Mann zu identifizieren. Ich habe die Merkmale durch die Datenbanken von Interpol, Europol und dem BKA gejagt. Und – Bingo!"

Sie hob ein ausgedrucktes Datenblatt von ihrem Schreibtisch.

„Unser reich geschmückter Freund heißt Igor Sorokin, genannt ‚die Elster'", sagte sie. „Mehrere Haftstrafen in Russland, unter anderem wegen Körperverletzung und Totschlag. Saß unter anderem in der Butyrka in Moskau und im Kresty in Sankt Petersburg ein."

„Aha. Also ein ‚Dieb im Gesetz‘?“, fragte Lindberg.

Shahin sah ihn überrascht an. „Ja. Genau. Woher kennst du dich mit der russischen Mafia aus?“

Lindberg lachte. „Glaubst du denn, ich befasse mich nur mit Dingen, die vor dreitausend Jahren passiert sind?“ Er sah sie herausfordernd an. „Manchmal interessiere ich mich sogar für lebende Menschen. Kommt aber nicht sehr oft vor.“

Shahins Augenbrauen zogen sich zusammen, ihr Blick ruhte kurz auf ihm, dann sah sie wieder auf den Ausdruck hinunter.

Der Archäologe hakte nach. „Du hast diesen Mann über seine Tattoos identifiziert?“

„Ja. Sorokin hat ganz typische Gefängnis-Tattoos“, entgegnete Shahin. „Die Tinte wird aus verbranntem Gummi und dem Urin der Häftlinge hergestellt und entweder direkt mit Nadeln oder mit nadelbestückten Rasierapparaten in die Haut gestochen. Du kannst dir vorstellen, dass das sehr schmerzhaft und absolut unhygienisch ist. Ekelhaft. Viele Häftlinge fangen sich auf diese Weise die furchtbarsten Krankheiten ein.“

Shahin zog einen weiteren Ausdruck hervor, auf dem mehrere Tattoos abgebildet waren.

„Sieh mal. In der speziellen Kombination, wie sie bei unserem Freund vorliegt, sind diese Tattoos gar nicht so häufig. Ich weiß nicht, ob dir die Sterne auf Sorokins Schultern aufgefallen sind. Sie sahen etwa aus wie diese hier.“

Lindberg guckte skeptisch auf die Zeichnungen. „Sterne sollen das sein? Okay, mit etwas Fantasie. Aber was sind das für Strahlen, die zwischen den Zacken entlanglaufen?“

„Die Sterne bedeuten, dass Sorokin eine Führungsposition innerhalb seiner Mafia-Organisation innehat. Und diese langen Linien hier – die Strahlen, wie du sagst – bedeuten, dass er im Militär gedient hat. Igor Sorokin war bei den Spetsnaz."

Lindberg pfiff leise. Diese Elitetruppe der Russischen Föderation war für den Geheimdienst und diverse Ministerien bei Sonderoperationen im Einsatz. Im Kriegsfall operierten sie im Feindesland und klärten wichtige Ziele auf. Bezüglich ihrer militärischen Leistungsfähigkeit standen sie im Ruf, auf Augenhöhe mit den amerikanischen Navy Seals oder dem britischen SAS zu stehen.

„Das ist aber gar nicht gut", stöhnte der Archäologe. „Diese Burschen sind verdammt gut und sehr hart. Mich wundert jetzt umso mehr, dass wir sie ausschalten konnten."

„Wir hatten eben das Überraschungsmoment auf unserer Seite. Sie haben nicht mit zwei Gegnern gerechnet, die beide Erfahrung im Nahkampf aufweisen. So schlecht sind wir ja nun auch nicht. Und Elitesoldat bist du schließlich selbst."

„Ja, schon. Aber ich fürchte, noch einmal funktioniert das nicht", entgegnete Lindberg düster.

„Sorokin hat noch ein paar weitere interessante Tattoos", sagte Shahin und wies wieder auf das Datenblatt. „Zum Beispiel diesen kleinen Teufel hier. Er steht für Hass. Und dann hat er auch noch so eines."

Das Bild, auf das sie nun wies, zeigte einen tätowierten Dolch, der so gezeichnet war, dass er scheinbar am Hals des Trägers durch die Haut gebohrt war. Auf jeder Seite der Klingenspitze waren ein paar Blutstropfen eintätowiert.

„Dieser Dolch ist im Mafiasystem das Symbol dafür, dass der Träger getötet hat und im Auftrag weiter zu töten bereit ist", sagte Shahin. „Jeder Blutstropfen steht für ein Opfer."

Sie klopfte auf das Foto des Russen. „Igor Sorokin ist ein eiskalter Auftragsmörder. Guck dir mal das Tattoo an. Dieser Mann hat bereits achtmal getötet."

„Und er ist nicht sonderlich gut auf uns zu sprechen", sagte Lindberg. „Wir haben ihm eine Niederlage zugefügt und damit seine Ehre verletzt. Sorokin wartet nur darauf, die Scharte auszuwetzen …"

An der Schlei bei Fleckeby

Shahin beobachtete, wie der große, schlanke Vogel elegant eine Runde über der glitzernden Wasserfläche flog und sich dann in einer hohen Kiefer am Ufer niederließ. Dort saßen bereits mehr dieser Vögel, und die Kiefer wirkte durch sie geschmückt wie ein Weihnachtsbaum.

„Graureiher", sagte Lindberg.

Die Polizistin nickte. Der Archäologe wies mit der Hand auf einen kleinen Pulk Enten, die in Ufernähe schwammen. Einige von ihnen wiesen hübsche, rostrote Köpfe auf.

„Und das da drüben sind Gänsesäger."

„Ist das ein Lehrberuf?", fragte Shahin spöttisch.

Lindberg sah sie verblüfft von der Seite an und lachte. „Für die Enten schon."

„Schön ist es hier", meinte sie und blieb vor einem Schild mit Touristeninformationen stehen, auf dem wissenswerte Dinge über die Region aufgezählt wurden. „Ostseefjord Schlei", las sie laut. „Ich dachte, Fjorde gibt es nur in Skandinavien und Schottland ..."

„Die Schlei ist ja auch gar kein Fjord, sondern eine Förde", brummte er.

„Ach ja? Und warum steht da dann Fjord?"

„Ich nehme an, es klingt interessanter und irgendwie mehr nach Urlaub im Norden", vermutete Lindberg.

„Fjord – Förde. Was ist denn da der Unterschied?"

Der Archäologe blickte zum anderen Ufer hinüber, das hier, an der sogenannten Großen Breite, mehr als vier Kilometer entfernt lag. „Ein Fjord entsteht, wenn ein Gletscher seewärts wandert und dabei einen tiefen Graben schürft", erklärte er. „Eine Förde hingegen, wenn er sich landwärts bewegt."

Sie gab ihm einen leichten Stoß gegen die Schulter. „Klugscheißer!"

Er lachte. „Du hast gefragt."

Shahin blickte auf den leicht im Wind wogenden Schilfgürtel. „Ist ja alles wirklich sehr hübsch. Aber warum wolltest du mich ausgerechnet hier treffen?"

„Zum einen, weil ich das Gefühl hatte, dass du dringend mal raus musstest aus deinem Büro. Dass du mal deine Lungen mit frischer Luft füllen musst, sonst verwelkst du mir da noch. Zum anderen, weil ich gar nicht weit von hier wohne. Ich bin hier übrigens auch aufgewachsen." Er begegnete ihrem skeptischen Blick. „Vor allem aber, weil du mich gebeten hast, dir etwas über Alchimisten und ihre Rolle in der Geschichte zu erzählen. Und dies hier ist weit und breit der beste Ort dazu. Wie du gleich sehen wirst."

„Na, dann bin ich mal gespannt. Weißt du, ich möchte einfach die historischen Hintergründe dieses Falls besser verstehen. Das reicht alles so rätselhaft in die Vergangenheit zurück. Dreißigjähriger Krieg und Alchimisten. Ich fühle mich da auf völlig fremdem Terrain. Mich wundert zum Beispiel, dass sich ein Mann der Kirche wie Johann Rist mit okkulten Experimenten und der Suche nach diesem obskuren ‚Stein der Weisen' beschäftigt hat. Läuft das alles nicht dem christlichen Glauben zuwider?"

„Oh, im Mittelalter waren zunächst die meisten Alchimisten Geistliche", entgegnete Lindberg. „Vor allem hat man in Klosterkellern gern alchimistisch experimentiert; meine Kollegen finden hin und wieder alte Laboranlagen. Rist war also keine Ausnahme. Die Beschäftigung mit der Alchemie galt auch keineswegs als Sakrileg – ganz im Gegenteil. Man hatte das Gefühl, beim Experimentieren dem geheimnisvollen Wirken Gottes ein Stück näher zu kommen. Die Alchimie zählte sogar zu den Verfahren der Gottessuche. Später löste sie sich aus dem rein geistlichen Kontext."

„Und dann?"

„Dann blieb sie erst einmal lange eine Geheimwissenschaft, weil man in diesen Kreisen Schweigegelübde ablegte und meist auch nur in Geheimschrift kommunizierte. Mit dem ‚Stein der Weisen' jagte man natürlich einem Phantom nach, da hast du recht. Aber gelegentlich kam bei diesen Experimenten durchaus etwas Konkretes heraus."

„Ach ja? Zum Beispiel?"

„Naja, zum Beispiel die Erfindung des Porzellans um 1700 durch Johann Friedrich Böttger, einem Alchimisten am sächsischen Königshof. Damit rettete er übrigens seinen Kopf in letzter Minute, denn er hatte August dem Starken eigentlich versprochen, Gold für ihn herzustellen, und der Monarch wurde allmählich sehr ungeduldig."

„So. Na, das ist ja sehr interessant", sagte Shahin wenig enthusiastisch. „Aber was hat das mit der Schlei zu tun? Noch einmal die Frage: Warum sind wir hier?"

„Geduld, junge Dame", versetzte Lindberg altväterlich, was ihm einen weiteren, diesmal recht kräftigen Stoß eintrug. „Wir kommen gleich dazu. Versuche einfach, bis dahin den Spaziergang zu genießen." Shahin schnaubte, schritt aber weiter neben ihm aus.

„Sag mal, Frau Hauptkommissarin, ist es nicht nervig, wenn du dich beruflich den ganzen Tag nur mit miesen Charakteren beschäftigen musst?"

„Manchmal schon. Aber sag du mal, Herr Archäologe, ist es nicht nervig, wenn du dich den ganzen Tag beruflich mit Typen beschäftigen musst, die in der Regel viel bedeutender waren als du? Kaiser, Könige, Pharaonen und so?"

Lindberg nickte. „Touché. Manchmal stört mich das schon. Man kommt sich wirklich so unbedeutend vor – ohne einen Platz in der Geschichte. Aber weißt du, zu dem Thema hat neulich ein Komiker etwas sehr Schönes gesagt. Er meinte: ‚Der berühmte Physiker Sir Isaac Newton ist bekanntlich als Jungfrau gestorben. Und damit hab ich einem der bedeutendsten Männer der Geschichte endlich etwas voraus. Ich bin nämlich noch nicht tot."

Shahin lachte laut. Es war ein ungekünsteltes Lachen mit einem bronzenen Tonfall, der Lindberg gut gefiel.

Ihr Weg führte sie einen schattigen Waldweg am Ufer der Schlei entlang, der zwischen den kleinen Gemeinden Borgwedel und Fleckeby verlief. Lindberg wusste – sie bewegten sich hier auf historischem Boden. Nur ein paar Kilometer westlich lag die Museumsanlage von Haithabu. Diese große Siedlung dänischer und schwedischer Wikinger im Süden Schleswigs war zwischen dem 8. und dem frühen 11. Jahrhundert einer der wichtigsten Handelsplätze Nordeuropas gewesen. Dort und wenige Kilometer östlich ihres Weges verliefen noch Reste des Danewerks, einer gigantischen Verteidigungsanlage, die einst viele Kilometer Wälle und Gräben sowie zwei Burgen und eichene Sperrwerke im Wasser der Schlei umfasst hatte.

Das Danewerk war das größte archäologische Denkmal Nordeuropas – und Lindberg war wohlvertraut mit dieser mittelalterlichen Anlage. Ihm kam der Gedanke, dass er Lust hätte, Shahin das Danewerk eines Tages auch einmal zu zeigen. Vorausgesetzt, dass sie sich dafür interessierte. Er liebte diese Stätten, die die heutige Welt mit der Vergangenheit verbanden. Aber das war wohl berufsbedingt. Dass er plötzlich den Wunsch verspürte, Shahin mit einzubeziehen, war allerdings neu.

Sie passierten einen kleinen Bootshafen. Segler arbeiteten an ihren Schiffen; zwei Männer setzten vorsichtig einen rund zehn Meter hohen Aluminiummast mithilfe eines Krans in den Mastfuß des Bootes ein, andere ölten das Teakholz ihrer Decksplanken oder der Reling. Einige waren fertig mit den Arbeiten und genossen den Tag mit einem Bier in den Cockpits.

Wieder tauchten Lindberg und Shahin in einen Wald ein; der Weg führte nun vom Wasser fort, das Gelände nahm unvermittelt einen parkartigen Charakter an.

„Louisenlund", sagte Lindberg und machte eine weite, umfassende Armbewegung.

„Davon habe ich schon gehört. Ich frage dich nach Alchimie und du bringst mich zu einem Internat für Kinder betuchter Eltern?", fragte Shahin. „Was soll ich hier? Ich muss dich wohl darauf hinweisen, dass ich älter bin als ich aussehe, weißt du."

Lindberg grinste. „So? Aber nicht viel. Louisenlund war nicht immer ein Internat. Das ganze Gebiet gehörte um 1800 dem Landgrafen Carl von Hessen; er war Statthalter des dänischen Königs in Schleswig und Holstein."

„Der wohnte hier?"

„Ja. Seine Frau Louise wollte nicht auf Schloss Gottorf bei Schleswig wohnen; sie ließ also dort vorn ein gemütliches kleines Herrenhaus errichten, mit Blick auf die Große Breite. Ihr Ehemann Carl war ein enthusiastischer Freimaurer – und dieses sorgfältig geplante Gelände gilt als Europas bedeutendster noch erhaltener Freimaurerpark."

Sie schritten eine Allee entlang; Gruppen von Internatsschülern kamen ihnen schwatzend und lachend entgegen. Vor einem Schutthafen am linken Wegesrand blieb Lindberg schließlich stehen. „Deshalb sind wir hier. Das wollte ich dir zeigen."

Die Polizistin blickte zweifelnd auf ein aus Feldsteinen errichtetes flaches Podest, von dem rampenartig zwei weitere Steingefüge fortführten.

„Du meinst das da? Da haben wir in Kiel aber größere Baustellen. Ich bin nicht sonderlich beeindruckt."

„Nutze deine Fantasie", sagte Lindberg. „Auf diesem Fundament dort stand mal ein Turm. Er enthielt einige Logenräume für die Freimaurer. Auf der Rückseite aber gab es eine kleine Tür, das ‚Phönixtor'. Durch diese Tür stieg man hinab in ein prächtig ausstaffiertes Kellergewölbe, das sich unterhalb des Turmes erstreckte. In diesem Gewölbe befand sich ein Alchimistenlabor. Hier stand der Athanor, der Alchimistenofen. Und hier machte Carl von Hessen Experimente, unterstützt von einem der geheimnisvollsten und prominentesten Alchimisten seiner Epoche."

„Okay, verstehe", sagte Shahin. „Dramatische Kunstpause. Gut, ich tue dir den Gefallen und frage: Sag mir schnell, ich zittere vor Ungeduld – wer war dieser geheimnisvolle Mann?"

Lindberg schien den Spott in ihrer Stimme nicht wahrzunehmen, er starrte auf den Haufen Steine und war in Gedanken versunken. Sie fasste ihn am Arm. „Hallo – Erde an Tristan?"

Lindberg schien aufzuschrecken. „Oh, entschuldige. Es war der legendäre Graf von Saint Germain."

„Der Graf von Saint Germain?", fragte sie erstaunt. „Der gehört ja wohl eher in mein berufliches Umfeld, oder? Gauner, Schwindler, Hochstapler? So wie dieser andere falsche Graf, wie hieß er noch?"

„Alessandro Cagliostro", antworte Lindberg erstaunt.

„Ja, den meine ich."

„Respekt! Woher kennst du diese Namen?"

„Sag mal, glaubst du, ich lese nur Fahndungsplakate?", fragte Shahin entrüstet. „Ich stamme aus einem Bildungshaushalt!"

„Aber natürlich", beeilte sich Lindberg zu versichern. „Und es stimmt schon – beide waren als Alchimisten, Freimaurer, Okkultisten und Geheimagenten aktiv. Germain war aber im Gegensatz zu Cagliostro tatsächlich von Adel. Er war Sohn des siebenbürgischen Fürsten Franz II. Rákóczi, und im Gegensatz zu Cagliostro äußerst erfolgreich mit seinen Experimenten – er war weit eher Genie als Scharlatan. Aber ich gebe zu, es ist schwierig, seiner schillernden Persönlichkeit gerecht zu werden."

„Und was hat er hier an der Schlei gemacht? Ist ein kleines Stück weg von Paris, oder?", fragte Shahin und musterte wieder den moosüberwachsenen Steinhaufen.

„Allerhand hat er hier gemacht. Er hat unter anderem neue Verfahren zum Färben von Stoffen und Gerben von

Leder entwickelt. Er wurde sogar Direktor einer Stofffabrik hier in der Gegend." Lindberg hockte sich vor die alten Steine hin. „Auch der Graf von Saint Germain wollte natürlich Gold herstellen. Alle Gönner und Auftraggeber wollten das. Und die ‚Transmutation' von geringeren Metallen zu Gold galt überdies als Krone der Alchimie. Auch Saint Germain musste letztlich damit scheitern, doch entwickelte er während seiner metallurgischen Versuche aus Eisen ein goldglänzendes Metall, das sogenannte Carlsmetall, das später noch lange verwendet wurde."

Lindberg berührte in einer fast ehrfürchtigen Geste einen der Steine. „Als wir über die Alchimie und Johann Rist sprachen, musste ich sofort an Saint Germain denken. Hier in Louisenlund wirkte ein Mann mit außerordentlichen Talenten. Und das hat er mit Johann Rist gemeinsam. Germain sprach mindestens ein halbes Dutzend Sprachen, er war ein begnadeter Geigenvirtuose, gab in London große Konzerte und hinterließ anspruchsvolle Kompositionen. Er bereiste die halbe Welt, hielt sich in Persien, Indien und Mittelamerika auf, war als Alchimist eine Legende und als Geheimdiplomat äußerst geschickt. Kein Wunder, dass sich die Frauen um ihn rissen. Der große Frauenheld Casanova hasste ihn als Rivalen. Eigentlich ganz unnötig, denn Saint Germain fühlte sich deutlich wohler in der Gesellschaft von Männern."

Lindberg erhob sich und drehte sich zu Shahin um. „Es heißt sogar, der Graf von Saint Germain habe der russischen Zarin Katharina der Großen geholfen, ihren Mann, Zar Peter III. – übrigens ein Herzog von Holstein-Gottorf – zu beseitigen. Aus Dankbarkeit ernannte sie Saint Germain zum russischen General und verlieh ihm den Titel Graf Soltikow. Frankreichs König Ludwig XV.

setzte ihn als Geheimdiplomat ein und war so angetan von ihm, dass er Saint Germain erst im Schlösschen Trianon in Versailles ein Alchimistenlabor einrichtete und ihm später auf Lebenszeit das Loire-Schloss Chambord überließ. Auch dort hatte er ein Labor zur Verfügung und arbeitete an Verfahren zur Textilveredelung."

„Na, der kam ja ganz gut herum in den Königshäusern."

„Oh ja! Für Österreichs Kaiserin Maria Theresia führte er erfolgreich geheime Friedensverhandlungen und wurde von ihr aus Dank zum Rechtsgrafen von Mailand ernannt. Frankreichs Königin Marie Antoinette wiederum warnte er vor einer bevorstehenden Revolution und schilderte ihr eindringlich, was dann passieren würde. Leider hat sie nicht auf ihn gehört."

Shahin sah ihn von der Seite an. „Du bewunderst diesen Grafen, nicht wahr?"

Lindberg wiegte den Kopf. „Ja und nein. Er war gelegentlich zu skrupellos, um reine Bewunderung zu verdienen. Allerdings wäre das eine Bewertung mit heutigen moralischen Maßstäben. Und seine enormen Fähigkeiten, die kann man in der Tat schon bewundern. Er war außerdem – zumal für einen Adligen der damaligen Zeit – sehr sozial eingestellt. Zum Beispiel gründete er Freimaurerlogen, die er auch für Frauen öffnete – ein unerhörter Schritt für seine Zeit. Er strebte sogar die Einheit Europas in Frieden an. Und das um 1800! Er muss ein Teufelskerl gewesen sein. Ich hätte ihn gern kennengelernt."

Shahin nickte nachdenklich. „Kann ich mir vorstellen."

„Saint Germain hatte offenbar enormen Einfluss auf Carl von Hessen-Kassel", fuhr Lindberg fort. „Der wurde dann einer der aufgeklärtesten und liberalsten Herrscher seiner Zeit; so ließ er arme Leute kostenlos von Ärzten behandeln, die dazu übrigens Medikamente einsetzten, die Saint Germain entwickelt hatte. Als einer der ersten Fürsten Europas schaffte Carl 1790 die Leibeigenschaft ab. Saint Germain starb laut Kirchenbucheintrag 1784 in Eckernförde, bis zuletzt gepflegt von Landgraf Carl. Fünf Jahre lang hat er hier gewirkt.«

Lindberg wandte sich zum Gehen und Shahin schloss sich ihm an.

»Ich wollte dir damit sagen, dass Alchimisten keineswegs nur Spinner waren, sondern nicht selten ernsthafte Forscher, die der Nachwelt etwas Substanzielles hinterlassen haben.«

Lindberg hob die Hand und zupfte Shahin vorsichtig ein Blütenblatt aus dem Haar. Sie musterte ihn schweigend.

»Apropos: Der Graf von Saint Germain hat ein rätselhaftes Manuskript hinterlassen«, nahm er den Faden wieder auf. »Es wird die ,Hochheilige Trinosophie' genannt. Es handelt sich um eine alchimistische Offenbarung und enthält allerlei okkulte Symbole. Einige Teile sind allerdings nicht mehr lesbar, weil sie irgendwann einmal sehr schlecht kopiert wurden. Möglicherweise fehlen auch einige Seiten.«

Lindberg blieb wieder stehen.

»Das Werk ist voller hebräischer und aramäischer Wörter – das war die Sprache von Jesus – und verrät eine ausgezeichnete Kenntnis des Talmud, der hebräischen Bibel und teilweise auch des Arabischen. Es zeigt, wie umfassend die Bildung des Autors gewesen sein muss – und das war der Graf von Saint Germain selbst. Aber er dürfte sich dabei auf sehr viel ältere Schriften bezogen haben. Da es ihm bei der Alchimie ganz wesentlich um den legendenumwobenen ‚Stein der Weisen' ging, wird es in den verloren gegangenen Teilen des Manuskripts vermutlich ebenfalls darum gegangen sein. Beim ‚Stein der Weisen' handelte es sich schließlich um Heilung und die Bewahrung des Körpers bis hin zum ewigen Leben. Ich frage mich, ob Germain beim Verfassen dieses Manuskripts aus der gleichen historischen Quelle schöpfte, die vermutlich auch Johann Rist bei seinen alchimistischen Experimenten angezapft hat. Woher wusste Rist von dieser geheimnisvollen Flüssigkeit?"

„Gibt es dieses Manuskript heute noch?", fragte Shahin.

Lindberg nickte. „Ja, es liegt in der Bibliothek von Troyes in Frankreich. Interessant ist aber, wie es damals aufgetaucht ist. Es war ja immerhin bis dahin eine streng geheime alchimistische Schrift. Germain hätte sie gewiss nicht veröffentlicht."

Shahin sah ihn fragend an.

„1789, im Jahr der Französischen Revolution, verhaftete die Heilige Inquisition einen gewissen Giuseppe Balsamo, besser bekannt als der berühmt-berüchtigte Graf von Cagliostro und als umtriebiger Alchimist und Okkultist. In seinem Besitz fand sich die ‚Hochheilige Trinosophie'. Germain muss sie ihm gegeben haben. Niemand weiß, warum."

Shahin verneigte sich lächelnd. „Ich denke, ich habe verstanden, was du mir sagen willst. Dann erstmal vielen Dank für die interessante Geschichtsstunde. Und natürlich für den schönen Spaziergang."

Lindberg schickte sich gerade an, etwas Nettes zu erwidern, als Shahins Mobiltelefon klingelte. Sie zog es heraus und warf einen Blick auf die angezeigte Nummer.

„LKA", sagte sie, bedeutete ihm mit einer Geste zu schweigen und nahm den Anruf an. Lindberg beobachtete, wie ihre Miene rasch ernst wurde.

„Wann und wo?", fragte sie. Und dann: „Ist er tot?"

Nach ein paar Sätzen beendete sie das Gespräch.

„Verdammt. Ich muss sofort zurück nach Hamburg."

„Was ist passiert?"

Shahin machte ein ernstes Gesicht. „Auf Professor Dr. Hartdegen ist ein Mordanschlag verübt worden."

November 2017, Mossul, Irak

Das blecherne Rattern der Karabiner bellte durch die Straßen von Ost-Mossul, wehte über den Tigris und verhallte erst weit im Westen der Stadt. Immer wieder mischten sich die peitschenden Abschüsse von Scharfschützengewehren und die dumpfen Detonationen von Raketengeschossen in das Stakkato. Kampfflugzeuge fauchten über die Millionenstadt hinweg und das rasselnde Dröhnen vorrückender Panzer ließ die wenigen noch verbliebenen Scheiben klirren.

Der deutsche Arzt zuckte zusammen, als wenige Meter von ihm entfernt Salven von Sturmgewehren die Luft zerrissen. Er wusste, was das war – der „Islamische Staat" pflegte Deserteure und Abweichler vom „wahren Glauben" ausgerechnet an einer Außenmauer des Zentralkrankenhauses zu exekutieren, der „Schwarzen Wand". Der selbsternannte „Kalif", Abu Bakr al-Baghdadi, hatte seinen Kämpfern unter Androhung der Todesstrafe verboten, ihre Stellungen zu verlassen, und Widerstand bis zum letzten Blutstropfen gefordert. Er selbst hatte sich allerdings mit seinen engsten Beratern längst aus dem Staub gemacht und überließ es nun seiner Miliz, die von den Koalitionsstreitkräften eingeschlossene Stadt zu verteidigen. Das Ende war abzusehen – der geballten militärischen Macht aus mehr als hunderttausend Irakern, Kurden, Jesiden, Amerikanern, Franzosen und anderen Kombattanten, die sich aus verschiedenen Richtungen näherten und bereits in die Vororte eingedrungen waren, hatten die gut fünftausend IS-Kämpfer auf Dauer wenig entgegenzusetzen. In einem ebenso verzweifelten wie zynischen Schachzug hatte der IS fünfundzwanzigtausend Zivilisten aus den umliegenden Dörfern in die Stadt getrieben, um sie als lebende Schutzschilde zu verwenden. Für die religiösen Eiferer war Mossul das stärkste Symbol für die Existenz ihres Kalifats.

Täglich wurden Verwundete in den OP-Raum der Klinik geschleppt – und ihre Zahl wuchs, je heftiger die Kämpfe wurden.

Vielen konnte der deutsche Arzt mit den dürftigen Mitteln, die ihm zur Verfügung standen, nicht mehr helfen. So nähte er Wunden und schiente Schussbrüche häufig ohne hinreichende Betäubung. Inzwischen nahm er das Brüllen und Heulen der Verwundeten kaum noch wahr. Er arbeitete wie eine Maschine, Mitgefühl war unter der brutalen Terrorherrschaft der IS-Schergen in seinem Inneren abgestorben. Wer sich dem „Islamischen Staat" in den Weg stellte, und sei es nur durch Widerworte oder offen geäußerte Kritik, wurde erschossen, zu Tode gefoltert, ertränkt – oder, wie im Fall des gefangengenommenen jordanischen Kampfpiloten Muas al-Kassasbeh, lebendig verbrannt. Mit jeder Hinrichtung, die der deutsche Arzt mitansehen musste, waren auch noch die letzten Reste seines schwach ausgeprägten Widerstandswillens geschwunden.

Er blickte auf, als sich eilige Schritte näherten. Die Tür zum OP wurde aufgestoßen und ein Trupp bärtiger Milizionäre schleppte weitere Verwundete herein. Müde blickte der Arzt auf die Blutspur auf dem Linoleumboden, die nun bis zu den beiden OP-Tischen führte.

Hinter den Neuankömmlingen tauchte die massige Gestalt des Mannes auf, der sich Abu el-Hol nannte. Er grinste, als er das erschöpfte Gesicht des Arztes sah, seine eingefallenen, fahlen Wangen, das lange, verfilzte Haar und die hagere Gestalt, für die der Arztkittel viel zu weit geworden war.

„Steh nicht faul herum, Pille, entscheide dich – operiere meine Leute oder stell dich gleich an die Schwarze Wand."

Der Arzt starrte kurz in die beunruhigenden Echsenaugen des Mannes mit ihrem stechenden Blick, schlurfte dann resigniert zum Tisch und griff zur Narkosemaske.

„Gute Entscheidung. Das dachte ich mir", nickte der blonde Deutsche.

Doch die demonstrativ zur Schau gestellte Selbstsicherheit von Abu el-Hol bekam allmählich Risse, wie der Arzt seit Beginn der Koalitionsoffensive feststellte. Der Deutsche wirkte neuerdings oft nervös und gehetzt. Der Arzt kannte die Lage an der Front zwar nicht und hatte auch keinerlei Kenntnisse über die Kräfteverhältnisse dort, doch er spürte, dass es für die Truppen des IS nicht gut lief. Er schloss dies auch aus Gesprächen zwischen den Verwundeten. Nach mehr als einem Jahr im Irak war er des Arabischen inzwischen einigermaßen mächtig.

Abu el-Hol hatte inzwischen angefangen, Selbstmordattentäter unter den Milizionären zu rekrutieren, indem er ihren Familien reiche Entschädigungen versprach. Bislang war dies Aufgabe einiger anderer IS-Funktionären gewesen, darunter einer berüchtigten Frau, die ihren Beinamen von der 29. Sure des Korans entlehnt hatte: „al-Ankabut"

– die Spinne. Aber diese engen Vertrauten des „Kalifen" waren mit ihm aus der Stadt geflohen. Sein Statthalter Abu el-Hol hatte nun damit begonnen, Zivilisten mit Drogen vollzupumpen und sie, behängt mit Sprengstoffwesten, gegen die irakische Armee und die wilden Kämpfer der kurdischen Peshmerga zu schicken. Wie Zombies stolperten die Todgeweihten auf die feindlichen Linien zu. Nach mehreren Dutzend Selbstmordanschlägen mit zahlreichen Toten auf Seiten der Koalition führte das allerdings dazu, dass nun auf jeden das Feuer eröffnet wurde, der sich ihren Stellungen näherte. Dem IS war das sehr recht – das reduzierte die Zahl der Desertionen.

Je erbitterter die Kämpfe in den östlichen Stadtteilen wurden, desto seltsamer gebärdete sich der deutsche Feldkommandeur. Zwar drohte er dem Arzt noch fast jeden Tag den Tod an, sollte er ihm den Gehorsam verweigern, doch gleichzeitig suchte er immer öfter das Gespräch mit ihm. Es schien, als stelle die Nähe eines Landsmannes in der sich abzeichnenden Katastrophe eine Insel des Trostes für ihn dar. Der Arzt machte sich dennoch keine Illusionen: Abu el-Hol war ein Psychopath, der keine Freunde kannte. Er würde auch ihn, ohne zu zögern, hinrichten lassen oder eigenhändig erschießen, falls er Widerstand witterte. Hinzu kam: Je bedrohlicher die Lage für den IS wurde, desto notwendiger erschien es den Feldkommandeuren, eiserne Disziplin aufrechtzuerhalten – immer öfter mit brutalsten Mitteln.

Der Arzt hatte gerade den letzten stöhnenden Patienten notdürftig versorgt, als Abu el-Hol erneut die Tür aufstieß.

„Mitkommen!", bellte er und winkte mit der Kalaschnikow.

Der Chirurg trottete müde hinter dem Milizionär her, tappte auf Blutspuren den Gang entlang bis zum Ausgang des Krankenhauses. Just in dem Moment, als er das Gebäude verließ, erscholl auf der anderen Tigris-Seite ein gewaltiger, hammerartiger Schlag. Der Arzt blickte gehetzt in die Richtung des Geräusches. Eine sandfarbene Rauchsäule erhob sich in der Ferne über den Dächern der Stadt. Er wusste: Eine als Sprengfalle eingegrabene Mine war detoniert.

Der blonde Hüne bog um eine Ecke des Hospitals, und das Herz des Arztes begann zu rasen, als er erkannte, wohin der Kommandeur strebte – es ging direkt zur Schwarzen Wand.

Eine Gruppe Zivilisten stand dort, die meisten zitterten am ganzen Leib, einige Männer hatten sich eingenässt. Ein halbes Dutzend IS-Schergen mit Totenkopfmasken vor den Gesichtern hielten ihre Sturmgewehre auf sie gerichtet.

„Diese Verräter haben über ihre Mobiltelefone und Computer mit der Außenwelt kommuniziert. Also mit dem Feind", erklärte Abu el-Hol beim Näherkommen. „Das ist streng verboten. Verräter haben den Tod verdient. Und das habt ihr auch gewusst."

Ein älterer Mann fiel vor dem Deutschen auf die Knie, umklammerte dessen Beine und flehte ihn auf Arabisch an. Der Kommandeur hob seine AKS und schoss ihm ins Gesicht. Der Mann fiel ohne einen Laut hintenüber. Dann zog der Hüne ein widerstrebendes Mädchen aus der Gruppe. Es mochte fünfzehn oder sechzehn Jahre alt sein und trug kein Kopftuch.

„Diese Hure hat dem Feind Stellungen unserer Helden verraten", sagte Abu el-Hol und hielt ein

Samsung-Mobiltelefon hoch. „Dafür wird sie nun sterben."

Ein verzweifeltes Stöhnen ging durch die Gruppe der Menschen an der Schwarzen Wand. Der Deutsche nickte einem Milizionär zu, der ihm eine Pistole überreichte. Abu el-Hol nahm das Magazin heraus, sodass nur noch ein Schuss in der Waffe war. Er hielt sie dem Arzt hin.

„Ich kann mir keine Schwachstellen mehr bei meinen Leuten leisten", sagte er und sah den Chirurgen mit seinem kalten Blick an. „Ich brauche ein Zeichen der Loyalität. Jetzt."

Der Arzt blickte auf die Waffe hinunter, die ihm hingehalten wurde. Dann nahm er sie und sah zu dem Mädchen auf. Sie war blass, musterte ihn aber ruhig.

„Gott ist groß", sagte sie mit dünner Stimme.

„Ich warte", knurrte Abu el-Hol. „Aber nicht lange."

Der Arzt hörte das leise Klicken, als der Feldkommandeur seine AKS entsicherte. Einen Moment schloss er die Augen, als er den kalten Lauf an der Schläfe spürte. Der Kehle des Arztes entrang sich ein Schluchzen. Dann hob er die Pistole und drückte ab.

2019, Hamburg

Professor Dr. Gerhard Hartdegen saß aufrecht in seinem Krankenbett auf der chirurgischen Unfallstation des Universitätsklinikums Eppendorf, als Shahin zur Tür hereinkam. Zuvor hatte sie sich bei zwei Polizeibeamten ausweisen müssen, die auf dem Flur patrouillierten. Sie hatte Lindberg gebeten, im Auto zu warten.

Der Virologe hatte ein Einzelzimmer im Gebäude 45 bekommen – was die Vernehmung durch Beamte des Landeskriminalamtes erleichterte.

Hartdegen war blass, machte aber einen stabilen Eindruck. Eine Braunüle steckte in seinem rechten Arm; der durchsichtige Schlauch führte zu einer Flasche mit Infusionslösung, die am Bettgestell hing. Die linke Schulter war mit einem großen Wundpflaster abgeklebt.

„Ich weiß, das muss jetzt wirklich nervtötend für Sie sein", sagte Shahin, als die Begrüßung und das höfliche Erkundigen nach Hartdegens körperlichem Zustand und seelischer Befindlichkeit vorüber waren. „Ich werde natürlich später den Bericht der Kollegen erhalten und alles nachlesen können. Aber ich wäre Ihnen sehr dankbar, wenn Sie mir noch einmal persönlich schildern würden, wie das passiert ist." Mit diesen Worten zeigte Shahin auf den Wundverband.

„Ist schon in Ordnung", winkte Hartdegen mit der linken Hand ab, „ich habe volles Verständnis dafür. Und ich möchte ja selbst gern, dass der Typ gefasst wird."

Die Polizistin lächelte dankend, zog einen Besucherstuhl an das Krankenbett heran, setzte sich und nahm ein Notizbuch zur Hand. „Professor Dr. Hartdegen, wo waren Sie, als Sie angeschossen wurden – zu Hause oder noch im Institut?"

„Schon zu Hause", antwortete Hartdegen, „ich wohne draußen in Wellingsbüttel. Das Haus liegt ein wenig abseits und einsam im Grünen. Ist mir aber ganz recht so."

„Sie leben allein dort? Oder mit Familie?"

„Allein. Meine Frau und ich haben uns vor zwei Jahren getrennt. Sie ist mit irgendeinem Makler nach Spanien gezogen. Marbella, glaube ich."

„Wann sind Sie gestern nach Hause gekommen?"

„Es muss so gegen neunzehn Uhr gewesen sein. Ja, ich erinnere mich, dass ich gleich die heute-Nachrichten eingeschaltet habe."

„Und wann genau war der Anschlag auf Sie?", fragte Shahin.

Hartdegen sah aus dem Fenster. „So genau weiß ich es gar nicht. Aber meine beste Schätzung ist etwa zwanzig Uhr dreißig.

„Und wo hielten Sie sich in dem Moment auf?"

„In der Küche, ich habe mir an der Arbeitsplatte am Fenster ein paar Brote gemacht."

„Was geschah dann?"

„Etwas schlug gegen die Haustür. Ich öffnete und hörte sofort ein seltsames Geräusch. Als würde jemand laut husten. Im selben Moment fühlte ich einen starken Schlag gegen die linke Schulter. Ich konnte erkennen, dass an der Gartenpforte ein Vermummter stand. Er hielt etwas in der Hand, wohl ein Gewehr. Ich warf instinktiv die Haustür zu; und dann kam schon der Schmerz. Ich fühlte Blut an mir herunterlaufen und mir wurde flau."

„Haben Sie das Bewusstsein verloren?"

„Nein, jedenfalls nicht vollständig; aber ich sackte zu Boden und musste eine Weile dort liegen bleiben. Als ich mich etwas besser fühlte, habe ich sofort die Polizei angerufen."

„Was schätzen Sie, wie viel Zeit ist zwischen dem Schuss und dem Anruf bei der Polizei vergangen?"

„Ich denke, fünf Minuten, vielleicht etwas mehr. Bestimmt aber nicht mehr als zehn."

Shahin blickte auf den Verband. „Ich nehme an, die Waffe war schallgedämpft, sonst hätte man den Schuss weithin gehört. Wie schlimm ist die Wunde denn?"

„Ach, halb so wild. Ein glatter Durchschuss oben in der Schulter. Ich habe Blut verloren, aber es sind keine Organe und keine Knochen getroffen worden."

Shahin sah ihn ernst an. „Sie haben auf jeden Fall großes Glück gehabt. Ein paar Zentimeter tiefer und das Herz wäre getroffen worden."

„Ja", entgegnete Hartdegen düster. „Die Ärzte meinten das auch." Er sah die Polizistin verunsichert an. „Gehen Sie davon aus, dass das Attentat auf mich mit den Virusanschlägen zu tun hat?"

Shahin nickte. „Ja, davon müssen wir in der Tat ausgehen. Sie sind ein bekannter Virologe, forschen an diesem Erreger und arbeiten mit der Polizei zusammen. Das könnte durchaus ein Motiv darstellen. Oder fallen Ihnen noch andere Gründe ein, Sie notfalls beseitigen zu wollen?"

„Um Himmels willen!", fuhr Hartdegen auf. „Natürlich nicht!" Er zögerte einen Moment. „Tun Sie mir bitte einen Gefallen? Ich werde noch ein paar Tage hierbleiben müssen. Könnten Sie mich ein wenig auf dem Laufenden halten? Sarah Winter habe ich auch schon darum gebeten. Wenn ich schon angeschossen werde, dann möchte ich doch wirklich gern wissen, in was ich da eigentlich hineingeraten bin."

„Ich werde Ihnen gern mitteilen, was ich kann, ohne die Ermittlungen zu gefährden", versprach Shahin.

Sie versicherte ihm noch einmal, dass er vorläufig unter Polizeischutz stünde, und verließ das Krankenhaus. Noch vom Auto aus ließ sie sich weitere Details von ihren Kollegen durchgeben und berichtete Lindberg von dem Gespräch mit Hartdegen.

„Du sagtest, die Kugel hätte das Kaliber .223 Remington?", fragte Lindberg nachdenklich. „Das ist eigentlich eher ein Kaliber für Sportschützen als für Sniper. Das Geschoss hat nur 5,56 mal 45 Millimeter. Und Hartdegen hatte Glück, dass der Schütze eine seltene Stahlmantelversion verwendet hat. Sonst hätte sich das Geschoss beim Auftreffen zerlegen und die Splitter doch noch das Herz treffen können."

„Die Waffe war offenbar in der Tat schallgedämpft", sagte Shahin. „Nicht weit davon entfernt steht eine Reihe bewohnter Gebäude. Mehrere Personen waren gestern Abend zu Hause. Doch niemand will einen Schuss gehört haben." Sie blickte den Archäologen an. „Aber man hat Fußabdrücke in Hartdegens Vorgarten gefunden. Und nun halte dich fest: Die Kollegen von der Spurensicherung hatten auf dem Friedhof von Wedel Abdrücke in dem Beet am Wegesrand, an dem meine Kollegen niedergestochen wurden, von drei verschiedenen Personen ermittelt. Zwei der Abdrücke wiesen die Größen vierundvierzig und fünfundvierzig auf – das waren die beiden Polizisten. Der dritte jedoch maß nur Größe vierzig. Fast eine Frauengröße. Und nun rate mal, welche Größe die Fußabdrücke in Hartdegens Garten haben."

Lindberg pfiff durch die Zähne. „Vierzig, schätze ich."

22

Juni 2017, Mossul, Irak

Die Libyerin zupfte ihren Gesichtsschleier ein Stück beiseite und blickte wieder durch das Zielfernrohr. Die vierfache Vergrößerung zeigte eine Gruppe von Menschen – Männer, Frauen und Kinder –, die eine Straße zwischen Häusern im arabischen Viertel von Mossul entlangliefen. Die Frau lag im dritten Stock eines verlassenen Wohnhauses auf einem stabilen Holztisch, den sie vor ein Fenster geschoben hatte. Sie wusste, was diese Menschen vorhatten: Sie wollten aus der Kampfzone fliehen, und zugleich aus dem immer kleiner werdenden Machtbereich des „Islamischen Staates", der inzwischen nur noch ein paar Straßenzüge umfasste. Das war nahezu alles, was vom Kalifat übrig geblieben war, das Abu Bakr al-Baghdadi drei Jahre zuvor in der Großen Moschee ausgerufen hatte. Für die Libyerin waren diese Menschen Verräter. Sie verrieten das Kalifat und den wahren Islam. Sie weigerten sich zu begreifen, dass nur die Rückbesinnung auf die Salafiyya, die frühen Jahre des Islam, also auf die Lebenszeit des Propheten Mohammed und seiner Gefährten, der Welt den Frieden bringen konnte.

Die Frau ignorierte die Rinnsale an Schweiß, die in der Hitze unter ihrem Gewand herabliefen. Unwillkürlich spannte sie sich an, als ein Kopf in ihrem Fadenkreuz auftauchte. Die Libyerin zwang sich, ihre Muskeln zu entspannen, atmete ein paarmal ruhig ein und aus und drückte ab. Das Geschoss ließ hundert Meter entfernt einen roten Sprühnebel aufsteigen. Der Kopf verschwand aus ihrem Blickfeld. Sie nahm den nächsten Fliehenden ins Fadenkreuz ihres Dragunow-Scharfschützengewehrs.

Die Menschen unten auf der Straße blickten sich kurz nach der Leiche mit dem zerstörten Kopf um, erhöhten verzweifelt ihr Tempo und rannten buchstäblich um ihr Leben, manche im Zickzack. Aber das würde sie nicht retten. Die Libyerin legte den Finger wieder um den Abzug – da hörte sie ein scharrendes Geräusch an der Wohnungstür. Lautlos erhob sie sich und nahm die Makarow-Pistole vom Tisch. Leise schlich sie zur Tür. Als sie noch drei Meter entfernt war, wurde die Tür mit einem gewaltigen Knall aus den Angeln gerissen. Sie prallte gegen die Libyerin und warf sie weit in den Raum hinein. Für einen Moment verlor die Frau die Besinnung. Als sie zu sich kam, standen mehrere Männer in den Uniformen der „Goldenen Division" der irakischen Armee vor ihr. Blut rann über ihr Gesicht. Sie tastete nach ihrer Makarow. Fast gelangweilt hob ein Soldat sein Sturmgewehr und schoss ihr in den Kopf.

Im Keller des Gebäudes gegenüber, dessen gesamte westliche Front im Bombardement zu einem riesigen Schutthaufen zusammengebrochen war, duckte sich der deutsche IS-Feldkommandeur und verfolgte aus der Ecke einer kleinen Fensteröffnung den Einsatz der irakischen Armee. Der Deutsche war unfähig, Mitleid zu empfinden, aber er bedauerte den Tod der Frau. Die Libyerin hatte ganz ausgezeichnete Arbeit im Sinne des „Islamischen Staates" geleistet. Sie war bei der Bevölkerung und auch bei der irakischen Armee gefürchtet gewesen. Er zuckte mit den Achseln. Vorbei. Jetzt war ohnehin bald alles egal.

Er drehte sich um und schlich zu einem hölzernen Regal, das mit angeschlagenen Tontöpfen und anderen schäbigen Haushaltsgegenständen gefüllt war. Es stand rechtwinklig von der Wand ab und offenbarte auf diese Weise einen geheimen Zugang. Der Deutsche betrat den dunklen Gang dahinter, zog das Regal sorgfältig vor die Öffnung und schloss anschließend die schmale Stahltür, die den Gang absperrte. Er schaltete eine kleine Taschenlampe ein, die einen schwachen Lichtkegel spendete, während er den langen, mit Holzbohlen abgestützten Tunnel entlangging, der Teil eines ausgedehnten unterirdischen Systems unter der Stadt Mossul darstellte.

Der „Islamische Staat" hatte in den Jahren seiner Herrschaft über Iraks zweitgrößte Stadt Hunderte derartiger Gänge anlegen lassen – im durchaus realistischen Bewusstsein, dass die Außenwelt eines Tages gegen die Salafisten zurückschlagen würde. Nun war es soweit.

Nach einigen Minuten Fußmarsch im engen Tunnel erreichte Abu el-Hol eine sorgfältig gesicherte Operationszentrale des IS, tief unter einem ehemaligen Einkaufszentrum gelegen, das nach schweren Gefechten und massiven Luftangriffen der Amerikaner nur noch eine ausgebrannte Ruine bildete. Er nickte den beiden schwerbewaffneten Posten zu, die den Zugang bewachten. Der Deutsche machte sich nichts vor – die Koalitionsstreitkräfte würden in wenigen Tagen die letzten Verteidigungsstellungen des IS überrannt haben und irgendwann auch in die unterirdische Stadt eindringen. Es war eine vollkommen andere Situation als 2014, als die sunnitische Bevölkerung Mossuls den einmarschierenden IS freudig begrüßt hatte. Ihnen war die radikalsunnitische Miliz lieber gewesen als der Terror der regierungstreuen Schiiten. Die Einheiten der korrupten irakischen Armee waren beim Sturmlauf des IS damals in hellen Scharen desertiert, auch, weil viele Soldaten ihre Waffen ohnehin längst auf dem Schwarzmarkt verkauft hatten. Von offiziell fünfundzwanzigtausend Soldaten, die 2014 mit dem Schutz der Stadt betraut gewesen waren, gab es beim Angriff der gerade mal zweitausend IS-Milizionäre nur noch zehntausend – die meisten längst ohne Waffen und völlig demoralisiert.

Nun aber würde Mossul zurück in die Hände der irakischen Regierung und ihrer Alliierten fallen. Der IS, unterstützt von kriegserfahrenen Veteranen aus Tschetschenien, Afghanistan, Syrien und Libyen, hatte die Stadt erbittert gegen die Koalition verteidigt – neun Monate lang dauerte der Kampf bereits. Inzwischen waren zehntausend Menschen tot, eine Million war geflohen. Das amerikanische Außenministerium hatte kurzerhand erklärt, in Mossul gäbe es keine Zivilisten mehr – nur noch Terroristen. Das gab der US-Luftwaffe und den Spezialeinheiten freie Hand, auf alles und jeden in der zerstörten Stadt das Feuer zu eröffnen.

Abu el-Hol wusste, es musste ihm gelingen, entweder aus dem Kessel zu entkommen oder sich zumindest den Amerikanern zu ergeben. Wenn ihn die schiitischen Milizionäre der „Hashd al-Shaabi" in die Finger bekamen, würde er einen grausamen Tod erleiden. Auch die irakische Armee oder die kurdischen Peshmerga-Kämpfer würden ihm keine Gnade gewähren. Zu entsetzlich war der Ruf, den sich der „Vater des Schreckens" in den vergangenen drei Jahren in Mossul erworben hatte. Gern hätte er noch den Blogger „Mossul Eye" in die Finger bekommen, der seit mehr als zwei Jahren die Außenwelt über die Vorgänge in der Stadt informierte. „Das Auge von Mossul" zeigte sich stets gut informiert, warnte vor den allgegenwärtigen Sprengfallen in Türen, Kühlschränken oder Autos, die der IS installierte, und berichtete vom rapiden Verfall der Kampfmoral bei den Milizionären des „Kalifen". Inzwischen wankten sie nur noch herum wie lebende Leichname, schrieb er. Der IS hatte dem Blogger im Falle der Festnahme eine grausame Hinrichtungsart angedroht – aber es war ihm nicht gelungen, den Mann zu identifizieren und zu fangen.

Der Deutsche hängte die AKS über die Schulter und winkte in den Raum hinein. Ein paar loyale Kämpfer folgten ihm, begleitet von dem hageren Arzt. Im Krankenhaus konnte der Mediziner schon längst nicht mehr operieren, da dieser Teil der Stadt bereits von den Koalitionstruppen kontrolliert wurde. Seitdem behandelte er in den staubigen Behelfs-OPs tief unter der Erde. Aus einem Nachbarraum drang das Stöhnen von Verwundeten durch die geschlossene Tür. Betäubungsmittel gab es praktisch keine mehr. Nur noch die Kommandeure trugen Morphium bei sich – für den Fall ihrer Verwundung.

Der Arzt folgte dem deutschen Feldkommandeur und seiner schwer bewaffneten Gruppe mehrere endlos erscheinende unterirdische Gänge entlang. Dann schob Abu el-Hol in einem weiteren Kellerraum eine Stahltür auf. Der Arzt hob schützend die Hand vor die Augen, als ihn grelles Sonnenlicht überflutete, das durch die Löcher in den zerschossenen Wänden hereinströmte.

Sie kletterten über die bröckelnden Trümmer nach oben auf das Straßenniveau, die Waffen schussbereit. Der

Arzt versuchte, nur flach zu atmen. Der widerwärtig süßliche Geruch des Todes war in Mossul allgegenwärtig. Überall in den Straßen und im Schutt der Häuser lagen Leichen, an denen Vögel pickten und Hunde nagten. Niemand wagte die Toten zu beerdigen – aus Angst vor den Bomben der Koalitionstruppen und den Scharfschützen des IS. Der Arzt sah, dass sie sich der Großen Moschee des al-Nuri näherten. In diesem ehrwürdigen Gotteshaus aus dem Jahr 1173 hatte Abu Bakr al-Baghdadi am 4. Juli 2014 sein Kalifat ausgerufen. Es war der einzige öffentliche Auftritt des IS-Chefs in Mossul geblieben.

Der deutsche Arzt blinzelte zu dem Minarett empor, das die Moschee erstaunlicherweise noch immer aufwies. Es stand so schief, dass der seltsam phallisch erscheinende Turm den Beinamen „al-Hadba" – das Bucklige – erhalten hatte. Der Legende nach verneigte sich das Minarett ehrfürchtig vor dem Propheten Mohammed.

Abu el-Hol, gekleidet in einen sandfarbenen Tarnanzug, betrat die Moschee als Erster. Er grüßte eine weitere Gruppe von IS-Kämpfern, die sich an den Innenmauern zu schaffen machten. Der Arzt trat näher und sah, dass alle tragenden Wände und Stützpfeiler mit Plastiksprengstoff in Stangenform versehen waren. Er starrte den deutschen Feldkommandeur verständnislos an. Die Moschee war heiliger Boden, ein Haus Gottes.

Abu el-Hol lächelte schmal. „Hier hat der Kalif unser Reich verkündet. Du glaubst doch nicht, dass wir diese Moschee den Ungläubigen überlassen?"

Er nickte seinen Männern zu, die fortfuhren, die Sprengstoffstangen mit Zündern und Kabeln zu verbinden.

Der Arzt schluckte. Unwillkürlich strich er sich mit den Fingern über die kreisrunde rote Narbe an seiner

Kehle, die der heiße Lauf der AKS hinterlassen hatte. Der Kommandeur sah die Geste und grinste wieder.

„Fertig", rief einer seiner Leute.

„Alle raus! Sofort!", bellte der Deutsche.

Die Männer beeilten sich, die Moschee zu verlassen. Nur der Arzt, Abu el-Hol und sein Stellvertreter, ein bärtiger Tschetschene namens Alambek Sakajew, blieben zurück. Sakajew zog eine Beretta-Pistole aus dem Holster und hielt sie dem Arzt an den Kopf.

„Den brauchen wir jetzt nicht mehr", sagte er mit hartem Akzent. „Und er hat zu viel gesehen."

Ein Schuss peitschte durch das leere Gotteshaus und ließ ein schwaches Echo durch das uralte Dachgebälk laufen. Sakajew starrte ungläubig hinunter auf den roten Fleck, der sein weißes Gewand in Herzhöhe zu durchtränken begann, dann sackte er auf die Knie und fiel vornüber auf das Gesicht. Der Kommandeur ließ die AKS sinken, zog den Arzt zum Ausgang und zeigte nach Süden.

„Du hast viele meiner Kameraden gerettet", sagte er. „Dort drüben sind die Amerikaner. Lauf! Bevor ich es mir noch anders überlege!"

Der Arzt sah ihn einige Herzschläge lang an, ohne zu begreifen. Dann warf er sich herum und rannte. Er keuchte vor Angst; fast rechnete er damit, dass ihn jeden Moment ein Schuss in den Hinterkopf treffen würde. Als er etwa hundert Meter weit gekommen war, hörte er hinter sich eine Reihe von dumpfen Schlägen. Die Erde bebte unter seinen Schritten. Der deutsche Arzt drehte sich um und blickte in Richtung der Al-Nuri-Moschee. Eine Staubwolke stieg über dem Gebäude empor, dann neigte sich der Turm und stürzte in einem donnernden Geräusch zu Boden. Einzelne Trümmerstücke flogen bis zu dem Arzt hinüber. Gleichzeitig schien sich die Moschee aufzublähen; die Wände beulten sich für den Bruchteil einer Sekunde nach außen, dann platzten sie in einem prasselnden Gesteinshagel.

Wo eben noch ein fast Tausende Jahre altes Gotteshaus gestanden hatte, rauchte nun ein Schutthaufen. Ganz am Rande seines Blickfelds sah der Arzt eine auffallend hochgewachsene Gestalt. Sie hob grüßend einen Arm. Dann war sie verschwunden. Der Arzt drehte sich wieder um und lief. Er rannte wie von Furien gehetzt auf die rettenden Stellungen der Koalitionstruppen zu.

23

2019, Brodersby

Lindbergs Atem ging in keuchenden Stößen. Seine linke Hüfte zuckte nach vorn, den Bruchteil einer Sekunde später folgten die Schulter und der Arm und rammten die linke Faust in das harte Strohpolster des Makiwara. Das zähe, aber elastische Holz des japanischen Trainingspfahls gab einige Zentimeter nach, um beim Zurückfedern wuchtig von der rechten Faust getroffen zu werden. Lindberg stand tief und breitbeinig vor dem Makiwara; die Karatestellung Kiba-Dachi wirkte, als habe man ihm soeben das Pferd unter dem Leib gestohlen. Links, rechts, links, rechts ... Die Fauststöße trafen das Polster in einem maschinenhaften Rhythmus. Sein Atem ging inzwischen in angestrengten Stößen. Der eiserne Standfuß des Makiwara war mit Schwerlastdübeln am Boden verschraubt, und trotz einer dämpfenden Schicht ließ jeder Schlag den ganzen Raum erzittern. Zuvor hatte Lindberg bereits ein gymnastisches Aufwärmtraining und einen Zehn-Kilometer-Lauf absolviert. Nun war das Techniktraining an der Reihe. Lindberg verzichtete weitgehend auf Stöße und Tritte in die Luft – wie dies im traditionellen Karate gelehrt wurde. Er wollte ein Ziel treffen, wollte den harten Aufprall spüren und aushalten können. Die Faustknöchel von Zeige- und Mittelfinger waren mit einer Hornhaut überzogen, doch nun spürte

Lindberg, dass die dicke Haut zu reißen begann. Das konnte böse Wunden geben, die schlecht verheilten.

Widerwillig wandte er sich vom Makiwara ab und dem Trainingssack zu, der an einer kurzen Kette von der Decke hing. In der Folge übte er Tritte aller Art, frontal, seitwärts, bogenförmig und aus der Rückwärtsdrehung – Mae-Geri, Yoko-Geri, Mawashi-Geri und Ushiro-Mawashi-Geri. Danach waren die Kombinationen dran. Fauststoß links, Tritt rechts, Fauststoß rechts, Tritt links. Zum Abschluss absolvierte er sein Krafttraining – vor allem Bankdrücken mit der Langhantel für die Grundkraft und Schwungübungen mit den Kettlebells, den urtümlich wirkenden Eisenkugeln mit Griff.

Erschöpft, aber mit sich zufrieden stieg Lindberg anschließend die Treppe in den Wohnbereich hinauf und knotete im Gehen den Obi auf, den schwarzen Gürtel seines schneeweißen Anzuges.

Er genoss diese Anstrengungen jedes Mal, und ein eigener, gut ausgestatteter Trainingskeller ersparte ihm dreimal in der Woche eine vierzigminütige Fahrt nach Schleswig in den nächsten Kampfsportverein.

Lindberg wusste, dass er bezüglich seiner Wohnsituation ein ausgesprochener Glückspilz war. Sein Vater hatte dieses Haus am nördlichen Schleiufer vor Jahrzehnten von einer Bauernfamilie gekauft und nach seinen Bedürfnissen umbauen lassen – bevor die ganze Uferregion rund um den Meeresarm zu einer beliebten Touristenzone wurde und Immobilien entsprechend im Preis anzogen. Das weiße, reetgedeckte Haus mit den großen Sprossenfenstern, das sich unter majestätischen alten Bäumen zu ducken schien, war Lindberg nach dem Tod seiner Eltern zugefallen – und er hatte keine Minute gezögert, es zu seinem Lebensmittelpunkt zu machen. Der mit Holzparkett ausgelegte Wohnbereich mit der integrierten Einbauküche war hell und behaglich eingerichtet, in einem skandinavischen Stil, der es Lindberg leicht machte, sich wohlzufühlen. Dieser Wohnstil erinnerte ihn zugleich an seine schwedischen Vorfahren, die einst aus der Provinz Bohuslän in das damals noch dänische Schleswig eingewandert waren.

Das Haus stand recht nah am Wasser und war von einem Garten mit altem Baumbestand und im Sommer üppig blühenden Kletterrosen umgeben. Aus den Fenstern hatte man über die Viehweiden hinweg einen weiten Blick auf das Brodersbyer Noor, einen fast abgeschlossenen, seeartigen Teil der Schlei, den man an der Ostsee wohl ein Haff genannt hätte. Das helle Grün der Weiden, das dunklere der alten Bäume und die verschiedenen Blautöne von Himmel und Wasser kontrastierten wie auf einem Gemälde des Expressionisten Emil Nolde.

Nicht weit vom Haus entfernt stand auf einer Anhöhe die romanische Feldsteinkirche St. Andreas. Das weiß verputzte Gebäude mit dem roten Ziegeldach stammte aus dem 12. Jahrhundert. Kurios an dieser Kirche war der schwarze, mit Efeu bewachsene, hölzerne Glockenturm. Er ragte gar nicht hoch über das Gotteshaus auf, wie das üblicherweise bei Kirchen der Fall war, sondern maß sogar ein paar Zentimeter weniger als das Hauptgebäude. Vermutlich, weil die Steuern in früheren Jahrhunderten nach der Höhe des Kirchturms bemessen wurden.

Den besten Blick hatte Lindberg aus seinem Arbeitszimmer im ersten Stock. Über den Schreibtisch mit seinem Laptop hinweg konnte er das Spiel von Licht und Schatten auf der Wasseroberfläche beobachten, das die

Wolken seit Anbeginn der Zeit veranstalteten – und das niemals gleich war. Unten, im Wohnzimmer, saß Lindberg gern in dem alten englischen Lehnstuhl, den schon sein Vater geliebt hatte. Nach getaner Arbeit bemühte er sich um die hohe Kunst des Nichtstuns, des Innehaltens und des meditativen Entspannens. Wenn ihm dies gelang, half es ihm, die Dämonen in seiner Seele unter Kontrolle zu halten. Meistens jedenfalls.

Im Keller hatte Lindberg sich ein weiteres Arbeitszimmer mit einer Bibliothek eingerichtet und in einem angrenzenden Raum ein kleines Labor für einfache archäologische und anthropologische Untersuchungen.

Es kam oft vor, dass ihm Nachbarn und Freunde allerlei Funde vorbeibrachten, die beim Pflügen oder Graben in der geschichtsträchtigen Erde der Region zum Vorschein gekommen waren. Einmal war ein Bauer, der nicht weit entfernt von Lindbergs Haus seinen Acker pflügte, sogar auf eine Wikingergrabstelle gestoßen. Zwischen den Knochen des Kriegers lag ein Ulfberht-Schwert. Ein kostbarer und sehr seltener Fund. Nur rund hundertsiebzig dieser geheimnisumwitterten Klingen waren überhaupt jemals gefunden worden – zumeist in Schweden. Wo diese Schwerter gefertigt worden waren, deren Stahl so leistungsfähig und kunstvoll geschmiedet war, dass sie Vergleiche mit besten modernen Stahlprodukten aushielten, war nicht völlig geklärt. Vermutlich stammten sie aus Deutschland. Es blieb jedoch ein Rätsel, wie die alten Schmiede bereits im 10. Jahrhundert derart hohe Verarbeitungstemperaturen erreichen konnten, um einen Damaststahl nahezu ohne Verunreinigungen herzustellen.

Lindberg trank in der Küche ein großes Glas Wasser, bevor er unter die Dusche stieg. Bekleidet mit Jeans und

T-Shirt setzte er sich anschließend an seinen Computer. Er hatte sich an eine E-Mail erinnert, die ihm kürzlich ein Kollege aus Schweden zugeschickt hatte. Die Nachricht, die darin enthalten war, hatte Mediziner, Anthropologen und Archäogenetiker gleichermaßen elektrisiert.

Auf dem Hof Frälsegården bei Gökhem in Westschweden hatte man die Gebeine von achtundsiebzig Menschen gefunden, die vor fast fünftausend Jahren in Ganggräbern beigesetzt worden waren. Forscher aus Schweden, Dänemark und Frankreich hatten in den Knochen einer etwa zwanzig Jahre alten Frau den Erreger Yersinia Pestis nachgewiesen. Bei der genetischen Analyse war man dann auf eine Sensation gestoßen – nämlich einen bis dato völlig unbekannten und vermutlich fünftausendsiebenhundert Jahre alten Stamm des tödlichen Bakteriums. Bislang war man davon ausgegangen, die Pest sei zusammen mit Migrationsbewegungen aus der Steppe nach Europa gelangt. Die Völker im heutigen Rumänien, Moldawien und der Ukraine hatten damals Megasiedlungen mit bis zu zwanzigtausend Einwohnern gebildet. Orte dieser Größe waren in der Jungsteinzeit in Europa noch vollkommen unbekannt gewesen. Forscher vermuteten, dass die dichte Besiedlung und mangelnde Hygiene zur raschen Ausbreitung der Pest geführt hatten. Diese räumliche Ausbreitung war durch die Erfindung von Rad und Wagen begünstigt worden; es entstanden weitreichende Handelsnetze, an deren Endpunkte sogar kleine und weit entfernte Siedlungen wie Frälsegården lagen.

Der neu entdeckte Peststamm war jedoch weitaus älter als die Wanderungen der Nomaden aus der sogenannten Jamnaja-Kultur. Der Pesterreger aus dem Ganggrab in Westschweden stammte somit aus der ältesten bislang bekannten Pestpandemie der Geschichte.

Erst Jahrtausende später gab es Aufzeichnungen über die verheerende Justinianische Pest im 6. Jahrhundert, die in Konstantinopel begann und Europa beinahe entvölkerte.

Lindberg klickte auf die Fotos vom Fundort, die ihm der Kollege von der Universität Göteborg geschickt hatte. Die Gebeine der Toten lagen in einem wüsten Haufen in der steinigen Erde. Nachdenklich sah er auf die Überreste jener Menschen, die vor fünftausend Jahren keine Chance gegen diesen Erreger gehabt hatten. Es waren Bauern gewesen, die ohnehin ein hartes, entbehrungsreiches Leben führten. Es schauderte ihn, wenn er daran dachte, dass es damals keine wirksamen Schmerzmittel gegen die erheblichen Qualen einer Pestinfektion gegeben hatte.

Die Pest hatte den Menschen von seinen kulturellen Anfängen an begleitet, ein tödlicher Schatten, der jede Gelegenheit nutzte, diese anfälligen und sterblichen Kreaturen zu verschlingen. Und offenbar war sie weit älter, als bislang angenommen, und konnte jederzeit gefährlich mutieren. Bislang galt: Yersinia Pestis konnte in normalen Böden höchstens sieben Monate überleben, auf Kleidung ein halbes Jahr, drei Monate in Milch und in einer Leiche ein paar Wochen – vorausgesetzt, es herrschte große Hitze.

Lindberg wusste: Der normale Übertragungsweg war das Blut. Der Erreger befiel eine von etwa dreißig Floharten und blockierte das Verdauungssystem des Tieres. Der Floh würgte dann einen vor Pestbakterien wimmelnden Blutklumpen in die Stichwunde seines Wirtes. Wenn eine von der Pest befallene Hauskatze hustete, reichten bereits wenige Bakterien aus, um andere Tiere zu infizieren. Beim

Menschen war jedoch eine sehr viel größere Zahl vonnöten – weshalb es selten zu einer Übertragung auf dem Luftweg kam. Die Beulenpest war überhaupt nicht von Mensch zu Mensch übertragbar, die weit gefährlichere Lungenpest allenfalls durch das Einatmen von infektiösen Tröpfchen. Doch wenn diese diabolische Chimäre nicht nur in der Lage war, fast unbegrenzte Zeit zu überdauern und womöglich noch ständig zu mutieren, sondern auch noch durch die Luft übertragbar war: eine beängstigende Vorstellung!

Lindberg rieb sich die Augen. Sie mussten die Hintermänner der Terrorakte rasch finden – und ihr Labor ausheben, das sie ohne Zweifel irgendwo besaßen, um den Erreger waffenfähig zu machen. Es musste sich an einem verborgenen Ort befinden, der aber alle benötigten Möglichkeiten bot – wie Wasser- und Stromanschluss und am besten noch einen Raum mit Überdruck sowie einer Luftfilteranlage. Den Ermittlern lief die Zeit davon; der Archäologe fürchtete, es könnte nicht mehr lange bis zum nächsten, diesmal vermutlich weit verheerenderen Anschlag dauern – und einen Impfstoff gegen die Ansteckung mit der Pest gab es nicht.

Lindberg lehnte sich im Stuhl zurück und schloss die Augen. In der Ferne hörte er eine Kuh brüllen. Ein Hofhund schlug wie zur Erwiderung an. Auf einem Ast in der alten Eiche vor dem Haus machte sich eine Rabenkrähe mit rauen Lauten wichtig. Es war eine idyllische, friedvolle Welt. Doch diese Idylle trog; einmal massiv freigesetzt, würde die Chimäre auch diese Dörfer erreichen und entvölkern können. Er ballte die Fäuste. Wo mochte dieses verdammte Labor verborgen sein? Ihnen ging die Zeit aus.

Er erinnerte sich an seinen Vater, den Archäologen, der manchmal Monate mit Testgrabungen zubrachte, ohne zunächst etwas zu finden.

„Geduld ist die Fähigkeit, nur langsam wütend zu werden", hatte er zu sagen gepflegt.

Lindberg hatte ihn einmal auf eine Grabungsexpedition in den Sudan begleiten dürfen. Das Team hatte weitere Grabstätten nubischer Herrscher, der „schwarzen Pharaonen", gesucht – und auch einige gefunden. Lindberg hatte gestaunt, mit welcher Gelassenheit sein Vater die mörderische Hitze, das karge, ungewohnte Essen und die harte Arbeit hingenommen hatte. Lindberg hatte ihm stets nachgeeifert. Doch nun waren Menschen gestorben, brutal ermordet worden. Und er spürte: Die Geduld wich langsam der Wut.

Justizvollzugsanstalt Hamburg-Billwerder

Die vor ihr aufragende Wand war einst makellos hellgrau gewesen. Obwohl das noch gar nicht lange her war, fleckten jetzt dunkle Stellen den Verputz, als hätten die Mauern schon viele Jahrzehnte gesehen. Dabei war das Gebäude erst 2003 bezugsfertig geworden. Doch es schien, als habe all das Böse, all die Verzweiflung und Wut, die hier konzentriert waren, die Mauern wie ein Aussatz befallen. Sie trat unter das blau eingefasste Glasdach.

„Hauptkommissarin Becca Shahin vom LKA Kiel", sagte sie und hielt ihren Ausweis vor die Kamera, die auf der linken Seite des grauen, stählernen Schiebetors angebracht war.

„Einen Moment bitte", knarrte eine Stimme aus dem Lautsprecher, dann glitt das Tor seitlich wie eine Fahrstuhltür auf.

Shahin atmete tief ein und schritt hindurch. Es war nicht das erste Mal, dass sie ein Gefängnis besuchte. Dennoch hatte sie jedes Mal das beklemmende Gefühl, in eine düstere Welt mit ganz eigenen und nicht sonderlich sympathischen Regeln einzutauchen. Jedes Mal entspannte sie sich erst, wenn sie wieder auf dem Parkplatz stand.

Die Justizvollzugsanstalt Billwerder war als Ersatz für die Haftanstalt Vierlande auf dem Gelände des ehemaligen Konzentrationslagers Neuengamme gebaut worden, dessen aus der NS-Zeit stammende Gebäude genutzt worden waren, bis sich die Stadt endlich zu der Entscheidung durchringen konnte, dort lieber eine Gedenkstätte einzurichten. Auf den Marschwiesen an der Autobahn A 1 in Billwerder, auf einem zwanzig Hektar großen Gelände, war die neue Haftanstalt mit sieben Vollzugsabteilungen entstanden, in denen mehr als achthundert Gefangene in Einzelzellen untergebracht werden konnten.

Der Grundriss des riesigen Geländes ähnelte einem an einer Ecke eingedellten Rechteck. Die langgestreckten weißgetünchten Gebäude hätten auch Mietshäuser sein können – wären da nicht die hohen Mauern und Sicherheitszäune mit den stachelstarrenden Drahtrollen gewesen. Zwischen den Gebäuden erstreckten sich Rasenflächen und Sportanlagen.

Shahin gab ihre Waffe ab und strebte sofort ihrem Ziel zu – der Hochsicherheitsabteilung in Haus sechs. Es befand sich im Inneren der Anlage, an allen Seiten umgeben von anderen Gebäuden. Die langen Flure in diesem Gefängnis unterschieden sich kaum von Krankenhausfluren; der pflegeleichte Kunststoffbelag auf dem Boden glänzte in einem Preußischblau, das offenbar beruhigend wirken sollte. Türen und Wände waren dagegen cremeweiß gehalten. Nur fehlte im Gegensatz zu einem Krankenhaus jegliche Aktivität auf den Fluren, auch war es auffallend ruhig.

Vor dem Vernehmungsraum wurde Shahin vom Leiter der Anstalt mit Handschlag begrüßt. „Clausen ist mein Name. Ich höre, Sie möchten mit unserem Star sprechen", sagte der stämmige Mann und lächelte schmal.

Er trug einen grauen Anzug, der ihm sichtlich zu eng geworden war. Shahin schätzte, dass sich Clausen vom einfachen „Schließer" hochgedient hatte. Mit Sicherheit kannte er jeden Winkel der Anstalt und jeden Insassen. Sie nickte.

„Große Hoffnungen habe ich offen gestanden nicht, Herr Clausen. Aber vielleicht hat Jestermann ja doch etwas mitzuteilen. Schließlich soll er ja mittels dieser Anschläge freigepresst werden."

Der Beamte sah sie ernst an. „Nach Ihren Hinweisen haben wir die Sicherheitsmaßnahmen noch einmal verstärkt. Hier kommt er jedenfalls nicht raus – es sei denn, wir erhalten eine entsprechende Anweisung aus dem Ministerium. Aber das will ich nicht hoffen, diesen Mann würde ich ungern außerhalb einer Zelle sehen. Glauben Sie mir, ich habe im Laufe der Jahre Tausende Häftlinge gesehen, darunter richtig schwere Jungs. Das Wort Bestie kommt mir im Zusammenhang mit unseren Insassen normalerweise nicht über die Lippen. Aber wenn ich es jemals verwenden würde – dann für Jestermann. Sehen Sie sich vor."

„Danke für den Rat", entgegnete Shahin, „aber ich bin hinreichend gewarnt – ich habe die LKA-Akte dieses Mannes gelesen. Und ich kann Ihrer Einschätzung nur zustimmen."

Sie betrat den Vernehmungsraum, und Clausen schloss die Tür hinter ihr.

Sofort richteten sich ihre Augen auf den Gefangenen, der an einem stabilen Tisch mit einer dicken Kunststoffplatte saß, dessen stählerne Beine mit dem Boden verschraubt waren. Sie blickte nach unten. Eine dünne Stahlkette lief von den Fesseln an seinen Füßen durch Ringe am Boden. Jestermanns Arme lagen auf der Tischplatte auf, die Handgelenke mit der „Hamburger Acht" verbunden, einer speziellen Form der Handfessel mit Lamellenverbindung. Er saß scheinbar entspannt da, geradezu gelangweilt, als warte er darauf, dass ihm ein Essen serviert würde. Hinter ihm an der Wand ragten zwei durchtrainierte Beamte der Einsatzgruppe auf. Sie trugen schwarze Motorradmasken.

Abu el-Hol war auch sitzend ein Riese, Shahin wusste aus der Akte, dass er knapp zwei Meter maß. Der Mann hatte breite Schultern und verfügte gewiss von Natur aus über erhebliche Körperkräfte, aber trainiert war er nicht, das sah sie ihm an. Die Monate der Haft hatten ihn zudem etwas aufgeschwemmt. Er saß breitbeinig da – ein Signal des Dominanzstrebens.

Shahin blickte in die Augen des Gefangenen und schauderte unwillkürlich. Jestermanns Augen waren blassblau mit auffallend kleinen Pupillen, was ihm einen basiliskenhaften Blick verlieh. Dieses Phänomen konnte kurzfristig durch Drogen, Pilze oder neurologische Erkrankungen hervorgerufen werden. Aber sie bezweifelte, dass Jestermann in Haus sechs an Drogen herankam. Die IS-Milizionäre waren in Gefängnissen wenig beliebt. Man wusste, was sie Frauen und Kindern angetan hatten. Der mit dem Fall befasste Psychologe hatte nach Jestermanns Untersuchung in die Akte geschrieben, es handle sich um einen Mann mit „dissoziativer Persönlichkeitsstörung". Weitgehend unfähig zur Empathie. Neigung zum Sadismus. Im hohen Maße gefährlich.

Winzige, starre Pupillen. Shahin erinnerte sich, dass ihr Vater einmal über einen Patienten gesprochen hatte, der diese Besonderheit dauerhaft aufgewiesen hatte. Er hatte ihr den Fachbegriff dafür genannt. Wie lautete er noch? Mikroirgendetwas … Es fiel ihr wieder ein: Mikrokorie. Den betroffenen Menschen fehlte einfach jener Muskel, der die Pupillen weitete.

Shahin legte ihre Akte auf den Tisch und setzte sich. Sie stellte die Füße jedoch so auf den Boden, dass sie den Stuhl jederzeit zurückstoßen konnte. Jestermann musterte sie aufmerksam, seine Mundwinkel waren leicht amüsiert nach oben gezogen. Offenbar war ihm bewusst, dass sein Blick Unbehagen beim Gegenüber auslöste. Shahin wusste, dass es bei Vernehmungen üblich war, zunächst eine angenehme Atmosphäre herzustellen, um das Gegenüber zum Sprechen zu ermuntern. Bei diesem Häftling war das anders. Eine Frau – dazu noch mit Migrationshintergrund? Jestermann würde alles tun, um ihr klarzumachen, dass er sie nicht ernst nahm. Sie würde ihn aus dem Gleichgewicht bringen müssen, ehe sie etwas aus ihm herausholen konnte.

Der hünenhafte Mann blickte gelassen auf seine Fingerspitzen. „Ich will meinen Anwalt. Darauf habe ich ein Recht."

„Dies ist kein Verhör, Herr Jestermann. Ich möchte Sie lediglich bitten, mir ein paar Fragen zu beantworten. Nennen wir es ein lockeres Informationsgespräch. Wenn Sie mir helfen, kann das auch Ihnen nutzen. Aber wenn Sie fürchten, das nicht allein zu schaffen, dann verständige ich natürlich Ihren Anwalt."

Der Gefangene schnaubte nur verächtlich und drehte den Kopf zu den Wachen. „Ich will zurück in meine Zelle."

Shahin beschloss, ihn zu provozieren. Sie zeigte auf seine Augen. „Mikrokorie. Ich sehe, auch in dieser Hinsicht fehlt bei Ihnen etwas im Kopf, Jestermann. Ach ja, richtig – Sie sind ja der berüchtigte Abu el-Hohl im Kopf …"

Sie sah, wie die Fassade der Selbstsicherheit für eine Sekunde zerstob. Er ballte die Fäuste, dann hatte er sich scheinbar wieder in der Gewalt. Doch Shahin sah, dass eine Ader an seinem Hals pochend aufschwoll.

„Herr Jestermann, mein Name ist Becca Shahin, ich bin …"

Blitzartig warf sich Jestermann mit ausgestreckten Armen nach vorn, bevor die Wachen reagieren konnten. Doch Sahin war darauf vorbereitet. Sie ergriff die nach vorn schnellenden Handschellen mit beiden Händen und warf ihren Körper mit aller Kraft zurück. Da die Füße des Gefangenen am Boden festgekettet waren, prallte er mit Oberkörper und Gesicht wuchtig auf die Tischplatte. Die beiden Männer der Einsatzgruppe griffen ihn an den Schultern und stießen ihn unsanft in den Stuhl zurück.

„Du verdammte Schlampe", zischte Jestermann.

Aus seiner Nase lief Blut. Shahin griff wortlos in ihre Jeanstasche und warf ihm ein Papiertaschentuch zu.

„Solche wie dich habe ich hundertfach abgestochen", stieß Abu el-Hol hervor. „Aber vorher hatte ich mit ihnen viel Spaß."

Shahin sah ihn gelassen an. „Ich weiß. Deswegen sitzen Sie ja auch hier. Übrigens: Nochmal so ein Ding, und ich schicke die beiden Jungs mal kurz raus und habe mit Ihnen viel Spaß", entgegnete sie ruhig.

Jestermann hatte die Fäuste wieder geballt und starrte sie mit mühsam beherrschter Wut an. „Ich will meinen Anwalt", wiederholte er.

„Und ich sage noch einmal: Das ist hier keine Vernehmung. Es geht nur um eine kleine Auskunft. Dauert auch nicht lange. Also, fangen wir noch einmal von vorn an. Mein Name ist Becca Shahin, ich bin Hauptkommissarin beim LKA Kiel."

„Leck dich!", knurrte Jestermann.

„Dazu fehlen mir ein paar Rückenwirbel", sagte Shahin trocken.

Aus den schwarzen Masken der Wachen drang ein kurzes Kichern, dann standen sie wieder stumm wie Marmorstatuen hinter dem Häftling.

„Ach ja – und schöne Grüße von der ‚Elster'. Wir haben ihr ein wenig die Flügel gestutzt", sagte Shahin und hörte mit einer gewissen Befriedigung, wie Jestermann kurz den Atem einsog. Dann bohrte sich der Blick seiner irritierenden Augen wieder in ihre. Shahin sah Hass in ihnen lodern und bemerkte, wie die Knöchel seiner Hand weiß wurden.

„Elster? Willst du mir jetzt was von Vögeln erzählen? Ich weiß nicht, was der Schwachsinn soll."

Shahin erinnerte sich an die Kurse bei dem legendären früheren FBI-Agenten Joe Navarro, die sie im Rahmen ihrer LKA-Ausbildung besucht hatte. Navarro konnte Menschen aufgrund ihrer Körpersprache lesen wie ein Buch und war in der Lage, Täter zu überführen, ohne dass sie ein einziges Wort äußerten. Grundlage dafür war das limbische System, einer der drei Teile unseres Denkapparats – neben dem Neocortex und dem Stammhirn.

Im limbischen System liefen die reflexartigen Reaktionen auf unsere Umwelt ab, und zwar in Echtzeit. Diese instinktiven Reaktionen konnten kaum gesteuert werden und galten daher als die „aufrichtigsten" unseres Gehirns. Das limbische System signalisierte in Form von Körpersprache nach außen, wie uns zumute war.

Shahin senkte den Blick unter den Tisch und sah, dass Jestermann, immer noch breitbeinig dasitzend, die Füße nun unter dem Stuhl verschränkte. Eine Geste des Unbehagens und der Unsicherheit. Gut so. Sie öffnete die Akte.

„Wie Sie wissen, Herr Jestermann, dauert die Beweisaufnahme in Ihrem Fall noch an, sodass sich der Beginn Ihres Prozesses weiterhin verzögert. Sie können uns aber helfen, voranzukommen."

Die Hauptkommissarin legte dem Häftling eine Reihe von Fotos vor. „Erkennen Sie jemanden auf diesen Bildern?"

Die meisten der Fotos zeigten Kleinkriminelle, die mit dieser Ermittlung nicht das Geringste zu tun hatten. Doch eines der Bilder war ein Porträt von Igor Sorokin, der „Elster". Jestermann blickte der Reihe nach auf die Fotos und stieß sie dann mit den gefesselten Händen zurück. „Was soll der Scheiß – ich kenne diese Typen nicht."

Er lehnte sich im Stuhl zurück, starrte die Polizistin weiter feindselig an und fasste sich kurz an den Hals unter dem Kinn. Das war interessant. Shahin hatte wachsam auf eine Reaktion geachtet und war nicht enttäuscht worden. Als Jestermanns Blick auf Sorokins Foto gefallen war, hatte er seine Augen für den Bruchteil einer Sekunde zusammengekniffen. Der Griff an den Hals, wo der Vagusnerv verlief, signalisierte ein instinktives Bedürfnis nach Beruhigung. Jestermann kannte Igor Sorokin oder hatte zumindest schon einmal ein Foto von ihm gesehen. Er rieb sich nun das rechte Bein bis zum Knie entlang. Eine Geste des Spannungsabbaus, symbolisch des Schweißabwischens.

„Ich hab genug jetzt von dem Quatsch. Ich will sofort zurück in meine Zelle", knurrte er.

Shahin erhob sich. „Kein Problem. Sie haben mir ohnehin schon alles gesagt, was ich wissen wollte. Herzlichen Dank für Ihre Kooperation. Einen schönen Tag noch, Herr Jestermann.“

Sie klopfte an die Tür. Bevor sie den Raum verließ, drehte sie sich noch einmal zu Jestermann um. Abu el-Hol starrte sie an. Sie sah die Unsicherheit in seinem Blick flackern und lächelte.

Hamburg

Es war diesmal eine deutlich kleinere Teilnehmerzahl, die um den Konferenztisch in der Hamburger Innenbehörde saß – außer Lindberg und Becca Shahin waren Sarah Winter und Rafael Thomsen für das Bernhard-Nocht-Institut gekommen, Staatsrat Volker Weidmann für die federführende Behörde sowie je ein Vertreter von Polizei und Bundeswehr.

„Frau Dr. Winter, Herr Professor Dr. Thomsen, gibt es irgendwelche Fortschritte bei der Entwicklung eines Gegenmittels oder Impfstoffes gegen diese Chimäre?", kam Weidmann ohne Umschweife zur Sache.

Seine Krawatte hatte er gleich nach Betreten des Raumes vom Hals gezogen; sie lag nun neben ihm auf dem Tisch.

„Leider nicht", bedauerte Winter. „So etwas braucht sehr viel Zeit – ich bin mir aber sehr wohl darüber im Klaren, dass wir die nicht haben."

„Allerdings", nickte der Staatsrat.

„Das Problem ist, dass es sich eben nicht um ein Bakterium, sondern um eine virale Chimäre handelt, die zudem auch noch unablässig mutiert", warf Thomsen ein. „Wir haben dennoch zur Sicherheit alle zur Verfügung stehenden Antibiotika getestet – der Erreger wird dadurch aber nicht abgetötet. Sein Viruscharakter macht ihn gegen Antibiotika weitgehend immun. Das war nicht zu erwarten. Die Therapie der Kollegen am UKE konzentriert sich daher vor allem auf die Stabilisierung der Patienten. Viel mehr können sie derzeit nicht tun. Unser Labor arbeitet rund um die Uhr. Das ist übrigens wörtlich zu nehmen."

„Vielen Dank, Dr. Winter und Professor Dr. Thomsen. Und wie sieht es bei Ihnen aus, Frau Hauptkommissarin?", wandte sich Weidmann nun an Shahin.

„Ich habe Arnfried Jestermann gestern in der JVA Billwerder vernommen. Wenn man dieses seltsame Gespräch so nennen will. Jedenfalls glaube ich aus Jestermanns Reaktionen schließen zu können, dass er Igor Sorokin, genannt die ‚Elster', kennt. Belastbar ist das allerdings nicht. Sorokin ist der Mann, der Dr. Lindberg und mich in Wedel angegriffen hat und dann entkam. Er war bekanntlich Angehöriger der russischen Eliteeinheit ‚Spetsnaz', ehe er unehrenhaft entlassen wurde." Shahin blickte in die Runde. „Das Bundeskriminalamt hat ein paar gute Kontakte zum russischen Inlandsgeheimdienst FSB. Wir haben auf äußerst inoffiziellen Wegen erfahren, dass Sorokin 2014 im Irak im Einsatz war. Er muss dort ein paar schlimme Dinge getan haben, denn ihm drohte in Russland ein Militärgerichtsverfahren. Und das ist sehr ungewöhnlich bei Spetsnaz-Angehörigen. Denen lässt man vieles durchgehen. Sorokin tauchte jedoch vor der Verhaftung unter. Vermutlich fand er beim IS ein geeigneteres Tätigkeitsfeld für seine speziellen Talente. Es ist also gut möglich, dass er Arnfried Jestermann dort begegnet ist. Durch Sorokin könnten wir eine Spur zu den Hintermännern der Anschläge mit dem Erreger bekommen."

„Hört sich gut an. Jetzt müssen Sie ihn nur noch fassen", warf Weidmann trocken ein.

Shahin nickte. Der Staatsrat wandte sich nun an Lindberg. „Herr Dr. Lindberg, Ihre Rolle in diesem Fall ist mir nicht so ganz klar. Aber wenn ich das richtig verstanden habe, unterstützen Sie die Ermittlungen, indem Sie die historischen Hintergründe der Entstehung dieses besonderen Erregers untersuchen. Sind Sie dabei auf irgendetwas gestoßen, dass uns weiterhelfen könnte?"

Lindberg nickte. „Möglicherweise ja. Ich bin aber noch nicht sicher."

Winter und Thomsen sahen ihn überrascht an. Becca Shahin hatte er bereits über seine Mutmaßungen eingeweiht.

„Ich muss Sie dazu mit ein paar historischen Details behelligen. Haben wir die Zeit und Sie die Geduld dazu?"

„Sicher", sagte Weidmann und sah demonstrativ auf die Armbanduhr, „und wenn nicht, dann nehmen wir uns die einfach."

„Schön. Sie werden sich an unsere Vermutung erinnern, dass Johann Rist die aufwendige Beisetzung des verstorbenen Mannes in Wedel in einem teuren Bleisarg arrangiert hat?"

„Rist – das ist doch dieser Pastor aus dem Dreißigjährigen Krieg, richtig?"

„Richtig", antwortete Lindberg. „Es könnte sein, dass er bezüglich dieses Erregers noch eine größere Rolle spielen könnte, als gedacht."

Der Staatsrat runzelte die Stirn. „Lieber Herr Dr. Lindberg, bei allem Respekt für Ihre historische Befähigung, aber wie soll uns ein Pastor, der vor dreieinhalb Jahrhunderten gelebt hat, in dieser Krise weiterhelfen?"

Lindberg lächelte schmal. „Ich bat Sie um Geduld ...‟

Weidmann hob die Hände. „Schon gut. Machen Sie weiter.‟

„Also – Johann Rist ging 1626 nach Rostock, um dort zu studieren. Neben Mathematik und orientalischen Sprachen auch Mechanik, Medizin, Chemie, Botanik und Arzneiwissenschaften.‟

„Meine Güte – ich wünschte, mein Sohn hätte nur halb so viel wissenschaftlichen Ehrgeiz beim Studium‟, murmelte Weidmann.

Lindberg lächelte und fuhr dann fort. „Zwei seiner Lehrer waren als Mediziner und Chemiker zu ihrer Zeit weithin berühmt – Professor Jacob Fabrizius, der spätere Leibarzt der Könige Christian IV. und Friedrich III. von Dänemark, sowie Angelus Sala, Leibarzt am mecklenburgischen Hof. Von ihnen lernte Rist, Medikamente herzustellen. 1628, als die Studenten von Rostock vor Wallensteins marodierenden Truppen flohen, erkrankte Rist an der Pest, legte sich in ein leeres Haus, nur von einer alten Frau betreut, und litt entsetzlich. Er war dem Tode nah, die Ärzte hatten ihn schon aufgegeben, doch er erholte sich wieder – wie durch ein Wunder. Es ist überliefert, dass er danach eine Pflanze aus seinem Garten stets mit auf die Kanzel nahm, um ein Dankesgebet für seine Genesung zu sprechen.‟

Weidmann stieß den Atem geräuschvoll aus, wippte ungeduldig mit dem Fuß, stellte die Hände wie zum Gebet zusammen und fixierte Lindberg mit zusammengezogenen Brauen.

„1635 trat Rist seine Stelle in Wedel an – als Pfarrer, Arzt und Apotheker‟, fuhr Lindberg unbeeindruckt fort. „Er legte zwei Gärten an – er nannte sie Norder- und

Südergarten –, in denen er auch allerlei Heilpflanzen anbaute. Zudem pflegte er regen Schriftverkehr mit Gelehrten aller Art in Europa. In seinem Haus gab es eine gut ausgestattete Apotheke und ein alchemistisches Versuchslabor. Johann Rist entwickelte Medikamente, mit deren Hilfe er, wie es in alten Dokumenten heißt, im Laufe der Jahre Tausenden kranken Menschen geholfen habe." Lindberg machte eine Pause. „Es ist überliefert, dass er mindestens fünfzig Menschen das Leben gerettet haben soll, die an Tollwut erkrankt gewesen seien. Alle hätten sich vollständig erholt."

„Moment mal, Dr. Lindberg – das können Sie doch nicht ernsthaft glauben?", entfuhr es Sarah Winter, die ihm gegenüber saß. „Tollwut wird durch Viren aus der Gattung der Lyssaviren ausgelöst. Es gibt heute zwar Impfungen zur Prophylaxe, aber noch immer keine Behandlung. Und das im 21. Jahrhundert. Wenn das Virus das Zentralnervensystem erreicht hat, ist nichts mehr zu machen. Und eine Postexposititionsprophylaxe ist maximal bis vierundzwanzig Stunden nach dem Biss möglich." Sie machte eine wegwerfende Handbewegung. „Es hat zwar ein paar experimentelle Therapien mit antiviralen Medikamenten bei gleichzeitiger Sedierung der Patienten gegeben, doch entweder starben sie dabei oder überlebten mit schwersten Gehirnschäden."

Die Virologin sah Lindberg mit ihren beunruhigend smaragdgrünen Augen an. „Herr Lindberg, Sie wollen uns jetzt aber nicht allen Ernstes erzählen, dass dieser Dorfpastor bei seinen laienhaften Experimenten zufällig ein hochwirksames Tollwut-Medikament gefunden hat – im Dreißigjährigen Krieg?"

Auch Weidmann und Thomsen schüttelten die Köpfe.

„Das behaupte ich ja gar nicht", entgegnete Lindberg. „Ich schildere Ihnen nur die Fakten, soweit sie uns überliefert sind. Und Rist war alles andere als ein Laie. Der Mann war, wie ich erwähnte, immerhin Chemiker, Botaniker, Apotheker und Arzt."

„Jaja, alles schön und gut", warf Thomsen ein, aber das hält doch nun wirklich keinen Vergleich mit heutigen wissenschaftlichen Standards aus."

„Natürlich nicht", räumte Lindberg ein. „Aber denken Sie bitte daran, dass immer noch laufend Arzneipflanzen im Regenwald entdeckt werden, mit denen die angeblich primitiven Völker dort seit Jahrhunderten ihre Krankheiten wirksam behandeln." Er hob eine Hand. „Eines kommt noch hinzu: Rist war damals mit den beiden tödlichsten Krankheiten dieser Zeit konfrontiert – mit der Pest und mit der Tollwut. Er arbeitete an Medikamenten. Stellen Sie sich doch nur einmal vor, er hätte tatsächlich etwas gefunden, dass Ihnen bei der Bekämpfung dieses Erregers irgendwie helfen könnte. Können wir es uns tatsächlich leisten, auf eine solche Spur zu verzichten?"

Einen Augenblick lang herrschte Schweigen am Tisch, dann meldete sich Weidmann. „Ein guter Einwand, Dr. Lindberg. Was schlagen Sie also vor?"

„In Wedel selbst gibt es keine guten Spuren von Rists damaliger Tätigkeit mehr. Und was im Stadtarchiv liegt, habe ich gelesen. Labor und Gärten existieren schon lange nicht mehr", räumte Lindberg ein. „Der ganze Besitz von Rist wurde zweimal vollkommen geplündert und zerstört. Einmal 1643 und dann noch einmal 1657. Beide Male musste Rist sogar Hals über Kopf aus der Stadt fliehen. Sein Pfarrhaus mit dem Labor stand noch bis zum Jahr 1900. Dann wurde es abgerissen."

„Und nun?", drängte Winter.

„Naja, es gibt eine dünne Spur. Als sein Haus in Wedel zum ersten Mal geplündert wurde, geschah dies durch die Truppen des schwedischen Generals Lennart Torstensson. Rist beklagte, dass all seine Aufzeichnungen und seine gesamte Laboreinrichtung samt ‚chemischer Sachen' und kostbarer mathematischer Instrumente geraubt wurden."

Lindberg blätterte in seinen Unterlagen. „Torstensson kehrte bald nach Schweden zurück, er litt furchtbar an der Gicht. Wegen seiner militärischen Erfolge wurde er vom König zum Grafen von Ortala erhoben und ist in Schweden bis heute eine Legende – obwohl sich seine Armee in Sachen Plündern und Brandschatzen selbst für damalige Verhältnisse ganz besonders hervorgetan hat. Er gilt dennoch als einer der größten Feldherren der schwedischen Geschichte. Nach ihm sind schwedische Straßen und Schulen benannt und übrigens auch der Torstensonring in Leipzig. Der Mann war aber nicht nur ein harter Hund als Feldkommandeur, sondern auch Politiker, Militärwissenschaftler und Architekt."

Weidmann betrachtete seine Fingernägel. „Haben Sie vor, heute noch zum Punkt zu kommen, Dr. Lindberg?"

„Sie haben Glück , Herr Weidmann, ich wollte das just in diesem Moment tun", antwortete Lindberg mit mildem Spott. „Jetzt stellen Sie sich doch mal vor: Torstensson kommt nach Wedel, residiert vermutlich im heute noch existierenden Freihof – nur einige Meter von Johann Rists Kirche entfernt. Das ist sehr wahrscheinlich, denn der Freihof war das beste Haus am Platze – dort wohnte wohl auch Schwedens Kriegerkönig Karl X. Gustav, als er 1657 nach Wedel kam. Allemal besser als in einem feuchten Zelt inmitten einer grölenden, übelriechenden Horde von Soldaten. Jedenfalls muss Torstensson von dem hochgebildeten Pastor auf der anderen Seite des Marktplatzes gehört haben. Vielleicht geschah die Plünderung von Rists Labor sogar auf seine Anweisung. Und Rists wertvolle Aufzeichnungen wanderten in den Besitz des schwedischen Generals. Ein wissenschaftlich gebildeter Mann wie Torstensson wird sie ganz sicher nicht vernichtet, sondern mit nach Schweden genommen haben."

„Das sind doch alles nur Mutmaßungen, die uns nicht weiterhelfen", meinte Weidmann. „Und wie kommen Sie überhaupt auf die Idee, dieser schwedische General habe Rists Aufzeichnungen nach Schweden mitgenommen?"

„Weil er das mehrfach im Laufe des Krieges getan hat", entgegnete Lindberg. „Teils auf Anweisungen der Regierung in Stockholm, vor allem aber, weil er ein vielseitig interessierter Mann war. Anfang Juni 1642 kapitulierte zum Beispiel Ölmütz, die Hauptstadt Mährens, nach dreitätigem Beschuss. Torstensson machte dort Beute, die alle Erwartungen übertrafen – Gold, Waffen, Kanonen, Pferde und Wagen. Und fast zehntausend Bücher und Handschriften. Er ließ alles in Kisten packen und nach Stockholm transportieren."

„Schön – Torstensson hat also wissenschaftliche Schriften gesammelt. Aber wo können Rists Aufzeichnungen – falls sie überhaupt noch existieren – denn heute sein, nach mehr als dreihundertfünfzig Jahren?", fragte der Staatsrat zweifelnd.

„General Torstensson starb 1651. Er wurde in der Riddarholmskyrkan in Stockholm, dem schwedischen Pantheon, beigesetzt. Die wertvollsten Aufzeichnungen aus seinem Besitz befinden sich heute in der Königlichen Bibliothek zu Stockholm."

„Ich frage noch mal nach: Sie haben aber keine Ahnung, ob sich Rists Dokumentationen über seine Experimente in Rostock und Wedel tatsächlich dort befinden?"

„Nein", entgegnete Lindberg. „Aber das werde ich sehr bald erfahren. Ich habe Kontakt mit einem Kollegen aus Stockholm aufgenommen, mit dem ich mehrfach im Iran und an Wikingergräbern in Südschweden zusammengearbeitet habe. Er hat mir zu einem exklusiven Besuch in der Staatsbibliothek verholfen."

„Na, Dr. Lindberg, das ist ja wirklich sehr dünnes Eis, auf dem Sie da wandeln. Aber gut. Es ist Ihre Zeit und Mühe, und es kann ja nichts schaden", sagte Sarah Winter kühl. „Dann wünsche ich Ihnen mal viel Glück. Wann fliegen Sie?"

Lindberg sah auf die Uhr. „In vier Stunden."

Stockholm, Schweden

Lindberg nahm den Eurowings-Flug von Hamburg nach Stockholm. Am rund vierzig Kilometer nördlich der schwedischen Hauptstadt liegenden Flughafen Arlanda stieg er in den gelben Expresszug, der ihn innerhalb von zwanzig Minuten in die Innenstadt brachte. Von der Bahnstation im Stadtteil Norrmalm nahm er ein Taxi in die Altstadt von Stockholm, die Gamla Stan, und checkte in ein stilvolles altes Hotel ein, von denen es hier noch etliche gab.

Lindberg liebte diesen historischen Teil Stockholms besonders. Die in Erdfarben gestrichenen alten Giebelhäuser auf der Insel Stadsholmen, auf der auch das Königliche Schloss stand, die engen Gassen und kleinen Plätze sowie die mit der Gamla Stan verbundene winzige Insel Riddarholmen, wo sich die Königliche Bibliothek befand, galten als urbanes Kleinod.

Sein Besuch in der Bibliothek war erst für den nächsten Morgen angesetzt, und so streifte Lindberg durch die Straßen der Altstadt und stattete auch der um das Jahr 1300 im gotischen Stil erbauten Riddarholmskyrkan einen Besuch ab, wo sich die Grabstelle von General Lennart Torstensson befand. Die dreischiffige Kirche aus roten Ziegelsteinen hatte einst auch als Grablege der Ritter vom Königlichen Seraphinenorden gedient, des höchsten schwedischen Verdienstordens.

Lindberg hatte an diesem Tag noch ein ganz persönliches Ritual zu absolvieren: Jedes Mal, wenn er in der schwedischen Hauptstadt war, besuchte er die Leibrüstkammer, das Museum unterhalb des Königlichen Schlosses. Wie immer zog es ihn sofort zu einer großen Glasvitrine, in der ein prächtig aufgezäumtes Pferd stand. Es war das berühmte Streitross, das Schwedens König Gustav II. Adolf, den legendären „Löwen aus Mitternacht", in die Schlachten des Dreißigjährigen Krieges getragen hatte. Der treue „Streiff" hatte den König auch an dem verhängnisvollen Tag im November 1632 getragen, als Gustav II. Adolf in der Schlacht bei Lützen tödlich verwundet wurde und aus dem Sattel fiel. Streiff hatte das Gemetzel überlebt, war im Leichenzug des Königs an die Ostseeküste mitgeführt worden und ein Jahr später gestorben. Fell, Hufe und sogar die Hufeisen des Pferdes waren nach Schweden geschickt worden. Nun stand der treue Braune mit der Stirnblesse dort ausgestopft in der von seinem Herrn gegründeten Leibrüstkammer und trug sogar noch jenen Sattel, den er in der Schicksalsschlacht bei Lützen getragen hatte.

Nachdenklich stand Lindberg vor der Vitrine, nicht nur für einen Historiker war es ein bewegendes Gefühl, einem Tier gegenüberzustehen, das einem der berühmtesten Könige der europäischen Geschichte vor mehr als dreieinhalb Jahrhunderten gedient hatte.

Lindberg aß im „Kryp In" zu Abend, einem behaglichen, mit cremefarbenen Wänden ausgestatteten Restaurant in der Prästgatan. Er lächelte wehmütig, als er an einem Ecktisch Platz nahm. Es war der Tisch gewesen, an dem er häufig mit Malin gegessen hatte. Sie war Architektin im Stockholmer Büro einer international agierenden Firma gewesen. Er hatte sie auf einer Vernissage junger schwedischer Künstler kennengelernt, zu der ihn ein Freund mitgenommen hatte. Äußerlich war sie mit ihren schwarzen, auf Kinnlänge gestutzten Haaren so gar keine Bilderbuchschwedin, stammte aber aus einer alten Bauernfamilie und nutzte jede Gelegenheit, aufs Land zu fahren. Lindberg hatte die schwedischen Sommer mit Malin geliebt. Mit Kajaks waren sie zu winzigen, unbewohnten Inseln im Stockholmer Schärenarchipel gepaddelt, hatten dort Picknick gemacht, sich geliebt und stundenlang geredet. Über die Wochenenden hatten sie häufig Malins Familie unweit von Rättvik am Siljansee in der Provinz Dalarna besucht. Die Magnussons waren ein uraltes Bauerngeschlecht und ihr Hof bestand mindestens dreihundert Jahre. Es war eine unbeschwerte Zeit gewesen, aufgeladen mit der Magie der Liebe und dem Zauber der schwedischen Natur.

Als sie eines Tages das Angebot bekam, eine leitende Stellung im Hauptsitz des Unternehmens in New York zu übernehmen, hatte sie ablehnen wollen. Lindberg wusste aber, wie sehr sie ihren Beruf liebte und wie ehrgeizig sie war. Sie hätte es weder ihm noch sich selbst je verziehen, diese Chance nicht ergriffen zu haben. Schließlich hatte er sie mit blutendem Herzen geradezu gedrängt, den Job anzunehmen. Am Ende eines letzten, emotionsreichen Abends im „Kryp In" hatte er sich von ihr verabschiedet. Es war besser so.

Dies war seitdem der erste Abend für ihn in diesem Restaurant. Lindberg sah Malin förmlich vor sich sitzen, ein Glas Wein in der Hand, und fühlte sich mit einem Mal sehr einsam. Er trank etwas mehr Bier, als er es üblicherweise tat.

Er war jetzt achtunddreißig Jahre alt und erinnerte sich an den Spruch seines Vaters: „Mit vierzig mach dein Glück." Bald hatte er dieses Alter erreicht. Doch wo war sein Glück? Zu seinem Erstaunen überlegte er einen Moment, ob er Becca Shahin anrufen sollte – entschied sich aber dagegen. Sie würde sich schön bedanken, wenn sie spät abends einem angetrunkenen Mann Ratschläge in Lebensdingen erteilen und Trost, eine andere Frau betreffend, spenden sollte.

Am nächsten Morgen um zehn Uhr wurde Lindberg am Hotel von seinem schwedischen Kollegen Pontus Linné abgeholt, einem riesigen und bärenhaften Wikingertyp, in dessen Umarmung Lindberg fast den Geist aufgab.

„Hur har du det?", dröhnte Linné, sodass die bleigefassten Fenster in der Hotellobby klirrten.

„Wenn du mich loslässt, geht's mir bestimmt in ein paar Tagen wieder gut", keuchte Lindberg auf Schwedisch und fügte hinzu: „Bist du kleiner geworden? Fast hätte ich dich übersehen."

Linné lachte gutmütig und zog seinen deutschen Kollegen zu seinem alten blauen Volvo. Die Fahrt ging über die alte eiserne Straßenbrücke Vasabron nach Norden.

„Du suchst also in Torstenssons Papieren nach Aufzeichnungen eines deutschen Pastors?", fragte Linné zweifelnd.

Lindberg nickte. „Ich weiß, die Chancen stehen nicht gut nach so langer Zeit. Andererseits ist Torstensson eine bedeutende Figur in eurer Geschichte. Und Schweden hat seit mehr als zweihundert Jahren keine Kriege mehr erlebt, ihr habt also keine großflächigen Zerstörungen von Archiven hinnehmen müssen wie Deutschland. Was die Zeiten überdauert hat, wird auch noch vorhanden sein. Ich muss es nur finden."

„Ist das denn Teil eines archäologischen Projekts?", hakte der Schwede nach.

Lindberg schwieg einen Moment.

„Ich wünschte, es wäre so", sagte er dann.

Linné drehte den Kopf und sah ihn fragend an.

„Es ist Teil einer polizeilichen Ermittlung, bei der ich als Berater fungiere. Mehr darf ich dir leider zurzeit nicht darüber sagen. Irgendwann. Versprochen. Bei einem Glas Stor Stark."

Linné zuckte mit den massigen Schultern und konzentrierte sich wieder auf den Verkehr.

Die Königliche Bibliothek lag im Park Humlegården im Stadtteil Östermalm, der vor Jahrhunderten als königlicher Gemüsegarten begonnen hatte. Mit zwanzig Millionen sogenannten Medieneinheiten – außer Büchern auch Tondokumenten, Bildern oder Personenarchiven wie zum Beispiel dem der Schriftstellerin Astrid Lindgren – ist die schwedische Nationalbibliothek eine der größten der Erde.

Lindberg wusste, dass in diesem Gebäude unschätzbare Werte aufbewahrt wurden – darunter das größte mittelalterliche Manuskript der Welt, eine bibliophile Kostbarkeit aus dem frühen 13. Jahrhundert. Es war der Codex Gigas, auch die „Teufelsbibel" genannt – nach einer drastischen und farbigen Abbildung des Gehörnten, die sich in dem fast einen Meter hohen und fünfundsiebzig Kilogramm schweren Buch befand. Dazu gab es eine Legende: Ein Mönch im böhmischen Benediktinerkloster von Podlažice, wo das Manuskript wohl verfasst wurde, hatte das Keuschheitsgelübde gebrochen und sollte zur

Strafe lebendig eingemauert werden. In seiner Verzweiflung bot er an, als Gegenleistung für seine Begnadigung in einer einzigen Nacht ein Buch zu schreiben, welches das gesamte Wissen seiner Zeit enthalten sollte. Der Abt stimmte zu, aber bald merkte der Mönch, dass er sein Versprechen nicht würde einhalten können. Daher ging er einen Deal mit dem Teufel ein, der das Buch in dieser Nacht fertigstellte und dafür die Seele des Mönches erhielt. Dieser wurde danach von einem schlechten Gewissen geplagt und fügte das Bild Satans ein, um auf den wahren Autor hinzuweisen. Lindberg hatte einmal vor dem ehrwürdigen Manuskript gestanden und überlegt, wie groß ein Buch heute ausfallen müsste, damit es das gesamte Wissen der modernen Welt enthalten könnte. Nicht einmal der Teufel würde heute dieses Buch in einer einzigen Nacht schreiben können.

Lindberg stieg aus dem betagten Wagen, reckte sich und sah an der sandfarbenen klassizistischen Fassade empor. Er hatte ein paar Semester in Stockholm studiert und sehr angenehme Erinnerungen an diese Zeit. Für ihn zählte die 1878 eröffnete Bibliothek sowohl von außen als auch von innen zu den schönsten der Welt.

Die beiden Archäologen wurden in der Vorhalle von der Chefbibliothekarin Åsa Malmgren in Empfang genommen. Aus der Art und Weise, wie sich Linné und Malmgren umarmten, schloss Lindberg, dass es eine interessante Vorgeschichte bezüglich der beiden geben musste.

„Tristan aus Hamburg – Åsa aus Stockholm", stellte Linné die beiden vor, die sich freundlich zunickten. „So, mein Freund, ich überlasse dich nun den ungemein bewährten Händen von Åsa", sagte Linné grinsend, „wenn es irgendetwas in diesem Laden gibt, dass dir weiterhelfen kann, dann findet sie es. Oder sie hilft dir sonst irgendwie weiter. Versprochen."

Nach einer weiteren, noch intensiveren Umarmung, wie es Lindberg schien, und dem Versprechen, sich bald auf ein Glas Wein zu sehen, schlenderte der riesige Archäologe winkend zurück zu seinem Auto.

Malmgren und Lindberg musterten einander. Die Bibliothekarin war einen Kopf kleiner als er, trug ihre blonden Haare in einem schulterlangen Prinz Eisenherz-Schnitt, hatte strahlend blaue Augen und trug eine verblasste Jeans zu einer Kostümjacke.

„Lindberg? Du hast ja einen schwedischen Namen", stellte Malmgren fest.

Lindberg nickte. „Dank meiner Vorfahren. Und ich habe hier in Stockholm studiert." Er wies mit einer Kopfbewegung auf die gewaltige Gebäudefront vor ihnen. „Und viele Stunden da drin verbracht. Mit vielen alten Büchern."

„Oha. Gut Schwedisch sprichst du auch. Du kommst mir gar nicht wie ein typischer Deutscher vor."

„Wenn du damit meinst, dass ich von euch Schweden keine Elchscheiße im Glas kaufe und mir zu Hause auf die Kommode stelle, dann hast du recht."

Malmgren lachte. „Komm, lass uns reingehen. Und erzähl mir, was ich für dich tun kann."

Lindberg sagte ihr so viel, wie er auch Linné preisgegeben hatte. Im Gegensatz zu seinem Kollegen versuchte Malmgren mehr aus ihm herauszubringen, aber der Archäologe verwies auf eine polizeiliche Verpflichtung zum Stillschweigen.

Beide machten sich an die Arbeit. Malmgren beherrschte den Computer und das archivarische System meisterhaft, doch eine Stunde später stieß Lindberg frustriert den Atem aus.

„Junge, Junge, ihr habt ja wirklich eine Menge Dokumente aus dem Besitz von Torstensson! Aber leider scheint nichts von Johann Rist dabei zu sein. Schade."

„Zumindest ist nichts davon in unserer Datenbank und im Verbundkatalog LIBRIS verzeichnet", gab Malmgren zu.

Sie nahm einen Schluck Kaffee aus einer angestoßenen Tasse mit einer Abbildung der schwedischen Fahne darauf. Schweden waren durch die Bank leidenschaftliche Patrioten, aber dies in einer vollkommen unaufgeregten Weise.

„Aber ich bin ja auch noch nicht am Ende."

Lindberg sah sie fragend an. Die Bibliothekarin wies auf den Computer.

„Was da drin verzeichnet ist, hat alles eine historische oder kulturelle Bedeutung für Schweden. Das gilt natürlich auch für das Torstensson-Konvolut. Es würde den Rahmen selbst unserer riesigen Datenbank sprengen, wenn wir jeden Zettel und jede Skizze aus vergangenen Jahrhunderten darin mit aufnehmen würden. Natürlich werfen wir nichts weg; es landet dann in unserem wunderbar altmodischen Handarchiv im Keller. Doch da ist nichts elektronisch erfasst; eine Suche per Computer fällt also aus. Es gibt nur eine antiquierte Registratur 1.0 auf handschriftlichen Zetteln und Karten. Wirklich sehr old style, das Ganze. Also – wenn du dir diese Mühe machen willst … Aber ich warne dich: Es könnte gut sein, dass du dann noch nächstes Jahr hier sitzt und suchst. Da unten lagern Abertausende Kartons voller alter Dokumente."

„Na, erstmal habe ich heute den ganzen Tag Zeit", entgegnete Lindberg, „und notfalls auch noch morgen. Und dann sehen wir weiter. Jedenfalls finde ich es toll, dass du dir so viel Mühe für mich machst."

„Für einen Freund von Pontus? Aber klar. Na, dann komm mal mit."

Lindberg folgte der Bibliothekarin einen endlos langen Flur entlang und dann zwei Treppen hinab in das Kellergeschoss. Malmgren öffnete eine Stahltür, indem sie einen Code eingab, trat hindurch und tastete nach dem Lichtschalter. Die aufflammende Helligkeit der Leuchtstoffröhren an der Decke enthüllte einen Raum in den Abmessungen einer großzügig dimensionierten Turnhalle, der mit unzähligen, mindestens drei Meter hohen Regalen ausgestattet war, zwischen denen nur schmale Gänge freigelassen worden waren. Die lange erscheinende Linie der Regale verlor sich in der Tiefe des Raumes. Die Fächer waren lückenlos angefüllt mit großen Pappkartons, auf deren Frontseiten jeweils ein beschriftetes Etikett klebte. Leitern aus Aluminium waren hier und da an die Regale gehakt, um auch die höher gelegenen Fächer erreichen zu können.

Malmgren führte den deutschen Archäologen einige Gänge entlang, bis sie vor einem Regal stehen blieb.

„Ab hier und dann bis dort hinten", sie wies auf die nächsten vier Regallinien, „findest du das 17. Jahrhundert. Und da Schweden, wie du weißt, ein sehr aktiver Kombattant im Dreißigjährigen Krieg gewesen ist, gibt es entsprechend viel Archivmaterial darüber. Wie gesagt, das sind nur die Sachen, die wir nicht in der Datenbank erfasst haben." Sie bemerkte seinen entmutigten Blick und fügte hinzu: „Aber als Archäologe bist du ja systematisches Arbeiten gewohnt. Ich vermute, dass der Rest von Torstenssons Archiv dort drüben in Regal 52 zu finden sein könnte. Genau weiß ich das aber nicht. Wie du merkst, ist die Luft hier staubtrocken. Mineralwasser steht dort drüben auf dem Tischchen. Bediene dich. Das Klo ist übrigens im Erdgeschoss, also eine Treppe hoch und dann ein Stück den Gang links runter. Ich lasse die Archivtür ein Stück offen und klemme sie mit einem Keil fest, dann kommst du allein wieder rein und brauchst mich nicht jedes Mal zu holen. Zieh sie einfach zu, wenn du fertig bist." Sie lächelte ihn schief an. „Oder wenn du doch lieber aufgeben willst. Komm dann in den zweiten Stock hoch, da bekommst du einen Kaffee. Notfalls auch etwas Stärkeres."

Damit verschwand sie zwischen den Regalen. Der Archäologe blickte sich um und seufzte. In dem riesigen Raum herrschte eine Totenstille.

„Na, dann", sagte Lindberg laut, „nur Mut!"

Er ging zu Fach 52 hinüber, holte sich eine Leiter vom Nachbarregal und begann die Etiketten zu studieren. Er stellte sich auf einen langen Tag ein. Einen sehr langen.

Hamburg

Die weiße Villa aus der Gründerzeit lag in einer ruhigen Straße im Hamburger Viertel Winterhude. Dieser im Jahr 1250 erstmals urkundlich erwähnte Teil der Hansestadt war ursprünglich ein kleines Bauerndorf gewesen, das erst im 19. Jahrhundert erschlossen wurde. Doch schon bald gehörte es zu den wohlhabendsten Stadtteilen, das Pro-Kopf-Einkommen betrug derzeit fast das Doppelte des Hamburger Durchschnitts. Es war ein Ort ebenso für Wirtschaftslenker wie für Architekten, Journalisten, Juristen oder Kunstschaffende. Gekennzeichnet war der Stadtteil vom typisch hanseatischen Understatement, das nicht selten mehr Luxus ausstrahlte als der anderenorts offen zur Schau gestellte Protz.

Das großzügig bemessene, an drei Seiten von alten Rhododendronhecken eingefasste Grundstück, auf dem die dreistöckige Villa mit ihren schlossartig anmutenden Türmchen und Erkern stand, grenzte rückseitig an den Leinpfad, eine künstliche, 1861 angelegte Wasserstraße. Sie hatte ihren Namen nach dem ehemaligen Treidelpfad, auf dem entlang früher schwer beladene Lastkähne gezogen wurden. Der Leinpfad erstreckte sich parallel zum Alsterfluss, der südlich davon seeartig aufgestaut war und die luftige Mitte der Hansestadt bildete.

Becca Shahin blickte an der mit Stuckelementen geschmückten Fassade empor. Als Kind von Flüchtlingen, die alles im Krieg verloren hatten, fühlte sie sich manchmal von offensichtlichem Reichtum eingeschüchtert. Und in diesem Fall kamen auch noch politische Macht und wirtschaftlicher Einfluss hinzu.

Dieses Haus gehörte dem Ersten Bürgermeister Hamburgs, Dr. Johann von Rayden. Er stammte aus einer alten Hamburger Patrizierfamilie und hatte sein traditionelles Unternehmen, das seit vielen Jahrzehnten im Überseehandel reüssierte, erst in die Hände seines jüngeren Bruders gelegt, nachdem er zum Stadtoberhaupt gewählt worden war. Shahin war überrascht gewesen, eine Einladung in von Raydens Privatresidenz zu erhalten. Sie wusste natürlich, dass es dabei um die Anschläge ging. Doch üblicherweise fanden Besprechungen mit dem Bürgermeister im Hamburger Rathaus statt.

Die Überwachungskameras an den Ecken des Gebäudes waren nicht zu übersehen; eine weitere befand sich eingebaut in der Türklingel. Ein dunkelblauer BMW mit zwei aufmerksamen Männern darin parkte schräg gegenüber. Sie klingelte und ihr wurde sofort von einer Angestellten geöffnet, die sie durch lange Flure mit alten Ölbildern entlang in ein mit dunklem Holz getäfeltes Konferenzzimmer führte. Von den Wänden blickten die Vorfahren des Bürgermeisters hochmütig und streng auf die Anwesenden hinunter.

Bei ihrem Eintritt erhoben sich sechs Herren – neben von Rayden waren dies Innensenator Werner Kleiberg und sein Staatssekretär Volker Weidmann sowie Polizeipräsident Rudolf Kramer und Oberst Dieter Kreit von der Bundeswehr. Dem sechsten Mann im Raum, einem mittelgroßen Menschen mit Brille, blassem Teint und grauer Haarmähne, war sie noch nie persönlich begegnet. Sie wusste aber sofort, um wen es sich handelte. Shahin winkte Sarah Winter freundlich zu, die auf dem lederbezogenen Stuhl sitzengeblieben war. Sie ließ sich neben ihr nieder und legte ihre Unterlagen auf den großen Konferenztisch aus dickem, altersglänzenden Mahagoni.

„Danke, dass Sie alle gekommen sind", begann von Rayden. „Ich weiß, dies ist ein ungewöhnlicher Ort für ein derartiges Treffen, aber erstens bin ich offiziell gerade im Urlaub und zweitens hielt ich es für unauffälliger als im Rathaus. Aus dieser Konstellation von Experten lassen sich nämlich sehr leicht die richtigen Schlüsse ziehen, und das möchte ich zu diesem Zeitpunkt gern noch vermeiden. Ich glaube, die meisten von Ihnen kennen sich inzwischen."

Der hochgewachsene von Rayden, wie meistens in einen makellosen Dreiteiler gekleidet, wandte sich nun dem Fremden zu.

„Ich möchte Ihnen Professor Dr. Theodor Wertmann aus München vorstellen, der seit Jahren am renommierten King's College in London lehrt und forscht. Wie Ihnen vielleicht bekannt ist, gilt er als einer der renommiertesten Terrorismuskenner weltweit." Wertmann bedankte sich mit einem höflichen Nicken. „Ich kenne Wertmann seit Langem und habe ihn privat hierhergebeten, damit er Sie mit einigen seiner Erkenntnisse vertraut macht, die möglicherweise für unser Problem von Interesse sein könnten."

Zwei Angestellte erschienen lautlos mit Tee, Kaffee und Erfrischungsgetränken. Von Rayden wartete, bis jeder versorgt war, dann winkte er Wertmann lässig zu.

„Herr Professor, Sie haben unsere ganze Aufmerksamkeit."

Der grauhaarige Wissenschaftler erhob sich, schlug einen Ordner auf, der vor ihm auf dem Tisch lag und zog ein Foto in der Größe DIN A4 heraus. Er hielt es hoch, sodass jeder es sehen konnte. Es zeigte einen jüngeren Mann mit Bart.

„Meine sehr verehrten Damen und Herren, das ist Rezwan Ferdaus, 1985 in Ashland, Massachussetts, geboren, die Eltern stammten aus Bangladesh. Ferdaus wurde am 29. September 2011 vom FBI verhaftet. Der junge Physiker hatte sich zum glühenden Anhänger der al-Qaida entwickelt und plante, das Capitol und das Pentagon in Washington anzugreifen. Und zwar mit diesen drei ferngelenkten Modellflugzeugen, die er eigens zu diesem Zweck mit C4-Plastiksprengstoff bestückt hatte."

Er hielt ein weiteres Bild hoch, das die erwähnten Flugzeuge abbildete, Modelle von älteren amerikanischen Kampfjets.

„Es handelte sich um den ersten Versuch eines terroristischen Angriffs mit Drohnen. Er scheiterte, aber al-Qaida und der ,Islamische Staat' entwickelten diese Taktik weiter. Seit 2014 haben die beiden Gruppierungen Drohnen zur Aufklärung, als Nachrichtenkuriere und als Munitions-Transporter benutzt."

Der Londoner Experte hielt nun ein Foto einer modernen Drohne hoch.

„Im Januar 2017 veröffentlichte der IS ein Propagandavideo, das den Einsatz von Kampfdrohnen im irakischen Mossul zeigte", fuhr Wertmann fort. „Verwendet wurden diese kommerziellen Drohnen vom Typ Quadcopter DJI Phantom 3. Sie warfen per Funkbefehl Handgranaten ab, die in einer Art Einmachgläsern steckten; der Sicherungssplint war gezogen. Beim Aufprall auf den Boden zerbrach das Glas und der Bügel der Granate öffnete sich. Sehr simpel – und sehr wirksam. Gewissermaßen Old School. Diese Drohne hier hat übrigens eine Reichweite von rund fünf Kilometern."

Wertmann blätterte in seinem Ordner und entnahm ihm ein neues Foto. Es zeigte ein futuristisch aussehendes Modellflugzeug, das von einem Mann im Tarnanzug gestartet wurde.

„Dies ist die Starrflügel-Drohne Skywalker X8. Das Foto ist einem Werbevideo des ‚Islamischen Staates‘ entnommen. Die X8 hat eine Reichweite von fünfzig Kilometern und kann unter jedem Flügel Sprengstoff transportieren. Dank ihrer ausgezeichneten HD-Videokamera kann sie sehr präzise ins Ziel gelenkt werden. Übrigens: Im irakischen Mossul waren die Drohnenpiloten des IS häufig auf schnellen, geländegängigen Motorrädern unterwegs – was ihre Ortung und Ausschaltung sehr schwierig gestaltete."

Staatssekretär Weidmann, ungeduldig wie immer, hob eine Hand. „Herr Professor Dr. Wertmann, das ist faszinierend – aber es hat doch sicher einen tieferen Grund, warum Sie uns das alles so detailliert erzählen."

Wertmann nickte. „So ist es. Lassen Sie mich das erläutern. Im Juni 2013 wurden in Bagdad fünf Mitglieder einer IS-Gruppierung verhaftet, die Waffenforschung innerhalb des ‚Islamischen Staates‘ betrieben. Sie hatten geplant, das Giftgas Sarin gegen zivile Ziele in den USA und in der Europäischen Union von derartigen Drohnen aus zu versprühen. Die Planung des IS sieht aber ebenso den Einsatz von Anthrax oder von radioaktivem Material vor."

„Ich verstehe", sagte Weidmann langsam.

„Leider ist das aber noch nicht alles", fuhr der Wissenschaftler vom King's College fort. „Der IS hat inzwischen nicht nur viel größere und leistungsfähigere Drohnen gebaut, sondern auch seine Taktik weiterentwickelt – und zwar in Richtung einer Schwarm-Taktik. Dabei werden zahlreiche Kampfdrohnen gleichzeitig gegen ein Ziel eingesetzt. Der IS arbeitet möglicherweise sogar bereits an einer elektronischen Konstellation, bei der die Drohnen miteinander kommunizieren und jede bei Bedarf einen eigenen Auftrag ausführen kann. Wie weit das gediehen ist, wissen wir aber nicht. Es wird beim amerikanischen Militär erprobt, ist aber technisch äußerst anspruchsvoll. Wir müssen damit rechnen, dass der IS über diese Technologie spätestens in einigen Jahren verfügt."

„Du liebe Zeit! Das ist ja ein Albtraum!", entfuhr es von Rayden. „Wenn solche Dinger mit dieser verdammten Chimäre bestückt würden ..."

„Gewiss. Das ist fraglos eine sehr ernste Bedrohung. Es gibt doch aber sicherlich inzwischen wirksame Abwehrmaßnahmen ...", ließ sich Oberst Kreit vernehmen.

„Ja, und genau darauf wollte ich auch hinaus", bestätigte Wertmann.

Er zeigte ein weiteres Bild herum. Darauf war ein seltsames Gerät zu erkennen, das aussah wie eine Mischung aus einer Kanone und einer altmodischen Fernsehantenne.

„Das ist ein C-UAV, ein Drohnen-Abwehrsystem. Es erfasst Drohnen bis in fünf Kilometern Entfernung mit Radar und hochauflösenden Kameras und kann die Steuersignale von mehreren Drohnen gleichzeitig stören. Sie stürzen dann ab oder kehren automatisch zur Basis zurück – was uns dann vielleicht die Möglichkeit geben würde, ihre Piloten zu fassen." Wertmann sah von Rayden mit ernster Miene an. „Ich rate Ihnen dringend, sich sehr schnell einige dieser Systeme zu beschaffen. Anders werden Sie der Bedrohung kaum Herr – vor allem nicht im Falle einer Schwarm-Taktik."

„Becca Shahin vom LKA Kiel", meldete sich die Hauptkommissarin. „Herr Professor Wertmann, ich kenne Ihre Forschung und Arbeitsweise aus der Fachliteratur und kann mir daher nicht vorstellen, dass Sie hierher nach Hamburg reisen, ohne eine Bedrohungsanalyse in der Tasche zu haben."

Wertmann schenkte Shahin ein anerkennendes Lächeln. „Sie haben recht, Frau Shahin. Allerdings hatte ich seit dem Anruf von Bürgermeister von Rayden nur sehr wenig Zeit. Was Sie eine Bedrohungsanalyse nennen, ist daher eher das, was man im Englischen ‚educated guess' nennt. Ich kann also im Grunde nur anhand von zu wenigen Anhaltspunkten raten."

Von Rayden breitete zustimmend die Arme aus. „Bitte – selbst eine intelligente Vermutung Ihrerseits kann uns vielleicht schon weiterhelfen."

Wertmann nickte. „Also schön. Ich gehe mal davon aus, dass Sie nicht gewillt sind, den Forderungen der Terroristen nachzugeben und diesen IS-Kommandeur freizulassen?"

Alle am Tisch schüttelten die Köpfe.

„Diese Gruppe hat bisher zweimal bewusst isolierte Ziele angegriffen, um den Schaden verhältnismäßig gering zu halten", nahm der Experte den Faden wieder auf. „Es ging ihnen zunächst nur um die Errichtung einer wirksamen Drohkulisse. Dies ist offensichtlich gescheitert. Nun wird diese Terrorgruppe ihre Taktik ändern und ein Ziel wählen, das einen größtmöglichen Schaden verursacht." Wertmann machte eine Pause, bevor er fortfuhr. „Das Kalkül dahinter ist, dass Öffentlichkeit und Medien nach einem verheerenden Anschlag massiven Druck auf die Politik ausüben werden, den Gefangenen freizulassen, um keine weiteren Anschläge hinnehmen zu müssen. Und das wäre kein Präzedenzfall: Sogar Helmut Schmidt hat 1975 sechs Terroristen freigelassen, um das Leben des entführten Westberliner CDU-Vorsitzenden Peter Lorenz zu retten."

„Ja, aber das hat er später bitter bereut und von da an eine knallharte Linie gefahren", brummte Kleiberg.

„Mag ja sein. Jedenfalls müssen Sie kurz- bis mittelfristig mit einem verheerenden Anschlag unter Einsatz dieses Erregers rechnen", schloss Wertmann seine Ausführungen.

„Noch einmal meine Frage: Sie haben sich doch sicher bereits Gedanken dazu gemacht?", hakte Shahin nach. „Was könnte das Ziel der Terroristen sein?"

Alle Blicke richteten sich erwartungsvoll auf den Terrorexperten. Wertmann lächelte frostig.

„Dann denken Sie mal nach. Könnte es sein, dass hier in dieser Stadt demnächst ziemlich viele Menschen zusammenkommen werden? So etwa eine Million?"

Von Rayden wurde blass und fuhr sich nervös durch die Haare.

„Oh Gott!", keuchte er. „Natürlich! Sie haben ja recht! Wie konnten wir das übersehen? Der Hamburger Hafengeburtstag!"

28

Stockholm, Schweden

Lindberg nahm einen tiefen Schluck aus der Mineralwasserflasche – es war bereits die zweite, die er in der staubigen Atmosphäre leertrank –, stieg wieder die Aluminiumleiter empor und langte seufzend nach dem nächsten Karton. Er hatte längst den Überblick verloren, wie viele Etiketten und Dokumentenstapel er schon überprüft hatte. Seit etlichen Stunden saß er im Archivkeller der Königlichen Bibliothek und wurde zunehmend frustrierter. Allmählich war ihm die feine Handschrift Lennart Torstenssons mit ihren steilen Buchstaben und den altertümlichen Überlängen der Konsonanten T, K und L wohlvertraut. In einer mehr als dreihundertfünfzig Jahre alten Handschrift war das Schwedisch des 17. Jahrhunderts allerdings nicht immer leicht zu lesen. Es handelte sich meistens um private Korrespondenz des Feldherrn mit Familienangehörigen und militärischen Weggefährten in Schweden sowie um zweitrangige Verwaltungsakten im Zusammenhang mit den westlichen Provinzen Schwedens, für die Torstensson ab 1648 als Generalgouverneur verantwortlich zeichnete.

Vor allem aber fand Lindberg lange Abhandlungen zum Thema Artillerie. Der General war gerade deswegen auf seinen Feldzügen so erfolgreich gewesen, weil er die zuvor weitgehend stationär eingesetzte Artillerie hochbeweglich gemacht hatte. Seinen für die damalige Zeit unfassbar raschen Truppenbewegungen dieser neuen Feldartillerie hatten die Gegner meist wenig entgegenzusetzen. Offenbar hatte er gar nicht genug an Literatur zu diesem Thema sammeln können.

Lindberg fand aber auch wissenschaftliche Schriften zu Mechanik, Architektur und Mathematik, die der wissenshungrige Lennart Torstensson auf seinen Kampagnen in Böhmen, Brandenburg, Sachsen, Schlesien und Mähren erbeutet hatte.

Immer öfter schweiften seine Gedanken ab und konzentrierten sich auf Hauptkommissarin Becca Shahin. Verheiratet war sie offenbar nicht; zumindest hatte er keinen Ring gesehen. Aber es war doch ziemlich unwahrscheinlich, dass eine so attraktive Frau völlig allein im Leben stand. Bei der mussten die Verehrer doch sicher Schlange stehen. Reiß dich zusammen, schalt er sich selbst, das konnte er jetzt nicht gebrauchen.

Missmutig stellte er die Leiter ein Stück weiter am Regal an und angelte nach dem nächsten Karton. Sein Herz schlug sofort schneller. Der halbverblichene Aufkleber auf dem Deckel besagte, dass dieser Karton unter anderem Unterlagen aus dem Dänemark-Feldzug des Jahres 1643 enthalten sollte. Lindberg wuchtete das bis zum Rand gefüllte Behältnis auf einen Beistelltisch und öffnete den Deckel.

Schon der erste Fund war interessant – in einem Schreiben aus dem Jahr 1644 zeigte Torstensson Genugtuung darüber, seinen Truppen die Zerstörung der Siegesburg auf dem Segeberger Kalkberg befohlen zu haben. Die Schweden hatten zuvor herausgefunden, dass es sich bei den Anführern der deutschen Guerilla-Angriffe, unter denen die schwedische Armee schwer gelitten hatte, um die beiden Kommandeure der Siegesburg gehandelt hatte. Lindberg wusste, dass von dieser einst eindrucksvollen Festung nach massivem Ruinen- und Kalkabbau über Jahrhunderte nur noch die untere Hälfte des einst fast hundert Meter tiefen Burgbrunnens übrig geblieben war. Touristen warfen gern Münzen und Steinchen hinein, um die Tiefe auszuloten. Doch die Siegesburg war erst auf dem Rückmarsch der Schweden durch Holstein zerstört worden, er musste also tiefer in dem Karton graben.

„Bingo!", flüsterte er nach einer weiteren halben Stunde und ballte die rechte Faust. Der Archäologe hielt einige altersdunkle Blätter in der Hand, die mit einer feinen Feder auf Deutsch beschriftet waren und diverse Zeichnungen und rätselhafte Symbole aufwiesen. Es waren verschiedene Pflanzen dargestellt, die Lindberg aber nicht erkannte. Bei den Texten handelte es sich um eine Art Gebrauchsanweisung, wie mit diesen Pflanzen zu verfahren sei. Sie brach jedoch nach nur einer Seite ab, der Rest war offenbar verlorengegangen. Das Ganze wirkte auf ihn schon sehr alchimistisch. Die Blätter waren nicht mit dem Namen des Autors versehen, aber Lindberg meinte, die Schrift Johann Rists zu erkennen, die er auf Dokumenten im Wedeler Stadtarchiv bereits gesehen hatte.

Vorsichtshalber suchte er auch noch die verbliebenen Papiere in dem Karton durch, bevor er mit seinem Handy ein paar Fotos von den Dokumenten machte. Dann erinnerte er sich daran, dass er auf dem Weg zu Regal 52 einen Kopierer gesehen hatte. Es konnte nicht schaden, Rists Aufzeichnungen auch in Originalgröße auf Papier vorliegen zu haben. Er erhob sich und ging zu dem Tisch mit dem Kopierer hinüber, der ein paar Regale weiter an einer Wand stand. Nachdem er Kopien von den Dokumenten gemacht und in eine Kunststoffhülle gesteckt hatte, legte er die Originale sorgfältig wieder in den Karton und stellte ihn ins Regal zurück. Die Folienhülle verstaute er in seiner Jackentasche.

Beschwingt ging Lindberg den langen Gang Richtung Ausgang hinunter. Die Erschöpfung aufgrund der frustrierenden, zunächst fruchtlosen Suche war schlagartig von ihm abgefallen, er konnte es kaum erwarten, einem Botaniker die Papiere zu zeigen, um die Pflanzen zu identifizieren. Womöglich konnte dies bei der Entwicklung eines Gegenmittels helfen.

Er blieb stehen als er ein scharrendes Geräusch hinter sich hörte. Es kam aus der Richtung von Regal 52.

„Hallo? Ist da jemand?", rief er auf Schwedisch. Er wandte sich um und ging auf das Regal zu. Plötzlich erlosch das Licht. Für Lindberg war es einige Sekunden lang vollkommen finster in dem riesigen Raum, dann erkannte er einen schwachen, kaum wahrnehmbaren Lichtschimmer, den die Notbeleuchtung über der fernen Eingangstür spendete. Lindberg streckte einen Arm aus und tastete sich an der Regalreihe entlang. Dann blieb er stehen und lauschte.

Da war ein wisperndes Rascheln, das schnell näherkam. Seine Nackenhaare stellten sich auf. Als er eine plötzliche Veränderung im Luftdruck verspürte, setzten seine antrainierten Reflexe augenblicklich ein. Er warf sich zur Seite, sodass der wuchtige Handkantenschlag, der gegen seine Halsschlagader gerichtet war, stattdessen seitlich seinen Kopf traf. Obwohl dieser Schlag seine Schläfe nur streifte, war Lindberg einen Moment lang benommen. Er suchte Halt am Regal, indem er seinen Rücken dagegenstemmte, und riss instinktiv die Unterarme in einer Doppeldeckung vor das Gesicht. Ein Fuß knallte gegen seine Handgelenke und warf ihn zur Seite. Lindberg strauchelte, fiel rückwärts zu Boden und schlug mit dem Kopf hart gegen eine Metallstrebe des Regals. Alarmiert blickte er hoch, als die Dunkelheit vor ihm plötzlich noch einen Grad finsterer wurde – ein Schemen glitt blitzartig näher und blockierte den ohnehin schwachen Lichtschimmer der Notbeleuchtung. Als sein Gegner sich herunterbückte und ihn an der Brust packte, trat Lindberg ihm seinerseits hart in die Leber. Er hörte ihn aufstöhnen und stieß sofort mit einer Nukite-Technik, der zum Dolch geformten Hand, steil nach oben, dorthin, wo er das Gesicht vermutete. Der Mann war schnell, aber Lindbergs Stoß traf etwas Nachgiebiges, bevor sein rechter Arm mit einer Abwehrtechnik zur Seite gefegt wurde. Der Mann stieß einen unterdrückten Schrei aus und ließ ihn los. Lindberg sprang auf. Er hörte, dass der Angreifer den Gang entlangrannte. Mit einem Satz war er aus der Tür.

Der Archäologe stand noch einen Moment in Kampfstellung, Füße schulterbreit auseinandergestellt, linken Fuß vorn, Arme in Doppeldeckung erhoben. Er war noch immer leicht benommen, sein Kopf pochte wie ein Hammerwerk, vor seinen Augen tanzten Sterne. Dort, wo ihn der harte Abwehrblock getroffen hatte, schmerzte sein rechter Unterarm, und seine Finger waren teilweise gelähmt. In dieser Verfassung war er kaum in der Lage, den Eindringling zu verfolgen. Er erinnerte sich an den Griff des Mannes an seine Brust und tastete rasch nach der Dokumentenhülle. Sie war verschwunden.

Lindberg schleppte sich zur Tür und schaltete das Licht ein. Dann zog er sein Handy aus der Tasche, um Åsa

Malmgren anzurufen. Doch hier unten gab es keinen Empfang. Gerade wollte er das Archiv verlassen, als hinter ihm in der Tiefe des Raumes ein seltsam fauchendes Geräusch ertönte. Er drehte sich um und lauschte. Irgendetwas tat sich dort hinten, in Richtung des Regals 52. Dann zerriss ein durchdringendes Sirenensignal die Stille im Archiv – der Feuermelder war angesprungen. Lindberg kam ein schlimmer Verdacht. Noch immer nicht ganz sicher auf den Beinen, lief er zu Regal 52 zurück. Der Karton mit den Torstensson-Dokumenten stand nicht mehr im Regal, sondern wieder auf dem Tisch – und brannte lichterloh. Die Flammen schlugen bereits hoch über den Karton hinaus und leckten nach der nächstgelegenen Kartonreihe im Regal daneben.

Lindberg sprang zum Tisch mit dem Mineralwasser, öffnete eine Flasche und goss den Inhalt über dem Karton aus. Dann griff er die nächste. Die Flammen erloschen schließlich zischend, bevor sie auf das ganze Archiv übergreifen konnten. Doch der Karton mit den historischen Papieren war nicht mehr zu retten – von ihm blieb nur ein schwarzer Aschenschlamm zurück, der zäh auf den Boden tropfte.

Lindberg tastete nach seinem Handy und atmete erleichtert aus. Es steckte noch immer in seiner Hosentasche. Die Fotos von den Dokumenten waren jetzt alles, was von Rists jahrhundertealten Aufzeichnungen noch übrig geblieben war.

Stockholm, Schweden

Die Stockholmer Feuerwehr brauchte kaum mehr als zehn Minuten, um die Königliche Bibliothek zu erreichen. Die Männer in ihrer gelbschwarzen Schutzausrüstung eilten in den Keller hinab und zogen dabei Schläuche hinter sich her, sicherten zunächst den Brandherd im Archiv und überprüften anschließend sämtliche Regale auf mögliche weitere verdächtige Vorrichtungen. Die Polizei traf nur wenige Minuten nach der Feuerwehr ein und verständigte nach einem kurzen Gespräch mit Lindberg sofort die Säkerhetspolisen, kurz Säpo genannt.

Dieser Nachrichtendienst – wörtlich „Sicherheitspolizei" – war dem schwedischen Justizministerium unterstellt und unter anderem für den Verfassungsschutz und die Bekämpfung von Terrorismus zuständig.

Lindberg wartete in Åsa Malmgrens Büro auf die Beamten. Als er die Treppen aus dem Archiv heraufgestiegen und zur Tür hereingekommen war, hatte die Bibliothekarin erschrocken die Hand vor den Mund geschlagen.

„Du liebe Güte! Du blutest ja! Was ist denn passiert um Gottes Willen? Und warum ist der Feueralarm angegangen?"

Lindberg hatte an sich heruntergesehen. Hemd und Jackett waren blutbefleckt.

„Mir fehlt nichts. Alles okay. Das ist nicht mein Blut."

Die beiden Männer von der Säpo trafen nur fünfzehn Minuten nach ihrer Benachrichtigung ein. Das Hauptquartier der Säkerhetspolisen lag gar nicht weit entfernt von der Bibliothek – in der Polhemsgatan 30, auf der Insel Kungsholmen. Der Stadtteil Norrmalm, wo die Königliche Bibliothek stand, grenzte unmittelbar an Kungsholmen. Die Beamten, beide Mitte dreißig und leger in Jeans und Jackett gekleidet, stellten sich als Gösta Larsson und Sven Andersson vor; sie zeigten ihre Ausweise und baten zunächst um ein leeres Büro, um in Ruhe mit Lindberg sprechen zu können.

Der deutsche Archäologe setzte die Männer in groben Zügen von den Geschehnissen im Archiv und den deutschen Ermittlungen ins Bild. Larsson, ein groß gewachsener, dünner Mann mit militärisch kurzem blonden Haar und randloser Brille, telefonierte zunächst mit dem LKA in Kiel, um Lindbergs Beratertätigkeit bestätigen zu lassen. Dann setzte er eine vorwurfsvolle Miene auf.

„Dr. Lindberg, Sie hätten uns verständigen sollen, als Sie nach Stockholm gekommen sind. Wir hätten für Ihren Schutz gesorgt und den Angreifer wahrscheinlich rechtzeitig abgefangen."

Lindberg bezweifelte das, nickte aber. „Sie haben recht. Ich habe die Risiken meines Besuches unterschätzt."

„Wer wusste denn überhaupt davon, dass Sie hierher in die Königliche Bibliothek kommen und nach diesen Papieren suchen würden? Sie sagten doch, es sei eine sehr kurzfristige Entscheidung gewesen."

„Ja. Das war es. Insgesamt wusste vermutlich ein gutes Dutzend Leute von meiner Reise – in der Hamburger Innenbehörde, bei Polizei und Bundeswehr, beim

Bernhard-Nocht-Institut und so weiter."

„Ihnen ist doch hoffentlich klar, dass Sie irgendwo eine undichte Stelle bei Ihren Ermittlungen haben?", warf Andersson ein.

Er war als untersetzter Mann mit lichtem dunklen Haar der optische Gegenentwurf zu Larsson.

„Das ist mir inzwischen leider nur zu klar", räumte Lindberg ein.

„Was können Sie uns über Ihren Angreifer sagen, Dr. Lindberg?", fragte Larsson.

„Nun, er ist sehr gut trainiert, auf jeden Fall ein erfahrener Kampfsportler. Aber soweit ich es erkennen konnte, ist er nicht sehr groß und auch recht schmal gebaut. Sein Gesicht habe ich im Dunkeln leider nicht erkennen können."

„Wir werden die Aufzeichnungen der Überwachungskameras außen am Gebäude überprüfen. Wenn der Mann allerdings ein Profi ist, hat er das Gesicht vermutlich verdeckt. Die Kameras sind ja nicht zu übersehen. Möglicherweise haben wir aber doch noch eine entscheidende Spur."

Lindberg sah ihn fragend an.

„Ihr Hemd und Ihre Jacke."

„Ach ja – natürlich! Das Blut. Für einen DNA-Abgleich."

Andersson nickte. „Wenn die DNA des Mannes irgendwo schon einmal erfasst worden ist, haben wir seine Identität."

Lindberg nickte und zog vorsichtig die Kleidungsstücke aus. Die beiden Beamten steckten sie in Kunststoffbeutel. Es klopfte an der Tür. Larsson öffnete und ließ einen Mann in einem orangeroten Overall herein.

„Guten Tag, die Herren. Ich bin Lasse Eriksson – der Brandermittlungsexperte. Sie wollten möglichst schnell ein Ergebnis haben ..."

Andersson nickte. „Ja, aber so schnell habe ich nun nicht damit gerechnet."

Der Experte lächelte. „Das war nicht schwer."

Er hielt einen kleinen Plastikbeutel hoch, in dem sich offenbar feuergeschwärzte Glasscherben befanden. „Ein uraltes, aber zuverlässiges Verfahren für eine Brandstiftung", sagte er.

Die drei Männer sahen ihn fragend an.

„Sie nehmen ein Reagenzglas und füllen es mit Kaliumpermanganat. Das bekommen Sie überall im Internet und in vielen Apotheken. Dann gießen Sie ein paar Tropfen normales Glycerin hinein, wie es in vielen Kosmetika enthalten ist, und tun einen Stopfen darauf. Nach wenigen Minuten schießt eine sehr heiße Stichflamme heraus und setzt die Umgebung in Brand. Der Brandstifter hat bis dahin reichlich Zeit zu verschwinden. Einfach und wirkungsvoll."

Die Beamten dankten dem Mann, und er verließ den Raum.

„Sie sagten, Sie hätten die für Sie wichtigen Papiere fotografiert, bevor sie ein Raub der Flammen wurden? Bitte schicken Sie alles, was Sie kopiert haben, an uns ", wandte sich Larsson wieder an Lindberg.

Der Archäologe zog sein Handy aus der Tasche. „Selbstverständlich. Ich werde natürlich auch Frau Malmgren von der Königlichen Bibliothek die Fotos schicken."

Lindberg sandte die Bilder an die E-Mail-Adressen, die ihm die beiden Säpo-Agenten nannten.

226

„Gegen Sie liegt nichts vor. Sie können Schweden verlassen. Ich würde vorschlagen, dass Sie aus Sicherheitsgründen gleich die nächste Maschine nehmen. Bis zum Flughafen Arlanda werden Sie Personenschutz erhalten. Ihr Angreifer hat offenbar im Archiv nicht mitbekommen, dass Sie diese Dokumente fotografiert haben, bevor Sie sie kopierten. Wenn er irgendwann doch noch auf diese Idee kommt, ist Ihr Leben in höchster Gefahr."

„Sie haben recht. Ich werde sofort ins Hotel gehen, um meine Sachen zu holen, dann nehme ich den nächsten Zug nach Arlanda."

„Das brauchen Sie nicht zu tun. Wir fahren Sie selbst hin. Das ist mir lieber", sagte Andersson kühl lächelnd. Er musterte den muskulösen Oberkörper von Lindberg. „Aber vorher lasse ich Ihnen noch ein Hemd und eine Jacke besorgen. So können Sie ja nicht durch unsere Hauptstadt laufen. Wir werden dem LKA das Ergebnis der DNA-Analyse übermitteln, sobald es vorliegt. Mit unserem Rapid-DNA-Profiling haben wir bereits in wenigen Stunden Gewissheit. Falls wir einen Treffer in der Datenbank landen, erfahren Sie das noch heute."

Wenig später nahm Lindberg, ausgestattet mit neuer Oberbekleidung, den nächsten Flug nach Hamburg, telefonierte mit Becca Shahin und setzte sich unverzüglich ins Auto. Er musste noch heute beim LKA Gewissheit erhalten. Vor allem über seinen Angreifer, aber möglichst auch über die von Johann Rist gezeichneten Pflanzen auf den Fotos, die er in der Königlichen Bibliothek gemacht hatte. Vielleicht war diese ganze Reise ein einziger großer Reinfall. Aber es bestand immerhin die geringe Chance, dass er auf etwas Brauchbares gestoßen war.

Becca Shahin erwartete ihn bereits ungeduldig in ihrem kleinen Büro in Kiel.

„Ich höre, du hast dich verprügeln lassen?", fragte sie und drehte sein Gesicht hin und her, um es auf Kampfspuren zu überprüfen. Sie strich zart über die rötliche Schwellung an seiner Schläfe.

Lindberg hielt ganz still, sagte aber: „Da ist nichts. Mir geht es gut. Geblutet hat nur der andere."

Sie schüttelte den Kopf, murmelte etwas, das für Lindberg wie „Männer!" klang, ließ ihre Hand sinken und musterte ihn einen Moment schweigend. Dann fragte sie: „Sag mal – wie hast du diesen Kampf eigentlich so gut überstehen können. Hast du diesmal keine Panikattacke erlitten?"

Lindberg schüttelte den Kopf. „Erst hinterher. Da habe ich ein bisschen gezittert. Aber das war es auch schon."

„Und wie erklärst du dir das?"

„Ich erkläre mir das noch gar nicht. Ich bin selbst verblüfft."

„Du sagtest, es war stockdunkel in dem Archiv?"

„Ja. Das Licht war aus. Viel erkennen konnte ich nicht."

„Also hast du deinen Gegner gar nicht gesehen? Und auch seine Augen nicht."

„Nein, dazu war es viel zu dunkel."

„Vielleicht ist das die Lösung. Möglicherweise werden deine Anfälle gar nicht durch eine Gefahrenlage selbst ausgelöst, sondern nur durch diesen bestimmten optischen Reiz: dunkle Augen. Das letzte, was du damals vor der Explosion gesehen hast. Das ist dein Trauma-Trigger. Und in der Dunkelheit konnte die Attacke nicht ausgelöst werden."

„Das ist durchaus möglich. Meine Psychologin hat mir das damals ausführlich erklärt. Bei Menschen mit posttraumatischen Belastungsstörungen gibt es alle möglichen Trigger", nickte Lindberg, „Orte, Geräusche, Gerüche – und dann durchleben sie das ganze Trauma noch einmal. Bei Soldaten sind es natürlich häufig Geräusche – ein Knall, ein Schuss, Schreie. Bei mir sind es offenbar diese dunklen Augen, die sich in mein Gehirn eingebrannt haben."

Shahin ging zu ihrem Schreibtisch und drehte den Bildschirm ihres Computers zu ihm. „Dieser ‚andere‘, dein Gegner – das ist er übrigens."

Lindberg blickte in das Gesicht eines Asiaten. Es war markant und gut geschnitten, aber die schwarzen Augen darin wirkten tot wie Flusskiesel.

„Von den Schweden?"

„Ja, die Kollegen in Stockholm waren echt schnell. Es gab in der Datenbank von Interpol einen Treffer. Bei deinem Freund aus der Bibliothek handelt es sich um Kang Chung-he, siebenunddreißig Jahre alt, geboren in Pjöngjang. Er ist ein ehemaliger Agent des nordkoreanischen Geheimdienstes SSD und hat sich 2012 bei einem Einsatz in Südkorea abgesetzt. Wir vermuten, der einzige Grund dafür, dass er noch lebt, ist, dass er einen Deal mit dem Kim-Regime ausgehandelt hat. Offenbar ermordet er geflohene Dissidenten im Ausland für die ‚Abteilung für Organisation und Leitung‘."

„Abteilung für was? Was ist denn das für ein Laden? Den Namen habe ich noch nie gehört."

Shahin nickte. „Wenige Menschen im Westen kennen diese Organisation. Sie ist das wirkliche Machtzentrum innerhalb des Regimes in Pjöngjang und berichtet direkt an den ‚Obersten Führer' Kim Jong Un." Sie zeigte auf das Computerbild. „Ansonsten verdingt sich dieser Mann an jeden, der gut zahlt. Kang Chung-he ist ein Profikiller. Einer der besten. Aber selbst ein Mann wie er macht Fehler. In der Datenbank ist er nur, weil er 2014 in Wien nach einem Kampf Gewebepartikel unter den Fingernägeln seines Opfers hinterlassen hat. Er dürfte auch der Mann sein, der die beiden Polizisten auf dem Wedeler Friedhof angegriffen hat. Zumindest passt die Beschreibung auf ihn."

„Aber diese spezielle Stichwaffe, die er in Wedel eingesetzt hat, hatte er in Stockholm nicht dabei."

„Ja, sei froh darüber. Du wärst sonst vermutlich jetzt tot. Aber er hatte nicht viel Zeit, seinen Einsatz in Stockholm vorzubereiten, und konnte es nicht riskieren, dass diese auffällige Waffe bei einer Flughafenkontrolle gefunden wird. Du hattest darüber hinaus viel Glück – Kang ist zwar nur ein Meter fünfundsechzig groß – aber er war in seiner Jugend nordkoreanischer Landesmeister im Taekwondo."

„So? Ist ja ein Ding! Davon habe ich ja gar nichts gemerkt", entgegnete Lindberg trocken und rieb sich die Schläfe.

„Deine Fotos von den Rist-Dokumenten habe ich ans Bernhard-Nocht-Institut weitergeleitet", sagte Shahin. „Sarah Winter und die anderen Kollegen dort fanden vor allem die Zeichnungen der Pflanzen hochinteressant und haben einen Botaniker hinzugebeten. Er wird morgen in Hamburg seine Ergebnisse vortragen. Ich nehme an, du kommst auch hin?"

„Ich? Wieso ich? Was habe ich denn damit zu tun? Ich bin doch nur nach Stockholm geflogen und habe mich wegen dieser Zeichnungen ausrauben und halb totschlagen lassen. Warum sollte mich das also interessieren?"

Shahin lachte, beugte sich vor und gab ihm einen Kuss auf die Wange. „Na, dann bis morgen, du Desinteressierter."

Als sie sich umdrehte, streiften ihre Haare sein Gesicht. Er spürte die Wärme ihres nahen Körpers und konnte einen schwachen Duft von Parfüm riechen. Irgendetwas Sportliches, registrierte er. Mit einem Hauch Exotik.

Shahin setzte sich wieder an ihren Computer und winkte ihm zu. Lindberg starrte sie einen Moment lang an, dann drehte er sich um und verließ den Raum. Er wunderte sich über sich selbst. Er fühlte sich seltsam beschwingt. Und sein Herz schlug bis zum Hals.

Hamburg

Konferenzen waren für Lindberg normalerweise eine Zumutung, der er sich möglichst zu entziehen suchte. Die nicht enden wollenden Wortbeiträge von Kollegen und Gastrednern, die meist ihr geschwollenes Selbstwertgefühl und ihren unstillbaren Mitteilungsdrang durch ausgedehnte Powerpoint-Präsentationen zu unterstreichen versuchten, ließen ihn regelmäßig die originellsten Ausreden erfinden, um nicht anwesend sein zu müssen. Das hatte bereits dazu geführt, dass Scherzbolde im Archäologischen Landesamt Fahndungsplakate mit seinem Konterfei und der Überschrift „Vermisst! Hat jemand diesen Mann gesehen?" im Konferenzraum aufgehängt hatten.

Doch auf die heutige Zusammenkunft im Bernhard-Nocht-Institut war er wirklich gespannt. Immerhin sollte es bei dieser Konferenz um Johann Rists Pflanzen-Zeichnungen gehen, die er in der Königlichen Bibliothek gefunden hatte. Es würde sich nun vermutlich zeigen, ob seine Reise nach Stockholm ein Erfolg gewesen war. Oder doch ein kompletter Fehlschlag.

Lindberg sah sich um. Becca Shahin war, wie angekündigt, gekommen und saß neben ihm, ferner waren Sarah Winter, Rafael Thomsen und ein paar weitere Wissenschaftler des Instituts anwesend, die er bislang nicht kannte.

Winter saß ihm gegenüber und ließ ihre Blicke zwischen ihm und der Hauptkommissarin hin und her wandern. Ein leicht amüsiertes Lächeln lag auf ihrem Gesicht. Shahin hingegen musterte Lindberg aufmerksam von der Seite. Ihr war nicht entgangen, dass der Archäologe blass aussah und etwas fahrig wirkte. Außerdem hatte er Augenringe – aber das war bei ihr nicht anders. Nur hatte sie ihre geschickt überschminkt. Auf diese Möglichkeit hatte Lindberg nicht zurückgreifen wollen.

Die Tür öffnete sich und Professor Dr. Levy Dahan, der Chefvirologe, betrat den Raum. In seiner Begleitung befand sich eine Frau vorgerückten Alters, die ihre ergrauten Haare zu einem altmodischen Dutt gewrungen hatte und deren leicht stämmige Statur von einem beigen Wollkostüm verhüllt wurde. Lindberg lächelte und winkte der Frau fröhlich zu. Sie grüßte zurück, setzte sich auf den ihr angebotenen Platz am Tisch und schloss sofort ihren Laptop an das Beamerkabel an. Shahin beugte sich zu ihm herüber.

„Wer ist das? Du kennst sie offenbar?"

„Ja, von mehreren Ausgrabungsprojekten. Sie kann ziemlich zickig werden, ist aber ohne Frage die beste auf ihrem Gebiet. Ich bin froh, dass sie dafür zugesagt hat."

„Ich darf Ihnen Frau Professor Dr. Margarete Waring vorstellen", ließ sich nun Dahan vernehmen. „Sie ist Botanikerin und Archäobotanikerin an der Universität Hamburg. Frau Professor Dr. Waring war so freundlich, sich die Unterlagen anzusehen, die Dr. Lindberg in Stockholm gefunden, oder sagen wir besser, hart erkämpft hat."

Er lächelte Lindberg zu und forderte die Botanikerin mit einer Handbewegung auf zu beginnen. Waring hatte inzwischen ihren Laptop hochgefahren, setzte eine Brille mit dicker Schildpattfassung auf, was ihrem Gesicht etwas eulenhaftes verlieh, und schaltete auf das erste Bild.

Lindberg erkannte sofort Rists feinen Zeichenstrich auf dem altersbräunlichen Pergament wieder.

„Die Fotos von den Unterlagen, die Sie mir zugemailt haben, zeigen Pflanzen, wie Sie unschwer erkennen können", begann die Botanikerin. „Ich möchte dazu zwei Bemerkungen vorausschicken. Zum einen: Johann Rist war als Zeichner nicht gerade ein Albrecht Dürer, aber seine Darstellungen waren immerhin ausreichend naturalistisch, sodass ich sämtliche Pflanzen auf diesen Fotos identifizieren konnte. Zum anderen: Was mich angesichts der Tatsache, dass Rist diese Zeichnungen im 17. Jahrhundert in Wedel angefertigt haben muss – und wir reden hier schließlich von der Epoche des Dreißigjährigen Krieges –, irritiert, ist, dass einige dieser Pflanzen gar nicht in Europa, sondern in Asien oder Afrika heimisch sind. Ich frage mich, woher er sie kannte."

Lindberg meldete sich. „Wir wissen, dass Rist als leidenschaftlicher Botaniker eine rege Kommunikation mit Gleichgesinnten in anderen Ländern unterhielt. Wir vermuten, dass er sich sogar exotische Pflanzen von Seeleuten oder über Bekannte im Hamburger Überseehandel mitbringen ließ."

Waring nickte. „Das wäre natürlich eine plausible Erklärung, Dr. Lindberg."

Die Botanikerin zeigte auf die Beamer-Projektion. „Fangen wir mit dieser Pflanze an. Dargestellt ist hier eine Unterart der Kretischen Zistrose Cistus incanus, wissenschaftlich bezeichnet mit Cystus 052." Sie unterbrach sich wieder und blickte die Anwesenden über den dicken

Brillenrand hinweg an. „Ich denke, Ich brauche Ihnen nicht näher zu erläutern, dass keine der modernen Bezeichnungen für diese Pflanzen, die ich verwende, damals schon geläufig waren. Die Systematik für das Pflanzenreich entstand ja überhaupt erst ab dem 17. Jahrhundert."

Sie wandte sich wieder dem Projektionsbild zu. „Auf der 25. Konferenz über antivirale Forschung im japanischen Sapporo im Mai 2012 wurden aufsehenerregende Studienergebnisse vorgestellt, nach denen ein Extrakt aus Cystus 052 das Andocken von Influenzaviren und einiger weiterer pathogener Viren an Zielzellen verhinderte. Und dies ohne schädliche Nebenwirkungen. Cystus 052 hat zudem starke antibakteriell wirkende Eigenschaften und soll selbst gegen Pilzinfektionen helfen. Falls Sie nun Zweifel haben – auf dieser Fachkonferenz in Japan stellten sechs internationale Forschergruppen Ergebnisse von Studien vor, nach denen Pflanzenextrakte Viren hemmen oder sogar abtöten können."

Die Botanikerin schaltete ein Foto weiter. „Diese Pflanze kennen Sie alle – es ist der Purpur-Sonnenhut Echinacea. Seine immunstimulierende Wirkung ist bekannt und wird seit Langem medikamentös genutzt. Alkylamide und Polysaccharide im Extrakt aktivieren Killerzellen des Immunsystems. Sie greifen Viren an."

Ein weiteres Foto erschien, das eine Zeichnung von einem dünnen Zweig mit lanzettförmigen Blättern zeigte.

„Diese Pflanze war eine echte Überraschung für mich. Es handelt sich zweifellos um Aglaia foveolata, ein Mahagonigewächs, das ausschließlich in Malaysia, Brunei und Indonesien wächst. Die Pflanze bildet Silvestrol, einen Stoff, der in der präklinischen Forschung an den Universitäten Marburg und Gießen bereits bewiesen hat, dass er das Wachstum von Tumorzellen hemmen kann. Silvestrol verringert zudem wirksam die Viruslast in menschlichen Zellen, die mit dem Ebolavirus infiziert sind. Es reduziert stark die Produktion viraler Proteine. Das Ebolavirus greift nämlich auf ein bestimmtes Enzym in der Wirtszelle zu, um seine eigenen Proteine produzieren zu können. Und genau dort wirkt Silvestrol – übrigens auch bei anderen Viren, die auf dieses spezielle Enzym angewiesen sind. Auf dieser Pflanze ruhen große Hoffnungen im Kampf gegen Ebola."

Ein fein gezeichnetes Meer aus Blüten erschien nun auf der Projektionsfläche.

„Noch so eine faustdicke Überraschung", sagte Waring. „Obwohl die kräftigen Farben der Blüten auf diesen Zeichnungen fehlen – das ist die Kapland-Pelargonie, Pelargonium sidoides. Sie zählt zu den Storchschnabel-Gewächsen und stammt aus Südafrika. Dort ist sie seit Langem bei Heilern als traditionelles Mittel gegen grippale Infektionen bekannt. In Deutschland kennen wir ihre nahen Verwandten als Balkonpflanzen – die Geranien."

Sie zeigte auf das Bild an der Wand. „Diese Pflanze ist schon seit mehr als einem Jahrhundert in Europa bekannt. Bereits 1897 gelang es einem traditionellen einheimischen Heiler in Südafrika, den Engländer Charles Henry Stevens von einer schweren Tuberkulose-Erkrankung zu kurieren – was in England unmöglich gewesen wäre. Stevens brachte die Kapland-Pelargonie daraufhin nach Europa und betrieb einen erfolgreichen Handel damit. Doch der Wirkstoff darin konnte erst vor wenigen Jahrzehnten isoliert werden. Auch er verhindert das

Andocken von pathogenen Viren an die Wirtszelle und attackiert die Proteinhüllen der Viren. Vor Kurzem gelang es Wissenschaftlern in München sogar nachzuweisen, dass dieser Wirkstoff nicht nur bei Erkältungsviren erstaunliche Ergebnisse bringt, sondern auch beim viel gefährlicheren HIV-Virus."

„Einen Moment mal. Wollen Sie damit sagen, dass eine Geranien-Art gegen Aids hilft?", fragte Lindberg ungläubig.

„Sehr vereinfacht ausgedrückt, Dr. Lindberg – ja, das ist durchaus möglich. Zumindest zeigen das die Studien. Klinisch erprobt ist dies allerdings noch nicht", entgegnete Waring.

Sie schaltete den Beamer aus. „Rist hat einige handschriftliche Bemerkungen neben die Zeichnungen geschrieben. Sie sind etwas schwer zu lesen, weil die Tinte im Laufe der Jahrhunderte ziemlich verblasst ist. Daraus geht aber hervor, dass er von Seeleuten, die auf den Asienrouten fuhren, gehört hatte, dass auch Grüner Tee dort als Arzneimittel Verwendung fand. Wir wissen heute, dass Grüner Tee ein Flavonoid enthält, das ebenfalls antiviral wirkt. Aber Grünen Tee hat Rist natürlich nicht in seinem Garten anbauen können. Ähnliches gilt für gewisse Tabakpflanzen, von deren heilender Wirkung Rist hörte, derer er aber auch nicht habhaft werden konnte. Amazon war im 17. Jahrhundert ja noch nicht erfunden."

Die Botanikerin klappte den Laptop zu. „Was ich Ihnen zu diesen alten Zeichnungen beziehungsweise den abgebildeten Pflanzen und ihren Wirkstoffen gesagt habe, ist die gute Nachricht für Sie. Es handelt sich ausschließlich um Pflanzen mit einer ausgeprägten antiviralen und antibakteriellen Wirkung. In ihren Heimatländern wurden diese Pflanzen seit Langem als Heilmittel genutzt. Ich habe meinen Befund ausgearbeitet und Ihnen bereits gemailt."

Dahan räusperte sich. „Ich nehme an, Sie werden uns jetzt sagen, worin die schlechte Nachricht für uns besteht?"

Waring nickte. „Ja. Ich weiß ja um Ihre Nöte und Ihr verzweifeltes Rennen gegen die Zeit. Die schlechte Nachricht liegt für Sie in der Tatsache, dass offenbar ein wesentlicher Teil der Rist'schen Aufzeichnungen fehlt. Nämlich jener Teil, in dem er schriftlich festgehalten hat, welche Wirkstoffe aus welchen Pflanzen er gewinnen konnte und wie er sie kombiniert hat, um daraus wirksame Medikamente herzustellen. Johann Rist muss jahrelang in seinem Labor in Wedel mit diesen Substanzen experimentiert haben. Die zunächst völlig unglaubhaft klingende Behauptung, er habe sogar Fälle von Tollwut geheilt, erscheinen mir angesichts dieser Pflanzen nicht mehr ganz so zweifelhaft. Natürlich stand ihm kein modernes Labor zur Verfügung; er war bei seinen Patienten auf Versuch und Irrtum angewiesen. Das wird nicht immer gut ausgegangen sein. Aber, wie gesagt: Diese unschätzbar wertvollen Studienergebnisse sind leider irgendwann verloren gegangen."

Ein Gemurmel der Enttäuschung erklang am Tisch. Dahan hob die Hand.

„Ich danke Ihnen für Ihre Mühe, Professor Dr. Waring. Sie haben uns sehr geholfen. Nun werden wir eben selbst ein paar Experimente durchführen müssen. Das tun wir schließlich sonst auch. Nur werden wir diesmal sehr viel schneller zu Ergebnissen kommen müssen. Machen wir uns also gleich an die Arbeit."

Dahan blickte Shahin an. „Na – und bei Ihnen, Frau Hauptkommissarin? Stand der Dinge?"

„Augenringe", knurrte Shahin.

Brodersby

In dieser Nacht plagte Lindberg wieder ein Albtraum, verbunden mit einer heftigen Panikattacke. Er schleppte sich durch eine ausgedörrte, bleiche Landschaft, die von so grellem Licht erfüllt war, dass er kaum etwas sehen konnte. Er hielt die Hände vor die Augen, im vergeblichen Versuch, sie vor dem schmerzhaften Gleißen zu schützen, das sich in sein Hirn brannte. Das Licht durchdrang mühelos seine Handflächen. Seine Füße sanken beim Gehen tief im sandigen Untergrund ein. Er schien mehr zu waten als zu gehen; stemmte sich gegen zähen Widerstand, jeder Schritt war mühsam erkämpft.

Zu spät bemerkte er, dass er auf den Rand eines großen Loches im Boden getreten war, das sich jäh vor ihm aufgetan hatte. Schwankend stand er auf der Kante und ruderte verzweifelt mit den Armen. Er blickte nach unten und sah entsetzt, dass das Loch einem riesigen Auge glich. Die Pupille war ein tiefschwarzes, bodenloses Loch, auf dessen Rand er balancierte.

Er versuchte, seinen vorgebeugten Körper zurückzuwerfen, zurück auf festen Boden, doch mit dem rutschenden Sand wurden seine Füße unaufhaltsam über die Kante gezogen. Dann fiel er. Er stieß einen Schrei aus, als er seine Hände panisch nach dem Rand des Auges ausstreckte und nur in wirbelnden Sand griff.

Während er fiel, verschluckte ihn die Schwärze dieses diabolischen Abgrundes wie ein Beutestück. Um ihn herum herrschte nun absolute Finsternis. Er bog den Kopf nach oben und sah, wie der runde Lichtfleck der Öffnung rasch kleiner wurde, bis das winzige Licht schließlich erlosch. Er fiel und fiel. Als er wieder schrie, hallte der Laut, als falle er in einen unauslotbar tiefen, gemauerten Brunnen.

Lindberg fuhr keuchend im Bett hoch, sein Herz hämmerte so stark in der Brust, dass er glaubte, es hören zu können. Seine Hände zitterten und er bekam schlecht Luft.

„Verdammt noch mal, ich habe es allmählich satt!", stieß er hervor.

Dann stieg er aus dem Bett, setzte sich auf den Boden und absolvierte seine Yoga-Übung. Die Atmung wurde ruhiger, doch sein Herz hämmerte immer noch heftig. Er erhob sich und stürzte einen ganzen Liter kühles Wasser hinunter. Die Wirkung des Anfalls ebbte nur sehr langsam ab. Er ballte die Fäuste. Diesmal hatte er nur ganz knapp davor gestanden, das Medikament zu schlucken, das auf dem Nachttisch lag. Er hatte die Tablette sogar schon im Mund gehabt, dann aber ausgespuckt. Wieder redete er sich ein, es ohne chemische Hilfe schaffen zu müssen. Er hatte Angst davor, sonst womöglich den Rest seines Lebens abhängig von Medikamenten zu sein. Er hatte das bei traumatisierten Kameraden gesehen, hatte erschrocken beobachtet, wie ihnen das Leben immer weiter entglitt und sie schließlich aufgrund immer stärkerer Medikamente und ihrer Nebenwirkungen eine zombiehafte Existenz führten.

Lindberg putzte sich die Zähne, zog sich Sportkleidung und Laufschuhe an und verließ das Haus. Er rannte einen schmalen Pfad entlang, der zu seiner bevorzugten Laufstrecke in Sichtweite der Schlei führte. Die Sonne ging gerade auf und tastete mit rötlichen Lichtfingern über die noch spiegelglatte Wasseroberfläche. Wie die meisten Menschen empfand er den Frühling als eine kraftspendende Jahreszeit, wenn die Natur überall erwachte und die Welt mit neuem Leben erfüllte. Tief sog er die Luft ein, die reich war an zarten Gerüchen. Er spürte plötzlich eine tiefe Dankbarkeit, am Leben zu sein. Entlang des Zauns zur Viehweide zeigten Buschwindröschen, Scharbockskraut und Elfenblume erste Blüten. Einige Kühe, froh, nach dem langen eisigen Winter endlich der muffigen Enge der dunklen Stallungen entronnen zu sein, liefen übermütig ein paar Meter mit und blickten ihm mit sanften Augen hinterher. Ein aufgeschreckter Reiher floh mit flappendem Flügelschlag aufs Wasser hinaus.

Lindberg lief, atmete ein und aus und fegte allmählich das wirbelnde Chaos an Ängsten, Gefühlen und Gedanken aus seinem Hirn. Er kannte diese Strecke von vielen morgendlichen Läufen und musste nicht mehr darauf achten, wohin er trat. Das Laufen wurde zur meditativen Übung, sein Blick unfokussiert. Lindberg schaltete auf seinen „Maschinenmodus", wie er diesen Zustand nannte. Beine und Arme bewegten sich in einem monotonen Rhythmus, Bewegung und Atem waren fließend.

Schweißnass kehrte er zu seinem Haus zurück, aber er war deutlich entspannter als nach dem Aufwachen. Gerade als er aus der Dusche trat, klingelte sein Handy. Sofort erkannte er den öligen Ton von Dr. Stettner.

„Lieber Dr. Lindberg!", tönte es aus dem kleinen Lautsprecher. „Ich höre, man hat Sie in Schweden zusammengeschlagen. Das ist ja furchtbar! Aber machen Sie nicht Judo oder so etwas? Und wie sieht es aus mit Ihnen – sind Sie weiter einsatzfähig?"

„Ihre Sorge um mich rührt mich, Dr. Stettner", antwortete Lindberg und bemühte sich, seinen Sarkasmus im Zaum zu halten. „Aber es geht mir gut. Es war alles halb so schlimm."

„Na fein. Das sind ja ganz wunderbare Nachrichten. Sind Sie heute auch wieder in Hamburg?"

„Nein, heute nicht. Man hat mir nahegelegt, nach der Sache in Stockholm mal einen Tag auszuspannen."

„Ja. Das ist sicherlich eine gute Idee von diesen Leuten", bemerkte Stettner säuerlich. „Aber sagen Sie, wie lange wird das da noch gehen mit dieser Polizeisache? Die Kollegen aus Greifswald fragen dauernd an, wann Sie dazustoßen können. Sie wissen schon – die neuen Tollense-Funde."

„Ich kann Ihnen versichern, Dr. Stettner, dass es mir ungleich lieber ist, mal wieder an Fällen zu arbeiten, bei denen die Opfer schon ein paar Tausend Jahre tot sind und man mir nicht nach dem Leben trachtet. Sobald man meine Beratung in Hamburg nicht mehr benötigt, schließe ich mich den Greifswalder Kollegen unverzüglich an. Ich kann es kaum erwarten."

Das war noch nicht einmal gelogen. Neue Funde im Tollensetal – das musste jeden Archäologen elektrisieren. Im Tollensetal, unweit von Neubrandenburg, hatte um 1250 vor Christus die vermutlich größte Schlacht der Bronzezeit getobt, rund fünftausend Krieger waren dort aufeinandergeprallt und hatten sich mit Äxten, Schwertern, Keulen und Pfeilen massakriert. Archäologen, unter anderem der Universitäten Greifswald und Rostock, hatten nördlich von Altentreptow auf einer Strecke von dreihundert Metern Tausende Knochen der Erschlagenen gefunden. Doch das eigentliche Schlachtfeld wurde anderswo vermutet, weiter flussaufwärts. Es wär eine Sensation, wenn man diesen Ort endlich lokalisiert hätte.

Lindberg hatte das Gespräch kaum beendet, als das Handy erneut vibrierend klingelte.

„Meine Güte! Ich sagte doch, ich kann es kaum erwarten, zu kommen", knurrte er ungehalten.

„Na, das freut mich zu hören, Tristan", sagte eine sanfte Stimme nach einer kleinen Pause.

„Becca? Entschuldige, ich dachte, das ist mein bornierter Chef. Der hat nämlich die Angewohnheit, manchmal gleich nach einem Anruf noch einmal anzurufen. Ich glaube, das tut er, um einen zu verunsichern."

„Aha. So einer ist das also. Die Sorte kenne ich gut. Ehrlich gesagt, glaube ich, dass es momentan gar keine so gute Idee wäre, dich noch weiter zu verunsichern. Habe ich recht, Tristan?"

Reflexartig wollte Lindberg protestieren, entschied sich aber für Offenheit.

„Naja. Dieser zweite Angriff auf mich innerhalb von ein paar Tagen hat in mir eine ganze Menge ausgelöst, das stimmt. Da ist viel hochgekommen. Aber ich bin nicht völlig von der Rolle, wenn du das andeuten wolltest, Becca. Ich bin durchaus einsatzfähig."

„Das will ich auch gar nicht infrage stellen", entgegnete Shahin. „Ich muss aber wissen, ob ich mich weiter auf dich verlassen kann. Ich brauche sicher nicht noch einmal zu betonen, dass es bei diesem Fall buchstäblich um Leben und Tod geht – das weißt du selbst sehr gut."

„Ja. Das weiß ich, Becca."

„Hör zu, ich mache dir einen Vorschlag. Ich bin nachher wieder in Hamburg zu Besprechungen im dortigen LKA und fahre am frühen Nachmittag zurück nach Kiel. Was hältst du davon, wenn wir uns unterwegs irgendwo treffen und ein bisschen reden, vielleicht bei einer Tasse Tee?"

Lindberg zögerte. „Wenn es um meine dienstliche Einsatzfähigkeit geht, ist deine Sorge wirklich unbegründet, Becca. Es ging mir schon mal deutlich schlechter."

„Aber auch schon mal deutlich besser, will ich doch hoffen. Um dich zu beruhigen – ich möchte mich nicht nur aus dienstlichen Gründen gern mit dir treffen. Reicht dir das als Begründung?"

„Ja. Das reicht mir vollkommen", entgegnete Lindberg. Er freute sich über diesen Satz von Shahin.

„Also abgemacht. Ist fünfzehn Uhr dreißig okay für dich? Und wo wollen wir uns treffen?"

„Ich habe eine Idee. Kennst du diese hübsche Gefängnisinsel, Frau Hauptkommissarin?"

„Gefängnisinsel? Meinst du das Château d'If? Wo der Graf von Monte Christo einsaß? Weißt du, Marseille liegt nicht gerade auf meinem Heimweg."

„Hm. Schade eigentlich. Na gut. Wenn dir das alles zu viel Mühe ist, dann nehmen wir eben die Gefängnisinsel in Barmstedt", lachte Lindberg.

Das verblasste Rot des Ziegeldaches spiegelte sich auf der stillen Wasseroberfläche des zu einem Teich gestauten uralten Burggrabens. Die breiten Blätter von Seerosen bedeckten weite Teile. Sie trieben noch keine Blüten, aber das würde sehr bald losgehen. Stockenten zogen ihre Kreise und hinterließen feine keilförmige Kiellinien. Auf dem First des malerischen Bauwerks saß ein filigranes Türmchen, dessen hell klingende Glocke immer noch zuverlässig die Zeit kundtat. Das Gebäude war Teil eines historischen Ensembles, das wie ein Miniaturdorf im Zentrum einer kleinen Insel hockte. Eine Brücke spannte sich über den breiten Graben und erlaubte den Zutritt.

Lindberg stand wartend neben seinem Auto, als Shahin mit ihrem Wagen von der Zufahrtsstraße auf den Parkplatz einbog. Sie stieg aus und Lindberg bemerkte mit Wohlwollen, dass sie ihr reiches Haar wieder offen trug. Es glänzte rabenschwarz in der Frühlingssonne. Shahin trug wieder eine ausgeblichene Jeans und ihre blaugraue Lederjacke. Lindberg konnte unter dem Stoff das Spiel ihrer Beinmuskeln erkennen, als sie zu ihm hinüberschlenderte. Sie war offenbar sehr gut in Form.

„Hallo, Tristan! Nanu – warum lachst du so?"

Lindberg bemerkte erst jetzt, dass er offenbar grinste wie ein Vollidiot.

„Nichts. Ich freue mich nur, dich zu sehen", sagte er lahm. „Du siehst übrigens sehr gut aus."

Sie brummte, dann wandte sie sich zum Burggraben. „Ist das da drüben diese Gefängnisinsel?"

„Ja. Das heißt, ich nenne sie immer so. Eigentlich heißt sie Schlossinsel."

„Aha. Aber ich sehe weder ein Schloss noch ein Gefängnis."

„Es ist aber beides da. Nur in klein. Wenn du etwas in der Kategorie von Versailles und Alcatraz erwartest, muss ich dich enttäuschen. Dafür ist es hier viel romantischer. Na, komm einfach mal mit. Du wirst schon sehen"

„Wir gehen zu Fuß? Ich habe doch vier gesunde Reifen."

Lindberg schnaubte und schlug den Weg über die Brücke ein.

Shahin folgte ihm und musterte die alten Gebäude. „Sieht wirklich hübsch aus. Aber was ist das eigentlich für eine Anlage? Sieht aus, als wäre hier die Zeit stehengeblieben."

Lindberg zeigte auf ein kleines Herrenhaus im klassizistischen Stil, das am Ende des Weges zwischen den Bäumen sichtbar wurde.

„In gewisser Weise stimmt das auch. Da drüben hat im Mittelalter mal die Burg der Ritter von Barmstede gestanden und später die Residenz der Reichsgrafen von Rantzau. Das bescheidene Herrenhaus, was du da drüben siehst, steht auf den Fundamenten dieses Schlosses und wird deshalb immer noch Schloss Rantzau genannt." Sein Arm beschrieb einen Kreis. „Das Ganze hier war mal eine richtige Festungsanlage. Der alte Burggraben ist ja noch gut zu erkennen. Und später saß dort der Amtmann, der das ganze Gebiet verwaltete", Lindberg zeigte auf das Gebäude rechter Hand, „und dort der Gerichtsschreiber." Die Hand wies nach links. „Und in dem Gebäude da drüben war das Amtsgericht."

„Und wo ist nun das Gefängnis?"

„Komm, das zeige ich dir."

Der Archäologe betrat das rechts von ihnen liegende Haus, das direkt an den Burggraben grenzte.

„Wo früher der Amtmann herrschte, ist heute ein Café. Auf der Terrasse können wir nachher unseren Tee trinken."

Er schritt einen kurzen Gang entlang und blieb vor einem vergitterten Raum stehen. „Zwei Zellen sind noch erhalten. Diese hier und um die Ecke noch eine."

Shahin blickte in den winzigen Raum, in dem einst Häftlinge eingesessen hatten. Er war jetzt mit rustikalen Holzmöbeln eingerichtet, einem Tisch und Sitzbänken.

„Jedenfalls viel gemütlicher als in Alcatraz."

„In der Tat. Man kann da drin sogar zu Abend essen – stilecht hinter Gittern. Aber lass uns doch zunächst einmal einen Spaziergang machen. Du wolltest doch in Ruhe reden."

Shahin willigte ein, sie verließen das Haus, gingen zurück über die Brücke und bogen in den Wald ab, der an ein weiteres, größeres Gewässer grenzte.

„Der Rantzauer See", bemerkte Lindberg. „Den hat der NS-Reichsarbeitsdienst in den Dreißigerjahren gegraben."

Shahin lief eine Weile still neben ihm her.

„Du bist blass, Tristan. Du hast wieder einen Flashback gehabt, nicht wahr?"

Lindberg nickte. „Ja. Einen Albtraum. Beängstigend realistisch und äußerst beunruhigend. Ich denke, die Vorgänge in Stockholm haben das ausgelöst."

„Hast du auch diesmal wieder schwarze Augen gesehen?"

„Ja. Das tue ich jedes Mal. Diesmal bin ich sogar in ein Auge reingefallen. Ich hasse es, im Traum zu fallen."

„Du weißt, was Sturzträume bedeuten, oder?"

„Ja. Lebensängste, mangelndes Selbstvertrauen."

„Und du nimmst immer noch nicht das Sertralin?"

„Nein." Er blieb stehen und sah sie an. „Becca – warum wolltest du mit mir reden? Ich habe dir doch gesagt, ich bin einsatzfähig."

„Zunächst einmal wollte ich mit eigenen Augen sehen, wie es dir geht. Das hat auch eine dienstliche Komponente. Du bist mir immerhin als Berater zugeteilt und steckst mittendrin in diesem Fall. Ich brauche dir nicht zu sagen, dass jederzeit etwas passieren kann, das bei dir vielleicht Anfälle triggert. Wir haben es mit äußerst gefährlichen Kriminellen zu tun. Wir dürfen keine Fehler machen."

„Ich weiß. Wenn es dir wirklich lieber ist, gehe ich nach Hause. Aber du weißt vielleicht auch, dass ich nichts Schlimmeres tun kann, als jede Situation zu vermeiden, die ein möglicher Auslöser sein kann. Dann wird das Leben immer eingeschränkter, dann wäre es, als lebte ich in einem Raum, dessen Wände immer dichter an mich heranrücken. Ich habe das bei Kameraden gesehen. Die haben nachher ihre Wohnung nicht mehr verlassen. Und irgendwann bringen die sich um. Du sprachst von einer dienstlichen Komponente. Warum interessiert dich meine Situation denn noch?"

Shahin sah ihn ruhig an. Mit ihren tiefschwarzen Augen, die ihn aber nicht beunruhigten. Jedenfalls nicht im Sinne eines Traumas.

„Tristan, du bist nicht der erste Mensch in meinem Leben mit einer posttraumatischen Belastungsstörung, die ein brutaler Krieg hervorgerufen hat."

Lindberg starrte sie einen Moment verständnislos an, dann begriff er. „Dein Vater!"

„Ja. Und meine Mutter auch. Ich habe meine ganze Kindheit mit zutiefst traumatisierten Menschen verbracht. Mir braucht niemand etwas darüber zu erzählen. Und ich weiß, wie hart dieser innere Kampf ist." Sie legte ihm eine Hand auf den Arm. „Ich brauche deine Hilfe. Dieser Fall reicht schließlich tief in die Vergangenheit zurück. Ich bin überzeugt davon, dass du mit dieser Krise fertig wirst. Aber ich muss eben wissen, dass du für die Ermittlungen stabil genug bist."

„Ja, das bin ich. Das sagte ich doch", stieß Lindberg etwas heftiger hervor, als es ihm lieb war.

Sie ging weiter, Lindberg folgte ihr.

„Und ich wollte noch etwas anderes mit dir besprechen."

Er sah sie erwartungsvoll an.

„Wir sollten mal intensiv darüber nachdenken, wer der Verräter in unseren Reihen ist. Es hat immerhin schon zwei Anschläge auf uns gegeben. Der Täter muss beide Male vorher genau gewusst haben, wo wir uns aufhalten würden. Erst der Überfall an der Wedeler Kirche und jetzt der Angriff auf dich in Stockholm. Dieser Nordkoreaner, Kang, muss bereits kurz nach der Konferenz in der Hamburger Innenbehörde von deinem Reiseziel erfahren haben. Anders hätte er es zeitlich gar nicht geschafft, dir in diesem Archiv aufzulauern. Aber wer zum Teufel hat es ihm gesagt? Wer von uns hat eine Verbindung zu Terroristen, die völlig skrupellos über Leichen gehen?"

Lindberg blickte nachdenklich über den kleinen See, auf dem ein paar Schwäne schwammen. Für die Tretboote, die im Sommer ausgeliehen wurden und dann wie bunte Wasserkäfer herumfuhren, war es noch zu früh.

„Da kommen viele Personen in Betracht. Abgesehen von uns beiden natürlich die Ärzte im Tropeninstitut, dann die Polizei, Bundeswehr, Innenbehörde ... Wo sollen wir da anfangen?"

„Ich kann mir beim besten Willen nicht vorstellen, dass Winter, Thomsen, Dahan oder Hartdegen dafür infrage kommen", meinte Shahin. „Das sind doch Ärzte, die wollen Leben retten und nicht massenweise vernichten. Die sind doch gerade verzweifelt dabei, ein Gegenmittel gegen diese Chimäre zu finden. Hartdegen war nicht mal anwesend, der lag noch im Krankenhaus."

„Politikern traue ich zwar grundsätzlich nicht so recht, aber das kann ich mir von diesem Innensenator und seinem Staatssekretär auch nicht wirklich vorstellen."

„Ich eigentlich auch nicht. Als erste Maßnahme sollten wir aber in solchen Fällen den Kreis der Mitwisser so klein wie möglich halten", meinte Shahin. „Und dann lass uns mal darüber nachdenken, wie wir dem Verräter eine Falle stellen können."

Lindberg blieb wieder stehen. Vor ihnen ragte ein grauer, zerfurchter Stein aus dem Waldboden. Er trug die Inschrift „Reichsgraf Christian Detlev zu Rantzau. 10.11.1721".

„Apropos Verrat und Anschläge", sagte er und wies auf den Stein. „Beliebt zu allen Zeiten. An dieser Stelle zum Beispiel wurde der damalige Reichsgraf während einer Schnepfenjagd von einer Kugel getötet, die aus dem Unterholz abgefeuert wurde. Jemand hatte dem Mörder offenbar vorher mitgeteilt, wo der Graf entlangreiten würde."

Shahin blickte eine Weile nachdenklich auf die Stelle, dann zog sie ihn weiter.

„Komm. Lass uns jetzt unseren Tee trinken, ich muss nämlich bald nach Hause."

„Wartet dort jemand auf dich?", fragte Lindberg spontan und biss sich auf die Lippen. Verdammt, wie plump von ihm, schalt er sich.

Shahin nickte. „Ja. Da wartet in der Tat jemand auf mich."

„Ich verstehe", entgegnete Lindberg tonlos und fuhr dann in bemüht unbeschwertem Ton fort: „Na, dann sollten wir uns lieber beeilen mit dem Tee."

Shahin sah ihn amüsiert von der Seite an. „Wenn du es genau wissen willst: Auf mich wartet ein verfressener, alter Kater namens Falstaff."

Hamburg

Gerhard Hartdegen strahlte. Der Experte für biologische Kampfstoffe des Bernhard-Nocht-Instituts war immer noch etwas blass um die kräftige Nase, hatte auch ein wenig abgenommen und trug den linken Arm in einer Schlinge.

„Eine reine Vorsichtsmaßnahme der Ärzte. Damit ich mich nicht so heftig bewegen kann", erklärte er augenzwinkernd.

Sarah Winter drückte ihn vorsichtig an sich. „Schön, dass du wieder da bist", sagte sie und lächelte warmherzig.

Hartdegen war zwar nicht gerade der beliebteste Kollege im Institut, dafür fehlte ihm etwas Leichtigkeit und wohl auch hin und wieder die Fähigkeit zur Empathie, aber der perfide Anschlag auf ihn hatte alle im Haus verstört.

Shahin musterte den Virologen. Wie immer war er makellos angezogen und trug auch jetzt eine rote Krawatte. Ich hoffe, die nimmt er wenigstens unter der Dusche ab, dachte sie amüsiert.

„Wie fühlen Sie sich?", fragte sie ihn.

„Körperlich wieder recht gut. Aber ich bin natürlich etwas verunsichert", räumte Hartdegen ein. „Ist wohl normal. Man hat schließlich auf mich geschossen. Das

Gefühl, beinahe ums Leben gekommen zu sein, nagt Tag und Nacht an mir. Ich denke, das dauert eine Weile, bis ich das wieder los bin."

Shahin nickte und sah zu Lindberg hinüber, der am Tisch saß und in seinen Unterlagen blätterte. Er schien ihren Blick zu spüren und hob den Kopf. Er lächelte. Das Lächeln begann in seinen Augen und breitete sich rasch über sein ganzes Gesicht aus. Shahin fand, dass es ihm sehr gut stand. Sie setzte sich neben ihn und unterdrückte den Impuls, ihm eine Haarsträhne zurückzustreichen, die ihm über ein Auge gefallen war.

„Danke für pünktliches Erscheinen. Lassen Sie uns bitte gleich beginnen", sagte Winter und musterte die kleine Schar im Konferenzraum.

Außer Shahin, Lindberg, Winter und Hartdegen waren noch Thomsen und ein paar weitere Experten des Instituts anwesend. Auch ein Vertreter der Innenbehörde saß mit am Tisch. Irgendein Oberamtsrat, dessen Namen Lindberg gleich wieder vergessen hatte. Es war ein teigiger Mann mit schütterem Haar.

Heute ging es im Wesentlichen um die Fortschritte bei der Entwicklung eines Gegenmittels auf Basis der Heilpflanzen, die Johann Rist gezeichnet hatte. Lindbergs Gedanken schweiften ab, als sich die Virologen und Bakteriologen gegenseitig mit Diagrammen, Berichten von Laborstudien, elektronenmikroskopischen Fotos und Kurzvorträgen bepflasterten und ihre vorläufigen Analysen vortrugen. Er dachte an den Tag in Barmstedt zurück.

Shahin und er hatten in dem Gefängnis-Café ihren Tee eingenommen, an einem Tisch direkt am Burggraben. Am anderen Ufer hatten sie die alte Mühle erkennen können, deren Rad vom Wasser des Grabens angetrieben wurde. Shahin hatte ihm direkt gegenüber gesessen. Ihm war aufgefallen, dass ihre Haut von Natur aus jenen Ton besaß, den sich Mitteleuropäer nach dem Sommerurlaub wünschten. Blasse, rothaarige Irinnen würden vermutlich dafür töten.

Als sie Tee und jeder ein Stück Apfelkuchen bestellt hatten, war ihm die silberne Kette aufgefallen, die sie um den Hals trug. Daran baumelte ein seltsamer Anhänger. Lindberg hatte sofort erkannt, um was es sich dabei handelte: Eine leicht verformte Kugel aus einem Militärgewehr, vermutlich Kaliber 7,62 mal 39. Kalaschnikow AK-47, hatte er gedacht. Shahin hatte seinen Blick bemerkt.

„Ein Andenken", hatte sie knapp gesagt.

Lindberg hatte gemerkt, wie sie sich anspannte, und beschlossen, nicht nachzufragen.

„Du bist also nicht liiert", hatte er festgestellt und ihr in die onyxfarbenen Augen gesehen. „Nur mit einem dicken Kater. Der Falstaff heißt – wie der verfressene Ritter aus den Shakespeare-Stücken?"

„Ja, genau. Nein, ich bin nicht liiert. Den Begriff Paar kenne ich seit Langem nur noch im Zusammenhang mit Schuhen."

Lindberg hatte gelacht.

„Aber was ist eigentlich mit dir?", hatte sie gefragt. „Verheiratet bist du offenbar auch nicht. Wartet auf dich zu Hause auch nur eine dicke Katze? Oder jemand anderes?"

Lindberg hatte den Kopf geschüttelt. „Zurzeit nicht, nein. Noch nicht einmal eine dicke Katze. Mein Beruf ist ähnlich beziehungsfeindlich wie deiner, vor allen Dingen, weil ich viel im Ausland arbeite. Ich habe in den letzten Jahren mal in Schweden gegraben, dann in der Mongolei, in Armenien, in der Türkei und so weiter. Manchmal folgten die Grabungen so dicht aufeinander, dass ich kaum mit der Aufbereitung nachkam. Das macht keine Frau lange mit."

„Klingt anstrengend. Und das soll auch so weitergehen in deinem Leben?"

„Naja. Eines steht fest: Ich liebe meinen Beruf", hatte er achselzuckend geantwortet. „Mich fasziniert alles, was uralt ist. Wie die Vorstellung, dass in einem Steingebäude, das ich ausgrabe, vor vielen Jahrhunderten oder gar Jahrtausenden Menschen wie wir gelebt haben. Mich fasziniert der Gedanke, dass sie den Keramiktopf oder das Schwert, das ich gefunden habe und in der Hand halte, vor langer Zeit ebenfalls in der Hand gehalten haben. Das macht mich manchmal richtig ehrfürchtig, vor allem, wenn es ein menschlicher Knochen ist. Diese Leute haben geliebt und gelitten wie wir, haben gehofft und sind irgendwann gestorben. Für mich werden sie bei meiner Arbeit ein Stück weit wieder lebendig."

Er hatte in ihre dunklen Augen gesehen; ihr Blick war forschend auf ihn gerichtet gewesen.

„Aber um dir konkret zu antworten: Nein, so rastlos möchte ich nicht ewig weitermachen. Ich kann mir vorstellen, irgendwann zum Beispiel an einer Uni zu lehren. Und eine Familie zu haben."

Sie hatte ihn erstaunt, mit hochgezogenen Augenbrauen gemustert. „Das wäre dann aber eine ziemlich Umstellung für dich."

Tee und Kuchen waren gekommen und beide hatten gegessen.

„Dieser Anhänger", hatte Shahin plötzlich gesagt und ihn in den Fingern gedreht. Ihre Stimme war ins Stocken geraten. Lindberg hatte nichts erwidert und gewartet. „Es ist eine Kugel aus einem Sturmgewehr, wie du erkannt hast", hatte sie wieder angehoben. „Diese Kugel steckte in der Brust meines Vaters, nachdem die Geheimpolizei damals in Hama mit ihm fertig war. Ich erzählte dir ja, dass ein Kollege sie herausgeschnitten hat – unter örtlicher Betäubung, auf dem Tisch in seiner Küche. Es muss grauenhaft gewesen sein. Dieser Kollege hat meinem Vater das Leben gerettet – und dabei seines riskiert. Verräter gab es damals überall. Mein Vater hat diese Kugel später versilbern lassen und trug sie bis zu seinem Tod um den Hals. Und jetzt trage ich sie."

„Mein Gott", hatte Lindberg leise gesagt. „Was für eine Geschichte!"

Shahin hatte das Gespräch dann auf leichtere Themen gelenkt. Es war dann noch ein sehr angenehmer, unbeschwerter Nachmittag gewesen und Lindberg hatte nicht zum ersten Mal festgestellt, dass er sich in der Gesellschaft dieser Frau wohlfühlte. Sie war kultiviert und humorvoll. Sie war ohne Zweifel stark – und zugleich fühlte er, dass sie verletzlich war. Er spürte, dass es kaum verheilte Narben auf ihrer Seele gab. Daher verstand sie ihn auch so gut.

Auf dem Parkplatz hatte sie ihn kurz in den Arm genommen. Für einen Moment hatte ihn ihre schwarzen, nach Vanille duftenden Haare eingehüllt. Ihre Gesichter waren nur Zentimeter voneinander entfernt gewesen. Lindberg hatte überlegt, ob er sie spontan küssen sollte. Dann hatte sie sich von ihm gelöst und ihn auf Armeslänge entfernt gehalten.

„Das ist keine gute Idee, Tristan", hatte sie leise gesagt.

Er hatte einen Stich ins Herz gefühlt. „Nein?"

„Nein. Ich bin die leitende Ermittlerin in einem Fall von Terrorismus. Und du bist mir als Berater zugeteilt. Das ist ein dienstliches Verhältnis. Ich könnte mir etwas anderes jetzt aus mehreren Gründen gar nicht leisten."

Er hatte langsam genickt. „Okay. Das verstehe ich."

Sie hatte sich umgewandt und ihren Wagen aufgeschlossen. Er hatte tief Luft geholt.

„Könntest du dir vielleicht etwas anderes leisten, wenn dieser Fall irgendwann mal abgeschlossen ist?"

Sie hatte den Kopf gedreht und ihn gemustert. In ihren Augen hatte ein seltsamer Ausdruck gelegen, den er nicht hatte deuten können.

„Vielleicht. Wenn wir eine veränderte Situation haben. Dann, lieber Tristan, werde ich es dir sagen."

Lindberg hatte ihr nachgesehen, bis sie außer Sicht gewesen war.

„Dr. Lindberg?"

Er schreckte aus seinen Gedanken hoch und blinzelte verwirrt. „Ja?"

Der schwammige Oberamtsrat aus der Innenbehörde blickte ihn fragend an.

„Ich sagte gerade, wir sind Ihnen äußerst dankbar. Diese Heilpflanzen sind offenbar zurzeit unsere beste Chance bei der Suche nach einem Serum. Jedenfalls sagen mir das die Wissenschaftler hier. Meine Frage war aber, ob Sie glauben, jetzt noch etwas darüber hinaus beitragen zu können. Sie sind Archäologe, kein Kriminalist. Wir wollen Ihre zweifellos kostbare Zeit und Ihre offenbar hilfreichen Bemühungen nicht unnötig strapazieren. Ihrem Chef, Dr. Stettner, scheint sehr an Ihrer Rückkehr ins Archäologische Landesamt gelegen zu sein."

Lindberg wiegte den Kopf. „Ich kann Ihnen wirklich nicht sagen, wie weit ich hier noch von Nutzen sein kann. Aber in Bezug auf historische Hinweise ist der Fall wahrscheinlich ausgereizt, da haben Sie recht. Ich vermute, auf die Dienste eines Archäologen können Sie jetzt tatsächlich verzichten."

„Sehr schön, dann sind wir uns ja …"

„Moment mal", unterbrach Shahin den Beamten. „Dr. Lindberg wurde mir als Leiterin dieser Ermittlungen ausdrücklich zugeteilt. Dieser Fall ist noch keineswegs abgeschlossen. Und er ist bisher voller überraschender Wendungen gewesen, bei denen er eine unschätzbare Hilfe war. Wir wissen nicht, was noch auf uns wartet. Vieles ist noch sehr rätselhaft. Um es kurz zu machen: Ich ziehe es vor, Dr. Lindbergs Dienste noch etwas länger in Anspruch zu nehmen. Und zwar so lange, wie ich es für notwendig halte."

Lindberg war überrascht vom stählernen Unterton in Shahins Stimme. Der Beamte lächelte mit kalten Augen.

„Sie müssen die junge Dame vom Kieler LKA sein. Na gut, wie Sie wollen. Es ist Ihr Fall." Sein Ton war offen herablassend.

Shahin musterte ihn angewidert. „Genau die bin ich. Die junge Dame vom LKA."

Eine frostige Stimme meldete sich. „Vielleicht ist es Ihnen entgangen, Herr von Litwitz, dass Dr. Lindberg im Zuge seiner hilfreichen Bemühungen, wie Sie es zu nennen belieben, beinahe ums Leben gekommen wäre. Ich denke, wir sind es ihm schuldig, dass er an Bord bleibt, bis wir den Fall abschließen können. Finden Sie nicht auch?"

Lindberg blickte überrascht auf und sah, wie Hartdegen den Oberamtsrat mit eisigem Reptilienblick fixierte. Der lief rot an und blickte hilfesuchend zu Sarah Winter hinüber, aber auch sie betrachtete von Litwitz mit kaum verhohlener Abneigung.

„Als Gehirne und Erbsen verteilt wurden, stand der in der falschen Schlange, das steht mal fest", murmelte sie leise, aber durchaus hörbar für von Litwitz.

Er funkelte sie wütend an. „Also schön, dann bleibt mir wohl nur, Ihnen viel Erfolg zu wünschen. Ihnen allen natürlich", stieß der Beamte dann hervor, packte seine Ordner zusammen und verließ den Raum.

„Meine Güte! Der Typ ist ja wohl die Stradivari unter den Arschgeigen", entfuhr es Shahin. „Was war das denn eben für ein Auftritt?"

„Das nennt man territoriales Verhalten", antwortete Lindberg. „Hier hat die Hamburger Innenbehörde das Sagen. Du bist aber vom LKA Kiel, und ich vom Landesamt in Schleswig. Damit sind wir ein Stück weit unabhängig. Und Typen wie diesem Litfass oder wie der heißt, passt das überhaupt nicht."

Er sah, dass Hartdegen gerade an ihm vorbeigehen wollte, und streckte seine Hand aus. „Danke, dass Sie für mich eine Lanze gebrochen haben, Professor Dr. Hartdegen."

Der ergriff die Hand und schüttelte sie. „Es war mir ein Vergnügen. Solche Wichtigtuer habe ich gefressen." Der Virologe zeigte auf seine Verletzung. „Wir haben ja wohl etwas gemeinsam."

Lindberg nickte lächelnd. Hartdegen legte ihm kurz die Hand auf die Schulter und verließ dann den Raum.

„Nanu. Der wird ja richtig altersmilde", staunte Shahin. „Begleitest du mich noch in die Tiefgarage? Mein Wagen steht da unten."

Die Tiefgarage unter der Innenbehörde besaß den üblichen, brutalen Charme solcher Örtlichkeiten: Wände, Decken und Boden aus rohem Beton, schmucklos bis auf diverse Hinweisschilder und die von Tausenden Reifen abgewetzten weißen Trennlinien zwischen den Autoboxen. In regelmäßigen Abständen standen kantige Tragsäulen, an denen Feuerlöscher hingen. Es roch nach Staub und entfernt nach Öl. An einer Stelle spendete eine defekte Neonröhre gespenstisch flackerndes Licht.

Shahin, obwohl bewaffnet und trainiert, war erleichtert, dass Lindberg sie zum Wagen brachte. Wie die meisten Frauen hasste sie Tiefgaragen, ihre Abgelegenheit und Unübersichtlichkeit. Ihre Schritte hallten auf dem harten grauen Boden. Um diese Zeit war die Garage ziemlich leer; es mochten nur noch ein gutes Dutzend Fahrzeuge in den Boxen stehen.

Shahin schloss den Wagen auf und wollte sich gerade bei Lindberg für die Begleitung bedanken, als hinter ihm plötzlich eine vermummte Gestalt auftauchte, die sich hinter einer Säule verborgen gehalten hatte. Der Vermummte hob eine Pistole.

„Tristan! Hinter dir!", schrie sie.

Verblüfft sah sie, wie Lindberg etwas Seltsames tat. Er fiel im selben Moment auf alle Viere und drehte sich im Kreis wie ein Hund, der seinen Schwanz jagt. Blitzartig fuhr er in der Drehung sein rechtes Bein aus und fegte die Füße des Angreifers wie mit einer Sense unter ihm weg. Für den Bruchteil einer Sekunde hing der Vermummte fast waagerecht in der Luft, dann schlug er schwer mit Rücken und Kopf auf dem Betonboden auf. Die Waffe landete klappernd daneben. Benommen hob der Angreifer den Kopf und stöhnte leise. Lindberg trat zu. Diesmal blieb der Mann liegen. Lindberg bückte sich und hob die Waffe auf. Es war eine Desert Eagle, eine schwere israelische Pistole im Kaliber .44 Magnum.

„Hier Shahin, nimm die …"

Lindberg brachte den Satz nicht zu Ende. Zwei weitere Vermummte waren hinter Shahin aufgetaucht. Einer hielt ihr einen Revolver des Kalibers .357 Magnum an den Kopf und zog ihr mit der anderen Hand die Dienstwaffe aus dem Holster. Der andere hielt eine kurzläufige tschechische Scorpion-Maschinenpistole mit ihrer charakteristischen gebogenen Schulterstütze aus Stahlrohr in der Hand und richtete sie auf Lindberg. Der riss blitzartig die Desert Eagle hoch und zielte seinerseits auf den Mann, der Shahin bedrohte.

„Nein, Tristan, tu jetzt nichts, bleib bitte ganz ruhig", keuchte Shahin.

Lindberg sah die Angst in ihren Augen. Sie war leichenblass. Er zielte unbeirrt weiter auf den Kopf des Mannes. Sofort zog der Vermummte den Hammer des Revolvers mit einem scharfen Klicken zurück. Die Mündung des Laufes lag direkt an ihrer Schläfe. Lindberg erstarrte.

Wenn sich ein Schuss aus diesem Revolver löste, blieb bei dem riesigen Kaliber nur wenig von Shahins Kopf übrig. Die Situation war das, was man in den USA ein Mexican Standoff nannte. Wer als erster schoss, starb als zweiter. Wenn Lindberg überhaupt noch dazu kam zu schießen. Zwar konnte die Desert Eagle eine noch größere kinetische Wucht entfalten als der Revolver, aber die Scorpion verfügte über ein Dreißig-Schuss-Magazin und eine theoretische Feuergeschwindigkeit von siebenhundertfünfzig Schuss pro Minute. Im Moment hatte er denkbar schlechte Karten. Er musste einfach die Nerven behalten. Lindberg spürte, wie ihm der Schweiß ausbrach; er atmete tief und zwang sich zur Ruhe. Es ging um Shahins Leben. Bei einem Feuergefecht jetzt und hier würde sie ganz sicher sterben – und er auch. Wenn sie beide aber diese Konfrontation überlebten, hatte er später vielleicht eine Chance, sie zu retten. Wenn die Vermummten Shahin töten wollten, hätten sie das längst getan. Die Waffen mit den großen Kalibern waren recht unpraktisch im Einsatz und hatten offenbar eher den Zweck einzuschüchtern. Er machte einen Schritt zur Seite, sodass die Betonsäule seinen Körper halb deckte. Die Waffe hielt er unverändert auf den Vermummten gerichtet.

Der Mann mit der Maschinenpistole wechselte die kompakte Waffe in die linke Hand und holte mit der rechten eine Injektionsspritze aus der Jackentasche. Sie war mit einer gelblichen Flüssigkeit gefüllt. Er zog die Plastikkappe mit den Zähnen ab und stach Shahin die Nadel in den Hals. Sie wollte sich wehren und öffnete den Mund zu einem Schrei, aber der Revolvermann presste ihr den Lauf in den Mund. Shahins Blick war die ganze Zeit auf Lindberg gerichtet. Ihr Ausdruck war fokussiert; unter Schock stand sie nicht. Der Angreifer drückte den Kolben der Spritze herunter. Nach wenigen Sekunden wurde Shahin schlaff, ihre Augäpfel rollten nach oben. Lindberg biss die Zähne so fest zusammen, dass sie schmerzten.

Der Revolvermann schleppte Shahin zu einem Wagen und legte sie auf die Rückbank. Dann holte er den bewusstlosen Mann und wuchtete ihn daneben. Sein Kompagnon hielt seine entsicherte Waffe wieder auf Lindberg gerichtet, bis sein Komplize im Auto saß. Dann ging er rückwärts zum Wagen und stieg ebenfalls ein. Das Auto raste mit quietschenden Reifen die Rampe hoch und verschwand. Lindberg stand ein paar Herzschläge wie betäubt da. Dann ließ er seiner Anspannung freien Lauf und stieß einen Schrei der Verzweiflung aus, der durch das ganze Untergeschoss hallte.

Hamburg

Shahin erwachte in völliger Dunkelheit. Einen schrecklichen Moment lang fürchtete sie, erblindet zu sein, doch dann nahm sie einen schwachen Lichtschimmer wahr. Sie richtete sich auf und versuchte, sich daran zu erinnern, was geschehen war. Fetzen von Eindrücken und Emotionen, Szenen wie kurze Videoclips wirbelten durch ihren Kopf. Sie fühlte sich matt und ihr Gehirn funktionierte nicht richtig. Es kam nur mühsam auf Touren wie eine Maschine, die zu lange stillgestanden hat. Sie atmete tief ein und aus und versuchte, ihre Gedanken zu ordnen. Das letzte, an das sie sich erinnern konnte, war die Konferenz in der Innenbehörde. Und an Tristan. Sie sah sein Gesicht vor sich, mit der Haarsträhne, die ihm immer wieder über ein Auge fiel. Sie fühlte plötzlich, dass sie ihn vermisste. Sie wünschte, er würde jetzt zur Tür hereinkommen, mit seinem jungenhaften Lächeln, und sie hier herausholen. Sie in den Arm nehmen und ihr versichern, dass nun alles gut werden würde.

Was war mit ihr passiert? Und wo zum Teufel war sie überhaupt? Sie konnte Arme und Beine frei bewegen, gefesselt war sie also nicht. Aber dieser umnebelte Kopf – man musste sie unter Drogen gesetzt haben. Da sie nicht unter Übelkeit und Kopfschmerzen litt, tippte sie auf ein Narkotikum wie Propofol. Dazu würde auch der Blutdruckabfall passen, den sie spürte. Sie würde sich bewegen müssen, um ihren Kreislauf zu mobilisieren.

Sie tastete auf dem Boden herum. Offenbar saß sie auf einer flachen Matte; um sie herum befand sich, soweit sie das mit den Händen erfühlen konnte, grober Betonboden. Er war kalt und feucht. Irgendwo tropfte Wasser von der Decke. Die Größe des Raumes konnte sie nicht erkennen. Sie schnalzte laut mit der Zunge. Diesen Trick hatte sie von ihrer blinden Freundin Diana gelernt. Zwar konnte sie sich mit diesem Klicksonar nicht orientieren, wie Diana dies tat, aber zumindest am Echo erkennen, ob sie sich in einem großen oder kleinen Raum befand. Er war anscheinend weder groß noch winzig. Sie stand auf und ging, die Arme vor sich ausgestreckt, vorsichtig auf den Lichtschimmer zu. Schließlich berührte sie mit den Fingern eine Tür, die offenbar aus Eisen bestand. Sie kniete sich auf den Boden. Der Lichtschimmer fiel aus einem hauchdünnen Spalt. Sie legte das Ohr daran und vernahm dumpfe Stimmen. Worte konnte sie allerdings nicht verstehen.

Nun tastete sie sich vorsichtig an der Wand entlang, so lange, bis sie wieder an der Tür ankam. Sie hatte ihre Schritte gezählt und vermochte nun zu schätzen, dass der Raum etwa fünf mal sechs Meter maß. Sie tastete sich gerade zur Matte zurück, als grelles Licht an der Decke aufflammte. Schützend legte sie die Hand vor die Augen. Die Tür öffnete sich mit einem schrillen Kreischen, vermutlich wurde der Raum nur selten benutzt. Das Licht blendete sie. Durch ihre halbgeschlossenen Lider sah sie zwei vermummte Männer die Kammer betreten. Einer von ihnen hielt eine kurzläufige Maschinenpistole in der Hand und bedeutete ihr, an die rückwärtige Wand zu treten, indem er mit dem Lauf stoßartige Bewegungen vollzog.

Sie gehorchte und fühlte die kalte, feuchte und harte Wand in ihrem Rücken. Der andere Vermummte trug ein Tablett herein, auf dem eine Packung Fastfood und eine Flasche Mineralwasser standen. Shahin sah nun, dass sich in einer Ecke ihrer Zelle eine Campingtoilette, ein Eimer voll Wasser und eine Schüssel befanden. Der Kerl stellte das Tablett neben die Matte, verließ den Raum wieder und kehrte mit einem alten Armeeparka und einer groben Decke zurück, die er Shahin hinwarf. Keiner der Männer sagte ein Wort. Die Tür schloss sich hinter ihnen mit demselben nervenzerfetzenden Kreischen. Der Schlüssel drehte sich im Schloss. Das Licht blieb jedoch an.

Shahin blickte sich um. Der Raum war alt, wie sie am Beton der Wände feststellen konnte. Sie schlug mit der Faust dagegen. Und sehr massiv gebaut. Ein alter Keller, vermutete sie. Eine unterirdischer Vorratskammer; vielleicht ein aufgegebener Kohlen- oder Kartoffelkeller.

Wie bei einem alten Fernseher, dessen Röhre erst warm werden musste, tauchten nun schemenhaft weitere Erinnerungsfetzen in ihrem Kopf auf. Die Tiefgarage. Die vermummten Männer. Tristan und der Kampf. Und dann nichts mehr.

Sie verspürte keinen Zweifel mehr, dass sie von genau jener Terrorgruppe entführt worden war, die auch hinter den bisherigen Anschlägen stand. Was hatte man mit ihr vor? Diente sie als Geisel für eine Erpressung oder einen Austausch? Wollte man die Ermittlungen verzögern, indem man deren Leiterin entführte? Oder plante man, aus ihr herauszubringen, wie weit diese Ermittlungen gediehen waren – womöglich mithilfe von Folter? Erfreuliche Aussichten waren das jedenfalls nicht. Im Zuge ihrer Ausbildung war natürlich auch das Szenario Geiselnahme gründlich behandelt worden, und man hatte jeden von ihnen auch einmal in die Situation einer Geisel versetzt. Aber das hatte sie nicht auf eine psychische Ausnahmesituation wie diese vorbereiten können.

Sie setzte sich auf die Matte und öffnete die Packung mit dem Essen. Ein Hamburger mit Käse und einer fetten, rötlichen Sauce, alles schon abgekühlt, das Fett schon erstarrt. Wenn es nur etwas Derartiges zu essen gab, dann würde sie rasch zunehmen und obendrein Hautunreinheiten bekommen, dachte sie. Darüber musste sie spontan lachen, und der Laut hallte vom Beton der kahlen Wände wider.

Sie überlegte: Tristan würde sich die Autonummer und den Wagentyp gemerkt haben. Aber das Auto war mit Sicherheit gestohlen und würde jetzt vermutlich schon ausgebrannt irgendwo herumstehen. Verwertbare forensische Spuren waren dann nicht mehr zu erwarten. Sie kaute auf dem erkalteten, leicht zähen Hamburgerfleisch herum und nahm einen Schluck Wasser aus der Flasche. Die Entführer waren in der Tiefgarage der Innenbehörde aufgetaucht – und diese ließ sich nur mit einer Codekarte öffnen ... Wie hatten sie das angestellt?

Shahin aß den Burger auf und erhob sich. Sie musste verhindern, in Panik zu geraten. Und sie musste fit bleiben. Für die Zeit ihrer Haft in diesem Verlies. Und für das, was ihr vielleicht noch bevorstand. Sie lief eine Weile auf der Stelle, dann machte sie Kniebeugen, gefolgt von Liegestützen. Danach übte sie eine Abfolge von Krav Maga-Kampftechniken. Ein winziges Blinken am Rand ihres Sichtfelds erregte ihre Aufmerksamkeit. Erst jetzt sah sie, dass man in einer Ecke, dicht unterhalb der Decke, eine kompakte Überwachungskamera angebracht hatte, die mit einer massiven Acrylummantelung vor Beschädigungen geschützt war. So viel zu ihrer Intimsphäre, dachte sie säuerlich.

Als sie ihre Notdurft verrichten musste, legte sie die Decke um sich und die Campingtoilette und zeigte der Kamera den Mittelfinger.

Anschließend setzte sie sich auf die Matte und dachte wieder an Tristan. Er wirkte auf sie wie ein kluger, sensibler Mann, allerdings mit einer ziemlich stark beschädigten Seele. Er brauchte dringend jemanden, der sich um ihn kümmerte und ihm in Krisenlagen Halt gab. Aber eines nach dem anderen; zunächst einmal brauchte sie selbst dringend jemanden, der ihr in dieser Krisenlage Halt gab, schoss es ihr durch den Kopf.

Der Nachmittag mit Tristan an diesem malerischen See hatte ihr gut gefallen. Und ihm offensichtlich auch, das hatte sie ihm angesehen. Sie hatte sich mit ihm wohlgefühlt. Shahin gestand sich ein, dass sie Lust hatte, diesen Mann noch etwas näher kennenzulernen. Das hieß, falls sie hier jemals lebend herauskäme. Sofort rief sie sich zur Ordnung. Solche Gedanken durfte sie auf gar keinen Fall zulassen, sonst würde sie rasch zerbrechen.

Ihr fiel ein, wie sie Tristan mit der Gefängnisinsel Château d'If und dem dort eingekerkerten Grafen von Monte Christo aufgezogen hatte. Sie lächelte. Soweit sie sich an die Geschichte erinnerte, war der Graf ja nicht ganz allein gewesen in seiner kargen Zelle. Einen Mithäftling wie den weisen Abbé Faria, der sie in der Haft Sprachen und Wissenschaften lehren würde, könnte sie jetzt auch gut gebrauchen.

Dieser Gedanke brachte sie auf eine Idee. Sie musste sich nicht nur körperlich in Form halten, sondern auch geistig und seelisch. Sie wusste nicht, wie lange sie in diesem Kerker ausharren musste – ob Stunden oder Wochen. Oder Monate. Ein Schauer lief ihr über den Rücken. Shahin straffte sich. In der Schule hatte sie ein paar Jahre Französischunterricht gehabt, die Sprache aber seitdem nie wieder benutzt. An sehr viel konnte sie sich nicht mehr erinnern, aber ihre Eltern hatten es natürlich gekonnt – Syrien hatte schließlich lange unter französischer Herrschaft gestanden. Zu Hause hatte ihr Vater gelegentlich mit ihr Französisch gesprochen, um ihre schulischen Leistungen zu verbessern. Doch das war sehr lange her.

Ihre missliche Lage war eine gute Gelegenheit, die Sprache in ihr aktives Gedächtnis zurückzurufen. Das würde sie von destruktiven Gedanken ablenken.

Sie fing mit den Zahlen an und zählte laut bis hundert. „Un, deux, trois …" Schwierig wurde es dann bei den höheren Zahlen. Wie war das noch mal mit achtzig? Vier mal zwanzig? Wer rechnete denn so? Und neunzig war …? Richtig – quatre-vingt-dix. Vier mal zwanzig plus zehn. Sie zählte am Ende bis eintausend. Dann stellte sie sich ein vollständig eingerichtetes Haus vor und versuchte, jeden Gegenstand französisch zu benennen.

Irgendwann hielt sie inne. Sie fühlte sich erschöpft und müde. Ihre Uhr und ihr Handy hatte man ihr abgenommen, sodass sie nicht wusste, wie spät es war. In diesem Keller gab es natürlich auch keine Tageszeiten und sie wusste nicht, wie lange sie bewusstlos gewesen war. Plötzlich ging das Deckenlicht aus und tauchte den Raum wieder in Dunkelheit.

Shahin versuchte, eine aufkommende Panik zu unterdrücken. Sie lenkte ihre Atmung von der Brust in den Bauchraum, um sich zu entspannen, legte ihre Hände auf den Bauch und spürte die Atemzüge. Durch die Zwerchfellatmung wurde weniger Energie verbraucht als bei der Brustatmung. Allmählich wurde sie ruhiger. Sie war ja Profi – sie wusste, was ihre Entführer taten. Durch das unregelmäßige und unberechenbare Ein- und Ausschalten des Lichts konnte man die zeitliche Orientierung von Gefangenen komplett verwirren. Völlige Dunkelheit raubte ihnen zudem die Möglichkeit, sich wenigstens optisch zu orientieren. Zeit und Raum waren auf diese Weise aufgehoben – eine Qual für Geist und Seele. Am Ende hatte der auf diese Weise behandelte Mensch nur noch wenig Widerstandsgeist.

Doch die Entführer wussten offenbar nicht, dass eine winzige Menge Licht durch den Spalt unter der Tür drang. Zu wenig, um von der Kamera oben in der Ecke als Lichtschein erfasst zu werden, doch ausreichend, um sich anhand des dünnen Lichtstreifens im Raum zu orientieren, nachdem sich ihre Augen erst einmal an die Finsternis gewöhnt hatten. Shahin legte sich zurück auf die Matte und schloss die Augen. Das betäubende Medikament war noch nicht vollständig von ihrem Organismus abgebaut worden. Und so überließ sie sich schließlich der Müdigkeit – und schlief ein.

Brodersby

Lindberg stützte den Kopf in die Hände und starrte aufs ruhige Wasser hinaus, das jenseits der Viehweiden glitzerte. Es war vollkommen still im Haus. Er fühlte sich hundeelend. Sein jahrelanges, hartes Training als Elitesoldat hatte es ihm nicht ermöglicht, Beccas Entführung zu verhindern. Hilflos wie ein Schuljunge hatte er vor den Vermummten gestanden. Er hatte versagt; das konnte er nicht beschönigen. Ihr Schicksal in den Händen dieser skrupellosen Mörder war nun mehr als ungewiss. Diese Leute hatten bereits bewiesen, dass sie, ohne zu zögern, töten würden, nur um ein Signal zu senden. Die gutgemeinten Beteuerungen der herbeigeeilten Polizeibeamten, dass er gar nicht anders hätte handeln können, ohne ein Blutbad auszulösen, hatten ihn nicht zu trösten vermocht.

Ausgelöst hatte den Alarm eine Beamtin der Innenbehörde, die nach Dienstschluss in die Tiefgarage gekommen war und Lindbergs Verzweiflungsschrei gehört hatte.

Zwei Stunden später, nach einer endlos erscheinenden Befragung durch die Polizei und zwei Beamte des Landeskriminalamtes Hamburg, war er entlassen worden und unverzüglich nach Hause gefahren. Nun saß er in seinem alten, lederbezogenen Lieblingssessel vor den bodentiefen Fenstern, einen dampfenden Darjeeling auf dem Beistelltisch, und zermarterte sich das Hirn, ob er nicht doch anders hätte handeln können. Und was er nun tun könnte, um Becca zu finden. Er kannte diese Frau kaum und trotzdem fühlte er bereits eine tiefe Verbundenheit mit ihr. Ihre Mischung aus Stärke und gelassener, natürlicher Weiblichkeit schlug ihn in ihren Bann. Er hatte schon eine Weile keine feste Beziehung mehr gehabt, nur Freundschaften zu Frauen gepflegt und erotisch manchmal auch à la carte gelebt. Doch Becca Shahin war ein ganz anderes Kaliber. Sie war eine Frau, die man festhielt. Vielleicht sogar ein Leben lang. Und ausgerechnet diese Frau war ihm genommen worden. Er musste sie finden …

Als es an der Tür klingelte, schrak er aus seinen Gedanken hoch. Er ging hinüber und öffnete. Vor ihm stand ein mittelgroßer, durchtrainiert wirkender Mann von Mitte vierzig, der ihn mit einem ruhigen Blick aus grauen Augen musterte. Er hielt einen Ausweis hoch.

„Dr. Lindberg? Mein Name ist Hauptkommissar Lucas Brenner vom LKA Kiel, ich bin ein Kollege von Becca Shahin. Darf ich kurz reinkommen? Ich würde gern mal mit Ihnen reden."

Lindberg besah sich sorgfältig den Ausweis, nickte stumm und trat zur Seite. Im Wohnzimmer bot er dem Beamten einen Sessel und eine Tasse Tee an. Brenner schien sehr beeindruckt von dem Ausblick, den die Fensterfront bot. Fast eine Minute lang sagte keiner der beiden Männer ein Wort.

„Sie haben in diesem Fall eng mit Becca Shahin zusammengearbeitet, nicht wahr?", begann Brenner dann.

„Ja, habe ich", antwortete Lindberg tonlos.

Brenner musterte ihn. „Ich habe Ihre Aussage gelesen und bin zu dem Ergebnis gekommen, dass Sie richtig gehandelt haben. Wenn Sie geschossen hätten, wäre zumindest Becca jetzt tot. Höchstwahrscheinlich auch Sie. Ich nehme an, das wissen Sie selbst. Und ich nehme weiter an, dass Ihnen diese Erkenntnis im Moment nicht viel hilft. Habe ich recht?"

„Ja. Sie haben verdammt recht."

Brenner blickte aufs Wasser hinaus. „Hören Sie, was Sie gerade erleben, ist eine Variante von Survivor's Guilt, dem Überlebensschuld-Syndrom. Darunter leiden Sie ja ohnehin schon, nicht wahr? Ich habe Ihre Akte gelesen. Eindrucksvoll. Aber auch damals bei dem Anschlag haben Sie nichts tun können."

Lindberg holte tief Luft. „Sind Sie nebenbei auch noch Psychiater? Warum sind Sie überhaupt hier?"

Brenner blickte aus dem Fenster. „Ich arbeite seit fünf Jahren mit Becca Shahin zusammen. Ich weiß nicht, was Sie beide verbindet, aber für mich ist sie die beste und angenehmste Kollegin, die man sich wünschen kann. Und sie ist im Laufe der Jahre eine gute Freundin für mich geworden. Ich will sie finden. Und zwar rechtzeitig. Und ich will diese Schweine zur Strecke bringen. Helfen Sie mir dabei?"

Lindberg blickte überrascht auf. Die letzten Worte dieses bisher so gelassen wirkenden Mannes waren mit nur mühsam im Zaum gehaltener Emotion hervorgestoßen worden.

„Natürlich helfe ich Ihnen. Ich will sie auch finden. Aber was genau erwarten Sie von mir? Ich bin Archäologe. Dass Sie jetzt keine neuen Erkenntnisse aus dem Dreißigjährigen Krieg von mir brauchen, kann ich mir denken."

Brenner nahm einen Schluck Tee. „Sie sind immer noch Berater in diesem Fall, Dr. Lindberg. Sie haben recht, als

Archäologe können Sie jetzt wohl nichts mehr beitragen. Aber Sie sind von Anfang an involviert gewesen; Becca hat mit Ihnen doch sicher über alle wichtigen Aspekte dieses Falls gesprochen." Er fuhr sich durch die kurzen, graublonden Haare. „Ich gebe zu, hierher zu Ihnen zu kommen, ist im Grunde ein purer Akt der Verzweiflung. Aber ich wollte Sie bitten, noch einmal intensiv nachzudenken, ob Ihnen irgendetwas einfällt, was uns weiterhelfen könnte. Vielleicht auch etwas, das Becca gesagt hat."

„Was ist zum Beispiel mit dem Wagen der Entführer?", fragte Lindberg.

Brenner schüttelte den Kopf. „Den haben wir völlig ausgebrannt in Wilhelmsburg gefunden. Man hat einen speziellen Brandbeschleuniger benutzt, der große Hitze erzeugt. Keine Chance auf verwertbare Spuren. Der Wagen war ohnehin gestohlen"

„Hat es schon Nachrichten von dieser kriminellen Gruppe gegeben?"

Brenner sah ihn kurz an und zögerte.

„Hat es?", drängte Lindberg.

Der LKA-Mann nickte. „Ja. Wenig überraschend drohen diese sogenannten Falken von Hattin mit Beccas Ermordung, sollten die Arbeiten an einem Gegenmittel nicht sofort eingestellt werden. Sie wollen widrigenfalls nach und nach ihre Körperteile schicken."

Lindbergs Kiefermuskeln mahlten. „Woher wissen die überhaupt, dass im Tropeninstitut daran zur Zeit unter Hochdruck gearbeitet wird?"

„Eine gute Frage. Dass es eine undichte Stelle geben muss, wissen wir ja schon länger."

„Gibt es weitergehende Forderungen bezüglich dieses inhaftierten IS-Mannes, dieses Jestermann?"

„Nein, aber die Entführer betonen noch einmal sehr deutlich: Sollte Jestermann nicht bald aus der Haft entlassen und nach Syrien ausgeflogen werden, würde die Chimäre in einer Menschenmenge freigesetzt werden."

„Und Sie denken dabei auch an den Hafengeburtstag?"

„Ja, das liegt nahe."

Lindberg fuhr sich nervös durch die Haare. „Hören Sie, ich bin kein polizeilicher Ermittler, Herr Brenner. Das habe ich auch nicht gelernt. Aber als Wissenschaftler bin ich ziemlich geübt im Recherchieren", sagte Lindberg. „Wenn Sie erlauben, würde ich mich gern mal in Ihren Dateien umsehen. Ich möchte zum Beispiel überprüfen, welche Verbindungen dieser Jestermann damals unterhalten hat. Vor allem im Irak. Vielleicht stoße ich auf irgendeinen hilfreichen Hinweis."

„Naja. Auf diese Idee sind wir natürlich auch schon gekommen. Gefunden haben wir nichts. Allerdings sind wir sicher nicht erschöpfend vorgegangen – wir haben einfach nicht die Manpower dafür. Uns stehen nicht unbegrenzte Ressourcen zur Verfügung wie den amerikanischen Kollegen von der NSA. Aber bitte, versuchen Sie Ihr Glück. Jede Hilfe ist willkommen. Uns läuft die Zeit davon."

„Können Sie mir Zugang zu Ihrem System verschaffen?"

Brenner schüttelte den Kopf. „Von hier aus geht das leider nicht. Die Dateien sind ja alle geheim. Dazu müssten Sie schon nach Kiel kommen und sich bei uns an einen PC setzen. Wir würden Sie dann freischalten. Und auch das wäre eine Ausnahme."

Lindberg nickte. „Einverstanden. Ich bin gleich morgen früh bei Ihnen."

Brenner setzte seine Teetasse ab, erhob sich und Lindberg begleitete ihn zur Tür.

„Ach, Herr Brenner, ich habe da noch eine Frage: Kümmert sich eigentlich jemand um Beccas dicken Kater?"

Der LKA-Mann lächelte. „Falstaff? Nein, nicht, dass ich wüsste. Familie hat Becca jedenfalls keine mehr hier. Und auch keinen Partner, soweit ich weiß. Ich besitze auch keinen Schlüssel zu ihrer Wohnung."

„Könnten Sie mir einen Gefallen tun und mit dem Hausmeister sprechen, damit ich einen Schlüssel erhalte? Dann übernehme ich das. Machen Sie das doch einfach zu einer polizeilichen Angelegenheit."

Brenner musterte ihn schweigend. „Sie haben sie gern, nicht wahr?"

Lindberg blickte ihn nur abwartend an. Der LKA-Mann nickte schließlich.

„Also gut. Das ist zwar etwas ungewöhnlich, aber ich rede mit der Hausverwaltung. Becca würde mich sowieso lebendig häuten, wenn diesem verfressenen Vieh etwas zustieße."

Lindberg schloss die Tür hinter dem LKA-Beamten und ballte die Fäuste. Die Drohung der Entführer, Becca zu verstümmeln, hatte sich wie Eiswasser durch sein Inneres ergossen. Aber wenigstens war er jetzt nicht mehr zur Untätigkeit verdammt. Er würde nicht ruhen, bis er einen Hinweis fand.

Hamburg

Shahin erwachte wieder in völliger Finsternis. Nach einem beunruhigenden Moment der Desorientierung hielt sie sofort Ausschau nach dem dünnen Lichtband unter der Tür. Sie konnte nichts erkennen. Offenbar hielt sich im Nachbarraum zurzeit niemand auf. Vielleicht war es mitten in der Nacht; sie hatte längst jedes Zeitgefühl verloren. Shahin orientierte sich grob im Raum, indem sie mit den Händen die Kanten ihrer matratzenartigen Unterlage entlang fuhr. Sie lag noch immer mitten darauf und wusste nun, wo in ihrem Kerker sie sich befand.

Sie setzte sich auf und versuchte, sich an möglichst vieles zu erinnern, das damals im Unterrichtsfach Geiselhaft behandelt worden war.

Was waren noch die Kriterien, die letztlich darüber entschieden, ob ein Mensch die Strapazen einer Geiselhaft gut überstand? Die körperliche und seelische Belastbarkeit, die allgemeine Lebenssituation der Geisel. Klar. Aber vor allem, und das hatte man den Polizeischülern ständig eingetrichtert, war es die Fähigkeit, auch unter Stress optimistisch zu bleiben. Shahin überlegte weiter. Welche äußeren Faktoren konnten eine Geisel beeinflussen? Licht und Dunkelheit waren auch klar. Dieses Instrument setzten ihre Geiselnehmer bereits ein. Die Dauer der Geiselhaft natürlich – es war ein erheblicher Unterschied, ob es um

Tage, Wochen, Monate oder gar Jahre ging. Eine große Rolle spielte auch noch die Art des Verstecks, in der die Geisel gefangen gehalten wurde – waren es erträgliche Umstände oder potenziell lebensbedrohliche? In Shahins Fall war es gerade noch erträglich, solange die Haft nicht zu lange andauerte. Ansonsten würden die Kälte und die Feuchtigkeit dieses Kerkers ihren Tribut fordern. Ihr drohte dann womöglich eine Lungenentzündung.

Nicht zuletzt waren die hygienischen Verhältnisse entscheidend. Shahin wusste, sie musste sich nicht nur körperlich und geistig fit halten, sondern auch für die penible Sauberkeit ihres Körpers sorgen. Eine Vernachlässigung der persönlichen Hygiene konnte nach einiger Zeit verheerende psychische und physische Folgen nach sich ziehen. Und sie musste das essen, was man ihr anbot, um bei Kräften bleiben zu können, egal, wie fade oder ekelhaft die Nahrung auch sein mochte. Dass man sie vergiften würde, war derzeit sehr unwahrscheinlich. Sie war schließlich eine Geisel – und stellte daher lebendig einen weitaus größeren Wert dar als tot. Jedenfalls vorerst. Vermutlich würde das LKA sehr bald ein Lebenszeichen fordern, bevor man auf Verhandlungen einging.

Sie war sich darüber im Klaren, dass sie ihren Peinigern vollkommen ausgeliefert war, musste aber selbst in dieser frustrierenden Lage so viel Kontrolle über die Situation zurückerlangen, wie es ihr möglich war. Offener Widerstand allerdings würde die Entführer ganz sicher zu Gewaltakten reizen. Man würde versuchen, sie zu brechen – und dazu zweifellos körperliche Gewalt einsetzen.

Sie entschied, dass sie versuchen würde, mit den Geiselnehmern eine Beziehung aufzubauen – dabei musste sie aber unbedingt das Risiko eines Stockholm-Syndroms vermeiden.

Der Begriff ging auf eine fünftägige Geiselnahme im August 1973 in einer Bank in der schwedischen Hauptstadt zurück. Die Geiseln entwickelten bereits in dieser relativ kurzen Zeit eine größere Angst vor der Polizei als vor den Verbrechern und empfanden am Ende sogar große Dankbarkeit ihnen gegenüber, dass sie nicht getötet, sondern freigelassen worden waren. Psychologisch war dies damit zu erklären, dass der totale Kontrollverlust für Geiseln viel leichter zu ertragen war, wenn sie sich mit den Motiven der Verbrecher identifizierten. Shahin machte sich noch einmal klar, dass sie es hier mit Mördern zu tun hatte.

Sie rollte sich von der Matte und begann ihr Fitnessprogramm mit Liegestützen. Anschließend fuhr sie mit Dehnübungen fort und lief schließlich tausend Schritte auf der Stelle. Sie erinnerte sich an eine einfache Karate-Kata aus ihrer Anfangszeit im Kampfsport und übte diesen Schattenkampf gegen einen imaginären Gegner zunächst in Zeitlupe und dann immer schneller und kraftvoller. Sie war sich der Tatsache bewusst, dass sie dabei von ihren Geiselnehmern beobachtet wurde. Sie hatte die kleinen Infrarotleuchten gesehen, die das Objektiv der Überwachungskamera ringförmig umgaben. Keuchend stand sie in der Finsternis da und tastete mit den Füßen nach der Matte, um sich wieder zu orientieren.

In diesem Moment flammte der schmale Lichtstreifen unter der Tür auf. Sie hörte schwere Schritte, die rasch näher kamen. Das Eisen kreischte wieder protestierend, als die Tür aufgezerrt wurde.

Instinktiv schloss Shahin die Augen, bevor die Deckenlampe den Raum mit grellem Licht flutete. Sie blinzelte.

Wieder betraten zwei vermummte Männer die Kammer. Shahin wich gehorsam an die rückwärtige Wand zurück. Einer der Männer tauschte die Campingtoilette gegen eine unbenutzte aus und stellte einen Eimer mit frischem Wasser hin. Schließlich kehrte er noch einmal zurück und warf Shahin einen großen Plastikbeutel vor die Füße. Der zweite Mann hielt die ganze Zeit Wache, die Augen und die automatische Waffe unbeirrt auf die Geisel gerichtet.

„Danke!", sagte Shahin betont freundlich. „Das ist wirklich sehr nett von euch. Ich bin übrigens Becca. Und wie soll ich euch nennen? Kann ich etwas zu lesen haben?"

Mit der Erwähnung ihres Namens wollte Shahin sich zu einer menschlichen Persönlichkeit machen und es den Verbrechern erschweren, mit ihr umzugehen wie mit einer Sache.

Beide Männer verließen jedoch wortlos den Raum; der Mann mit der automatischen Waffe ging dabei rückwärts, die Mündung blieb auf sie gerichtet. Immerhin ließ das darauf schließen, dass man ihre Fähigkeiten kannte und einen gewissen Respekt vor ihr hatte.

„Na toll", murmelte Shahin, „so viel zur erfolgreichen Kontaktaufnahme."

Wenigstens war das Licht an geblieben. Sie griff zu der Plastiktüte und kramte darin herum. Sie fand darin einige T-Shirts, ein Handtuch, ein paar Packungen Einmalunterwäsche, Hygieneartikel wie Zahnbürste, Zahnpaste, Seife und Tampons und einen Overall im selben Orangerot, das auch die Kleidung der Gefangenen im US-Gefängnis Guantanamo kennzeichnete. Dreierlei Dinge wurden der Polizistin schlagartig klar: Ihre Geiselnehmer wollten offenbar, dass sie zunächst gesund blieb. Das war eine positive Entwicklung. Aber zugleich wollten sie Shahin mit dem Overall demütigen und entpersonalisieren – und stellten sich offensichtlich auf eine längere Geiselhaft ein. Das war dann wohl eine eindeutig negative Entwicklung. Shahin wusch sich, wechselte die Unterwäsche und streifte den Overall über. Dann fing sie mit ihrem Fitnessprogramm noch einmal von vorn an.

36

Kiel, LKA

Lindberg musste den starken Impuls unterdrücken, den PC gegen die in einem Kriegsschiff-Grau gestrichene Wand des kleinen Dienstraumes zu feuern. Bereits seit vier Stunden durchforstete er die Antiterrordatei des Bundeskriminalamtes. Sie umfasste vor allem Personen, die der Zugehörigkeit zu einer terroristischen Vereinigung verdächtigt wurden. Die ATD enthielt persönliche Daten, Reisebewegungen und bekannte Aufenthalte der Verdächtigen, aber auch Informationen über Telekommunikations- und Internetdaten. Allerdings war sie als erweiterte Indexdatei konzipiert, das hieß, detaillierte, weitergehende Informationen fanden sich in anderen Dateien. Insgesamt achtunddreißig Behörden wie die Landeskriminalämter, die Verfassungsschutzbehörden, der Bundesnachrichtendienst oder der Militärische Abschirmdienst waren an der ATD beteiligt.

Das Büro beim LKA, das man Lindberg für seine Recherche zur Verfügung gestellt hatte, lag im Keller des Amtes und war kaum größer als das Badezimmer einer Sozialwohnung, dennoch erfüllte es seinen Zweck. Nur war Lindberg bislang nicht auf Informationen gestoßen, die ihm dabei helfen konnten, Shahins Entführer zu enttarnen. Die Daten selbst waren auch gar nicht beim LKA gespeichert, sondern zumeist beim Bundeskriminalamt –

die er aber über die „Sichere Inter-Netzwerk Architektur", kurz SINA, einsehen konnte. Dieses System sorgte für hohe Sicherheit bei der Kommunikation und Datenübertragung im behördlichen und militärischen Umfeld. Die Antiterrordatei wurde mithilfe eines Kryptoalgorithmus namens AES verschlüsselt. Streng geheime Daten unterlagen jedoch dem viel anspruchsvolleren Verschlüsselungsverfahren LIBELLE, das allerdings nach und nach durch eine modernere Version ersetzt wurde. An diese Datensätze kam Lindberg nicht heran. Doch da Mossul nicht mehr vom IS beherrscht wurde und Jestermann sicher in Hamburg im Gefängnis saß, hatte man viele der zuvor unter „Streng Geheim" geführten Daten herabgestuft.

Lindberg konnte auch in den polizeilichen Dateien PIAV und INPOL-Fall suchen und war bereits auf etliche Personen gestoßen, die mit Jestermann zur gleichen Zeit beim IS in Mossul gewesen waren. Doch die meisten von ihnen waren inzwischen tot. Von drei Männern kannte man den gegenwärtigen Aufenthaltsort nicht. Beim LKA wurde vermutet, dass sie die weitgehend unkontrollierten Flüchtlingsbewegungen des Jahres 2015 genutzt hatten, um in Deutschland mit falschen Identitäten unterzutauchen. Da es von ihnen zwar Namen, aber keine Fotos gab, waren sie kaum zu ermitteln.

Über Arnfried Jestermann lag natürlich eine dicke Akte vor – anhand der Dateien konnte Lindberg das gesamte Leben des ehemaligen IS-Kommandeurs minutiös nachvollziehen. Es war bedrückend zu verfolgen, wie ein netter Junge aus gutbürgerlichem Elternhaus in Hannover zum psychopathischen Massenmörder mutierte. Aber die Suche nach hilfreichen Kontakten war bisher ergebnislos geblieben.

Am frühen Morgen war er zunächst zur Wohnung von Becca gefahren. Es war ein seltsames Gefühl gewesen, ihre Privatsphäre in ihrer Abwesenheit und ohne ihr Wissen zu betreten. Er hatte sich behutsam darin bewegt, fast wie in einem Minenfeld. Die Wohnung lag in einer ruhigen Seitenstraße und gehörte zu einem mehrstöckigen Appartementhaus. Lindberg hatte ihre Größe auf etwa achtzig Quadratmeter geschätzt. Ein großer, leicht übergewichtiger Kater mit langem seidenweichen Fell hatte ihn an der Tür empfangen und aus gelben Augen misstrauisch gemustert, offensichtlich schwer enttäuscht, dass nicht Becca zur Tür hereingekommen war. Lindberg hatte extra Katzenmilch und teures Feuchtfutter eingekauft, um den Kater zu bestechen. Und es hatte funktioniert – schließlich waren Katzen geborene Opportunisten. Nach dem Frühstück hatte er sich mit Falstaff aufs Sofa gesetzt und den satten Kater ausgiebig gestreichelt.

„Du bist nicht dick, du bist stattlich", hatte er dem Tier versichert. Und Falstaff schien sich darüber gefreut zu haben.

Die Einrichtung von Beccas Wohnung war in warmen Terracottatönen gehalten und hatte einen unübersehbar femininen Touch, ohne verspielt zu wirken. Auf einer Kommode standen Fotos von Shahins Eltern in Silberrahmen. Er hatte eines in die Hand genommen und betrachtet. Ein gut aussehender, schwarzhaariger Mann in weißem Arztkittel lächelte darauf in die Kamera – offenbar ein Bild von Beccas Vater aus glücklicheren Zeiten in Mossul. Lindberg war bald darauf gegangen – nicht ohne Falstaff zu versichern, dass er am nächsten Tag wiederkommen würde.

In seinem winzigen Büro hatte Lindberg gerade wieder angefangen, sich auf die Terrordateien zu konzentrieren,

als die Tür aufging und Hauptkommissar Brenner hereinkam.

„Na, Dr. Lindberg, schon irgendwelche Fortschritte?"
Brenner kam näher und beugte sich neugierig über den
Computer.

Der Archäologe schüttelte den Kopf. „Nein, leider
noch nicht."

„Ich hatte es Ihnen ja gesagt, wir sind die Dateien alle
schon durchgegangen."

„Ja, das hatten Sie", bestätigte Lindberg mürrisch.

„Und viel mehr kann ich Ihnen auch nicht anbieten,
fürchte ich", meinte Brenner. „Sie müssen diesen Jestermann ja inzwischen schon leibhaftig vor sich sehen."

Lindberg hob den Kopf. „Was sagten Sie da gerade?"

„Dass Sie den Kerl inzwischen in und auswendig kennen müssen."

„Nein, Sie sagten, ich müsste ihn ja schon leibhaftig
vor mir sehen."

„Ja – und?"

„Genau das ist nämlich ein Problem – in den Dateien
sind immer nur dieselben Polizeifotos von Jestermann. Es
gibt aber keine szenischen Fotos aus der Zeit in Mossul,
die ihn mit seinen Mitkämpfern zeigen."

„Naja, Fotos aus Mossul während der IS-Be-
satzungszeit haben wir in der Tat keine. Die Amerikaner
haben ganz sicher welche; die hatten schließlich Spio-
nagesatelliten, Spezialeinheiten und Aufklärungsdroh-
nen im Einsatz. Für eine eindeutige Identifikation
anhand von Gesichtern reicht die Auflösung der Satellitenfotos meistens aber nicht. Die der Drohnen sehr
wohl."

„Können Sie diese Fotos besorgen?"

Brenner wiegte den Kopf. „Von der NSA oder der CIA? Die amerikanischen Kollegen sind üblicherweise verschlossener als eine Mördermuschel. Sie spionieren uns zwar nach Leibeskräften aus, rücken aber selbst nur sehr selten sensible Informationen raus. So ein offener Austausch von Daten funktioniert höchstens im Spionageverbund ‚Five Eyes‘ – und dem gehören wir nun mal nicht an."

„Ich weiß, diese Absprache mit den USA gilt nur für Großbritannien, Australien, Kanada und Neuseeland. Können Sie es trotzdem versuchen? Es geht immerhin um Terrorismus und eine akute Bedrohung durch den ‚Islamischen Staat‘. Für die Amerikaner ist der Begriff IS doch grundsätzlich ein Auslöser für Alarmstufe Rot."

Der LKA-Mann nickte und sah auf die Uhr. „Ich habe einen Kollegen beim FBI, mit dem ich schon häufig zu tun hatte. Ein guter Mann mit exzellenten Kontakten. Er müsste jetzt in seinem Büro sein. Ich kann Ihnen nichts versprechen, aber ich will es zumindest versuchen."

Es verging eine gute Stunde, in der Lindberg lust- und erfolglos in den Dateien stöberte. Dann stand Brenner wieder in der Tür.

„Mein Kollege Brett schickt gleich ein paar Fotos aus Mossul an die BKA-Datei – im Gegenzug für Informationen über diese Terrorgruppe bei uns und über die Chimäre. Das geht in Ordnung."

Brenner bedeutete Lindberg, den Stuhl freizugeben. „Ich kann Ihnen nicht den Zugangscode geben. Das ist immerhin Stufe „Streng Geheim". Die amerikanischen Kollegen sind in dieser Hinsicht sehr strikt. Sie können mir aber gern über die Schulter gucken, wenn die Bilder da sind."

Lindberg drehte sich diskret zur Seite, während Brenner den Zugangscode eingab. Über LIBELLE rief er eine spezielle Datei beim BKA auf, die offenbar erst vor wenigen Minuten angelegt worden war. Sie enthielt rund zehn Satellitenfotos und fünfundzwanzig Drohnenbilder aus Mossul aus der Zeit der Besetzung durch den „Islamischen Staat". Brenner öffnete zunächst die Satellitenbilder. Sie zeigten Straßenszenen mit einer derartigen Schärfe, dass man die Firmenschilder über den Läden mühelos lesen konnte.

„So scharfe Fotos habe ich noch nie gesehen", brummte Brenner. „‚Enhanced Imaging System' – diese neue Technologie mit verstärkter Auflösung kann nur der neue Keyhole-Satellit KH-13 ‚Misty' haben. Die Amerikaner geben so gut wie nichts bekannt über das Teil."

Brenner zoomte einzelne Ausschnitte heran. Man konnte Menschen erkennen; ihre Kleidung, ihre Körperhaltung. Aber es war schwer, ihre Gesichter zu identifizieren. Dazu hätten die Menschen schon zufällig direkt nach oben in das Kameraauge blicken müssen.

„Der bekannte Vorgänger KH-11 hatte eine Auflösung von 8,6 Zentimetern – aus dreihundert Kilometern Höhe", sagte Brenner ernüchtert. „Der KH-13 ist deutlich besser. Aber für Gesichtserkennung taugen Satelliten immer noch nicht so richtig. Na, dann sehen wir uns doch mal die Drohnenfotos an."

Ein Mosaik an neuen Fotos erschien auf dem Bildschirm und der Hauptkommissar klickte sich hindurch.

„Das dürften Bilder von einer RQ-4 Global Hawk sein. Ich weiß, dass diese Drohnen im Irak im Einsatz waren."

Gelangweilt klickte sich der LKA-Beamte durch die Fotos. Die Menschen waren diesmal deutlich zu erkennen, unter ihnen auch IS-Kämpfer. Über ihren Fahrzeugen und Stellungen wehte das schwarze Banner des „Islamischen Staates". Über dem weißen, runden Siegel des Propheten, das die Aufschrift „Mohammed ist der Gesandte Gottes" enthielt, stand in weißer arabischer Schrift der erste Teil des muslimischen Glaubensbekenntnisses: „Es gibt keinen Gott außer Allah". In Deutschland war das Zeigen dieses Banners verboten, da es für eine Terrormiliz stand. Weitere Bilder zeigten IS-Kämpfer vor Geländewagen und einigen von der irakischen Armee erbeuteten amerikanischen Kampfpanzern aus der Zeit des Kalten Krieges.

„Moment!", rief Lindberg plötzlich und beugte sich vor. Er zeigte auf das Foto einer kleinen Menschengruppe, die sich vor einem halb zerbombten Gebäude aufhielt. „Können Sie das mal ranzoomen?"

Brenner zog den Ausschnitt des Bildes groß auf. Aus der Mitte der Gruppe ragte ein Mann durch seine Körpergröße heraus. Er trug einen Kampfanzug in einem sandfarbenen Tarnmuster und hatte ein schwarzes Tuch um den Kopf geschlungen.

„Jestermann …", flüsterte Brenner erregt.

Lindberg nickte. „Gibt es noch mehr Fotos von ihm?"

Der Hauptkommissar klickte das nächste Bild an. Wieder zeigte es Jestermann inmitten seiner Kämpfer. Doch auf diesem Bild sprach er zu einem Mann, der sein Gesicht zu ihm erhoben hatte – und damit auch in die hochauflösende Kamera der Global Hawk. Dieser Mann stand vor dem IS-Kommandeur in einer unterwürfigen Haltung, mit hängenden Schultern, die Hände vor dem Bauch.

Lindberg kniff die Augen zusammen und beugte sich mit einem Ausdruck der Fassungslosigkeit noch weiter vor. Brenner zoomte den Mann heran, bis sein Gesicht den Bildschirm füllte.

„Das darf doch nicht wahr sein!", entfuhr es Lindberg.

„Sie kennen den Mann?", fragte der LKA-Mann gespannt.

Lindberg starrte das Gesicht an. Er sah eine etwas jüngere und verhärmte Version eines Mannes, den er aus jüngster Zeit kannte. Es gab keinen Zweifel – der Mann auf dem Foto aus Mossul war unverkennbar Professor Dr. Gerhard Hartdegen.

Hamburg

Shahin hob den Kopf und lauschte. Vor der eisernen Tür ihres Kerkers konnte sie gesteigerte Aktivität hören – Gesprächsfetzen, wenn laut gesprochen wurde, auch dumpfes Gemurmel, Schritte, gelegentlich das Scharren von Stuhlbeinen. Das Licht in ihrer Zelle war bereits seit Stunden eingeschaltet. Sie hatte sich die Zeit mit körperlichen und geistigen Übungen vertrieben. Inzwischen war sie bei Shakespeare angekommen und versuchte, so viel wie möglich von der Rede König Heinrich des Fünften vor der Schlacht von Azincourt zusammenzubekommen. Sie hatte diese bemerkenswerte Rede – ein exzellentes Beispiel für Motivation in einer Extremlage – vor vielen Jahren mal in der Schule durchgenommen und später auswendig gelernt. Und zwar im Original. Sie rezitierte halblaut in die Dunkelheit: „We few – we happy few, we band of brothers. For he today, that sheds his blood with me …"

Ihre Gedanken drifteten jedoch schnell wieder ab – zurück zu ihrer elenden Situation. Die beiden Vermummten, die sie täglich zweimal mit Nahrung und frischem Wasser versorgten, konnte sie inzwischen ganz gut auseinanderhalten. Der eine war ein paar Zentimeter größer als der andere und aus dem Sehschlitz seiner Motorradmaske blitzten pechschwarze Augen. Er hatte einen fassförmigen Oberkörper, aber dazu lange, erstaunlich dünne

Arme und Beine. Sie nannte ihn Schnake. Der andere war kleiner, von gedrungenem Körperbau, besaß blassblaue Augen und massive Arme mit riesigen Fäusten. Das war Kong. Keiner der beiden sprach jemals ein Wort mit ihr, misshandelte sie aber auch nicht. Sie empfand ihre Lage vor allem als psychisch belastend.

„Doch wie sagt der Angler – Augen zu und Dorsch", murmelte Shahin.

Sie legte die Finger um die Kugel, die sie an einer Kette um den Hals trug. Ihr Vater hatte weit Schlimmeres überstanden, dachte sie. Dieser Gedanke tröstete sie etwas und gab ihr Kraft.

Dennoch erschrak sie, als die Tür wieder mit schrillem Laut geöffnet wurde. Shahin erhob sich, schlenderte betont langsam zur Rückwand und blieb dort stehen, den kalten Beton im Rücken.

Kong und Schnake betraten den Raum, doch diesmal hielt keiner von ihnen eine Maschinenpistole in den Händen. Das war ungewöhnlich. Zwei weitere Männer folgten, ebenfalls vermummt. Einer von ihnen war bemerkenswert klein und schmal gebaut. Kang!, dachte Shahin. Das musste der Nordkoreaner sein, mit dem Tristan in Stockholm gekämpft hatte. Der andere Neuankömmling war mittelgroß und breitschultrig. Sie konnte braune, harte Augen hinter der Maske erkennen.

Vier Männer in ihrer Zelle? Das konnte nichts Gutes bedeuten. Gar nichts Gutes. Doch sie schwor sich, nicht kampflos unterzugehen. In ihr erwachte das Erbe ihres levantinischen Volkes, dass sich über Jahrhunderte gegen fremde Unterdrücker gewehrt hatte.

Braunauge winkte Shahin mit einer Hand näherzutreten. Sie gehorchte. Auf ein weiteres Handzeichen hin griffen Kong und Schnake jeder einen ihrer Arme, packten schmerzhaft fest zu und zerrten sie vorwärts. Shahin gab zunächst nach, ergab sich scheinbar in ihr Schicksal, stemmte sich dann aber mit aller Kraft gegen die harten Griffe. Schnake trat schnell hinter sie, presste ihr die Arme am Leib zusammen und hob sie hoch. In seinem Klammergriff hängend, riss Shahin die Beine steil zur Decke empor, als wollte sie einen Felgaufschwung am Reck machen und schleuderte sich dann kraftvoll nach unten. Gleichzeitig griff sie nach hinten und legte ihre Arme um Schnakes Hals. Der Dünnbeinige wurde von dem Schwung nach vorn gerissen und flog, als Shahin sich ruckartig zusammenkauerte, über ihre Schulter hinweg. Er schlug hart auf dem Betonboden auf, blieb einen Moment regungslos liegen und hob dann den Kopf, in den aufgerissenen Augen einen verwirrten, unfokussierten Ausdruck. Kang stieß einen Laut aus, der sowohl Verachtung als auch Wut ausdrückte. Sein ansatzlos herausgepeitschter Rückhandschlag mit den Faustknöcheln von Mittel- und Zeigefinger traf Shahin wuchtig an der Schläfe. Sie sackte in die ausgestreckten Arme von Kong und verlor kurz das Bewusstsein.

Als sie erwachte, pochte ihr Kopf wie ein Hammerwerk. Sie saß auf einem Stuhl und hing halb über einem stabilen Holztisch. Shahin wollte sich an die schmerzende Schläfe fassen, musste aber feststellen, dass Kang und Schnake ihre Arme mit eisernem Griff auf der Tischplatte festhielten. Sie sah auf und blickte in die Augen von Schnake, die vor Hass loderten. Von einer Frau so schmählich vorgeführt zu werden, hatte sicher nicht nur sein Ego schwer lädiert, sondern auch sein Ansehen bei den Komplizen.

Kang und der Braunäugige standen schweigend vor ihr.

„Was wollt ihr?", fauchte Shahin. „Ihr mögt mich also nicht? Schade – dann müsst Ihr noch ein bisschen an euch arbeiten. Ich bin eben kein Stuhl, ich muss mich nicht mit jedem Arsch arrangieren."

Der braunäugige Vermummte wandte sich nach hinten und gab ein Handzeichen. Ein weiterer Mann schob sich in ihr Sichtfeld. Er war hager, trug einen albern gemusterten Jogginganzug, der ihm viel zu weit war, und ebenfalls eine Motorradmaske vor dem Gesicht. Die Art, wie er sich bewegte, als er an den Tisch trat, kam Shahin irgendwie bekannt vor. Aber sie konnte diese flüchtige Impression nicht festhalten oder gar einordnen. Der Hagere trat an ihre linke Seite. Nun sah sie, dass er in jeder Hand einen Gegenstand hielt. Ihr wurde eiskalt, als sie erkannte, was es war.

In der Rechten hielt der Mann eine Gartenschere. Es war ein teures Gerät mit einer handgeschmiedeten Schneide und einer Kraftverstärkung, die es erlaubte, auch dickere Äste zu kappen. Der Hagere legte nun den Gegenstand, den er in der linken Hand gehalten hatte, auf die Tischplatte vor Shahin. Es war ein Gerät, das einer elektrischen Zahnbürste ähnelte. Shahin war aber sehr sicher, dass es sich dabei um etwas anderes handeln musste. Der hagere Mann nickte Kong zu, der Shahins linkes Handgelenk mit all seiner Kraft festhielt. Der Mann mit der Gartenschere ergriff blitzartig Shahins kleinen Finger und bog ihn von den anderen Fingern weg. Shahin ahnte, was nun kam. Sie versuchte verzweifelt, ihre Hand zu befreien. Der Hagere setzte die Gartenschere an und drückte zu. Ein irrsinniger Schmerz durchraste Shahin und sie stieß einen schrillen Schrei aus. Doch ein noch intensiverer Schmerz folgte, als der Hagere das schmale Gerät, einen batteriebetriebenen Elektrokauter aus der Chirurgie zum Veröden von Blutgefäßen, mindestens eine halbe Minute lang gegen den Stumpf drückte. Shahin schrie und tobte und es gelang ihr, die rechte Hand aus dem Griff von Schnake zu befreien. Der Hagere trat hastig zurück, den Kauter noch in der Hand. Shahins Hand schoss nach vorn packte ihn an der Joggingjacke und riss wütend daran. Der Stoff gab nach und enthüllte eine kreisrunde Narbe in seiner Halsgrube, die in einem kränklichen Rot leuchtete. Schnake packte ihren Arm und riss ihn brutal zurück. Der hagere Mann nestelte an seiner Joggingjacke und zerrte den Kragen hastig wieder über die Narbe. Shahin würgte, ihr wurde übel vor Schmerz. Ihre Sicht trübte sich, dann wurde ihr schwarz vor Augen. Sie schlug hart mit der Stirn auf die Tischplatte auf.

Es war der wütende Schmerz, der in ihrer Hand feurig pulsierte und sie weckte. Sie lag offenbar wieder auf ihrer Unterlage in der Zelle. Es war stockfinster. Stöhnend setzte sie sich auf und tastete mit der rechten Hand an ihrer linken herum. Es war kein Albtraum gewesen – der kleine Finger fehlte tatsächlich. Die Wunde tat höllisch weh und sie hatte das Gefühl, dass sie leichtes Fieber bekam. Auch hatte sie wieder bohrende Kopfschmerzen. Ihre Stirn schmerzte vom Aufprall auf die Tischplatte. Wenigstens war der brutale Schnitt an ihrer Hand fachmännisch verbunden worden, das konnte sie fühlen.

Shahin brauchte nicht lange zu überlegen, warum ihre Entführer ihr das angetan hatten: Sie erhöhten damit den

Druck auf die Behörden, Forderungen der kriminellen Gruppe zu erfüllen. Und sie gab sich keinerlei Illusionen drüber hin, was geschehen würde, falls diesen Forderungen nicht sehr schnell nachgekommen werden sollte. Man würde zunächst damit fortfahren, abgetrennte Finger zu schicken. Und dann womöglich andere Körperteile. Panik stieg in ihr auf; die Zeit lief ihr davon. Buchstäblich ihre Lebenszeit. Und selbst wenn die Behörden taten, was die Entführer verlangten, war es höchst unwahrscheinlich, dass sie ihre Geisel freiließen. Shahin hatte gesehen, wie skrupellos diese Terroristen waren. Sie fröstelte, legte die Arme schützend um sich und ließ sich auf die Matte zurücksinken. Bis sie erschöpft einschlief, zermarterte sie sich das Hirn, an wen der hagere Mann mit der Gartenschere sie erinnerte.

Hamburg

Professor Dr. Gerhard Hartdegen nahm einen großen Schluck Johnnie Walker Black Label, den er für besondere Anlässe reserviert hatte. Der Whisky lief ihm feurig die Speiseröhre hinunter, brannte sanft in seinem Magen und hinterließ ein angenehmes Gefühl der Wärme. Hartdegen nahm noch einen Schluck. Ein besonderer Anlass war dies schon, nur gewiss nicht von der Art, wie er sich das vorgestellt hatte. Er lehnte sich in seinem Sessel zurück und stieß ungeduldig den Atem aus. Es gelang ihm einfach nicht, sich zu entspannen. Die Schreie der LKA-Beamtin hallten noch in seinem Hirn. Er hatte vorgeschlagen, die Amputation unter Betäubung vorzunehmen, aber die IS-Kämpfer hatten ihm unmissverständlich klargemacht, dass dies nicht infrage kam. Sie hatten diese Frau leiden sehen wollen. Die ganze Sache lief allmählich aus dem Ruder. Er zermarterte sich das Hirn, wie er noch aussteigen könnte, aber der IS kannte für solche Illoyalität nur eine Antwort: den Tod.

Er schrak aus seinen trüben Gedanken auf, als es an der Haustür klingelte. Hartdegen ging hinüber und öffnete. Vor der Tür standen zwei Männer, hinter ihnen konnte er Lindberg erkennen, den Archäologen aus Schleswig.

„Professor Dr. Hartdegen? Mein Name ist Lucas Brenner vom LKA Kiel, das ist mein Kollege Sven Petersen vom LKA Hamburg. Und Dr. Lindberg kennen Sie ja wohl."

Hartdegen runzelte die Stirn. „Gewiss. Ich kenne ihn. Wir sind uns in letzter Zeit öfter begegnet. Und was kann ich für Sie tun?"

Brenner hob ein Dokument hoch. „Sie können zunächst einmal beiseite treten. Dies ist ein Hausdurchsuchungsbeschluss. Und dann würden wir uns gern mit Ihnen unterhalten."

Hartdegen starrte den LKA-Beamten ein paar Herzschläge lang fassungslos an, dann nickte er und trat scheinbar ergeben beiseite, bevor er sich herumwarf und zur Terrassentür an der Rückseite des Hauses rannte, wo zwei weitere Beamte standen. Einer hob seine Waffe kurz hoch und schüttelte den Kopf. Brenner trat hinter Hartdegen und packte ihn am Arm.

„Für wie dämlich halten Sie uns? Also, ich frage Sie noch einmal: Wo können wir uns ungestört unterhalten?"

„Da drüben. In meinem Arbeitszimmer", brachte der Virologe mit heiserer Stimme heraus. Brenner und Petersen schoben Hartdegen, der inzwischen leichenblass geworden war, in das genannte Zimmer, Lindberg folgte ihnen und schloss die Tür. Inzwischen war ein halbes Dutzend weiterer Beamte in das Haus gekommen und begann mit einer gründlichen Durchsuchung.

Hartdegen wurde zu einem Stuhl bugsiert. Er hatte sich inzwischen etwas gefangen und blickte Brenner herausfordernd an.

„Sagen Sie mal, was wollen Sie eigentlich in meinem Haus? Sind Sie völlig verrückt geworden? Ich bin ein angesehener Arzt in dieser Stadt. Was werfen Sie mir überhaupt vor? Bin ich bei Rot über die Ampel gefahren? Habe ich meinen Müll nicht getrennt?"

Brenner zog ein Foto aus seiner Dokumententasche und hielt es Hartdegen vor die Augen. „Ein alter Kumpel von Ihnen?"

Hartdegen starrte das Foto an, das ihn zusammen mit Arnfried Jestermann in Mossul zeigte, und schob trotzig das Kinn vor. „Na und? Das sind doch uralte Geschichten. Ich war für Ärzte ohne Grenzen in Mossul, als der IS dort einmarschierte. Man hat mich gezwungen, ihre Verwundeten zu versorgen. Ich bin schließlich Arzt, das ist doch wohl kein Verbrechen. Hippokratischer Eid, falls Sie davon schon mal gehört haben."

„Sie sind von Anfang an mit diesem Fall befasst gewesen, Professor Dr. Hartdegen. Und Sie haben es nicht für nötig erachtet zu erwähnen, dass Sie jenen Mann persönlich kennen, der vom ‚Islamischen Staat' mittels Massenmord freigepresst werden soll? Dass Sie Monate mit ihm verbracht haben? Ich habe mit Dahan, Thomsen und Winter gesprochen – niemand in Ihrem Institut wusste von Ihrer Zeit beim IS in Mossul."

Hartdegen wich seinem Blick aus. „Niemand hat mich danach gefragt. Ich habe versucht, diese Zeit zu verdrängen, es ist ein schweres Trauma für mich. Schließlich bin ich von Jestermann monatelang als Geisel gehalten worden, unter äußerst elenden Umständen. Glauben Sie mir, das war nicht gerade vergnügungssteuerpflichtig. Ich möchte nicht mehr darüber reden; es belastet mich sehr. Und mit Terrorismus habe ich nicht das Geringste zu tun. Und nun verlassen Sie bitte mein Haus."

Er wollte sich aus dem Stuhl erheben, aber Petersen drückte ihn wieder herunter. „Nicht ganz so schnell, Herr

Doktor. Wir sind noch nicht fertig mit Ihnen. Genauer gesagt haben wir noch nicht einmal richtig angefangen."

Hartdegen funkelte ihn wütend an. Dann machte er eine Kopfbewegung Richtung Lindberg. „Und was will der eigentlich hier? Hören Sie, Herr Archäologe, ich habe keine alten Skelette hier im Haus."

Er zuckte zusammen, als er Lindbergs Blick begegnete. In ihnen loderte eine mühsam im Zaum gehaltene Wut. Hartdegen musterte die athletische Gestalt des Archäologen nervös.

„Wo ist Becca Shahin?", stieß Lindberg hervor. Es war kaum mehr als ein Flüstern, besaß aber eine Intensität, sodass Hartdegen sich instinktiv ein Stück von ihm fortlehnte.

„Diese LKA-Frau? Was weiß ich denn, wo die ist? Vielleicht auf Mallorca. Oder beim Makramee-Kurs. Sie haben wohl alle den Verstand verloren!"

Brenners Handy klingelte. Er blickte auf das Display, ging ein paar Schritte zur Seite und nahm den Anruf an. Lindberg sah, wie seine Schultern plötzlich ein Stück absackten.

„Hat Rischmann sich das schon angesehen?"

Als er das Gespräch beendete und sich umdrehte, war er ebenso blass wie Hartdegen.

„Vor einer Stunde ist ein kleines Päckchen auf dem Tisch der Rezeption im Bernhard-Nocht-Institut gefunden worden", sagte er tonlos. „Man hat wohl abgewartet, bis die Rezeptionistin kurz mal eine Pause macht. Gesehen wurde jedenfalls niemand. In dem Päckchen befand sich ein abgetrennter Finger. Professor Rischmann ist gleich aus der Rechtsmedizin rübergekommen und hat sich das angesehen. Es ist der kleine Finger einer linken

Frauenhand." Brenner starrte einen Moment ins Leere, bevor er fortfuhr. „Rischmann sagt, der Finger wurde mit einer Blech- oder Geflügelschere oder einem ähnlichen Instrument abgetrennt. Sie machen gerade einen DNA-Abgleich. Es ist leider sehr wahrscheinlich, dass der Finger von Becca stammt."

Lindberg schloss einen Moment lang die Augen. Seine Hände krallten sich um eine Stuhllehne, die Knöchel traten weiß hervor. An seinem Hals pulsierte eine Ader.

„Dem Finger war noch einmal die Forderung beigefügt, die Arbeiten an einem Serum sofort einzustellen", fuhr Brenner fort und musterte den Virologen wie ein ekelhaftes Insekt. „Sie waren die undichte Stelle, nicht wahr, Hartdegen? Sie haben diese Schweine die ganze Zeit auf dem Laufenden gehalten."

Er ging zur Tür. „Weber?"

Ein junger Polizeibeamter erschien.

„Suchen Sie auch ganz gezielt nach einer Geflügelschere oder so etwas. Gucken Sie mal, ob es einen Werkstattraum oder einen Schuppen draußen gibt."

Weber nickte und verschwand. Brenner verschränkte die Arme.

„Und jetzt warten wir", sagte er kalt. „Und Sie bleiben genau da sitzen."

Hartdegen hatte angefangen, unruhig auf dem Stuhl hin und her zu rutschen, als säße er auf einer heißen Herdplatte. Es dauerte kaum eine Viertelstunde, da klopfte es und Weber stand in der Tür. Er hielt zwei Plastikbeutel in der Hand und sah sehr zufrieden aus.

„Die waren in einer Kiste in einem Werkzeugschrank."

Brenner besah sich den Inhalt.

„Sie haben sich wohl sehr sicher gefühlt, wie? Das Zeug in Ihrem eigenen Haus aufzubewahren?"

Hartdegens Stirn bedeckte sich mit kaltem Schweiß. „Ich weiß nicht, was Sie meinen. Das ist meine Gartenschere für die Rosen da draußen und das andere ist ein Elektrokauter. Falls Sie sich erinnern – ich bin Arzt. Ärzte haben sowas im Haus. Ich gratuliere Ihnen zu dem tollen Fund. Da hat es sich ja wirklich gelohnt, mein Haus auf den Kopf zu stellen."

Lindberg beugte sich zu ihm herunter. „Damit ist vermutlich eine junge Frau verstümmelt worden. Haben Sie das getan, Hartdegen, Sie Drecksack? Haben Sie Becca Shahin einen Finger abgetrennt?"

„Nein, habe ich nicht! Und für Sie immer noch Professor!"

„Wie Sie wollen: Professor Drecksack."

Hartdegens Kiefer mahlten. Brenner schüttelte die beiden Beutel.

„Diese Gegenstände gehen jetzt in die Kriminaltechnik. Wir werden Fingerabdrücke und eine DNA-Probe von ihnen nehmen. Die DNA von Becca Shahin haben wir. Wenn es eine Übereinstimmung gibt, wenn Shahins Blut auf dieser Schere ist und sich DNA-Partikel von unserer Kollegin auf dem Kauter finden, dann Gnade Ihnen Gott. Übrigens: Falls Sie glauben, ein bisschen Abspülen reiche aus, um DNA-Spuren zu vernichten, dann befinden Sie sich schwer im Irrtum."

Hartdegen blickte gehetzt zur Tür. Brenner sah seinen Blick und schüttelte den Kopf.

„Wo ist Becca Shahin?", fragte Lindberg noch einmal gefährlich leise.

Der Virologe schwieg und nestelte an seinem Kragen herum.

„Sie sind auf alle Fälle erledigt, Hartdegen", sagte Petersen. „Sie haben jetzt nur noch eine einzige Chance: das Leben unserer Kollegin retten helfen. Das könnte vor Gericht ein paar Punkte geben."

Hartdegen fuhr sich über das Gesicht. Seine Hände zitterten. „Ich will sofort meinen Anwalt anrufen."

„Können Sie auch", meinte Brenner. „Sobald Sie uns gesagt haben, wo Becca Shahin ist. Ich brauche Sie nicht daran zu erinnern, dass ihr Leben in akuter Gefahr schwebt. Wahrscheinlich wissen Sie das besser als wir."

Hartdegen wirkte für einen Moment, als wolle er aufspringen und versuchen zu fliehen, dann sackte er im Stuhl zusammen.

„Ich bin auch nur ein Opfer!", brach es aus ihm heraus. „Und wenn ich Ihnen irgendetwas sage, häuten die mich bei lebendigem Leibe. Und das ist nicht übertrieben, glauben Sie mir."

Brenner sah ihn prüfend an, dann wandte er sich Lindberg zu. „So kommen wir nicht weiter. Ach, Dr. Lindberg, eine Frage bei dieser Gelegenheit – das wollte ich Sie schon immer mal fragen: Als ehemaliger Angehöriger einer Spezialeinheit, die im Nahen Osten im Einsatz war, hat man Sie auch mit speziellen Befragungstechniken vertraut gemacht?"

Der Archäologe nickte. „Oh ja! Die Kameraden von der irakischen Armee waren so freundlich, uns ein paar interessante Verfahren zu zeigen. Sehr wirkungsvoll, aber wirklich scheußlich, muss ich sagen. Absolut grauenhaft sogar."

Hartdegen blickte entsetzt von einem Mann zum anderen. „Sie drohen mir mit Folter? Sind Sie noch bei Trost? Das kostet Sie ihren Job!"

„Aber Professor Dr. Hartdegen, wo denken Sie hin?", sagte Brenner betont liebenswürdig. „Davon kann nun wirklich keine Rede sein. Es war nur eine ganz einfache Informationsfrage. Hat mich nur grundsätzlich interessiert. Sven, kann ich dich mal draußen sprechen?"

Hartdegen blickte alarmiert zu Lindberg, der sich näher schob. Seine Augen waren auf ihn gerichtet wie Mündungen von Kanonenrohren. Seine Hände waren zu Fäusten geballt. Hartdegen sah, dass Lindberg kurz davor war, die Kontrolle über sich zu verlieren.

„Ich weiß wirklich nicht, wo Ihre Kollegin ist", stieß er hervor.

„Ach ja? Und was wissen Sie?", fragte Brenner.

Der Virologe zögerte.

„Man hat mir jedes Mal eine zugeklebte Brille aufgesetzt und mich eine Weile im Wagen herumgefahren. Ich konnte absolut nichts sehen. Das müssen Sie mir glauben."

Brenner stieß den Atem aus und sah Petersen an.

„Ich muss Ihnen gar nichts glauben. Sie wollen uns also weismachen, dass Sie mehrfach im Versteck der Entführer waren und nichts mitbekommen haben? Seien Sie nicht albern."

Hartdegen fuhr sich nervös durch die Haare. „Ich weiß nur, dass es irgendwo am Hafen sein muss. Da war sehr viel Autoverkehr. Und ich habe die Motoren und das Tuten von Schiffen gehört. Und Durchsagen von Touristenbarkassen. Ich kenne die Hafengeräusche ja aus dem Institut. Ach ja, und es ging dann eine steile Treppe hinunter. In einen Keller oder so etwas. Es war feucht und kalt da unten. Mehr weiß ich nicht."

„Sie sind festgenommen, Herr Professor Dr. Hartdegen", sagte Petersen ruhig und nestelte Handschellen von seinem Gürtel ab.

„Ich hätte der verdammten Schlampe in diesem Keller lieber gleich die Kehle durchschneiden sollen", zischte der Virologe.

Lindbergs Schlag kam so schnell, dass niemand ihn kommen sah, vor allem Hartdegen nicht. Der Virologe flog aus dem Stuhl und prallte hart gegen die Wand.

„Bedauerlicherweise hat der Verdächtige bei der Festnahme heftigen Widerstand geleistet", bemerkte Brenner trocken und sah beeindruckt zwischen Lindberg und dem bewusstlosen Hartdegen hin und her.

Petersen nickte ernst. „Wirklich dumm von ihm."

Hamburg

Die Entführung und Verstümmelung von Hauptkommissarin Becca Shahin sowie die jüngsten Drohungen der Terroristen hatten zu einer weiteren Krisenkonferenz in der Hamburger Innenbehörde geführt, geleitet vom Innensenator persönlich. Neben Brenner hatten diesmal auch die Leiter der Landeskriminalämter von Hamburg und Schleswig-Holstein daran teilgenommen. Brenner hatte sich ein heftiges Wortgefecht mit Professor Dr. Levy Dahan vom Bernhard-Nocht-Institut geliefert. Der leitende Virologe hatte darauf bestanden, die Drohungen der Terroristen zu ignorieren und die Forschungen an dem Serum mit Hochdruck weiterzuführen. Brenner hatte dafür plädiert, die Forschungen einzustellen, bis Shahin gefunden sei.

„Das können wir uns leider nicht leisten, Herr Hauptkommissar", hatte Dahan mit Nachdruck gesagt. „Sie wollen ein Menschenleben retten, ich sehe unzählige gefährdet. Diese Chimäre hat das Potenzial, Hunderttausende Menschen zu töten, wenn sie freigesetzt wird. Mindestens. Wir müssen ein Gegenmittel entwickeln. Und zwar so schnell wie möglich."

„Wollen Sie also ruhig zusehen, wie meine Kollegin stückweise bei Ihnen im Institut angeliefert wird, Professor Dr. Dahan?", hatte Brenner erregt gefragt und hinzugefügt: „Ich darf Sie darauf hinweisen, dass der Verräter in Ihrem Institut saß."

Dahan war rot angelaufen. „Diese bedauerliche Tatsache belastet uns deutlich mehr als Sie, das kann ich Ihnen versichern, Herr Brenner. Im Übrigen ist Ihr Hinweis unfair und wenig hilfreich im Moment", hatte der Chefvirologe mit gepresster Stimme geantwortet.

„Wie weit sind Sie denn mit Ihren Forschungen, Professor Dr. Dahan?", hatte sich Innensenator Kleiberg mit betont ruhiger Stimme in den Streit eingeschaltet. „Sehen Sie da irgendwo einen Lichtstreif?"

Dahan hatte genickt. „Einige der Pflanzen, die in Johann Rists Aufzeichnungen genannt wurden, zeigen vielversprechende Wirkungen im Laborversuch. Vor allem Cystus 052 und Aglaia foveolata. Aber klinische Tests ..." – der Virologe hatte bedauernd den Kopf geschüttelt – „So weit sind wir noch nicht."

„Könnten Sie Ihre Arbeiten denn in einem sehr kleinen Kreis unter strenger Geheimhaltung fortsetzen?", hatte Kleiberg gefragt.

Brenner hatte wütend auffahren wollen, aber der Chef des Kieler LKA hatte ihn mit einer Handbewegung zum Schweigen gebracht.

Dahan hatte genickt. „Ja, ich denke, Geheimhaltung kann ich jetzt garantieren, nachdem Professor Dr. Hartdegen enttarnt ist. Dass der IS gleich zwei Kollegen als Spione in mein Haus eingeschleust hat, ist wohl sehr unwahrscheinlich. Die Kollegen Winter und Thomsen werden in einem abgelegenen und abgeschotteten Laborraum unseres Hauses unter strengstem Stillschweigen weiterarbeiten."

Brenner hatte niedergeschlagen den Kopf geschüttelt. „Diese Narren. Das kann Beccas Todesurteil sein", hatte er, zu Lindberg gewandt, gemurmelt.

Das war vor zwei Stunden gewesen. Nun saßen beide in einem Konferenzraum des Hamburger Polizeipräsidiums am Bruno-Georges-Platz. Unter anderem waren die Leiter der Abteilungen von LKA eins bis LKA sieben anwesend – außer der Abteilung LKA fünf, die sich mit Wirtschaftskriminalität befasste. Die Konferenz hatte noch nicht begonnen.

„Was hat Hartdegen denn noch ausgesagt?", fragte Lindberg.

„Wir haben ihn stark unter Druck gesetzt. Schließlich ist er beim Verhör zusammengebrochen, hat geheult und nicht aufgehört zu betonen, dass er nur ein Opfer sei. Dass er monatelang in Mossul in Todesangst gelebt habe. Dass seine Psyche schwer gelitten habe. Und dass er schwer traumatisiert sei."

„Und warum hat er dem IS dann geholfen?"

„Ich glaube, das ist ein besonders intensiver Fall vom Stockholm-Syndrom", meinte Brenner. „Hartdegen hat ein geradezu pathologisches Abhängigkeitsverhältnis zu Jestermann entwickelt. Der Kerl hat ihn monatelang gedemütigt, ihn körperlich misshandelt und immer am Rande einer Exekution gehalten, um ihn dann am Schluss freizulassen."

„Er hat ihn einfach so gehen lassen?"

„Ja, Hartdegen sagt, Jestermann habe ihm das Leben gerettet, er habe IS-Milizionäre daran gehindert, ihn zu erschießen. Und ihn dann zu den Stellungen der Alliierten geschickt. Jetzt fühlt er sich in Jestermanns Schuld. Als der IS in Hamburg an ihn herangetreten sei, habe er ihn vor die Wahl gestellt, bestialisch ermordet zu werden oder bei Jestermanns Befreiung zu helfen. Hartdegen sagt, er habe genügend Gräueltaten des IS erlebt, um zu wissen, dass die nicht bluffen."

Lindberg schüttelte den Kopf. „Wozu hat man ihn denn gebraucht – außer, um Becca zu verstümmeln?"

„Hartdegen hat eingeräumt, dass er dem IS geholfen hätte, eine Biowaffe zu entwickeln. In diesem Kellergewölbe gibt es irgendwo ein provisorisches Labor, offenbar sogar der Stufe vier. Zunächst hatte er mit Anthrax-Bazillen experimentiert, dann hörte er im Institut von der Chimäre und ließ den IS den Arm aus dem Wedeler Grab besorgen. Damit hatte er genug Material, um einen weitaus tödlicheren Erreger als Anthrax waffenfähig zu machen. Nicht weiter kompliziert für ihn – biologische Waffen sind schließlich sein Spezialgebiet."

„Und der Schuss auf ihn?", wollte Lindberg wissen.

„Das war eine Idee von Kang. Er hat Hartdegen versichert, das sei absolut notwendig, um ihn aus dem Kreis möglicher Verdächtiger auszuschließen. Hat ja auch geklappt. Und Hartdegen hatte keine andere Wahl. Wenn Sie dieses Foto aus Mossul nicht gefunden hätten, wüssten wir bis heute noch nichts von der Verbindung zwischen Hartdegen und dem IS."

„Woher wusste Hartdegen eigentlich, dass ich nach Stockholm reisen würde?", fragte Lindberg nachdenklich. „Er hat doch gar nicht an der Konferenz in der Innenbehörde teilgenommen."

Brenner schnaubte. „Von Dr. Winter natürlich. Hartdegen hatte sie ja gebeten, ihn auf dem Laufenden zu halten. Er wusste von dieser Konferenz und hat Winter anschließend gleich angerufen, um Neuigkeiten zu erfahren. Ihre

Reisepläne hat er dann brühwarm an Kang weitergegeben. Winter ist deswegen übrigens am Boden zerstört."

Ein Beamer erwachte surrend zum Leben und projizierte eine Straßenkarte des Hamburger Hafengebiets auf eine Leinwand an der Stirnseite des Raumes. Lindberg blickte auf.

„Was Sie hier unschwer erkennen können, ist der Hamburger Hafen", begann ein drahtiger Mittvierziger, der offenbar die Konferenzleitung übernommen hatte.

„Das ist Karl Wüsthoff, der Leiter von LKA sieben – Staatsschutz", flüsterte Brenner Lindberg zu.

Wüsthoff fuhr fort: „Der Verdächtige Hartdegen hat ausgesagt, er habe eine sehr belebte Straße gehört, Möwengeschrei und die Ansagen von Barkassenführern. Das Versteck der Entführer muss sich also auf jeden Fall in Hafennähe befinden, so viel steht fest."

Er nickte einem jungen Beamten zu. Ein Netz von Linien legte sich über die Karte.

„Das sind die Routen der Hafenbarkassen", erläuterte Wüsthoff. „Und hier", einige Linien flammten rot auf der Karte auf, „liegen belebte Straßen und Kreuzungen. Wie Sie sehen, fällt der gesamte südliche Teil des Hafens für unsere Ermittlungen weg. Es kommt vor allem die Strecke zwischen Altona und der HafenCity infrage. Schwerpunkte sind dabei der Bereich Landungsbrücken und Teile der Speicherstadt."

„Das sind immer noch Dutzende Kilometer", knurrte Brenner.

„Hartdegen hat seinen Aussagen noch hinzugefügt, dass die Stufen, die steil hinabführten, glitschig gewesen seien", fuhr Wüsthoff fort. „Auch seien die Wände, an denen er sich festgehalten habe, rau und feucht gewesen. Unten angekommen, habe man ihm die Brille abgenommen. Er habe sich dann in einem alten Kellergewölbe mit Betonwänden und -decken befunden. Wie viele Räume es dort unten gebe, könne er nicht sagen, aber es sei auf alle Fälle weitläufig gewesen. Glitschige Stufen und feuchte, raue Wände – ich denke, wir können damit alle Gebäude, die in den letzten Jahren in der HafenCity errichtet worden sind, von vornherein ausschließen. "

Wüsthoff wandte sich wieder der Kartenprojektion zu. „Fassen wir also zusammen: Wir haben die Faktoren Hafennähe, Barkassen, belebte Straße oder Kreuzung und altes Gebäude mit einem tiefen, weitläufigen und offenbar alten Kellergewölbe. "

Er wandte sich einigen Beamten der Schutzpolizei zu, die mit am Tisch saßen. „Wir müssen herausfinden, ob es an Orten, die auf diese Beschreibung passen, in letzter Zeit irgendwelche auffälligen oder ungewöhnlichen Vorgänge gegeben hat. Die ganze Laborausrüstung musste ja schließlich zu diesem Keller transportiert werden. Vielleicht hat jemand zufällig gesehen, wie Hartdegen mit seiner blickdichten Brille zu einem Gebäude geführt wurde. Vielleicht handelt es sich ja um ein Gebäude, das lange nicht genutzt wurde. Dann ist das vielleicht einem Anwohner aufgefallen. "

Die Polizisten nickten und machten sich Notizen.

„Das einzige Auffällige in der betreffenden Hafengegend, von dem ich in letzter Zeit gehört habe, war ein Schwarm verrückter Fledermäuse am helllichten Tag. Die Touris haben die Beine in die Hand genommen und sind in Scharen geflohen. Das war wie bei einem alten Hitchcock-Film", sagte eine jüngere Beamtin in Uniform.

Die Runde lachte.

„Augenblick mal. Wissen Sie wann und wo genau das war?", fragte Lindberg.

Die Schärfe und Dringlichkeit in seiner Stimme ließ alle Köpfe zu ihm herumfahren. Die junge Beamtin sah ihn erstaunt an und zuckte dann mit den Achseln.

„Das muss etwa vor drei Wochen gewesen sein. Irgendwo an den Landungsbrücken, soweit ich weiß. Die Viecher sind eine Weile auf der Kreuzung Helgoländer Allee/St. Pauli Hafenstraße und an den Landungsbrücken herumgeflattert und haben sich schließlich unter die Brücke der Seewartenstraße gehängt. Das müssen Hunderte gewesen sein. Es gab mehrere Anrufe von besorgten Bürgern dazu. Wir haben den Tierschutzverein informiert. Keine Ahnung, was die unternommen haben. Irgendwann waren die Tiere jedenfalls wieder weg."

„Vielen Dank, Frau Kollegin. Das ist ja alles sehr interessant, aber ich fürchte, eine paar nervöse Fledermäuse helfen uns jetzt wenig weiter", sagte Wüsthoff. Er zoomte einen Teil der Straßenkarte heran. „Und wo sollten die überhaupt hergekommen sein? Hier ist das Hotel Hafen Hamburg; das ist aber viel zu belebt für so scheue Tiere. Und da drüben auf dem Hügel stehen eine Jugendherberge und eine Bildungseinrichtung. Die haben ganz sicher keine ausgedehnten Kellergewölbe. Südlich davon sind nur noch die Landungsbrücken und die Elbe. Na, vielleicht kamen die Viecher ja aus dem Alten Elbtunnel. Wer weiß."

„Nein", sagte Lindberg bestimmt, „die kamen nicht aus dem Elbtunnel." Er schlug sich vor die Stirn. „Dass ich nicht gleich darauf gekommen bin." Er blickte in die Runde, die ihn erwartungsvoll ansah.

„Sie machen uns ziemlich neugierig, Herr Dr. Lindberg", sagte Wüsthoff. „Erleuchten Sie uns bitte."

„Ich weiß, wo die Fledermäuse hergekommen sind", nickte Lindberg. „Und dort befindet sich auch der gesuchte Keller."

Er stand auf, ging nach vorn zur Leinwand und klopfte mit dem Finger auf eine Stelle der Karte.

„Und zwar genau hier."

Hamburg

„Was soll denn dort sein, Dr. Lindberg? Meinen Sie etwa den Parkplatz für die Touristenbusse?", fragte Wüsthoff spöttisch. „Etwas anderes gibt es dort nämlich nicht, soweit mir bekannt ist."

Lindberg lächelte schmal. „Wissen Sie, als ich heute in diese Konferenz kam, hatte ich eigentlich gar nicht erwartet, dass ich als Archäologe irgendetwas Hilfreiches zu den Ermittlungen beitragen kann. Aber es könnte sein, dass das nun doch der Fall ist."

Ein älterer Polizeibeamter in Uniform räusperte sich. „Ich glaube, der Herr Archäologe aus Schleswig ist hier auf etwas Entscheidendes gestoßen." Er wies auf die Karte. „Dort gibt es in der Tat wesentlich mehr als nur einen Busparkplatz."

Wüsthoff blickte verwirrt von einem zum anderen. „Ach ja? Kann mich mal jemand darüber aufklären?"

„Vielleicht sollte das Dr. Lindberg tun", schlug Brenner vor.

Wüsthoff nickte Lindberg zu. „Dann mal los. Ich bin ganz Ohr."

Der Archäologe wies noch einmal auf die Karte. „An dieser Stelle befindet sich der Tiefbunker Helgoländer Allee. Es handelt sich um eine dreistöckige Anlage aus dem Zweiten Weltkrieg, die tief in den Elbhang hineingebaut wurde. Ich bin selbst mal drin gewesen – mit dem Technischen Hilfswerk und einigen Mitgliedern der Vereine Hamburger Unterwelten e.V. und unter-hamburg e.V. Dieser Bunker sollte nicht mehr als sechshundert Menschen Platz bieten, aber es hielten sich bei den Luftangriffen der Alliierten damals wohl mehr als tausend Personen darin auf. Diese Anlage war vor allem als Schutzraum für Arbeiter der kriegswichtigen Werften gedacht. Mit dem Bau wurde schon 1939 begonnen."

„Warum ist dieser Bunker denn nicht allgemein bekannt?", fragte ein Beamter. „Ich höre zum ersten Mal davon, dass es so etwas an dieser Stelle gibt. Da fahren und laufen doch täglich Abertausende Menschen vorbei."

„Dieser Bunker ist das gleiche Modell wie der Tiefbunker Berliner Tor unter dem Hauptbahnhof, der öffentlich besichtigt werden kann", erklärte Lindberg. „Der Eingang zu dem Bunker Helgoländer Allee wurde vor rund fünfzig Jahren zugemauert. 2007 wurde er vom THW aufgebrochen, um eine Inspektion vorzunehmen. Man wollte wissen, in welchem Zustand sich die Anlage befindet. Wir fanden das Innere erstaunlich gut erhalten und nicht unter Wasser stehend, allerdings waren alle Metallteile stark von Rost befallen. Es gibt darin Räume mit immer noch intakten Gasschutztüren und Abluftanlagen – ideal übrigens zur Einrichtung eines Biowaffenlabors. Nach der Besichtigung wurde der Eingang damals wieder massiv verschlossen, die Eisentür verschweißt – bis auf eine Öffnung für die Fledermäuse. Irgendetwas muss sie in jüngster Zeit herausgescheucht haben."

„Wie haben wir uns das Innere dieses Bunkers vorzustellen?", fragte Brenner. „Wie viele Räume gibt es da unten?"

„Es gibt im Internet eine Computeranimation der Anlage am Berliner Tor von unter-hamburg e.V.", sagte Lindberg. „Die ist baulich identisch. Wenn jemand mal nachgucken würde …"

Ein Mitarbeiter des Innensenators tippte emsig auf der Tastatur eines Laptops herum. Wenige Minuten später erschien die Animation auf der Leinwand.

„Wie Sie sehen können, ist die Anlage kreisrund", fuhr Lindberg fort. „Der Durchmesser beträgt siebzehn Meter. Die Raumaufteilung können Sie der Ansicht der einzelnen Stockwerke entnehmen."

Er nickte dem Beamten zu und das entsprechende Bild erschien.

„Wie viele Zugänge gibt es?", fragte ein Vertreter der Abteilung LKA zwei, zu der auch das Fachkommissariat Spezialeinheiten mit dem Mobilen Einsatzkommando MEK gehörte.

„Der ganze Bunker hat nur diesen einen Zugang an der Helgoländer Allee", sagte Lindberg. „Eine einzelne Treppe führt ins Obergeschoss und dann jeweils auch nur eine in das Mittel- und das Untergeschoss hinunter."

„Das bedeutet, die Terroristen können nicht fliehen, wenn wir diese Eingänge blockieren, aber sie können die Zugänge auch leicht verteidigen."

Lindberg nickte. „Da stimme ich Ihnen zu."

„Wollen Sie eine solche taktische Beurteilung nicht lieber den Experten überlassen, Dr. Lindberg?", fragte Wüsthoff mit hochgezogenen Augenbrauen.

„Dr. Lindberg war Elitesoldat im Range eines Hauptmanns, Mitglied der Task Force 47 und mehrfach im Ausland im Kampfeinsatz. Ich denke, er kann fachlich ganz gut mithalten", bemerkte Brenner genüsslich.

Wüsthoff lief rot an und schwieg.

Lindberg wies auf ein kreisförmig angeordnetes System von kleinen Kammern. „Diese Räume erscheinen mir für ein Labor gut geeignet. Die einzelnen Zellen sind leicht abzuschotten. Sogar luftdicht. Und dort an der Außenwand dürfte man Becca Shahin festhalten. Wir wissen allerdings nicht, in welchem Stockwerk."

„Wir werden uns also notfalls Stockwerk für Stockwerk herunterkämpfen müssen", sagte der Mann vom LKA zwei nachdenklich. „Ohne zu wissen, wie viel Mann uns entgegentreten werden."

Innensenator Kleiberg legte das Handy aus der Hand. „Ich habe soeben mit dem Bürgermeister und dem Polizeipräsidenten gesprochen und ihnen den Stand der Dinge erklärt." Er nickte dem Leiter von LKA zwei zu. „Bereiten Sie alles vor – Sie haben grünes Licht."

Der Mann erhob sich und verließ eilig den Raum.

Die Helgoländer Allee war nördlich der Seewartenstraße durch quergestellte Polizeiwagen und Beamte in Uniform abgesperrt, ebenso die St. Pauli Hafenstraße in beiden Richtungen. Die sonst so belebte Kreuzung an den Landungsbrücken lag reglos da, selbst der Touristenverkehr war eingestellt oder an andere Stellen der Hafenregion umgeleitet worden. Einsatzfahrzeuge waren auf dem nun leeren Parkplatz an den Landungsbrücken abgestellt. Drei Notarztwagen standen auf dem Busparkplatz an der Helgoländer Allee, mehrere Traumachirurgen hielten sich bereit. Zwei Dutzend Beamte von MEK und SEK säumten die Mauer am Elbhang. Sie trugen sandfarbene Einsatzkleidung aus feuerfestem Nomex-Material mit ballistischen Zenturiohelmen, die selbst einer Kugel des Kalibers .44 Magnum standhielten, sowie schusssichere Mehler-HA-Westen. Die Männer waren mit Maschinenpistolen sowie Selbstladepistolen bewaffnet, einige trugen Scharfschützengewehre. An den Maschinenpistolen waren taktische Lampen befestigt.

Hauptkommissar Brenner stand mit Lindberg neben dem Einsatzleiter, einem stämmigen Beamten namens Kurt Rautha. Beide trugen ebenfalls Schutzwesten.

„Normalerweise ist es für mich völlig ausgeschlossen, Zivilisten bei Einsätzen mitzunehmen", hatte Rautha zu Lindberg gesagt. „Aber erstens waren Sie bei der TF 47 und zweitens sind Sie der einzige hier, der weiß, wie es da unten aussieht. Aus der Animation geht ja nicht hervor, wo sich Türen befinden und in welchem Zustand die sind. Aber eine Waffe kann ich Ihnen nicht geben. Sie bleiben immer hinter uns und folgen unseren Anweisungen. Egal, wie die aussehen. Sie mischen sich auf gar keinen Fall ein – klar?"

„Kristallklar. Damit habe ich keine Probleme", hatte Lindberg gesagt.

Er starrte auf die Bunkertür. Irgendwo dort unten in dem feuchten, kalten Gewölbe konnte Becca sein. Sie war verletzt und hatte eine womöglich infizierte Wunde. Wenn sie überhaupt noch lebte. Und es war keineswegs sicher, dass sie den Einsatz lebendig überstand. Es war möglich, dass die Terroristen sie sofort töteten, wenn die Erstürmung des Bunkers begann. Er ballte ohnmächtig die Fäuste.

Nun stand der Einsatz unmittelbar bevor. Niemand wusste, wie viele IS-Kämpfer dort unten auf sie warteten.

„Wir müssen mit IEDs am Eingang rechnen", hatte Rautha gesagt. Die Abkürzung bezeichnete Sprengfallen

– Improvised explosive devices, wie sie im internationalen Militärjargon hießen.

Das MEK hatte eine getarnte Überwachungskamera über dem Mauerstück entdeckt, hinter der sich der Eingang befand, und sie lahmgelegt. Damit war den Terroristen der Blick nach draußen verwehrt – aber dafür waren sie nun wohl auch gewarnt.

„Es ging nicht anders", hatte Rautha schulterzuckend gesagt. „Das Ding hat den ganzen Platz hier erfasst. Die da unten müssen schon alarmiert gewesen sein, als wir den Verkehr hier umgeleitet haben. Wir konnten nicht riskieren, dass die unseren Aufmarsch und jede unserer Bewegungen verfolgen. Raus können sie ja ohnehin nicht."

Die Mauer vor der massiven Stahltür war von den IS-Terroristen aufgestemmt, aber so raffiniert durch eine Attrappe aus bemaltem Styropor ersetzt worden, dass niemand auf der Straße Verdacht schöpfen konnte. Die 2007 verschweißte Stahltür dahinter war aufgeflext und mit einem modernen Sicherheitsschloss versehen worden. Lindberg sah die in die Tür geschnittenen Löcher, die den Fledermäusen als Flugloch gedient hatten.

Es ging los. Rautha gab den Einsatzbefehl. Zwei Beamte zogen die Styroporverkleidung ab, schnitten mit einem Trennschleifer durch das Schloss aus gehärtetem Stahl, rissen die Tür auf und traten rasch beiseite. Zwei weitere MEK-Beamte stürmten hindurch und gleich die dahinterliegende Treppe hinunter, beide hielten massive, schutzsichere Schilde aus Eisen in den Händen. Weitere Beamte folgten.

„Sprengfalle!", hörte Lindberg einen Mann brüllen.

Ein Spezialist rannte los. Lindberg konnte sich vorstellen, was er unten am Treppenabsatz finden würde: Einen hauchdünnen Draht, der sich quer über die Stufen spannte und mit dem Sicherungssplint von Handgranaten verbunden war. Oder sogar mit einer Mine, die alles und jeden auf der Treppe in Stücke reißen würde. Wie oft hatte er im Nahen Osten solche Fallen in leerstehenden Gebäuden gesehen, die vom Feind verlassen worden waren.

Bange Minuten verstrichen, dann tauchte der Sprengstoffexperte an der Tür auf und schwenkte ein Bündel Handgranaten. Von unten drang nun das heisere Rattern von Kalaschnikow-Sturmgewehren und das schärfere Bellen der Maschinenpistolen herauf.

„Sani!", brüllte jemand.

Ein Notarzt lief mit zwei Sanitätern los. Sie schleppten einen MEK-Mann nach oben, der bewusstlos in ihren Armen hing. Sein Visier war zersplittert, aus dem Helm lief Blut.

„Ist zwar nur ein Streifschuss seitlich am Schädel", sagte der Notarzt, „aber es stecken Splitter vom Visier in seinem Gesicht. Er muss sofort in den OP."

„Das Visier ist zerschossen? Scheiße, dann haben die offenbar panzerbrechende Munition", fluchte Rautha. „Wolframcarbid-Geschosse oder so etwas. Ist noch jemand verletzt?"

Der Arzt schüttelte den Kopf. „Nein, die Gasschleuse unten gibt ganz gute Deckung. Aber dort stecken die Jungs erstmal fest."

„Tränengas hat wohl wenig Sinn. Das sind Profis, die haben für diesen Fall mit Sicherheit Masken. Wir versuchen es mit Blendgranaten. Ich gehe selbst runter", sagte Rautha und wandte sich an Lindberg. „Sind Sie sicher, was den Zustand der Türen anbelangt?"

Lindberg nickte. „Ja. Jedenfalls kenne ich den Zustand von 2007. Hören Sie – lassen Sie mich mit nach unten. Ich kann Ihnen vor Ort besser sagen, wie es da aussieht."

Rautha sah ihn einen Moment lang an. „Okay. Von mir aus. Aber bleiben Sie hinter mir. Kommen Sie, schnell."

Lindberg rannte mit Rautha zum Bunkereingang hinüber. Von unten hallten wieder Schüsse herauf. Rautha und Lindberg liefen die kurze Treppe hinunter und einen langen, dunklen Gang entlang, blieben dann hinter der Tür der Gasschleuse in Deckung. Der Gang wurde nur vom hin- und herzuckenden Schein der Lampen erhellt.

„Es sind mindestens drei", sagte ein MEK-Mann.

„Wo?", fragte Rautha und hielt einen Computerausdruck der Bunkeranimation in den Händen. Der Lichtschein einer kleinen Stiftlampe tanzte über das in Kunststofffolie eingeschweißte Papier. Der MEK-Mann tippte auf drei Stellen.

„Hier, hier und hier. Aber der da drüben schießt seit ein paar Minuten nicht mehr. Ich glaube, Keller hat ihn erwischt."

„Wir liegen aber immer noch im Kreuzfeuer von den beiden anderen", sagte Rautha. „Wie ist der Zustand der Türen an diesen Stellen?", fragte er zu Lindberg gewandt.

„Diese beiden Türen dort sind stark verrostet und lassen sich nicht mehr schließen. Aber ich bezweifle, dass Ihre neun Millimeter dort überall durchdringen."

„Wie halten unsere Schilde?", fragte Rautha einen Kollegen.

„Wir haben jeweils zwei hintereinander gestellt, das reicht völlig."

„Gut. Mertins, du wirfst die eine Blendgranate, und zwar nach rechts, ich die andere", befahl Rautha. „Keller, du schaltest dann den rechts in der Ecke aus, Wulff, du nimmst den direkt vor uns."

Die angesprochenen Beamten nickten und machten sich sprungbereit. Mertins zog eine Schockgranate aus einer Seitentasche. Auch Rautha hielt eine solche Granate in der Hand, die einen Knall von hundertachtzig Dezibel Lautstärke und einen unerträglich hellen Blitz von acht Millionen Candela erzeugen konnte. Ein Düsentriebwerk war hundertdreißig Dezibel laut, die absolute Schmerzgrenze lag bei hundertvierzig. Eine Schockgranate erzeugte bei Personen, die ihrer Explosion ausgesetzt waren, völlige Orientierungslosigkeit und hinterließ manchmal sogar bleibende Schäden. Rautha und Mertins knieten sich hinter die Eisenschilde, die ihre Kameraden aufrechthielten. Zwei Feuerstöße aus automatischen Waffen ließen Kugeln gegen die Schilde prasseln; die Beamten gingen in Deckung.

Lindberg hörte direkt vor sich ein charakteristisches Geräusch: Das leere Magazin einer Kalaschnikow wurde aus der Waffe entnommen. Rautha gab den Wurfbefehl und richtete sich auf. Neben ihm tat Martins das gleiche. Ein weiterer Feuerstoß von rechts traf Rautha mitten im Wurf gegen den Helm. Er fiel zur Seite und riss Wulff mit sich auf den Boden. Lindberg schloss die Augen und legte sich die Hände auf die Ohren. Ein entsetzlicher Knall erschütterte das Gewölbe. Staub rieselte von der Decke. Ohne nachzudenken, sprang Lindberg auf und überquerte die Distanz zum gegenüberliegenden Raum in wenigen Sekunden. Im Flackerschein der Taschenlampen sah er einen knienden Mann mit seltsam überlangen Armen und

Beinen, der gerade ein neues Magazin in seine AK-47 rammte. Als Lindberg plötzlich vor ihm auftauchte, wollte er die Waffe hochreißen. Doch Lindberg nutzte den Schwung seines kurzen Sturmlaufes, um dem Mann mit voller Wucht ins Gesicht zu treten. Er fiel hintenüber und prallte mit dem Kopf auf den Betonboden, bäumte sich sogleich aber ruckartig wieder auf und wollte die AK in Anschlag bringen. Lindberg packte zu, riss ihm die Waffe aus den Händen und rammte ihm den Kolben gegen den Kopf. Noch einmal schlug der Schädel auf den harten Boden auf. Diesmal blieb der Mann liegen, die langen Arme und Beine von sich gestreckt. Wie eine tote Schnake sah der aus, dachte Lindberg.

„Raum gesichert!", brüllte er nach hinten.

Ein MEK-Mann erschien, die Maschinenpistole im Anschlag, und zeigte Lindberg den erhobenen Daumen. Er drehte den Bewusstlosen um und zurrte Hand- und Fußgelenke mit Kabelbindern fest.

Mit einem Teil seines Gehirns hatte Lindberg registriert, dass im anderen Raum geschossen worden war. Auch von dort hatte er ein „Gesichert!" gehört.

„Was ist mit Rautha?", fragte er den Beamten.

„Ich glaube, der ist einigermaßen okay. Könnte aber eine Gehirnerschütterung abbekommen haben. Das Visier ist gesprungen, hat aber gehalten. Der Kerl da hinten hatte offenbar nur normale Munition. Schwein gehabt."

Lindberg presste die Kiefer zusammen. Hinter mehreren MEK-Männern drang er nun tiefer in das Bunkergewölbe ein. Ihre taktischen Lampen auf den Waffen glitten hin und her, erzeugten huschende, überlange Schatten und ließen den alten Bunker noch unheimlicher wirken, als er ohnehin schon war. Lindberg schien es, als würden mit den gespenstischen Schatten die Geister längst verstorbener Menschen aus dem Krieg lebendig. Menschen, die sich hier in Todesangst aneinandergeklammert hatten, während die Mauern unter den schweren Bombeneinschlägen am Hafen erzitterten. Türöffnungen zu seit Jahrzehnten verlassenen Räumen gähnten wie leere Augenhöhlen. Aber niemand zeigte sich, kein Schuss wurde auf sie abgefeuert. Das Stockwerk war leer.

Lindberg hatte den Männern die Treppe gezeigt, die in das zweite Untergeschoss hinabführte. Ihre Sohlen schmatzten auf den feuchten Stufen. Das Licht der Lampen tanzte an der Betonwand entlang. Immer tiefer ging es hinab. Reste von Einrichtungsgegenständen tauchten im Flackerlicht auf, ein halbverfaultes Teil einer Sitzbank, ein paar verrostete Dosen. Eine altersbrüchige Gasmaske wie der Schädel eines dämonischen Wesens. Irgendwo huschte ein Tier mit klickenden Krallen vor ihnen in die Finsternis davon. Wasser tropfte an einer Stelle von der Decke und bildete ein dunkles Rinnsal, das im Lampenschein glänzte. Wie Blut, dachte Lindberg.

Das zweite Untergeschoss war offenbar ebenfalls vollkommen verlassen. Die Männer hielten trotzdem die Waffen entsichert, schlichen weiter voran und starrten im Lichtschein auf einen verblichenen Comicstrip, der einst mit bunten Farben an die graue Wand gemalt worden war und sich über mehrere Meter erstreckte: Wilhelm Buschs Geschichte von Fips dem Affen. Die lustigen Zeichnungen hatten damals die im Bunker eingesperrten Kinder beruhigen sollen, die die Angst der Erwachsenen spürten. Heute boten die fahl gewordenen Abbildungen einen surrealer Anblick in diesem Gebäude, das im Krieg vollkommen verängstigte Menschen beherbergt hatte, die gehofft hatten, einem entsetzlichen Tod durch Verschütten oder Verbrennen zu entgehen.

Und wieder ging es eine feuchte Treppe hinab, in das dritte und unterste Geschoss. Lindberg hatte das Gefühl, immer tiefer in die glitschigen Eingeweide eines gigantischen Ungeheuers hinabzusteigen. Die Männer warfen einen wachsamen Blick in einen größeren Raum, der offenbar erst vor Kurzem genutzt worden war, und schalteten zwei dort zurückgelassene Baulampen ein. Grelles Licht ergoss sich durch das alte Gemäuer. Vorsichtig schritten sie weiter, sich gegenseitig sichernd. Auf Widerstand trafen sie nicht; hier unten schien niemand mehr anwesend zu sein.

Schließlich standen sie vor einer massiven, nur wenig verrosteten Eisentür, die mit einem neuen Schloss ausgestattet worden war. Lindberg starrte auf die Tür. Eiswasser ergoss sich durch sein Inneres, sein Herz hämmerte. Was würden sie dahinter finden? Beccas Leiche?

Ein MEK-Mann kam von hinten angelaufen. Er hielt einen Schlüssel in der Hand, den er einem der toten IS-Kämpfer abgenommen hatte. Zwei Beamte standen mit schussbereiten Waffen seitlich an der Tür, während der dritte vorsichtig den Schlüssel ins Schloss steckte und drehte. Er riss die Tür auf, die mit einem infernalischen Kreischen nachgab. Die beiden Beamten stürmten den Raum, Finger auf den Abzügen. Lindberg folgte. Die Lichtstrahlen der taktischen Lampen huschten an Betonwänden umher und enthüllten ein flaches Lager in der Mitte des kerkerartigen Raumes. Darauf lag ein Bündel, eingewickelt in eine graue Decke.

„Notarzt!", brüllte einer.

Licht flammte auf, offenbar hatte jemand den Schalter an der Außenwand gefunden. Unmittelbar nachdem die Beamten den Raum für gesichert erklärt hatten, eilte der Notarzt in den Kerker, begleitet von zwei Rettungssanitätern mit Einsatzkoffern. Der Arzt kniete sich neben das Bündel und zog vorsichtig die Decke weg. Lindberg stieß keuchend die Luft aus, es war fast ein Schrei.

Shahin lag in Embryohaltung auf einer flachen Matratze, ihre Arme schützend um den Körper geschlungen. Sie zitterte; ihr ganzer Körper bebte.

„Hallo! Mein Name ist Moritz", sagte der Arzt. „Können Sie mich verstehen?"

Shahin drehte sich ein wenig, schlug die Augen auf und sah verwirrt um sich. Dann wurde ihr Blick fokussierter und sie nickte.

„Ja", krächzte sie.

Wieder zitterte sie heftig. Der Arzt leuchtete mit einer kleinen Stablampe in ihre Pupillen, maß ihre Sauerstoffsättigung am Finger und die Temperatur im Ohr.

„Vierzig Grad", sagte er zu einem Rettungsassistenten, der bereits Elektroden für einen Herzmonitor auf Shahins Brust klebte.

„Sie braucht Volumen", sagte Moritz.

Shahin zuckte zusammen, als ein Zugang in ihre rechte Armvene gelegt wurde. Der zweite Rettungssanitäter hielt den Behälter mit der Elektrolytlösung hoch, während der Arzt ein kreislaufstabilisierendes Mittel in den Dreiwegehahn des Zugangs spritzte. Lindberg trat näher heran.

Shahin hob den Kopf und blinzelte in das grelle Licht. „Tristan?", fragte sie ungläubig. „Tristan? Du … hast mich … gefunden …?"

Sie schluchzte auf. Ein weiterer Fieberschauer schüttelte ihren Körper. Der Arzt nahm Shahins linke Hand, wickelte vorsichtig den schmutzigen Verband ab und inspizierte die Wunde. Die Hand war stark geschwollen und heiß. Eine rote Linie zog sich innen am Arm entlang. Moritz betastete die leicht geschwollenen Lymphdrüsen in Shahins Achselhöhle.

„Haben Sie starke Schmerzen in der Hand?", fragte er.

Shahin nickte matt. Der Arzt zog eine Spritze auf und injizierte ein Schmerzmittel in den Dreiwegehahn. Behutsam wechselte er den Verband und legte eine Aluminiumschiene an.

„Sie hat eine Sepsis und muss sofort in den Schockraum, sobald der Kreislauf stabil genug ist für den Transport." Er sah zum Beutel mit der Elektrolytlösung, die zügig in die Vene lief. „Einen Liter muss sie mindestens drin haben, bevor wir sie nach oben tragen", sagte er und gab ein Zeichen.

Zwei Feuerwehrmänner kamen in den Raum, legten eine Schleifkorbtrage ab und warteten auf das Okay des Arztes.

Lindberg kniete sich dem Arzt gegenüber und streichelte Shahins blasses Gesicht. Tränen liefen über ihre Wangen. Er sah sie nur an und brachte keinen Ton heraus. Sie murmelte etwas. Lindberg konnte nichts verstehen und beugte sich zu ihr herunter.

„Du wolltest doch … dass ich dir sage, wann sich … die Situation zwischen uns geändert hat", flüsterte sie stockend in sein Ohr. „Ich glaube – jetzt."

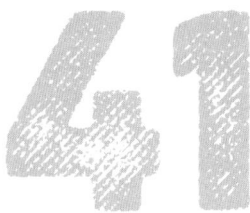

Hamburg

„Welchen Teil von ‚Sie mischen sich auf gar keinen Fall ein‘ haben Sie eigentlich nicht verstanden, Sie Knochensammler?", hatte Rautha geknurrt, als Lindberg ihn zusammen mit Brenner im Krankenhaus besucht hatte. Dabei hatte der MEK-Einsatzleiter fast unmerklich gelächelt.

Er hatte im Bett gesessen, eine Halskrause getragen und schon wieder in Akten geblättert. Rautha hatte berichtet, er sei nur noch zur Beobachtung dort und würde wohl schon am nächsten Tag entlassen. Der Aufschlag der Kugel auf sein Visier hatte eine leichte Gehirnerschütterung und ein Schleudertrauma im Hals- und Nackenbereich hervorgerufen.

Rautha konnte zufrieden sein. Der Einsatz war ein voller Erfolg für das MEK gewesen – jedenfalls soweit es die Geiselbefreiung anbetraf.

Man hatte die LKA-Beamtin Becca Shahin befreien, zudem einen der Terroristen gefangen nehmen können und Reste einer Laboreinrichtung in dem Bunker gefunden. Die meisten Geräte und Materialien, die von Experten zur Herstellung eines waffenfähigen Erregers als notwendig erachtet wurden, waren jedoch verschwunden und außer den drei Vermummten, von denen zwei erschossen worden waren, hatten sich keine Terroristen mehr in dem Bunkergewölbe befunden. Der dritte Mann wurde verhört, schwieg bislang aber eisern. Er erklärte, nichts, was die deutsche Justiz gegen ihn auffahren könne, mache ihm Angst. Deutschland sei schließlich ein Rechtsstaat. Was der IS hingegen an Strafmaßnahmen gegen ihn verhängen würde, falls er auspackte, mache ihm hingegen starke Angst.

„Die haben da unten im Bunker mit Hartdegens Hilfe ihre Biowaffe entwickelt und bereiten nun vermutlich in einem anderen Versteck ihren Einsatz vor", hatte Brenner düster zu Lindberg gesagt. „Die drei Typen da unten sollten Becca Shahin weiter als Geisel bewachen – bis sie nicht mehr benötigt wurde. Diese drei Figuren im Bunker waren nur Kanonenfutter. Die Kommandeure dieses Terrorunternehmens planen indessen weiter ihren Massenmord, davon müssen wir ausgehen."

Die Kriminaltechnik hatte Fingerabdrücke und DNA-Proben im Bunker genommen.

„Hartdegen hat sich tatsächlich da unten aufgehalten, das steht jetzt fest. Der Mann ist endgültig geliefert", hatte Brenner hinzugefügt. Eine gewisse Zufriedenheit in seiner Stimme war nicht zu überhören gewesen.

Brodersby

Das war vier Tage her und Lindberg hatte Shahin in dieser Zeit jeden Tag im Krankenhaus besucht. Ihr ging es noch nicht so gut wie Rautha. Das rasende Fieber war zwar nach hohen Gaben mehrerer Antibiotika abgeklungen, aber sie war noch schwach. Trotz ihrer psychischen Stärke hatten die Geiselhaft und die Verstümmelung ihrer Hand sie traumatisiert. Sie war schweigsam, in sich zurückgezogen und schlief viel. Ihr Lächeln war erloschen.

Lindberg hatte überlegt und dann eine Entscheidung gefällt. Sein Chef im Schleswiger Landesamt hatte beinahe einen Tobsuchtsanfall bekommen, als Lindberg ihm eröffnet hatte, dass er mindestens eine Woche Urlaub nehmen müsse, eher länger. Und dass er jemand anderes an den Tollensesee schicken müsse, wenn es denn wirklich so eilig sei mit der archäologischen Aufarbeitung des neuentdeckten Schlachtfeldes.

Lindberg sah zu Falstaff hinüber. Das Tier lag zufrieden zusammengerollt auf Lindbergs Lieblingssessel; mit dem untrüglichen Instinkt aller Katzen für beste Plätze. Hin und wieder öffnete der dicke Kater ein Auge und prüfte kurz die allgemeine Lage, bevor er es wieder schloss. Der Sessel war für Lindberg auf unabsehbare Zeit verloren, so viel war klar.

Er stieg in den ersten Stock hinauf und ging ins Gästezimmer hinüber. Leise öffnete er die Tür. Shahin lag im Bett; ihr Haar war wie ein schwarzer Fächer um ihren Kopf herum ausgebreitet. Es bildete einen starken Kontrast zu der Blässe ihrer Haut. Sie öffnete die Augen und lächelte ihn an. Ihm ging das Herz auf.

„Dieses Lächeln habe ich vermisst", sagte er. „Wie geht es dir?"

Sie gähnte ungeniert. „Ich könnte alles kurz und klein schlafen."

Er lachte. „Brauchst du etwas? Einen Tee vielleicht? Oder etwas zu essen?"

„Wie viel Uhr ist es denn?"

„Kurz nach drei Uhr nachmittags."

„Dann hätte ich sehr gern den Tee. Ich komme aber dazu runter."

Er nickte und schloss die Tür.

Shahin hatte ihm unendlich leidgetan. Einerseits litt sie noch sehr an den Folgen der Geiselhaft, hatte aber andererseits das Krankenhaus so schnell wie möglich verlassen wollen. Nach der furchtbaren Zeit im Keller hatte sie sich ein weiteres Mal eingesperrt und fremdbestimmt gefühlt. Dem behandelnden Oberarzt war das jedoch zu riskant gewesen.

„Sie hatten eine lebensgefährliche Sepsis", hatte er ernst gesagt. „Seien Sie froh, dass Sie überhaupt noch leben und dass wir Ihre Hand nicht amputieren mussten. Ich kann Sie nicht allein zu Hause liegen lassen. Es ist nicht völlig auszuschließen, dass das Fieber noch einmal aufflammt. Falls Sie dann wieder das Bewusstsein verlieren, und niemand bemerkt das, dann war es das für Sie."

Der Arzt hatte sich schließlich auf einen Kompromissvorschlag eingelassen, den Lindberg ihm und Shahin unterbreitet hatte: Er würde Becca mit in sein Haus nehmen, sie dort versorgen und so lange nicht aus den Augen lassen, bis sie außer Gefahr sei.

„Ich habe ein Zimmer in meinem Haus, oben im ersten Stock, in dem ich einige Souvenirs von meinen Reisen aufbewahre", hatte Lindberg zu Shahin gesagt. „Es steht auch ein bequemes Gästebett darin. Und dieser Raum ist direkt neben meinem Schlafzimmer. Ich kann dich versorgen und auf dich aufpassen."

Der Oberarzt hatte dem Vorschlag zugestimmt. Shahin hatte Lindberg lange angesehen und dann stumm genickt.

Am nächsten Tag waren sie zu Shahin in die Wohnung gefahren und hatten ein paar persönliche Dinge geholt. Vor allem natürlich Falstaff. In der ersten Nacht war Lindberg in ihr Zimmer gestürmt, als er von nebenan

Schreie gehört hatte. Shahin hatte im Bett gesessen, die Knie angezogen und die Arme darum geschlungen. Sie hatte gekeucht und gezittert.

„Ich war ... wieder in diesem ... Keller", hatte sie geflüstert.

Lindberg hatte sich zu ihr gesetzt und schweigend ihre unversehrte Hand gehalten, bis sie eingeschlafen war.

Gerade goss er in der Küche den Darjeeling auf, als er Schritte auf der Treppe hörte. Becca kam die Stufen herunter, sie trug Jeans und ein weiches rotes Sweatshirt. Ihre linke Hand war noch immer verbunden. Sie sah blass und sehr verletzlich aus, aber er fand, dass sie jetzt auch wieder Stärke ausstrahlte. Jedenfalls ein wenig.

„Hallo!", sagte sie. „Hast du auch etwas zu Essen da? Ich bin völlig ausgehungert."

Lindberg lachte. „Ich finde, das ist ein sehr gutes Zeichen."

Er holte ein Hähnchenfilet aus dem Kühlschrank, schnitt es in Stücke und briet sie mit Knoblauch an. Dann fügte er frische Champignons, Tomaten- und Paprikastücke hinzu und mischte alles unter gekochte Spaghetti. Shahin schlang einen großen Teller herunter und nahm sich gleich noch einmal nach.

„Kochen kannst du also, und dich um Damen und Kater in Not kümmern sowieso. Ich glaube, ich werde dich erstmal lieber nicht vergraulen."

Lindberg freute sich.

Nach dem Essen setzte sich Shahin bequem auf das Sofa und blickte auf das Wasser hinaus.

„Sag mal, Tristan, in meinem Zimmer oben steht ein Ständer mit Bögen und Pfeilen. Ist das ein Hobby von dir? Bogenschießen?"

Lindberg nickte. „Ja, ich schieße regelmäßig im Garten. Aber ganz ohne sportlichen Ehrgeiz, ich tue das vor allem wegen der meditativen Abläufe dabei. Es hilft mir, meine Dämonen im Zaum zu halten."

„Da oben ist mir ein besonders schöner Bogen aufgefallen. Er hat einen sehr warmen Holzton. Stammt er aus Asien?"

Lindberg nickte. „Ich glaube, ich weiß, welchen Bogen du meinst. Es gibt eine Geschichte dazu. Wenn du Lust hast, gehen wir nachher nach oben und ich erzähle sie dir."

„Ja, ich würde die Geschichte gern hören."

Einige Zeit später griff Lindberg nach einem wunderschön gearbeiteten mongolischen Reiterbogen.

„Du meinst den hier, nicht wahr?"

Shahin nickte.

„Nun, ich habe vor ein paar Jahren mit Kollegen aus Frankreich und den USA einen Kurgan in der Mongolei untersucht. Das war in den Hügeln nördlich von Ulan Bator am Selenga. Kurgane sind Grabhügel für bedeutende Leute, Fürsten und so. Vor allem Mongolen und Skythen bauten Kurgane. Diese Gräber können bis zu zwanzig Meter hoch sein und sind meistens innen hohl. Ausgrabungsleiter war ein Mongole namens Timur Atai." Lindberg lächelte gedankenverloren. „Es war ein freundlicher, älterer Kollege, der sich wohl Sorgen machte, mit den jüngeren nicht mithalten zu können. Ich nehme an, aus diesem Grund war er nicht davon abzuhalten, auf das Dach des Kurgans hinaufzuklettern. Er bestand darauf und sagte uns, er wolle sich einen Überblick über das Grabungsgelände verschaffen. Oben angekommen, brach er durch die dünne Schicht Erde und Gras und stürzte ins Innere. Sein rechtes Bein brach und der Knochen ragte ein Stück heraus. Er drohte zu verbluten."

„Mein Gott", sagte Shahin, „der arme Kerl."

„Ich hatte beim Militär ein bisschen Einsatzmedizin gelernt", sagte Lindberg. „So konnte ich ihn notdürftig versorgen und so lange stabilisieren, bis der Hubschrauber da war. Er hat überlebt und ist seitdem davon überzeugt, dass er das mir verdankt."

Er reichte Shahin den Bogen.

„Wir trafen uns das Jahr darauf in München auf einem Archäologen-Kongress. Er hatte diesen Bogen als Geschenk für mich dabei." Er sah die Waffe fast liebevoll an. „Es ist ein Nomo, ein mongolischer Komposit-Reflexbogen. Solche Bögen werden von Experten in langer, traditioneller Handarbeit hergestellt, aus Holz, Horn und Tiersehnen. Das dauert Monate. In so einem Bogen können die Achillessehnen von bis zu fünfzig Rindern verarbeitet sein."

Er nahm den Bogen aus Shahins Hand entgegen und stellte ihn in den Ständer zurück.

„Es war ein sehr kostbares Geschenk. Aber ablehnen konnte ich es keinesfalls; ich hätte Timur tödlich beleidigt."

Shahin besah sich die verschiedenen Pfeile, die auf hölzernen Halterungen lagen, manche hatten eine dreikantige Spitze, manche Spitzen waren eher bolzenartig oder wiesen breite, dünne Blattklingen auf.

„Für verschiedene Zwecke – die Jagd oder die Schlacht", kommentierte Lindberg und nahm einen Pfeil in die Hand. „Das hier zum Beispiel ist eine englische Bodkin-Spitze, geeignet, um leichtere Rüstungen und

Kettenhemden zu durchschlagen. Sie stammt übrigens vom Schlachtfeld von Azincourt in Frankreich. Sie ist über sechshundert Jahre alt."

Er legte den Pfeil zurück.

Shahin zeigte auf eine stählerne Pfeilspitze, die ohne Schaft auf einem aufwendig geschnitzten Ständer ausgestellt war. Ihre lange, dolchartige Spitze, die am Ende in ein Rohr auslief, das zur Aufnahme eines Pfeilschaftes diente, war von einer schützenden Hülle aus Acryl umgeben. „Darf ich?"

Lindberg zögerte, dann nickte er. Vorsichtig nahm Shahin die Pfeilspitze in die Hand.

„Das ist ein mongolischer Khoron", sagte Lindberg, „ebenfalls ein Geschenk von Timur. Und während der Bogen extra für mich angefertigt wurde, ist dieser Khoron eine Antiquität. Er ist jahrhundertealt und stammt aus dem Familienbesitz von Timur. Er bestand darauf, dass ich ihn behalte und nicht an ein Museum abgebe. Er behauptete, es würde mir Glück bringen, wenn ich ihn in meinem Haus aufbewahre."

Shahin betrachtete die lange, scharf geschliffene Klingenspitze unter dem röhrenförmigen Acrylschutz.

„Was ist ein Khoron? Und warum ist so eine Pfeilspitze etwas ganz Besonderes? Soweit ich weiß, schleppte doch jeder mongolische Krieger Dutzende Pfeile mit sich herum."

„Das stimmt. Aber ein Khoron wie dieser ist wirklich etwas Besonderes. Nicht nur, dass es sich um einen seltenen Damaszenerstahl handelt, der mehrfach gefaltet und ausgehämmert wurde. Es ist vor allem ein tödlicher Giftpfeil", sagte Lindberg ernst. „Die Mongolen verwendeten diese speziellen Pfeile in der Schlacht und bestrichen die Spitze mit einer Paste aus schnell wirkendem Schlangengift, meist von asiatischen Vipern. Das Gift auf diesem Pfeil ist sogar noch viel potenter. Vermutlich hat ein Schamane es einst hergestellt. Timur hat es analysieren lassen. Man fand ein Neurotoxin, also ein Nervengift, und ein Hämotoxin, ein Blutgift. Vermutlich stammen diese Gifte von einer indischen Krait- und einer asiatischen Sandrasselotter. Absolut tödlich – vermutlich selbst dann noch, wenn man sich mitten auf einer Intensivstation daran schneidet. Auf einen Khoron wie diesen passt der Ausdruck der englischen Langbogenschützen für ihre Pfeile: der ‚gefiederte Tod‘.“

Behutsam stellte Shahin die Pfeilspitze auf den Ständer zurück. „Alle Achtung! Ist denn das Gift nach so langer Zeit überhaupt noch wirksam?“

„Ich glaube schon“, nickte Lindberg. „Man hat Gift von sechstausend Jahre alten ägyptischen Pfeilen untersucht – es war noch immer gefährlich.“

Zurück im Wohnzimmer kniete sich Shahin neben Falstaffs Sessel und begann, den Kater zu streicheln. Er legte sich auf den Rücken und präsentierte seinen weichen Bauch.

„Es ist wirklich schön bei dir“, bemerkte Shahin und blickte wieder aus dem Fenster in Richtung Schlei. „Wird dir dieser Anblick jemals langweilig?“

„Nein, niemals“, entgegnete Lindberg. „Apropos – wie ist es: Fühlst du dich schon kräftig genug für einen kurzen Spaziergang?“

„Ja, ich denke schon. Das ist eine gute Idee. Ich brauche wirklich dringend Bewegung.“

In gemächlichem Tempo schlenderten sie Lindbergs alte Joggingstrecke an den Weiden entlang.

„Weißt du, ich habe in diesem Kerker immer versucht, positiv zu denken, habe mir immer gesagt, dass man mich rechtzeitig finden wird da unten", sagte Shahin. „Bis zu dem Tag, an dem sie mir den Finger abgeschnitten haben. Als ich dann noch Fieber bekam, hatte ich keinen Mut und keine Kraft mehr. Es ging mir wirklich sehr schlecht, seelisch und körperlich. Ich hatte aufgegeben, als ihr mich gefunden habt."

Lindberg schwieg, um ihren Gedankenfluss nicht zu unterbrechen. Es war gut, dass sie endlich anfing, darüber zu reden.

„Ich habe in meinem Beruf schon mit vielen Menschen zu tun gehabt, die eine große kriminelle Energie besitzen", fuhr sie fort. „Doch diese Leute da unten im Keller waren völlig anders. Sie waren wirklich beängstigend. Es kam mir vor, als gehörten sie zu einer anderen Spezies, zu einer, der man sämtliches Mitgefühl und alle Menschlichkeit abgezüchtet hat. Ich habe es gespürt – es interessierte sie nicht im Geringsten, ob ich litt, ob ich Angst hatte, ob ich leben oder sterben würde. Ich habe mich unendlich einsam und ausgeliefert gefühlt. Der einzige, bei dem ich einen Hauch von Mitgefühl empfand, war ausgerechnet Hartdegen – der Mann, der mir den Finger abschnitt."

Lindberg schwieg weiter. Sie blieb stehen und sah ihn an.

„Sagst du gar nichts dazu? Ich finde überhaupt, du bist auffallend schweigsam. Du verheimlichst mir doch irgendetwas, oder?"

„Ich bekam vorhin einen Anruf; du hast noch fest geschlafen. Hartdegen hat in der Untersuchungshaft Suizid begangen. Er hat sein Hemd in Streifen gerissen, es am Bettgestell befestigt und sich erhängt."

Shahin starrte ihn ungläubig an. „Mein Gott. Das ist ja furchtbar. Er hat sich an seinem Bett erhängt? Wie geht das denn?"

„Du kannst unter einem Couchtisch Suizid begehen. Wenn du dich in eine Schlinge hängst, spielt die Höhe keine Rolle. Nach einer Minute bist du bewusstlos, in fünf Minuten tot."

Shahin schüttelte den Kopf. „Es mag seltsam klingen, aber er tut mir leid. Ich glaube, er war ein sehr einsamer und unglücklicher Mensch. Die Schuld muss schwer auf ihm gelastet haben. Offenbar zu schwer." Sie blieb wieder stehen. „Sag mal, du hattest da unten in dem Bunker gar keinen Anfall, oder? Dabei war es doch eine lebensbedrohliche Lage für dich."

Lindberg sah sie an. „Ich habe seitdem viel darüber nachgedacht", sagte er. „Und ich habe nur eine plausible Erklärung dafür."

Sie sah ihn fragend an.

„Meine Angst um dich war offenbar viel größer als meine Angst um mich selbst."

Er sah, wie sich ein Hauch von Röte über ihr Gesicht legte. Als sie weitergingen, ergriff sie seine Hand. Er ließ sie erst los, als sie zurück am Haus waren.

Am Abend setzten sich beide nebeneinander aufs Sofa und tranken ein Glas Rotwein. Lindberg hatte den Kamin angemacht und das Feuer darin knisterte und flackerte. Sie starrten in die Flammen – fasziniert von der Glut, wie es Menschen schon seit Tausenden Jahrhunderten waren. Lindberg genoss die körperliche Nähe. Sie sah ihn an und lächelte. Unvermittelt schwang sie ein Bein herum und setzte sich rittlings auf Lindbergs Schoss.

„Habe ich dir eigentlich schon angemessen gedankt?", fragte sie mit dunkler Stimme, zog seinen Kopf heran und küsste ihn auf den Mund.

Lindberg sah sie verblüfft an. „Bis du sicher, dass du dafür schon fit genug bist?", fragte er heiser.

Sie lächelte wieder. „Ich glaube, mein Lieber, ich muss dir mal zeigen, mit was für einer Frau du es zu tun hast."

Sein Herz begann zu hämmern.

Hamburg

Der Frühlingshimmel wölbte sich wie ein lichtblaues Zelt über der Hafenmeile und dem glitzernden Wasser der Elbe. Über sechs Kilometer erstreckten sich die Geschäfte von Schaustellern und Standbetreibern, dufteten die Imbissbuden, Wurstbratereien und Crêperien. Zwischen St. Pauli Hafenstraße und Baumwall, der HafenCity und dem Museumshafen Oevelgönne waren zehn Bühnen aufgebaut, auf denen Bands und Sänger, Schauspieler und Talkgäste ihr Publikum finden würden. Bis zum Rand mit kamerabehängten Touristen gefüllte Hafenbarkassen durchpflügten den Fluss und tuckerten auch in den schmalen Kanälen der Speicherstadt umher. Hubschrauber der Polizei und der Bundeswehr knatterten über die Köpfe der Abertausenden hinweg, die zum größten Hafenfest der Welt angereist waren.

Der Hamburger Hafen konnte auf eine lange, bewegte Geschichte zurückblicken. Als Adolf III., Graf von Schauenburg und Holstein, im Jahr 1188 an der Mündung des Alsterflusses in die Elbe die „Neustadt" gründete, damit sich dort Schiffer und Kaufleute niederlassen konnten, hätte er sich nicht in seinen kühnsten Träumen ausmalen können, dass hier einmal einer der größten und geschäftigsten Häfen Europas pulsieren würde. Die Grundlage dafür, jener berühmte Brief zur Zollfreiheit, den der Graf angeblich 1189 bei Kaiser Barbarossa erwirkte, ist nur noch in einer Abschrift aus dem Jahr 1265 erhalten. Ohnehin beruhte der Freibrief, der als Gründungsakte der Stadt Hamburg angesehen wird, wohl auf einer Fälschung der raffinierten Hamburger.

Vom Oberdeck der „Rickmer Rickmers" aus, des 1896 gebauten Frachtenseglers und legendären Vollschiffes, hatte der Erste Bürgermeister der Hansestadt Hamburg, Johann von Rayden, den Hafengeburtstag vor einer Stunde eröffnet. Noch immer liefen die Gastschiffe ein und wurden vom Moderator des Festes, einem bekannten Radiomoderator, vorgestellt. Weiße Segel blähten sich im leichten Westwind, Kommandos schallten über das Wasser. Für die Skipper der großen Rahsegler war es gar nicht einfach, Kollisionen mit den kleinen Jachten und Motorbooten zu vermeiden, die ihre Kielwasser kreuz und quer durch das Hafengebiet zogen. Man konnte davon ausgehen, dass etliche Skipper schon nicht mehr ganz nüchtern waren. Die ersten von mehreren historischen Flugzeugen waren bereits in der Luft.

„Guck dir bloß diese vielen Menschen an. Für uns ist das doch ein einziger Albtraum!", stöhnte Brenner, der zusammen mit Becca Shahin und Lindberg auf dem Johannisbollwerk stand und die hin- und herwogenden Menschenmassen betrachtete.

Wenn Shahin sich umdrehte, konnte sie hinter sich den begrünten Hügel sehen, unter dem sie in Gefangenschaft gehalten worden war. Sie schauderte unwillkürlich. Lindberg sah ihren Blick und ergriff ihre Hand. „Das liegt hinter dir, Becca", flüsterte er. „Und du hast es überstanden."

Die Stadt hatte für das Fest ein absolutes Drohnenverbot ausgesprochen. Entsprechende Schilder waren überall aufgehängt worden. Es drohten hohe Geldstrafen. Nicht einmal Pressefotografen durften Drohnen verwenden, was zu wütenden Protesten geführt hatte. Wer partout Luftaufnahmen vom Hafengeburtstag haben wollte, musste dazu einen der registrierten Hubschrauber mieten und sich einer strengen Sicherheitsüberprüfung unterziehen.

Brenner, Lindberg und Shahin hatten am Vortag an der Abschlusskonferenz in der Innenbehörde teilgenommen, auf der die wichtigsten Sicherheitsmaßnahmen noch einmal besprochen und koordiniert worden waren. Scharfschützen der Landeskriminalämter und der Mobilen Einsatzkommandos aus Hamburg, Schleswig-Holstein und Niedersachsen waren im Einsatz, lagen nun auf Dächern und an anderen erhöhten Positionen und starrten durch ihre Zielfernrohre. Hamburg leitete den Einsatz von einer Zentrale aus.

Boote der Wasserschutzpolizei fuhren Patrouille. Es hatte natürlich für die gesamte Polizei der Hansestadt eine Urlaubssperre gegeben, Hunderte Beamte in Uniform und Zivil hielten Ausschau nach ungewöhnlichen Tätigkeiten. Die Bundeswehr hatte sogar eine Aufklärungsdrohne bereitgestellt, die in mehreren Kilometern Höhe kreiste und Fotos in Echtzeit übermittelte. Zwei Drohnen-Abwehrsysteme der multinationalen Elektronikfirma Hensoldt waren eingekauft worden. Sie konnten Drohnensignale aufspüren und auch stören.

Doch die buchstäblich schärfste Waffe im Kampf gegen mögliche Drohnenangriffe waren zwei Seeadler der niederländischen Firma „Guard from Above". Die schuppigen Beine der riesigen Raubvögel waren mit stählernen Schienen geschützt, damit sie sich nicht an den wirbelnden Rotorblättern verletzen konnten. Sie hockten auf hölzernen Gestellen, die Augen mit Hauben abgedeckt, und warteten auf ihren Einsatz.

Brenner, Shahin und Lindberg gingen zu den Landungsbrücken hinüber und bestiegen ein Boot der Wasserschutzpolizei. Die „WS35" war ein sogenanntes Schweres Hafenstreifboot mit fünfhunderteinundsiebzig PS. An Bord befanden sich drei Beamte, der Schiffsführer war an jenem Tag Polizeiobermeister Nils Suckow.

Brenner, Lindberg und Shahin begaben sich zum Bug des gut siebzehn Meter langen Bootes, um eine bessere Aussicht zu haben. Mit schäumender Heckwelle nahm die WS35 Fahrt auf, beschrieb eine Wende und fuhr am Johannesbollwerk entlang Richtung Baumwall. Die Besatzung des Bootes gab Ferngläser aus und die drei Passagiere schwenkten die Gläser langsam über die Menschenmenge an Land und über das Gewimmel der Boote auf dem Wasser. Außer einem Polizeihubschrauber, der knatternd über dem City Sporthafen kreiste, und einem alten Doppeldecker befand sich momentan aber nichts in der Luft. Das Boot fuhr um den Museumshafen herum.

Plötzlich gab Suckow Gas. Brenner, Shahin und Lindberg taumelten und mussten sich an die Reling klammern, um nicht auf das Deck zu stürzen. Fragend blickte Brenner zum Führerstand. Suckow winkte heftig und wies auf eine Stelle voraus. Drei Ferngläser schwenkten in die gezeigte Richtung. Über der Niederbaumbrücke, unter der die Zufahrt zum Binnenhafen verlief, schwebte eine Drohne und stieg rasch höher. Brenner griff zum Funkgerät und informierte die Einsatzzentrale. Die Drohne hatte inzwischen eine Höhe von rund dreißig Metern erreicht und nahm Kurs auf die Landungsbrücken, wo zehntausende Menschen die Einlaufparade beobachteten. Ein schriller

Schrei ließ viele Köpfe in die Höhe fahren. Die majestätische Silhouette eines Seeadlers mit seinen zwei Meter fünfzig Flügelspannweite schwebte am Himmel und schoss pfeilartig von oben auf die Drohne zu. Sie schwenkte blitzartig zur Seite; offenbar hatte der Drohnenpilot die Gefahr bemerkt. Das Gerät hatte jedoch keine Chance gegen das wendige Tier. Der riesige Raubvogel stieß herab und griff mit seinen messerscharfen Krallen zu. Der Aufprall war hart wie der eines Geschosses. Knallend zerschellten die Kunststoffrotoren an den stählernen Beinschützern, Splitter segelten herab und fielen ins Wasser. Der Adler schwenkte ab, die zerstörte Drohne in den Krallen. Lindberg sah, wie zwei Polizeifahrzeuge die Brücke erreichten und mehrere Beamte heraussprangen, Pistolen in den Händen. Ein Mann versuchte zu fliehen, blieb aber nach einem peitschenden Warnschuss in die Luft stehen. Er wurde energisch zu Boden gebracht und gefesselt.

Einige Minuten später meldete sich MEK-Mann Kurt Rautha über den abhörsicheren digitalen Funk. „Fehlalarm. Die Drohne war nur mit einer handelsüblichen Kamera bestückt. Kein Gaskanister, keine Waffen. Der Drohnenpilot ist ein freier Fotograf aus Harburg, der wohl ein bisschen zu ehrgeizig ist. Na, dem Typen droht jetzt ein Verfahren. Das werden echt teure Bilder für ihn. Also, haltet weiter die Augen offen."

„Wie heißt es doch so schön: Adler nehmen keine Flugstunden bei Tauben", bemerkte Lindberg. „Bei Drohnen offenbar auch nicht. Es steht jedenfalls eins zu null für die Jäger."

„Ja. Schon", brummte Brenner. „Im Moment. Aber noch ist das Spiel nicht vorbei."

43

Hamburg

Bewundernde Blicke folgten dem weißen Schiff mit den altmodisch eleganten Linien, als es sich dem Hafen näherte, eine riesige Armada weiterer Schiffe im Kielwasser. Betagte Kutter, alte Ewer, wuchtige Tonnenleger, schnittige Privatjachten und kleine, auf den Wellen tanzende Jollen waren ebenso darunter wie altehrwürdige Rahsegler und archaisch wirkende Dampfschiffe. Das traditionell führende Schiff bei der Einlaufparade, der zehntausend Tonnen verdrängende, 1961 gebaute Museumsfrachter „Cap San Diego", steuerte seinen Liegeplatz an der Überseebrücke an, während sich der Hamburger Hafen allmählich mit attraktiven und kuriosen Schiffen aller Art füllte.

Einige Kilometer elbabwärts war bereits der riesige, blendend weiße Decksaufbau eines Kreuzfahrtschiffes zu sehen; zunächst aber schob sich die russische Viermastbark Kruzenshtern heran. Auf den Fußpferden der Rahen standen in halsbrecherischer Höhe weißgekleidete Kadetten. Das Segelschulschiff aus Kaliningrad, die 1926 in Bremerhaven gebaute ehemalige Padua, war als einziger der legendären Flying-P-Liner der Hamburger Reederei F. Laeisz noch im maritimen Einsatz. Von den Landungsbrücken her tönte die ölige Stimme des Moderators, der die „Kruzenshtern" begrüßte und dann den Zehntausenden Zuschauern in Zahlen und Geschichte vorstellte.

Lindberg hob den Blick zu dem prächtigen Schiff mit seinen vier turmhohen Masten, schwenkte sein Fernglas aber rasch wieder über das Gewimmel der anderen Wasserfahrzeuge. Hinter der „Kruzenshtern" konnte er einen grünen Schemen ausmachen, der in sein Sichtfeld glitt: Die 1906 als Feuerschiff gebaute Alexander von Humboldt, unverwechselbar mit ihren grünen Segeln und dem grünweißen Rumpf, näherte sich ebenfalls den Landungsbrücken. Akustische Fetzen von Musik und Sprache wehten von den Buden an Land und von den mit „Sehleuten" gefüllten Touristenschiffen und Rundfahrtbarkassen herüber.

Brenner stöhnte. „Du liebe Zeit! Das sind ja Hunderte Schiffe und Boote aller Größen. Die können wir doch nicht alle im Auge behalten."

„Ja. Ich denke aber dennoch, dass wir hier richtig sind. Es ist sehr unwahrscheinlich, dass jemand eine so große Drohne, wie man sie für einen solchen Terrorangriff benötigt, drüben an Land startet", entgegnete Lindberg. „Es wäre viel zu auffällig, und außerdem funktionieren die Abwehrsysteme, wie wir gesehen haben. Hier auf dem Wasser, zwischen all den Segeln und Masten und inmitten der ständigen Bewegung ist eine Drohne viel schwieriger zu entdecken."

„Ja, eben. Na, wenigstens hat allein die Wasserschutzpolizei Hamburg heute zwanzig Boote im Einsatz, von großen Küstenstreifbooten bis hin zu kleinen Schlauchbooten", sagte Brenner. „Die patrouillieren lückenlos das gesamte Hafengebiet ab. Das hilft schon mal."

Lindberg nickte nachdenklich. „Trotzdem brauchen wir ein wenig Glück. Wir suchen eine kleine Nadel in einem siebentausend Hektar großen Heuhaufen."

Der kohlebefeuerte Dampfeisbrecher Stettin von 1933 mit seinem Runebergsteven, der Eis mit einem speziellen Spant zerschneiden konnte, stampfte vorbei und zog eine graue Rauchwolke hinter sich her. Auf der Brücke betätigte Polizeiobermeister Suckow warnend das Signalhorn, als eine kleine Motorjacht direkt vor ihnen das Fahrwasser von Backbord kreuzte. Der grelle Ton schnitt durch die Luft und ließ die drei Passagiere zusammenzucken.

Die WS35 hatte den Museumshafen an Backbord passiert, bahnte sich nun einen Weg durch die Armada der Schiffe und nahm Kurs auf die Elbphilharmonie, deren silbriger Aufbau mit dem wellenartig geschwungenen Dach in der Sonne blinkte.

„Libelle 1 an alle", krächzte der digitale Polizeifunk. „Verdächtiges Boot im Brooksfleet mit Kurs auf Kehrwiederfleet, mehrere Personen an Bord, bitten um Überprüfung."

„WS35 übernimmt", sagte Brenner in sein Sprechfunkgerät und gab Suckow ein Zeichen.

Der Polizist schob den Gashebel nach vorn und die Maschine grollte auf. Die WS35 pflügte mit gewaltiger Bug- und Heckwelle durch das Wasser. Brenner, Shahin und die beiden anderen Beamten an Bord überprüften ihre Waffen. Lindberg sah erstaunt, dass einer der Polizisten, ein Obermeister namens Ralf Brückmann, ein Sturmgewehr des Typs SIG MCX mit einem Zielfernrohr trug. Diese Waffe mit dem typischen durchbrochenen Handschutz war bereits bei einigen Polizeieinheiten in Deutschland eingeführt. Sie konnte mit einem Wechsellaufsystem für verschiedene Kaliber eingerichtet werden. Im gebräuchlichen NATO-Kaliber 5.56 mal 45 Millimeter hatte sie eine effektive Reichweite von mehr als fünfhundert Metern.

Das sollte für unsere Zwecke reichen, dachte Lindberg grimmig.

Der Polizist kletterte damit auf das Dach des Bootes und bezog dort liegend Schussposition. Das schwere Hafenstreifboot ließ die Elbphilharmonie an Steuerbord liegen und nahm Kurs auf die Kehrwiederspitze, deren Name der Legende nach von den zahllosen betrübten Frauen und Bräuten der Hamburger Seeleute stammte, die ihren Männern von dieser exponierten Stelle aus „Kehr wieder!" zuzurufen gepflegt hatten.

Suckow steuerte das Boot in den Kehrwiederfleet und damit in das Gebiet der Hamburger Speicherstadt, des größten historischen Lagerhauskomplexes der Welt. Links und rechts ragten die ab 1883 erbauten Speichergebäude aus rötlichem Backstein wie hohe Mauern einer unbezwingbaren Festung auf. Ihre Fundamente ruhten auf Tausenden Eichenpfählen, die tief in den schlickigen Untergrund gerammt worden waren. Auf den Dächern hoch über dem Wasser trugen die Speicher kupferverkleidete Giebel. In ihnen waren Kräne verborgen, mit deren Hilfe einst die kostbaren Waren wie Tee, Kaffee, Gewürze oder Pelze aus Prähmen und anderen Transportkähnen in die fünf übereinanderliegenden Lagerebenen gehievt worden waren.

Lindberg hob sein Fernglas und konnte voraus einige kleinere Motorjachten erkennen, die der WS35 entgegenkamen. Eine gemächliche Fahrt durch die dämmrigen Fleete der Speicherstadt gehörte für viele Hamburger Freizeitkapitäne zu den bevorzugten Routen, um ortsfremde Freunde zu beeindrucken.

Die erste der Jachten, ein Klassiker mit Holzkajüte, passierte das Streifenboot und wurde von Brenner und den anderen sorgfältig beäugt. Ein beleibter älterer Herr steuerte das Boot und grüßte freundlich, während seine blondierte Gemahlin oder Gefährtin schwer gelangweilt an dem rötlichen Gemäuer emporstarrte. Als nächstes kam ihnen eine weiße Bavaria 30 entgegen, an deren Deck sich mehrere junge Leute zuprosteten, zweifellos der betuchten Hamburger Gesellschaft entstammend und knapp dem Teenageralter entwachsen.

„Seht mal da vorn!", rief Shahin und zeigte in die Richtung der Sandbrücke, die hundert Meter voraus das Fleet querte und Sandtor mit Kehrwieder verband.

Lindberg sah, dass sich kurz vor der Eisenbrücke auf der linken Seite eine buchtartige Aussparung in der langen Front der Speichergebäude befand. In dieser Bucht, schwer erkennbar sowohl von der Straßen- als auch von der Wasserseite aus, lag ein stabiles Motorboot vertäut. Es maß gut sechs Meter und wies eine hölzerne Kajüte auf. Sein Rumpf besaß einen in Brauntönen gehaltenen Anstrich, der dem erdigen Farbton des Speichergemäuers nahe der Wasserlinie glich. An Bord beschäftigten sich mehrere Männer mit einer Art Stativ, das auf das Vordeck montiert worden war und eine tischgroße, tellerförmige Platte trug, auf der eine ungewöhnlich große silbrige Drohne mit acht Rotorauslegern saß. Von Rotor zu Rotor mochte sie zwei Meter messen. Die unterarmlangen Propeller, die jeweils von dünnen metallenen Ringen umgeben und geschützt wurden, wirbelten bereits auf Hochtouren.

Auf ein Zeichen von Brenner jagte Schiffsführer Suckow einen zwerchfellzerreißenden Warnton aus dem Horn und griff dann zum Mikrofon.

„Hier spricht die Wasserschutzpolizei. Treten Sie zurück an die Reling und nehmen Sie die Hände hoch. Wir kommen an Bord."

Einer der Männer an Bord des Bootes hob wortlos eine Maschinenpistole an die Schulter und feuerte eine Salve ab, die in das Fenster des Steuerstandes einschlug und Suckow nur deshalb knapp verfehlte, weil er sich blitzartig zur Seite warf. Ein Hagel von Glas überschüttete den Polizeiobermeister. Lindberg erkannte den Schützen sofort: Es war Igor Sorokin, der russische Auftragskiller. Der Lauf seiner Waffe schwenkte jetzt zu Shahin, die sich sofort flach an Deck warf. Ein Schuss bellte vom Dach der WS35 her und Sorokins Kopf wurde wie von einem Hammerschlag zurückgerissen. Wie eine Marionette, der man die Fäden gekappt hatte, fiel der Mann rückwärts über Bord. Die übrigen Männer an Deck des braunen Bootes duckten sich und krochen hinter dem kleinen Kajütaufbau in eine magere Deckung.

Die große Drohne hob indessen mit sirrendem Rotorgeräusch von ihrem Startteller ab und stieg rasch in die Höhe, parallel zu den roten Wänden der Speicher. Unter ihrem Rumpf hingen zwei Behälter von der Dimension einer übergroßen Thermoskanne, verbunden mit dünnen Kunststoffleitungen. Unter jedem Rotorkopf war eine Sprühdüse zu erkennen.

Brenner hob seine Pistole, zielte und feuerte einige Schüsse ab, verfehlte jedoch den in die Höhe schwankenden Flugkörper, der über die Dachfront der Speicher schnell außer Sicht entkam. Brenner fluchte, dann fiel ihm siedend heiß ein, dass er mit einem Treffer womöglich erst recht das Virus über den ganzen Hafen verteilt hätte. Er blickte zu dem Motorboot hinüber und schob ein neues Magazin in die Waffe.

Die WS35 legte sich mit einem kräftigen Stoß neben das Boot; Brenner, Shahin und zwei Polizisten, entsicherte

Waffen in den Händen, sprangen hinüber. Einer der Männer an Bord des Bootes riss seine Windjacke auf und griff zu einem großkalibrigen Revolver, den er in seinem Hosenbund trug.

„Stopp! Waffe fallen lassen!", bellte Brückmann vom Dach des Streifenbootes.

Der Lauf der äußerst bedrohlich aussehenden SIG MCX zeigte aus nur wenigen Metern Entfernung direkt auf die Brust des Pistolenmannes. Der warf einen Blick auf seinen im Wasser treibenden Komplizen hinunter, dessen halbzerstörter Kopf von einem Schleier rötlichen Wassers umflossen wurde, ließ den Revolver fallen, hob die Arme und ließ sich widerstandslos festnehmen.

In der zum Heck zeigenden Tür der kleinen Bootskajüte erschien nun ein weiterer Mann. Einer der beiden Polizisten ging auf ihn zu und forderte ihn auf, ebenfalls die Arme zu heben. Der Mann gehorchte. Lindberg konnte ihn nicht genau sehen, da der breite Rücken des Polizisten ihm die Sicht versperrte. Plötzlich flog der Beamte zur Seite, als habe ihn ein Bus gerammt. Er knallte mit dem Kopf gegen die Kajütwand und blieb bewusstlos liegen. Nun konnte Lindberg den Mann deutlich erkennen. Er war klein und schmal gebaut. Zwei Herzschläge lang begegneten sich die Blicke der beiden Männer. Es war Kang. In seinem scharf geschnittenen Gesicht brannten Augen voller Hass. Eines war tiefschwarz, das andere blutunterlaufen. Lindberg erstarrte unter diesem fanatischen Blick. Dann dachte er an Shahin, und seine eigene Wut loderte heiß in ihm auf. Er spannte die Muskeln zum Sprung an.

Der Lauf von Brückmanns SIG schwenkte ruckartig herum, doch im selben Moment warf sich Kang wie ein

Hochspringer rückwärts über Bord. Das trübe Fleetwasser spritzte kurz auf, dann war es ruhig. Brenner und Shahin sprangen zu der Stelle und feuerten mehrere Schüsse in das schwarze Wasser.

„Habt ihr ihn erwischt?", schrie Brückmann vom Dach herüber.

Brenner schüttelte den Kopf. „Nein. Hier ist nichts zu sehen."

„Leute, vergesst nicht: Das ist ein ehemaliger nordkoreanischer Elitesoldat", sagte Shahin ruhig und starrte in den Fleet. „Der wird erst einmal unter das Boot getaucht sein, wo wir ihn nicht erwischen können. Vermutlich kann er die Luft mehrere Minuten lang anhalten. Der taucht jetzt auf dem Grund des Fleets bis zur nächsten Brücke und ist weg."

„Vielleicht haben wir ihn ja doch erwischt. Wir brauchen Polizeitaucher. Vielleicht finden die ihn", knurrte Brenner und griff zum Funkgerät.

Von der Kehrwiederspitze bogen gerade zwei weitere Polizeiboote in den Fleet ein.

„Macht euch keine Illusionen – Kang ist weg. Ihr solltet euch lieber Gedanken über die Drohne machen", sagte Lindberg und wies mit der Hand zu den Dächern empor. „Die ist nämlich gerade unterwegs, um ein paar tausend Menschen zu töten."

Hamburg

Die große metallene Drohne mit der todbringenden Last unter dem Bauch war mit wirbelnden Rotoren über die giebelreichen Dächer der Speicherstadt geflogen, quer über die Lagerhäuser des Blocks L, die sich parallel zum Kehrwiederfleet erstreckten. Nun führte ihr Kurs sie direkt am spektakulären Gebäude der Elbphilharmonie vorbei, Hamburgs achthundertsechsundsechzig Millionen Euro teurem Konzerthaus, dessen silbrige Dachwellen bis in eine Höhe von hundertzehn Metern emporbrandeten. Auf der Aussichtsplattform reckten Besucher neugierig die Hälse, als die Drohne das Gebäude passierte.

Automatisch korrigierte der kleine Computer des Geräts die Richtung und steuerte als nächsten einprogrammierten Wegpunkt den City Sporthafen an.

Längst war das große glänzende Objekt von der Polizei erkannt worden; der Hubschrauber Libelle 1 folgte der Drohne in rund hundert Metern Abstand.

„Habt ihr sie erfasst?", fragte Rautha über Funk die Bedienung der Drohnenabwehrsysteme. „Holt das Scheißding endlich runter, es ist sehr schnell und erreicht gleich die Landungsbrücken. Und da stehen Abertausende Menschen. Los – nun macht mal!"

„Sorry", lautete die Antwort. „Keine Chance – die Drohne ist nicht per Signal ferngesteuert, die ist programmiert. Wir können da gar nichts machen."

„Dann schickt die verdammten Adler los!", schrie Rautha. „Los – holt das Mistvieh vom Himmel!"

Auf Höhe des Liegeplatzes der „Cap San Diego", die nun wieder fest vertäut lag, schoss ein Adler der Drohne entgegen. Der gewaltige Raubvogel stieg ein paar Meter über seinen künstlichen Gegner empor und stieß dann steil herab. Die riesigen Krallen griffen zu. Doch im selben Moment, als der Adler die Drohne schon sicher in den Fängen hielt, kippte er plötzlich zur Seite und fiel wie ein Stein herab. Kurz vor der Wasseroberfläche breitete er die Schwingen aus und flatterte hilflos torkelnd ein Stück, bis er, sich überschlagend, auf dem Deck einer kleinen Jacht landete. Er blieb zuckend auf der Seite liegen.

„Was zum Teufel war das denn?", schrie Rautha in das Funkgerät. „Was ist denn mit dem Vogel los?"

„Die Drohne muss ein elektrisches Abwehrsystem besitzen. Sieht aus, als hätte der Adler einen heftigen Stromschlag bekommen", sagte der Tiertrainer von „Guard from Above".

„Scheiße!", schrie Rautha wieder. „Abschießen können wir sie auch nicht – dann verteilt sich das Virus erst recht über halb Hamburg."

„Moment Leute, wartet mal", rief der Pilot des Hubschraubers ins Funkgerät, ein Mittvierziger namens Ulrich Weissmann. „Ich kann die Drohne aus demselben Grund nicht rammen. Aber ich habe eine andere Idee."

Weissmann zog den zweimotorigen, fast drei Tonnen schweren Eurocopter EC135 steil in die Höhe und flog dann voraus. Die zweihundertsechzig Kilometer pro

Stunde schnelle Maschine schoss voran und hatte die Drohne rasch eingeholt, die nun bereits direkten Kurs auf die Menschenmenge an den Landungsbrücken nahm. Niemand der Abertausenden, die dort unbeschwert feierten, ahnte etwas von der tödlichen Bedrohung, die sich ihnen pfeilschnell näherte.

Weissmann blieben nur noch wenige Sekunden. Er setzte sich schräg über die Drohne und senkte die Maschine ab. Der Abwind der zehn Meter messenden Rotoren erfasste die Drohne. Sie schwankte und torkelte wild im Luftstrom, sackte auch einige Meter in die Tiefe, fiel aber nicht vom Himmel, sondern stabilisierte sich wieder. Die acht hochgezüchteten Elektromotoren waren zu stark.

Weissmann blickte auf das Foto mit seiner Frau Ragnhild und der zwölfjährigen Tochter Katy. Er stellte sich einen Moment lang vor, sie stünden dort unten in der Menge – nur Minuten von einer Ansteckung und einem qualvollen Tod entfernt. Er sah aus dem Cockpitfenster auf die Tausenden fröhlichen Menschen. Sein Plan B musste auf Anhieb funktionieren, sonst würden Tausende sterben. Der erfahrene Pilot setzte den Helikopter schräg links neben die Drohne. Zentimeterweise verringerte er die Entfernung zu dem Fluggerät. Da er rechts im Cockpit saß, konnte er die rechte Kufenspitze seiner Maschine gut sehen. Inzwischen waren die beiden Drehflügler schon gefährlich dicht an die Landungsbrücken herangekommen. Der Pilot konnte kein Risiko eingehen; das Virus durfte die Menschenmenge auf keinen Fall erreichen. Es musste im Wasser landen – und zwar möglichst weit weg von den Menschen. Mit den beiden Steuerungshebeln, den „Sticks", von denen sich einer links neben ihm und einer zwischen seinen Knien befand, manövrierte Weissmann die Kufenspitze mit geradezu chirurgischer Präzision direkt vor einen der Rotoren. Dann stieß der EC135 schräg nach unten und spießte den stählernen Schutzring um den Rotor mit der Kufe auf. Der Propeller darin zerschellte in einem Hagel von Splittern, von denen einige gegen die Cockpitscheibe prasselten. Weissmann betätigte den rechten Stick und ging zu einem schnellen Horizontalflug über. Die Drohne kippte zur Seite und hing nun an der Kufe wie ein Fisch in den Fängen eines Seeadlers. Die sieben verbleibenden Rotoren hatten der gewaltigen Turbinenleistung des Hubschraubers nichts entgegenzusetzen.

Weissmann lehnte sich nach vorn. Er konnte die Unterseite der Drohne gut erkennen. Ihm wurde schlagartig kalt. Jetzt verstand er, warum die große Drohne aus Metall gefertigt war und nicht aus viel leichterem Kunststoff. Neben den beiden flaschenförmigen Behältern für die mit Viren angereicherte Sprühflüssigkeit saß ein großer grauer Kasten mit einer blinkenden roten Lampe. Es war offensichtlich ein Sprengsatz. Die Terroristen des IS wollten größtmöglichen Schaden anrichten: Nach dem Ende des Sprühvorgangs sollte die Drohne mit verheerender Splitterwirkung explodieren.

Doch konnte die Bombe auch vorzeitig gezündet werden? Das würde er bald herausfinden.

Weissmann blickte auf die Tankanzeige. Der EC135 verfügte über eine maximale Reichweite von sechshundert Kilometern. Der Tank war noch dreiviertel voll. Der Pilot lockerte seine Schultern; er hatte rund hundert Kilometer Flug vor sich. Der blauweiße Helikopter schoss nach vorn und flog in niedriger Höhe die Elbe entlang Richtung Westen. Auf seiner rechten Seite konnte Weissmann das Band der Elbchaussee erkennen, Hamburgs Prachtmeile mit ihren Villen, alten Herrenhäusern und Parkanlagen. Auf der linken Seite passierte er die ausgedehnte Anlage des Airbus-Werks in Finkenwerder. Er musste höllisch aufpassen – die mit Flugzeugteilen beladenen, gigantischen Beluga XL-Transporter pflegten in geringer Höhe quer über die Elbe einzuschweben, um die gut dreitausendeinhundert Meter lange Landebahn des Werksgeländes zu erreichen. Sie konnten unvermittelt über den Baumwipfeln der Parkanlagen auftauchen.

Der Hubschrauber mit der tödlichen Fracht an der rechten Kufe flog zwischen der Elbinsel Neßsand und dem Hamburger Jachthafen hindurch und näherte sich auf Höhe der Hetlinger Schanze den gewaltigen Strommasten von Elbekreuzung 1 und 2, deren fast tausend Tonnen wiegende, rotweiß gestrichene Pylone die höchsten Europas darstellten – sie ragten bis zu zweihundertsiebenundzwanzig Meter empor. Weissmann unterquerte die Stromleitungen und blickte wachsam nach oben. Die Kabel waren in einer Höhe von fünfundsiebzig Metern gespannt, um auch riesige Kreuzfahrtschiffe und die höchsten Masten von Rahseglern passieren zu lassen – keine Gefahr also für ihn.

Weissmann manövrierte den Helikopter an Glückstadt, Brokdorf und Brunsbüttel vorbei und starrte immer wieder zu der gefangenen Drohne hinüber. Sie zitterte hin und her, blieb aber auf der Kufe stecken, vom Fahrtwind dort festgenagelt. Vor ihm weitete sich nun das glitzernde Band der Elbe zum fünfzehn Kilometer breiten Trichter der Elbmündung. Er ließ Cuxhaven an Backbord liegen und steuerte mit Höchstgeschwindigkeit auf die offene Nordsee hinaus, deren Wellen hier bereits kleine weiße Schaumkronen trugen. Als er die winzige, unbewohnte Vogelinsel Trischen überflogen hatte, ging er noch tiefer und drückte die Nase des EC135 nach unten. Die Maschine stellte sich fast auf den Kopf. Die Drohne, deren sieben verbliebene Rotoren immer noch hilflos wirbelten, rutschte von der Kufe und fiel hinab. Aufgrund der geringen Höhe und der Asymmetrie in den Rotoren gelang es der schweren Drohne nicht mehr, ihren Fall zu stabilisieren. Sie schlug auf dem Wasser auf. Weissmann schwebte über der Stelle. Er beobachtete, wie die Rotoren aufspritzend die Wellen peitschten und schlagartig zum Stillstand kamen, als Wasser in das elektrische System eindrang. Ein paar Herzschläge lang trieb sie auf der Oberfläche, bis eine Welle die Drohne überspülte; sie begann zu sinken. Das glänzende Metall war noch für ein, zwei Sekunden schemenhaft im Wasser zu erkennen, dann war die Drohne verschwunden. Weissmann stieß erleichtert den Atem aus. Im selben Moment stieg eine schaumige Wassersäule aus der See und brandete gegen die Unterseite des EC135. Die Maschine wurde einige Meter nach oben gedrückt und kippte zur Seite. Hektisch arbeitete Weissmann einige endlos erscheinende Sekunden mit den beiden Sticks, während der Hubschrauber heftig torkelte, dann hatte er wieder eine stabile Fluglage hergestellt. Er befand sich aber nur noch zwei Meter über den Wellen. Seine Hände zitterten. Weissmann holte tief Luft, krampfte die rechte Hand um den Stick zwischen seinen Knien, dann wendete er den Helikopter und flog Richtung Hamburg zurück. Nach Hause. Er hatte plötzlich das brennende Verlangen, seine Familie in die Arme zu schließen.

Hamburg

Die Bühne, auf der sich die Hamburger Politik entfaltete, ruhte im wahrsten Sinne des Wortes auf einem soliden Fundament. Mehr als vierhundert baumstarke Eichenpfähle hatte man einst in den unsicheren Boden unweit der Binnenalster gerammt. Hundertzwölf Meter ragte der Turm des imposanten Gebäudes im Stil der Neorenaissance in die Höhe, fast achttausend Quadratmeter betrug die Grundfläche des 1897 fertiggestellten Sitzes der Hamburgischen Bürgerschaft und des Senats der Freien und Hansestadt Hamburg.

Die Fassade zierten Bronzestandbilder von zwanzig deutschen Königen und Kaisern von Karl dem Großen bis Franz II., je sechshundert Kilogramm schwer, doch über ihren erlauchten Köpfen thronten die Darstellungen der bürgerlichen Tugenden: Tapferkeit, Frömmigkeit, Eintracht und Tugend – ein Hinweis auf den politischen Charakter der Stadt. Viele der sechshundertsiebenundvierzig Räume waren prunkvoll ausgestattet; Kaisersaal und Bürgermeistersaal waren gar mit kunstvoll gepunzten Ledertapeten bespannt.

Doch ausgerechnet ein Raum, der wohl am häufigsten von Kameras abgelichtet wurde, wies eine geradezu protestantische Schlichtheit auf: Raum 151, in dem die Landespressekonferenz tagte. Helles Holz und braune

Bespannung wechselten sich an den Wänden ab, an die Stirnwand konnten Medieninhalte mittels eines Beamers projiziert werden. Die Journalisten saßen, Studenten ähnlich, an einfachen Holztischen im gleichen hellen Farbton.

An diesem Tag war der Raum so mit Journalisten und Fotografen angefüllt, dass kein Blatt Papier auf den Boden hätte segeln können. Ein lautes Stimmengewirr machte jede normale Unterhaltung unmöglich. Kamerateams der Fernsehsender rangelten noch um die besten Plätze und hantierten mit ihren schweren Stativen, Fotografen standen und knieten wie eine Belagerungsarmee vor dem langgestreckten Tisch, an dem Hamburgs Erster Bürgermeister Johann von Rayden, Innensenator Volker Kleiberg und sein Staatsrat Volker Weidmann sowie die Spitzen der Hamburger Polizeiführung Platz genommen hatten.

Von Rayden schaltete sein Mikrofon an, klopfte kurz dagegen und hob eine Hand. Die Kakophonie erstarb geradezu widerwillig und machte einer gespannten Stille Platz. Die Türen von Raum 151 wurden geschlossen.

„Meine sehr verehrten Damen und Herren", begann der Bürgermeister in einem getragenen Ton, für den sich seine sonore Stimme gut eignete, „in den letzten Wochen hat es in den Medien eine Reihe von Meldungen gegeben, die sich auf Vorgänge in Hamburg, speziell auf den Hamburger Hafengeburtstag, aber auch auf die Nordseehallig Hooge bezogen. Diese Meldungen haben wiederum die haarsträubendsten Gerüchte nach sich gezogen. Ich bin nun in der glücklichen Lage, Ihnen erklären zu können, dass Polizei und Sicherheitsbehörden der Hansestadt Hamburg und der Nachbarländer Schleswig-Holstein und Niedersachsen in einer konzertierten Aktion in Zusammenarbeit mit dem Bernhard-Nocht-Institut für Tropenmedizin und einigen anderen Stellen eine schwerwiegende terroristische Bedrohung abwehren konnten. Diese Bedrohung war so gravierend, wie wir es bis dato in der Hansestadt noch nicht erlebt haben."

Von Rayden unterbrach sich, als ein Gemurmel anschwoll und die ersten Fragen der Journalisten quer durch den Raum gerufen wurden. Er hob nun beide Hände. „Ich bitte Sie noch um etwas Geduld. Ich werde Ihnen Ihre Fragen im Anschluss beantworten, soweit es mir aus ermittlungstaktischen Gründen möglich ist. Allen Vertretern der Medien, die hier heute akkreditiert sind, geht eine ausführliche Darstellung der Vorfälle per E-Mail zu, zudem liegt ein Ausdruck für Sie draußen bereit."

Das Gemurmel ebbte rasch ab, Stühle wurden gerückt, einige Journalisten von Nachrichtenagenturen verließen hastig den Raum, um sich das Papier schon jetzt zu holen.

Von Rayden gab das Wort nun an seinen Innensenator weiter. Kleiberg lieferte eine gestraffte Fassung der versuchten und erfolgten Terrorangriffe seitens der „Falken von Hattin" und stellte die Erfolge der Hamburger Behörden dabei keineswegs unter den Scheffel. Anschließend kam auch der Polizeipräsident zu Wort.

Als die Konferenz für Fragen der Journalisten freigegeben wurde, brach sofort ein Sturm los. Die Medienvertreter versuchten, sich gegenseitig mit ihren Fragen zu übertönen. Routiniert übernahm Ulrich Pumm, der langjährige Leiter der Landespressekonferenz, die Aufgabe, Disziplin in Raum 151 herzustellen, die Fragensteller auf einer Liste zu erfassen und nacheinander aufzurufen.

Ein Redakteur einer großen Boulevardzeitung erhob sich. Er trug neben einem bemerkenswert geschmacklosen weinroten Jackett eine Miene empörter Betroffenheit zur Schau.

„Herr Bürgermeister, habe ich eben richtig verstanden, dass es sich bei den Vorgängen auf Hallig Hooge, in Wilhelmsburg und auf dem Hafengeburtstag um Terrorangriffe mit einem tödlichen Erreger handelte – und Sie es nicht für nötig erachtet haben, die Öffentlichkeit über die Bedrohung zu informieren?"

Von Rayden und Kleiberg wechselten Blicke.

„So ist es", nickte der Bürgermeister gelassen.

Wieder schwoll der Chor der erregten Stimmen an und wurde von Pumm rasch gedämpft.

„Herr Rieder, seien Sie froh, dass Sie derartige Entscheidungen in Ihrem Beruf nicht zu fällen haben", sagte von Rayden ernst. „Uns ging es darum, eine Massenpanik zu vermeiden und die Ausbreitung der Erkrankung durch Fluchtbewegungen in alle Richtungen zu verhindern. Beides ist uns gelungen. Wenn Sie Probleme damit haben, wenden Sie sich am besten an Ihren Chefredakteur, der war nämlich frühzeitig im Bilde. Wie übrigens etliche andere Chefredakteure der hier versammelten Medien auch."

Rieders selbstgefälliger Gesichtsausdruck fiel in sich zusammen wie ein geplatzter Bovist. Kopfschüttelnd setzte er sich und kritzelte nervös in seinem Block herum.

Der Bürgermeister schwieg ein paar Sekunden lang und fasste die Anwesenden nacheinander ins Auge.

„Die Zusammenarbeit mit den Medien – genauer gesagt, das Stillhalteabkommen, das wir seit den Vorgängen auf Hooge vereinbart haben – hat sich bewährt. Ich danke Ihnen ausdrücklich dafür. Sie haben hohes Verantwortungsbewusstsein bewiesen. Nur deshalb konnten wir uns ganz auf die letztlich erfolgreichen Ermittlungen konzentrieren. Wir können uns alle zu diesem Erfolg beglückwünschen. Auch Sie haben daran großen Anteil."

Er war doch ein raffinierter Hund, dachte Shahin, die an der rückwärtigen Wand lehnte. Er hatte den ersten Angriff elegant abgewehrt.

Pumm rief nun den Reporter eines Hamburger Nachrichtenmagazins auf.

„Herr von Rayden, in Ihrer Schilderung der Ereignisse fehlt mir der Hinweis, wie groß das Bedrohungspotenzial durch diese sogenannte Chimäre noch ist. Die Täter wurden dingfest gemacht oder ausgeschaltet – bis auf einen, der Ihnen entkommen ist, wenn ich richtig zugehört habe. Und die Reste der Drohne liegen offenbar auf dem Grund der Nordsee. Welche Gefahren gehen davon noch aus? Und wer sagt Ihnen, dass es nicht noch weitere Drohnen dieser Art gibt? Und noch weitere Behälter mit diesem gefährlichen Erreger – der dann womöglich auf dem Hauptbahnhof zur Hauptverkehrszeit versprüht wird?"

Innensenator Kleiberg aktivierte sein Mikrofon. „Was die Trümmer der Drohne auf dem Nordseegrund vor Trischen anbelangt, so haben uns Experten versichert, dass von ihnen keine Gefahr mehr ausgeht. Die Explosion und das Seewasser dürften die Erreger neutralisiert haben. Und Sie haben recht, Herr Mertins, wir können nicht mit Gewissheit ausschließen, dass es weitere Drohnen gibt. Aber das ist Gott sei Dank auch nicht mehr eine Frage von Leben und Tod. Dazu kann Ihnen Professor Dr. Levy Dahan vom Bernhard-Nocht-Institut für Tropenmedizin mehr sagen."

Dahan beugte sich vor und drückte den Mikrofonknopf. „Diese Chimäre ist eine Monstrosität. Bis vor wenigen Tagen hatten wir kein Mittel dagegen. Ich muss zugeben – wir waren völlig wehrlos."

„Waren?", fragte der Reporter nach.

„Waren", nickte Dahan. „Es ist uns gelungen, aus einem neuartigen Ebola-Medikament und einigen Naturpflanzen ein Mittel herzustellen, das in Labortests 99,9 Prozent der Erreger abtötet. Um Leben retten zu können, haben die Ärzte am Universitätsklinikum Eppendorf dieses Mittel einigen überlebenden Opfern der Anschläge verabreicht. Und bevor Sie sich jetzt empören: Sie haben sich natürlich freiwillig dazu bereit erklärt und sind selbstverständlich über alle Risiken aufgeklärt worden." Der Mediziner machte eine Kunstpause, bevor er fortfuhr: „Und Ich darf Ihnen sagen, dass alle diese Patienten inzwischen außer Lebensgefahr sind."

Ein Raunen erhob sich im Raum. Pumm gab einer Redakteurin der größten Hamburger Tageszeitung ein aufforderndes Handzeichen.

„Bedeutet das, dass diese Chimäre, wie Sie sie nennen, damit im Griff ist und keine Gefahr mehr darstellt?", fragte sie.

Dahan wiegte den Kopf. „Ich würde gern spontan Ja sagen. Aber der Ausdruck ‚im Griff' scheint mir doch eine etwas zu optimistische Formulierung zu sein. Eine gewisse Gefahr besteht weiterhin. Vor allem schwache und gesundheitlich angeschlagene Menschen können dem Erreger noch zum Opfer fallen. Wir haben jetzt aber eine wirksame Waffe in der Hand. Ein weiterer Angriff mit dieser Chimäre wäre für die Terroristen also weitgehend sinnlos. Um im zynischen Kalkül dieser Leute zu bleiben:

Der angerichtete Schaden wäre nicht verheerend genug. Er wäre deutlich kleiner als das Risiko, schon bei den Anschlagsvorbereitungen gefasst zu werden."

Die Journalistin hob wieder die Hand. „Eine kurze Nachfrage, wenn Sie erlauben?"

Pumm nickte. „Okay. Aber nur eine."

Die Journalistin wandte sich an Kleiberg. „Diese Terrorzelle war Ihrer Kenntnis nach ja offenbar eine Filiale des sogenannten Islamischen Staates. Heißt das, die Gefahr von Anschlägen besteht doch noch weiterhin?"

Kleiberg räusperte sich. „Ich brauche Ihnen nicht zu erklären, dass die Gefahr von Terroranschlägen grundsätzlich immer besteht. Diese spezielle Zelle ist von uns aber unschädlich gemacht worden. Eine akute Gefahr von dieser Seite sehe ich also nicht mehr. Der IS wird erst einmal seine Wunden lecken. Neue Anschläge zu organisieren und auszuführen, kostet Zeit, viel Geld, Knowhow und Personal. Wobei ich die Gefahr von ‚Einsamen Wölfen‘, also Einzeltätern, die spontan oder geplant handeln, nicht ausschließen kann."

Pumm schaltete sein Mikrofon ein. „Eine allerletzte Frage noch …"

Eine weitere Journalistin meldete sich; sie arbeitete für eine bundesweit tätige Nachrichtenagentur. „Was ist mit diesem Nordkoreaner, der Ihnen entkommen ist? Welche Gefahr geht Ihrer Ansicht nach von ihm noch aus?"

Nach einem Blickwechsel mit Kleiberg übernahm es der Polizeipräsident, ein schlanker Mann mit kurzen, grauen Haaren, darauf zu antworten. Er schaltete den Beamer an und rief ein paar Bilder auf, bis ein Foto von Kang erschien.

„Ich vermute, Sie meinen diesen Mann, Kang Chung-he. Nun, Kang zählt nicht zur Riege religiös oder politisch motivierter Überzeugungstäter. Er gehört auch nicht dem IS an. Kang ist ein reiner Söldner, ein gedungener Attentäter, der für Geld arbeitet. Und zwar für viel Geld, soweit wir wissen. Sein Job hier hat sich erledigt. Er ist zudem enttarnt und international zur Fahndung ausgeschrieben. Sein Gesicht ist nun bekannt. Wir gehen davon aus, dass er Deutschland, vermutlich sogar Europa, inzwischen verlassen hat. Für Kang ist der Boden hier zu heiß geworden. Ich bin sicher, von diesem Mann werden wir so schnell nichts mehr hören."

Bevor eine weitere Frage gestellt werden konnte, griff von Rayden noch einmal zum Mikrofon. „Ich danke Ihnen allen für Ihre Geduld. Kommen Sie gut nach Hause."

Als sich der Saal leerte, blieb Shahin noch einmal stehen und wandte sich um. Sie sah zum Bildschirm hinüber, auf dem noch immer Kangs Foto zu sehen war. Sie blickte in seine toten Augen. Ein Schauer lief ihr über den Rücken.

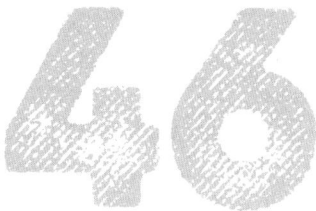

Vier Wochen später, Brodersby

Falstaff saß vor den bodentiefen Fenstern in Lindbergs Wohnzimmer und starrte mit unergründlichem Katzenblick aus bernsteinfarbenen Augen nach draußen. Wenn einer der Vögel dicht vorbeiflog, für die Lindberg in der großen Eiche Futterknödel aufgehängt hatte, duckte er sich blitzartig nieder, um dann, wenn der Vogel sich schnabelpickend mit den guten Gaben befasste, in ein seltsames Meckern auszubrechen. Sein Schwanz peitschte hin und her. Der Kater konnte stundenlang am Fenster sitzen und hinaussehen. Ab und zu strich er mit einer Pfote über das Glas, als wolle er sich überzeugen, dass die unsichtbare Barriere, die ihn von der faszinierenden, unerreichbaren Welt dort draußen trennte, noch immer standhielt.

Shahin bemerkte Lindbergs Blick und sagte leise: „Falstaff ist eine Wohnungskatze, Tristan. Er hat sein ganzes Katzenleben drinnen verbracht, er war noch nie draußen. Wenn ich ihn auch nur ein einziges Mal rauslasse, wird ihm die Wohnung nie mehr ausreichen. Er wird für den Rest seines Lebens ein sehr unglücklicher Kater sein. Und das möchte ich auf gar keinen Fall."

„Ich weiß", sagte Lindberg, seinen Blick, der ebenso unergründlich war wie der des Katers, weiter auf das Tier geheftet.

Es war Mitte Juni. Die alten, mehr als drei Meter hohen Rhododendronhecken in Lindbergs Garten standen noch in voller Blüte; sie flammten in diversen Rottönen. Es war warm, aber von der blinkenden Schlei her wehte eine kühle Brise über die Weiden und brachte den frischen Geruch nach Wasser mit sich. Es war noch die magische Zeit des Erblühens, in der sich die Natur vollends entfaltete, bevor sich die Hitze des Sommers über das Land legte.

Vier Wochen waren seit den Ereignissen vom Hafengeburtstag vergangen. Kang blieb spurlos verschwunden, obwohl eine nationale und internationale Fahndung nach ihm auf Hochtouren lief und sein Bild mehrfach in den gedruckten und elektronischen Medien zu sehen gewesen war. Die Polizei und die Landeskriminalämter gingen davon aus, dass es ihm irgendwie gelungen war, sich ins Ausland abzusetzen. Über dazu notwendige Kontakte verfügte er vermutlich. Der Polizeipräsident hatte mit seiner Einschätzung recht – für einen Terroristen und Attentäter, dessen Erfolg nicht zuletzt darauf beruhte, unerkannt operieren zu können, war Deutschland eindeutig zu gefährlich geworden.

Shahins Wunde an der Hand war inzwischen fast vollständig ausgeheilt, ihre seelischen Verletzungen würden allerdings weit länger benötigen. Sie hatte aber ihre Arbeit beim Kieler LKA wieder aufgenommen. Das hielt sie auch davon ab, schlimmen Erinnerungen an die Zeit im Tiefbunker nachzuhängen.

In der Zwischenzeit war Lindberg zehn Tage lang am Tollensesee gewesen; die Ergebnisse der Untersuchungen des bronzezeitlichen Schlachtfeldes waren in der Tat spektakulär. Aufgrund der reichhaltigen Funde von Waffen,

Ausrüstungsstücken und Skeletten konnte eine der frühesten Schlachten der europäischen Geschichte nun archäologisch und anthropologisch aufgearbeitet werden.

Das Verhältnis zwischen ihm und Shahin war eng, intim und vertrauensvoll, aber noch immer kompliziert; vieles blieb unausgesprochen. Lindberg vermochte ihren Beziehungsstatus nicht genau einzuordnen – es war inzwischen weit mehr als eine Freundschaft, aber irgendwie immer noch keine erklärte, mit allen Konsequenzen in die Zukunft gerichtete Liebesbeziehung. Shahin spürte, dass sie in einer entscheidenden Stelle in ihrem Leben angelangt war. Und sie zögerte. Belastet vom Trauma der jüngsten Ereignisse, war sie noch nicht soweit. Es war alles zu viel; sie war unsicher, wie es weitergehen sollte. Mit ihrem Leben und mit diesem Mann, der plötzlich der wichtigste Mensch für sie geworden war, der ihr Halt und Wärme gab. Sie litt noch immer unter Angstattacken und misstraute ihrem Glück. Lindberg begriff das und gab ihr Zeit.

An jedem Freitagabend reiste sie samt Kater im Gepäck an und fuhr am frühen Montagmorgen zurück nach Kiel. Es war unübersehbar, wie gut ihr jedes Mal die Zeit an der Schlei tat; und Lindberg ließ sie nicht im Zweifel darüber, dass sie längst zum Mittelpunkt seines Lebens geworden war. Er unternahm mit ihr Ausflüge in die Region, besuchte mit ihr archäologische Stätten, wanderte, machte Fahrradtouren, fuhr mit ihr Kajak auf der Schlei und ließ es sogar zu, dass sie ihn zum Bogenschießen in den weitläufigen Garten begleitete. Eigentlich liebte er gerade die Einsamkeit dieses meditativen Sports – das Schweigen, den stillen Kampf mit sich selbst, während er Pfeil um Pfeil auf die dreißig Meter entfernte Scheibe abschoss.

Zunächst hatte Shahin einfach nur stumm dabeigestanden und ihm aufmerksam zugesehen – was seine Konzentration bei den ersten Malen erheblich beeinträchtigt hatte. Doch dann begriff er, dass sie nicht nur bei ihm sein wollte, sondern sich ernsthaft für die Bewegungsabläufe interessierte. Er kaufte ihr einen eigenen Bogen mit einem Dutzend dazu passenden Karbonpfeilen, einen ledernen Unterarm- und einen Fingerschutz. Es war ein leichter Recurvebogen mit achtzehn Pfund Zuggewicht, den sie sehr gut handhaben konnte. Erstaunt hatte er festgestellt, dass sie ein Naturtalent war. Wie er hatte auch sie sich rasch auf das Instinktschießen verlegt, bei dem es keine Hilfsvorrichtungen wie Visiere gab, sondern bei dem Körper, Geist und Bogen aufgrund von langer Übung und Erfahrungswerten als Einheit funktionierten. Sie machte nun regelmäßig Kräftigungsübungen für ihre linke Hand, da sie den Bogen nur mit vier Fingern halten konnte. Wenn sie ihre Bögen aus den Halterungen nahmen und in den Garten hinausgingen, sah ihnen Falstaff vom Wohnzimmer aus zu.

Lindberg hatte sein Karatetraining im Keller beendet und zog sich seine Laufschuhe an. Shahin wollte heute lieber in ihrem Zimmer bleiben und Akten eines Falls studieren, bei dem sie im Moment nicht weiterkam. Überhaupt fand sie es meistens langweilig, einfach nur durch die Gegend zu laufen.

„Du gewinnst aber mehr Lebenszeit, wenn du joggst", sagte Lindberg zu ihr.

„Das mag ja sein. Aber die bringe ich dann mit Joggen zu", winkte Shahin ab.

Lindberg lachte. „Du hast dir doch extra eine Jogginghose gekauft. Ich finde, dann solltest du auch joggen."

Shahin schnaubte. „Ich habe auch extra eine Küchenrolle gekauft. Und trotzdem rolle ich damit nicht durch die Küche."

Er schüttelte den Kopf und lief los. Seine Strecke führte ihn wieder parallel am Wasser der Schlei entlang, zunächst Richtung Süden, dann bog er aber auf einen Wanderweg in nördliche Richtung ab und lief am Campingplatz vorbei, der um diese Jahreszeit bereits gut besucht war. Nördlich des Schleihofes, kurz vor dem kleinen Ort Goltoft, kehrte er um und lief denselben Weg zurück. Als er seinen Garten erreichte, hatte er eine Strecke von gut acht Kilometern hinter sich. Das reichte ihm heute nach dem vorherigen Training im Keller. Er fühlte sich ein wenig erschöpft, aber nicht ausgelaugt.

Er erstarrte, als er die Haustür aufgebrochen und angelehnt vorfand. Er riss sie auf und stürmte ins Haus. Unten fand er Shahin nicht, und als er die ersten Stufen der Treppe in das obere Stockwerk hinaufgestiegen war, hörte er ein Poltern und einen kurzen Schrei. Eine eisige Faust krampfte sich um sein Herz.

„Shahin?", schrie er.

Die letzten Meter bis zu ihrem Zimmer überwand er in wenigen Sätzen und stieß die Tür so heftig auf, dass sie gegen die Wand knallte.

Eine Sekunde lang weigerte sich sein Verstand zu akzeptieren, was er sah. Shahin und ein Fremder waren in einen verbissenen Kampf verstrickt. Beide bewegten sich geschmeidig und sehr schnell, glitten vor und zurück, stießen immer wieder blitzartig mit den Fäusten vor. Zwei Stühle lagen auf dem Boden und eine Stehlampe lehnte schräg an einem Regal. Lindberg sah nun, dass Shahin ihren Dolch in der Hand hielt. Ihre Unterarme waren blutüberströmt, sie atmete keuchend. Aus einer Stichwunde an ihrer Schulter lief Blut; eine breite hellrote Spur zog sich an ihrem Sweatshirt herunter.

Als der Fremde Lindberg hereinstürmen sah, sprang er katzenhaft zurück, wandte den Kopf und starrte ihn an. Für Lindberg schien die Zeit stehen zu bleiben. Es war Kang. Der Blick aus seinen onyxschwarzen Augen, mit dem der Nordkoreaner Lindberg anstierte, loderte derartig vor Hass, dass der Archäologe unwillkürlich einen Schritt zurücktrat. Die Schockwirkung dieser vor Bosheit glosenden schwarzen Augen traf ihn wie ein Wuchtgeschoss; sein Sehfeld trübte sich an den Rändern.

Kang hob seine Waffe, die aus seiner Faust ragte – eine lange, lanzettförmige Klinge. Auch seine Unterarme waren von tiefen, stark blutenden Schnitten übersät, zudem war die linke Seite seines Hemdes an einer Stelle durchstoßen und blutdurchtränkt.

„Ich habe es von meinem Vater gelernt. Und Uri Katz hat mir noch den einen oder anderen Trick beigebracht …", hallte es durch Lindbergs Hirn.

Er zwang sich, den Kopf zu drehen und zu ihr hinüber zu sehen. Ihre Augen waren weit aufgerissen, sie sah ihn mit einem gehetzten, flehenden Blick an. Ihm war klar: Ihr Gegner war ein trainierter Profikiller, viel stärker, härter und skrupelloser als sie. Sie hatte alles an Kraft und Kampftechniken aufgeboten, was sie besaß, aber nun konnte sie nicht mehr lange durchhalten. Shahin würde in wenigen Augenblicken sterben.

Plötzlich wallte ein so wilder, so wütender archaischer Zorn in ihm auf, wie er es noch nie gespürt hatte. Ein Tsunami an Emotionen, der ihm schier das Herz aus der Brust zu schwemmen schien. Mit einem unartikulierten Schrei warf er sich nach vorn und rammte den schmalen Asiaten gegen die Wand. Er spürte nicht, dass Kangs Faustklinge seinen linken Oberarm aufschnitt. Mit Fäusten, Ellenbogen und Kniestößen hämmerten die beiden Männer aufeinander ein. Lindberg konnte einem tödlichen Stoß des Faustmessers gegen seinen Kehlkopf gerade noch ausweichen, dafür knickte er stöhnend ein Stück ein, als Kangs rechtes Schienbein mit großer Wucht seine ungeschützte Flanke traf.

Wieder zuckte die Klinge nach vorn, doch Lindberg fegte sie mit einer Soto-Uke-Technik des Unterarms beiseite. Kein Zweifel – Kang war langsamer geworden. Der Nordkoreaner rang keuchend nach Luft, ein Schweißfilm bedeckte seine Stirn. Lindberg sah eine Öffnung in Kangs Deckung, wehrte fast mühelos einen weiteren Stich mit der Klinge ab und knallte ihm eine Hammerfaust gegen die Schläfe. Kang fiel seitlich auf ein Knie und verlor seine Waffe. Klappernd rutschte sie unter einen Tisch. Lindberg setzte mit einem Halbkreisfußtritt gegen Kangs Kopf nach. Der Nordkoreaner stürzte rückwärts und prallte mit dem Rücken auf einen der am Boden liegenden Stühle. Er stöhnte vor Schmerz auf. Mühsam kam der Profikiller wieder auf die Beine, hob die Fäuste und stierte zwischen Lindberg und Shahin hin und her. Seine Entschlossenheit, jene Menschen zu töten, die ihm eine Niederlage eingebracht hatten, schien nicht nachgelassen zu haben. Seine Hände zitterten jetzt stark.

Lindberg verlagerte das Gewicht auf das linke Bein, um Kang mit einem Seitwärtsfußtritt in die Leber zu fällen. Er wollte diesen Kampf rasch beenden und die Bedrohung durch den gefährlichen Nordkoreaner aus der Welt schaffen. Ein für alle Mal. Er musste Shahin beschützen, sonst würde sie niemals vor Kang sicher sein. Lindberg drehte die Hüfte für den Tritt ein und spannte die Muskeln an. Wenn Kang fiel, würde er ihm mit einer militärischen Kampftechnik das Genick brechen. Er hatte keine Wahl.

Doch dann zögerte er. Etwas stimmte nicht. Die Augen des Nordkoreaners wurden glasig, er schwankte. Dann öffnete er seinen Mund weit und wollte offenbar etwas sagen. Stattdessen trat weißer Schaum aus und lief sprudelnd über sein Kinn herab. Schließlich färbte sich der Schaum rot. Kangs Augen traten aus den Höhlen; er begann nun unkontrolliert am ganzen Körper zu zittern. Mit kurzen, schnappenden Mundbewegungen rang er verzweifelt nach Luft. Er streckte die Arme zu Lindberg aus, als wolle er ihn in eine Umarmung ziehen, hustete krampfhaft, fiel mit einem schaurig rasselnden Klagelaut zur Seite und prallte hart auf dem Boden auf. Der ganze Körper zitterte wie in einem epileptischen Anfall, dann bäumte er sich plötzlich ruckartig, wie von Fäden gezogen, auf, fiel schwer zurück und lag still. Lindberg beugte sich vorsichtig herab und legte zwei Finger an die Halsschlagader des Mannes. Er fühlte einen schwachen Puls, der unregelmäßig flatterte und schließlich flackernd verebbte. Kang war tot.

Verwirrt wandte sich Lindberg zu Shahin. Sie stand schwer atmend und mit wildem Blick mitten im Zimmer, ihre Dolchklinge noch immer schützend vor sich gehalten. Er ging zu ihr, schob vorsichtig die Dolchhand zur Seite und legte behutsam die Arme um sie.

„Es ist vorbei, Becca, es ist vorbei. Ich bin bei dir", flüsterte er immer wieder in ihr Ohr.

Er hielt sie fest und küsste ihr duftendes Haar. Schließlich ließ sie den Dolch fallen und klammerte sich an ihn; ihr schlanker Körper bebte. Dann weinte sie, hemmungslos und minutenlang. Lindberg hielt sie einfach fest. Er vermochte hinterher nicht zu sagen, wie lange sie dort eng umschlungen gestanden hatten. Auch ihm liefen Tränen über die Wangen, als sich Angst und Schock in ihm lösten und einer grenzenlosen Erleichterung Platz machten. Schließlich hob sie den Kopf und küsste ihn.

„Danke", sagte sie leise.

Lindberg konnte nur stumm nicken. Er zeigte auf ihre blutende Schulter. „Wie schlimm ist es?"

„Es tut weh", sagte sie einfach. „Es ist sicher eine tiefe Fleischwunde. Aber nicht gefährlich, glaube ich. Ich habe schon Schlimmeres erlebt, weißt du."

Lindberg ließ Shahin los und bückte sich, um den Dolch aufzuheben, mit dem sie gekämpft hatte. Er verharrte in der Hocke und starrte die Waffe ein paar Herzschläge lang an. Jetzt begriff er. Es handelte sich nicht um den alten Damaszenerdolch ihres Vaters. Vorsichtig ergriff er den vergifteten Khoron, den „gefiederten Tod" der mongolischen Reiterkrieger, an der röhrenförmigen Schaftaufnahme und schob ihn wieder in seine Acrylhülle. Er sah zu Shahin auf, die blass und blutend um Fassung rang, und wieder stiegen Tränen in seine Augen.

„Danke, Timur, mein Freund", flüsterte er.

Epilog

Falstaff sog prüfend die frische Luft ein. Tausend neue Düfte und Geräusche drangen auf ihn ein und überwältigten ihn. Vor ihm erstreckte sich eine unendliche Weite, nirgendwo durch Wände oder Glas unterbrochen. Warmes Sonnenlicht strömte durch die Blätter der alten Bäume; das bewegte Spiel aus Licht und Schatten faszinierte und beunruhigte ihn zugleich. Alles war neu und fremd. Der Kater drehte die Ohren nach vorn. Er konnte eine Maus hören, die ein paar Meter entfernt durch das Gras huschte und vor sich hin schwatzte. Er spannte sich an, aber duckte sich unwillkürlich, als ein plötzlicher Lufthauch durch sein Fell fuhr. Sein Schwanz peitschte nervös hin und her, die Schnurrhaare zuckten.

Unsicher blickte er zu Shahin hinüber, die mit Lindberg unter der Eiche stand, rund zehn Meter entfernt.

„Na komm, mein Dicker", lockte sie.

Falstaff zögerte, dann hob er vorsichtig eine Pfote über die Schwelle der Terrassentür. Und dann noch eine. Schließlich fasste er sich ein Herz und lief zu Shahin. Er rieb seinen Kopf an ihren Beinen und sie beugte sich hinunter, streichelte den Kater und sprach beruhigend auf ihn ein.

Falstaff hielt noch eine Weile Körperkontakt, dann stapfte er wachsam durch das weiche Gras, bereit, bei einer plötzlich auftretenden Gefahr mit allen vier Pfoten in die Luft zu springen. Er schnupperte an einer Blüte und biss in einen Halm. Als er eine Stelle fand, die besonders gut zu riechen schien, warf er sich auf den Rücken und wälzte sich wohlig hin und her.

Lindberg beobachtete aber nicht den Kater. Er betrachtete Shahin. Sie trug ein leichtes blaues Sommerkleid; noch immer klebte ein dünner Verband an ihrer Schulter. Ihr schwarzes, schimmerndes Haar fiel halb über ihr Gesicht, aber Lindberg konnte sehen, dass ihre Augen feucht glänzten, als das alte Tier sein neues Revier in Augenschein nahm und offensichtlich völlig verzückt war von der ungewohnten Freiheit.

„Er ist jetzt zu Hause, Schatz", sagte er. „Er ist jetzt genau dort, wo er hingehört."

Sie lehnte ihren Kopf an seine Schulter und nickte. „Ja. Er ist zu Hause. Und ich bin es auch."

Anmerkungen und Danksagung

Die Geschichte der „Chimäre" ist ein Werk der Fiktion – Handlung und Personen sind frei erfunden. Dennoch habe ich mich bei den dargestellten Umständen so weit wie möglich an der Realität orientiert. Tödliche Chimären aus Viren und Bakterien gibt es tatsächlich, sie werden als moderne Reiter der Apokalypse in den Biowaffenlabors diverser Staaten erschaffen. In der erlöschenden Sowjetunion wurde noch zuletzt an einer Verbindung zwischen Pest und Ebola geforscht. Solche Chimären entstehen aber kaum zufällig, wie von mir geschildert, und überdauern auch nicht Jahrhunderte. Diese spezielle Chimäre ist also meine Erfindung.

Den Wedeler Pastor Johann Rist gab es natürlich auch, und er war tatsächlich nicht nur Geistlicher und Autor, sondern auch Apotheker, Mediziner, Botaniker – und Alchimist. Er überstand in der Tat die Pest und soll zeitgenössischen Berichten nach hochwirksame Medikamente für seine Patienten entwickelt haben, angeblich sogar gegen Tollwut. Diese dreieinhalb Jahrhunderte alten Berichte sind mit Vorsicht zu genießen, allerdings gibt es Pflanzen mit starker antiviraler Wirkung. Rists mehrfach zerstörte und immer wieder errichtete Kirche ist in Wedel zu besichtigen; sein Wohnhaus mit Laboratorium und Scheune sowie die beiden Kräutergärten sind leider nicht mehr erhalten. Unter der Kirche in Wedel liegen in der Tat noch uralte Grüfte, die nie erschöpfend erforscht wurden. Vermutlich ruht Johann Rist sogar in einer von ihnen, wir wissen es nicht. Auch der schwedische General Lennart Torstensson existierte und sammelte, wie geschildert, wissenschaftliche Schriften auf seinen Feldzügen ein, die ihn auch nach Wedel führten.

Der legendäre Graf von Saint Germain ist ebenfalls keine Fiktion, sondern eine historische Gestalt. Er wirkte tatsächlich, wie beschrieben, als Fabrikant, Freimaurer und Alchimist an mehreren Königs- und Fürstenhöfen, später dann in Louisenlund. Er starb als geistesverwandter Freund des Landgrafen von Hessen in Eckernförde und ist auch dort begraben.

Die historischen Schilderungen über biologische Kriegsführung und grausame Experimente wie die der japanischen Einheit 731 sind ebenfalls – leider – keine Erfindungen von mir.

Die geheime, dreistöckige Bunkeranlage an der Helgoländer Allee gibt es tatsächlich; sie ist allerdings, wie geschildert, verschlossen und der Öffentlichkeit nicht zugänglich. Tausende Menschen gehen täglich daran vorbei, ohne zu ahnen, was sich unter dem grünen Elbhochufer nahe den Landungsbrücken verbirgt. Der bauliche Zwilling dieser Anlage liegt übrigens unter dem Hauptbahnhof und kann besichtigt werden.

Das Buch wäre ohne die wertvolle Hilfe und den Ratschlag von Menschen, die ich zu verschiedenen fachlichen Aspekten der Geschichte befragt habe, nicht zustandegekommen. Bedanken möchte ich mich in erster Linie bei meiner Frau Bettina, Journalistin und mehrfache, erfolgreiche Buchautorin, für ihren fachlichen Rat und ihre stetige Ermutigung. Ferner bei Dr. Arno Schöppe, Programmbereichsleiter an der Volkshochschule Wedel, der auch als Stadthistoriker sehr aktiv ist und viel zu Johann Rist zu sagen hat. Ebenso bei Anke Ranegger, Leiterin des

Stadtarchivs von Wedel, wo ich alte Dokumente aus dem 17. Jahrhundert einsehen konnte. Dr. med. Eleonora Schönherr und Professor Dr. med. Jonas Schmidt-Chanasit vom Hamburger Bernhard-Nocht-Institut für Tropenmedizin in Hamburg schulde ich besonderen Dank. Schmidt-Chanasit, Professor für Arbovirologie an der Universität Hamburg und Leiter der Virusdiagnostik am Bernhard-Nocht-Institut, informierte mich über Viren und Chimären. Ich möchte mich dafür entschuldigen, dass ich mit dem fiktiven Virologen, Professor Dr. Gerhard Hartdegen, einen Bösewicht in das renommierte Institut gesetzt habe. Alle möglichen Fehler und literarischen Freiheiten in diesem Buch – nicht nur bezüglich des Themas Viren und Chimären – habe allein ich zu verantworten.

Mein Dank gebührt auch Dr. Ingo Lütjens, Leiter des Gebietsdezernats 4.2 beim Archäologischen Landesamt Schleswig-Holstein, der Pressesprecherin Saskia Lemm vom Universitätsklinikum Eppendorf sowie Frank Reschreiter von der Pressestelle der Hamburger Behörde für Inneres und Sport. Ebenso Michael Berndt vom Verein Hamburger Unterwelten e.V. und last but not least bedanke ich mich bei Jochen Gluth, einem guten Freund, erfahrenem Anästhesisten und fliegendem Notarzt, sowie bei seinem Einsatzkollegen, dem versierten Hubschrauberpiloten Christoph Maier, der die raffinierte Idee mit dem Entsorgen der Drohne per Helikopterkufe hatte. Und natürlich gilt mein Dank dem Ellert & Richter Verlag in Hamburg und meiner Lektorin Sophie Niemann.

Thomas Frankenfeld, im November 2019

Die Personen

Arnfried Jestermann: ehemaliger Feldkommandeur des „Islamischen Staates", als „Abu el-Hol" berüchtigt für seine Grausamkeit

Dr. Johann von Rayden: Erster Bürgermeister Hamburgs

Dr. Sarah Winter: Virologin am BNITM

Dr. Tristan Lindberg: ehemaliger Elitesoldat mit Kriegstrauma, Archäologe und Anthropologe am Archäologischen Landesamt Schleswig

Falstaff: stattlicher Kater von Becca Shahin

Igor Sorokin („die Elster"): russischer Mafioso und Söldner

Kang Chung-he: Berufskiller und früherer Agent des nordkoreanischen Geheimdienstes SSD

Lucas Brenner: Hauptkommissar beim LKA Kiel, Kollege von Becca Shahin

Professor Dr. Gerhard Hartdegen: Experte für bakteriologische und biologische Kampfstoffe am BNITM

Professor Dr. Levy Dahan: Leiter der Virologie beim Bernhard-Nocht-Institut für Tropenmedizin (BNITM) in Hamburg

Professor Dr. Paul Rischmann: legendärer Chef der Rechtsmedizin am Universitätsklinikum Eppendorf (UKE)

Professor Dr. Rafael Thomsen: Chefbakteriologe am BNITM

Rebecca „Becca" Shahin: Hauptkommissarin mit syrischem Migrationshintergrund beim Landeskriminalamt in Kiel

Volker Weidmann: Staatsrat in der Innenbehörde

Werner Kleiber: Hamburger Innensenator

Wahre Geschichten, die spannender, schockierender und monströser sind als jeder Krimi

Klaus Püschel / Bettina Mittelacher
Der Tod gibt keine Ruhe
Faszinierende Fälle aus der
Rechtsmedizin
328 Seiten
978-3-8319-0735-9

Warum musste ein Mensch sterben, so plötzlich und völlig unerwartet? Was musste das Opfer ertragen? Was genau ist in den letzten Augenblicken seines Lebens geschehen? Rechtsmediziner Klaus Püschel, seit vier Jahrzehnten international gefragter Experte seines Fachs, hat alles gesehen, analysiert und rekonstruiert, was Menschen anderen Menschen antun. Und Gerichtsreporterin Bettina Mittelacher hat in zahllosen Prozessen mit angehört, wie Menschen zu Gewaltverbrechern wurden und durch welche Hölle ihre Opfer gegangen sind.

Tote schweigen nicht
256 Seiten
978-3-8319-0660-4

Tote lügen nicht
288 Seiten
978-3-8319-0702-1

Der Autor

Thomas Frankenfeld arbeitet seit 37 Jahren als politischer Journalist. Der Diplompolitologe, Sohn des Entertainers Peter Frankenfeld, war Außenpolitikchef und Chefautor des Hamburger Abendblatts. Frankenfeld ist mit der Journalistin und Buchautorin Bettina Mittelacher verheiratet. Das Paar lebt in Wedel und hat einen Sohn.

Bibliografische Information der Deutschen National-bibliothek
Die Deutsche Nationalbibliothek verzeichnet diese Publikation in der Deutschen Nationalbibliografie; detaillierte bibliografische Daten sind im Internet über http://dnb.d-nb.de abrufbar.

ISBN 978-3-8319-0757-1

© Ellert & Richter Verlag GmbH, Hamburg 2020

In Kooperation mit dem Hamburger Abendblatt

Titelfoto: ©Roman Sakhno - stock.adobe.com
Text: Thomas Frankenfeld
Lektorat: Sophie Niemann, Hamburg
Gestaltung: BrücknerAping Büro für Gestaltung GbR, Bremen
Gesamtherstellung: CPI books GmbH, Leck

www.ellert-richter.de
www.facebook.com/EllertRichterVerlag